Der Tote im Reet
Reimer Jürgensen

Reimer Jürgensen

Der Tote im Reet

Ein Föhr-Krimi

DeBehr

Für Maren

Dieses Buch ist ein Roman. Handlung und Personen sind Produkte der Fantasie des Autors. Ähnlichkeiten mit lebenden Personen oder tatsächlichen Ereignissen sind Zufall und nicht beabsichtigt. Die Beschreibungen der Insel Föhr allerdings entsprechen der Wirklichkeit, obwohl die Insel eigentlich noch schöner ist.

Für wichtige Hinweise zur Insel Föhr und zur friesischen Kultur habe ich Astrid Volkerts zu danken. Mein Dank gilt ebenso Peter Groppler, dessen Vorschlägen zur Verbesserung des Manuskriptes ich gerne und mit Gewinn gefolgt bin. Aber noch wichtiger war beider Zuspruch während der Arbeit an diesem Buch, der mir immer wieder Mut gemacht hat.

1. Die Ankunft

»Harald, du rast schon wieder!« Kirsten Heitkämper beugte sich vom Beifahrersitz zu ihrem Mann hinüber, um auf den Tacho zu schauen, dessen Nadel 160 km/h anzeigte. Harald Heitkämpers Blick blieb auf die Fahrbahn der A7 gerichtet.

»Die Fähre wartet nicht auf uns. Wenn wir nicht rechtzeitig vor acht in Dagebüll sind, kommen wir heute nicht mehr rüber nach Föhr.« Dennoch ging er mit der Geschwindigkeit etwas herunter.

Kirsten wurde auf dem Beifahrersitz bei längeren Fahrten leicht übel. Sie hatte dann das Gefühl, dass ihr Magen die Speiseröhre hoch wanderte. Anders, wenn sie selbst hinter dem Steuer saß; dann blieb ihr Magen dort, wo er hingehörte. Deswegen fuhr sie auch gerne selber. Am Vormittag beim Geburtstagsempfang ihrer Nachbarin hatte sie nicht nur zwei Gläser Sekt, sondern auch noch einen trockenen Martini getrunken. Daher hatte sie mit dem Beifahrersitz vorlieb nehmen müssen und ihrem Mann das Steuer überlassen.

Nach der Baustelle auf der Rendsburger Hochbrücke über den Nord-Ostsee-Kanal lief der Verkehr auf der A 7 Richtung Norden wieder flüssig. Der Stau vor der Baustelle hatte sie allerdings mindestens eine Viertelstunde gekostet. Harald schaute auf die Uhr im Armaturenbrett: 18.35 Uhr. Er überlegte: »Von der Hochbrücke bis Dagebüll-Mole brauchen wir normalerweise eine gute Stunde. Im Verkehrsfunk war vorhin einzig der Stau vor der Brücke erwähnt worden. Für die Fähre um 20.00 Uhr müsste das reichen.« Er wandte sich seiner Frau zu: »Es ist immer das Gleiche. Früher als Lisa noch mitkam, kamen wir regelmäßig später weg als geplant, weil ihr immer noch etwas einfiel, das sie unbedingt mitnehmen musste. Meist waren es Spielsachen, die sie zu Hause monatelang nicht angesehen hatte. Erinnerst du dich noch an das Jahr, als sie gerade eingeschult war? Da wollte sie partout ihr Plüsch-Schaf mithaben. Mit ihren Tränen hat sie uns solange weichgekocht, bis wir das gute Stück endlich gefunden hatten. Das war allerdings das einzige Mal, dass wir die Fähre tatsächlich verpasst haben.«

Auch heute waren sie später als geplant von ihrem Hause in Lüneburg losgefahren. Seine Pflichten als Konrektor einer Realschule hatten Harald Heitkämper den ganzen Vormittag in der Schule fest-gehalten, obwohl schon seit drei Tagen Sommerferien waren.

Gemäß der Arbeitsteilung in der Schulleitung war er für die Betreuung eines Projektes der Renovierung der Sporthalle zuständig. Die für heute angesetzte Projektbesprechung mit dem Architekten, der Bauleitung und dem zuständigen Bauamt hatte länger gedauert als geplant.

Harald Heitkämper musste sich auf das Überholmanöver eines Lasters konzentrieren, der plötzlich vor ihm zum Überholen ansetzte – ohne Blinkzeichen zu geben. Kirsten drückte die Eject-Taste des CD-Players und legte eine CD von Nora Jones ein. Die sanften Töne von ›Don't Know Why‹ verbreiteten eine beruhigende Stimmung im Wagen, die auch ihren Magennerven gut tat. »Weißt du, Harald, es ist jetzt das erste Mal, dass Lisa nicht mit uns in den Urlaub fährt. Irgendwie ist das schon ein eigenartiges Gefühl. Es kommt mir vor, als wäre das auch für uns ein neuer Lebensabschnitt. Muss ich mich jetzt eigentlich schon alt fühlen?«

Sie schaute ihren Mann mit gespielter Koketterie von der Seite an. Der blickte schmunzelnd zurück. Ihr lebhaftes Mienenspiel, ihre blonden Locken, ihre Kleidergröße 38, sowie ihre spontane Offenheit riefen immer wieder Zweifel an ihrem Alter von 43 Jahren hervor.

»Kirsten, auch nach über zwanzig Jahren ist es immer noch spannend, mit dir zusammen zu sein. Alt ist man, wenn man selbstgerecht wird und seine Irrtümer Erfahrungen nennt. Und was Lisa betrifft, sie ist jetzt 17. Da ist es höchste Zeit, dass sie im Urlaub etwas mit Gleichaltrigen unternimmt. Diese drei Wochen Sprachkurs in Frankreich mit ihren beiden Freundinnen werden ihr gut tun. Ich finde ja sowieso, dass du sie zu Hause immer noch zu sehr bemutterst und ihr zu viel abnimmst. Auf jeden Fall freue ich mich, dass wir die drei Wochen auf Föhr für uns alleine haben.«

Sowohl seine Arbeit in der Schule als auch Kirstens Arbeit als Logopädin in der Reha-Klinik waren in den letzten Jahren nicht nur immer bürokratischer, sondern auch immer stressiger geworden. Sie hatten beide das Gefühl, sich dem Kernbereich ihrer beruflichen Aufgaben – Menschen in bestimmten Entwicklungsphasen zu fördern – immer mehr zu entfremden.

Profitorientierte Managementsysteme aus der Wirtschaft wurden auch den Schulen oder dem Gesundheitswesen übergestülpt, Sparpläne als Selbstverwaltung bzw. Budgethoheit verkauft und die Personalausstattung bei wachsenden Aufgaben immer weiter ausgedünnt.

Harald und Kirsten Heitkämper hatten schon manches Mal darüber gesprochen, dass es zwar etwas Verbindendes hat, im Beruf unter den gleichen Problemen zu leiden, aber Gleichartigkeit des Frustes war ihnen als Basis ihrer Beziehung doch zu wenig. Beide hatten einmal ihren Beruf als ein zentrales Lebensprojekt gewählt, die erfüllenden Momente des Berufs wurden angesichts des Zwanges zur Stressbewältigung aber immer geringer. Distanz zum beruflichen Alltag war ihnen seit einigen Jahren daher das Wichtigste im Urlaub. Und für diesen Urlaub hatten sie sich vorgenommen, ihr Interesse an einander zu beleben.

Kirsten Heitkämper blätterte im Straßenatlas. »Sollen wir in Tarp abfahren oder die Strecke über Flensburg nehmen?« Sie klappte den Atlas mit Schwung zu.

»Lass uns wie üblich in Tarp von der Autobahn runter, weiter über Wanderup und Langenhorn und dann durch den Hauke-Haien-Koog nach Dagebüll. Ich freue mich schon auf den weiten Blick und den großen Himmel über der Marsch. Irgendwie kann ich hier auch freier atmen.«

Auf dem Weg zur Westküste klarte der Himmel weiter auf und je näher sie der Nordsee kamen, desto weniger und weißer wurden die Wolken. Harald Heitkämper zeigte mit der Hand erst nach oben zum Himmel, dann zur Seite auf die Schafe an der Innenseite des großen Seedeiches und grinste. »Schäfchenwolken, passend zum Viehbestand!«

Die immer zahlreicher werdenden Autos auf den letzten Kilometern vor Dagebüll wiesen darauf hin, dass die Hochsaison auf den nordfriesischen Inseln begonnen hatte. So war auch der große Parkplatz vor Dagebüll-Mole fast voll besetzt. Da sie schon frühzeitig die Fähre gebucht hatten, konnten sie nach einem kurzen Halt in der Kassenzone gleich in den Bereitstellungsbereich für die Fahrzeuge einfahren. Zwei der drei Brücken waren bereits mit Fähren belegt.

Nach kurzem Halt setzte sich die Autoschlange vor ihnen in Bewegung. Da Hochwasser war, konnten sie fast waagerecht über die Brücke auf die *Rungholt* rollen und wurden routiniert vom Deckspersonal eingewiesen. Anders als bei Niedrigwasser war jetzt damit zu rechnen, dass sie pünktlich in 45 Minuten in Wyk sein würden. Das Autodeck der Fähre war vollbesetzt. Kirsten und Harald Heitkämper schlängelten sich durch die dichtgedrängt abgestellten Wagen.

Vor dem Aufgang zu den als Salons ausgeschilderten Fahrgasträumen und zum Sonnendeck wurden sie durch den Pulk der Passagiere gebremst, die aus dem Regionalverkehrszug aus Niebüll auf die Fähre strömten.

Kirsten Heitkämper stieß ihren Mann an: »Der *Käseschieber* aus Niebüll war ja wieder randvoll. Hoffentlich bekommen wir oben noch Plätze. Ich möchte doch den gastronomischen Charme der Kellner genießen.«

Sie quetschten sich die Treppen hoch und konnten im Salon tatsächlich noch zwei Plätze an einem Tisch ergattern, an dem schon ein attraktives Paar in den Dreißigern saß.

Kaum hatte die Fähre abgelegt als sie auch schon ein Kellner mit einem knappen »Was soll's sein?« zur Bestellung aufforderte.

»Zwei Flensburger und zwei Bockwürste mit Brot!«, antwortete Kirsten Heitkämper ebenso knapp.

»Soll ich noch bei Heike anrufen, dass wir jetzt auf der Fähre sind?« Harald Heitkämper hatte schon sein Handy in der Hand, um Heike Brodersen, die Vermieterin der Ferienwohnung anzurufen, deren Gäste sie schon seit vielen Jahren waren.

»Ist nicht nötig. Ich habe gestern noch mit Heike telefoniert, dass wir – wie meist – mit der letzten Fähre ankommen. Sie weiß Bescheid. Stell doch das Handy ganz aus, wir sind jetzt im Urlaub.«

Harald Heitkämper nickte: »Da hast du Recht. Bei mir kommt das Urlaubsgefühl immer erst so richtig auf, wenn die Fähre ablegt. Mit dem Abstand zum Festland bleibt auch der Alltagsstress zurück. Irgendwie befreit mich das.«

Er verstaute das Handy in seinem Rucksack. Die *Rungholt* hatte Fahrt aufgenommen und auf der linken Seite kamen die Warften von Oland und Langeneß in den Blick. Kirsten zeigte auf die Halligen.

»Schau mal, die Warften scheinen über dem Wasser zu schweben – wie eine Fata Morgana. Das hat richtig etwas Märchenhaftes.«

»Ja, der Blick auf die Halligen ist schon einzigartig. Ich glaube, so etwas gibt es sonst nirgendwo auf der Welt«, stimmte Harald zu. »Für die Einheimischen ist das Leben auf den Halligen aber wohl nicht so märchenhaft. Was uns Städtern als naturverbundenes und friedliches Leben erscheint, ist für sie sehr abgeschieden und hart. Und außer den paar Arbeitsplätzen im Küstenschutz und ein wenig Tourismus gibt es kaum etwas zu verdienen.«

Inzwischen hatte der Kellner ihnen die beiden Biere und die Bockwürste, dem anderen Paar am Tisch zwei *Tote Tanten* – heiße Schokolade mit Rum und Sahnehaube – gebracht. Der Mann ihrer Tischnachbarn hatte den Arm um seine Partnerin gelegt und beide unterhielten sich flüsternd miteinander. Kirsten und Harald nahmen dies als Zeichen, auf Konversation über den Tisch hinweg zu verzichten. Sie ließen den Blick auf der ruhigen Wasserfläche und auf den vorbeigleitenden Halligen ruhen. Zwischendurch bewunderten sie, mit welcher Routine und Geschwindigkeit es den Kellnern gelang, den vollbesetzten Salon nicht nur mit Speisen und Getränken zu versorgen, sondern auch noch rechtzeitig vor der Ankunft in Wyk abzukassieren. Lange vor dem Anlegen erhoben sich die meisten Fahrgäste, um zu den Ausgängen oder auf das Autodeck zu gehen. Kirsten und Harald warteten – wie auch ihre Tischnachbarn –, bis die Fähre begann, sich im Hafenbecken von Wyk zu drehen, damit die Fahrzeuge vorwärts von der Fähre fahren konnten. Dann gingen sie zu ihrem Wagen und rollten flüssig an Land.

An Wyk vorbei fuhren sie auf der Ringstraße in die Oevenumer Marsch, wo in Nähe der Vogelkoje der Bauernhof von Heike und Arfst Brodersen lag. Die beiden hatten auf ihrem Hof zwei Ferienwohnungen ausgebaut. Heike Brodersen betrieb diese ›Ferien auf dem Bauernhof‹ neben ihrer Mithilfe in der Landwirtschaft. Zum ersten Mal waren Kerstin und Harald Heitkämper vor neun Jahren als Feriengäste bei den Brodersens gewesen. Ihre Tochter Lisa hatte damals gerade ihre Tierliebe entdeckt und wollte sich in den Ferien unbedingt mit Tieren umgeben. Da war der Hof der Brodersen mit Kühen, Schafen, Schweinen, Pferden und einem Pony geradezu das ideale Ferienquartier gewesen. Seitdem hatten Kirsten und Harald Heitkämper fast jedes Jahr mit Lisa auf dem Hof ihren Urlaub verbracht. Dies nicht zuletzt wegen der ruhigen, aber herzlichen Art von Heike und Arfst Brodersen, zu denen ein Vertrauensverhältnis entstanden war, ganz so als gehörte man zur Familie.

Harald bog in den Wirtschaftsweg ein, der zu Brodersens Hof führte. Mit einem kurzen Nicken nach links bemerkte er: »Der Raps ist auch schon bald reif. Bei dem trockenen Sommer in diesem Jahr auch kein Wunder. Aber ich hab den Eindruck, dass hier – wie auch schon auf dem Festland – immer mehr Mais angebaut wird. Hoffentlich wird daraus keine Monokultur.«

Als sie auf den Hof einbogen, stand Heike Brodersen in der Tür und winkte zur Begrüßung. An ihrem einen Bein hielt sich mit einer Hand ein etwa vierjähriger Junge fest, mit der anderen Hand winkte auch er, indem er die Hand nach Kleinkinderart auf- und zumachte.

»Hartelk welkimen. Wat net, det ik jam ens weder sä. Kem`em iin!«[1] Heike Brodersen schüttelte ihnen warm die Hand.

Kirsten beugte sich zu dem kleinen Jungen herunter: »Nahmen, du bist ja wieder größer geworden. Bestimmt kannst du schon bald zur Schule gehen.«

Nahmens Augen leuchteten auf. »Ich wollte ja mit Christine in die Schule gehen, aber ich durfte nicht. Aber im nächsten Jahr darf ich.« Christine war seine siebenjährige Schwester.

Harald lachte leise: »Diese Schulbegeisterung möchte ich bei meinen Schülern mal erleben. Hoffentlich hält die an.«

Heike nahm Kirsten eine Tasche ab. »Kommt erst einmal rein. Die Wohnung wartet schon auf euch.«

Sie stiegen die Treppe zu der im Dachgeschoß ausgebauten Ferienwohnung hinauf. Auf dem Tisch im großen Wohnraum stand ein bunter Blumenstrauß, den Kirsten als erstes bemerkte.

»Heike, bei euch merkt man immer, dass man willkommen ist. Sind die Blumen schön!« Sie schaute sich im Raum um. »Ihr habt ja neu tapeziert, der Raum ist viel heller geworden.«

Heike lachte: »Im Winter ist es ja immer ruhig. Da habe ich Arfst rangekriegt zum Tapezieren. Wir haben keine zwei Tage dazu ge-

---

Friesisch: »*Herzlich willkommen. Wie schön, euch wieder zu sehen. Kommt herein!*«

12

braucht. So, nun packt erst einmal aus und macht es euch gemütlich. Wenn ihr etwas braucht – ich bin unten in der Küche. Sagt noch Bescheid, wie viele Brötchen ihr morgen haben wollt.« Heike Brodersen nahm Nahmen an die Hand und ging mit ihm die Treppe hinunter.

Als die beiden gegangen waren, ging Kirsten zu Harald hinüber. Dieser schaute verträumt in den weiten Himmel über der Marsch, der im Abendlicht leuchtete.»Schön, dass wir nun den ganzen Alltagsstress hinter uns lassen können. Ich hab' eigentlich Lust, mich in den nächsten Wochen in jeden Tag hineintreiben zu lassen. Einfach tun, was uns Spaß macht.«

»Liebling, du sprichst mir aus der Seele«, lachte Harald und nahm sie in die Arme.

2. Der Fund

»Nein, was hab' ich mir da angetan!« grunzte Harald Heitkämper in das rhythmische Schrillen des Weckers hinein. Mit suchenden Fingern ertastete er den Aus-Knopf des Weckers. Vom digitalen Ziffernblatt leuchtete aufreizend ›4:33‹. Draußen war es schon hell.

›Warum musste ich auch gestern Abend mit meinen Angelfähigkeiten vor Heike, Arfst und Kirsten angeben‹, schoss es Harald durch den Kopf. ›Und wer konnte ahnen, dass mich Arfst gleich beim Wort nehmen würde und mir seine Angelausrüstung anbietet.‹ Harald drehte sich leise aus den Bettlaken, um Kirsten nicht zu wecken. Vergebens – Kirsten blinzelte ihn mit einem offenen Auge an.

»Na, mein Held, willst du mich wirklich im ersten Morgengauen schon verlassen, um dich an nebligen Gewässern zu langweilen?«

»Frauen sollten ihre Helden bewundern und bei ihren Beutegängen unterstützen, sie aber nicht mit ihren weiblichen Reizen von ihren Vorhaben abbringen und wieder ins Bett locken.« Harald klopfte sich tarzanmäßig auf die Brust und verschwand im Bad.

Als er wieder herauskam, murmelte Kirsten verschlafen: »Mach dir wenigsten noch 'nen Becher Kaffee und nimm ein Brötchen mit! Gehst du zu Arfst' Fenne an der Großen Wasserlösung, wie er dir gestern empfohlen hat? Ich komme gegen Neun dahin und wir machen dann als Frühstück ein Picknick.« Mit einem Kuss auf ihre Stirn verabschiedete sich Harald, Kirsten streckte sich noch einmal wohlig und schlief wieder ein.

Harald holte sich die Angelausrüstung, die er am Abend zuvor mit Arfst zusammengestellt hatte, aus der Gerätekammer und schwang sich aufs Fahrrad, sein bevorzugtes Verkehrsmittel auf Föhr. In der ersten Ferienwoche, die nun hinter ihnen lag, hatten sie auf dem Fahrrad die ganze Insel abgeradelt und ein Wiedersehen mit all ihren Lieblingsplätzen gefeiert. Die Körperpartien, die direkten Sattelkontakt hatten, waren mittlerweile abgehärtet, so dass sie nun auch längere Strecken wieder beschwerdefrei zurücklegen konnten. Zügig radelte Harald durch die offene Marsch in Richtung Midlum. Unterhalb von Midlum gehörte Arfst eine große Fenne, die unmittelbar an die Große Wasserlösung anstieß – den zentralen Entwässerungskanal der Insel. Auf dem Weg begegnete er keinem Menschen. Aber überall sah er schwarzbuntes Vieh auf den Fennen, das geruhsam und rhythmisch im Gras weidete. Wie immer bei diesem Anblick kam ihm die Erzählung des begnadeten Sonderlings Arno Schmidt in den Sinn, die den einprägsamen Titel ›Kühe in Halbtrauer‹ trug. Zugleich mit dieser literarischen Anwandlung regte sich auch sein schlechtes Gewissen. Er hatte sich reichlich Ferienlektüre eingepackt. Je zur Hälfte Krimis und Neuerscheinungen der so genannten ›gehobenen Literatur‹, um sich auf dem Laufenden zu halten. Schließlich unterrichtete er in der Schule auch Deutsch. Und wie immer hatte den Krimis der erste Zugriff gegolten.

Nach zwanzig Minuten Fahrt kam Harald am Kanal an. Auf Arfst' Fenne weidete Jungvieh. Harald stellte sein Fahrrad am Tor des Zaunes ab und ging mit der Angelausrüstung quer über die Fenne in Richtung Kanal. ›Gott sei Dank hat Arfst keine Bullen auf der Fenne stehen‹, vergewisserte er sich. In diesem Fall hätte er lieber den Umweg außen um den Zaun genommen. Die Fenne war durch einen Reetgürtel vom Kanal abgegrenzt. Er ging schräg auf den Uferstreifen zu, denn er hatte etwa 100 Meter vom Straßenübergang über den Kanal eine Lücke im Reet erspäht, die ein geeigneter Angelplatz zu sein schien. Harald beschloss, an dieser Stelle zu bleiben und sein Glück zu versuchen.

Arfst hatte ihm gesagt, dass die Gemeinde das Gewässer für Touristen freigegeben habe und er deshalb keine gesonderte Angelerlaubnis benötige. Über den Fischbestand im Kanal konnte er ihm aber keine näheren Informationen geben. Harald machte seine beiden Ruten fertig, bestückte sie mit Würmern und schwenkte sie mit einem gemurmelten »Na dann, Petri Heil!« über das Wasser aus. Dabei achtete er darauf, dass sich die Schnüre nicht im Reet verfingen. Die nächste Stunde verbrachte er damit, sich in der wichtigsten Fähigkeit des Anglers zu üben – nämlich in Geduld.

Dies gab ihm Gelegenheit, seine nähere Umgebung bewusst und mit allen Sinnen wahrzunehmen: die ganz leichten Fließbewegungen des Wassers, die Vielfalt der Formen der Schilfpflanzen, die abgestuften Grüntöne des Grases, den kaum wahrnehmbaren Geruch von Brackwasser, die Wärme der aufgehenden Sonne, die seine Haut streichelte, das ferne Muhen der Kühe, die zum Melken getrieben wurden, kurze Kläfflaute der Hunde, die sie auf den Fennen zusammentrieben, das wachsame Krächzen von Raubvögeln, die er aber nicht näher bestimmen konnte. Harald genoss die Ruhe der frühen Morgenstunden, bevor Scharen von Touristen mit ihren Fahrrädern die Insel belebten. Als er nach eineinhalb Stunden nur einen Weißfisch erbeutet hatte, beschloss er, seinen Angelplatz zu verlegen. In Richtung Oevenum hatte er eine weitere Lücke im Reet entdeckt, bei der der Kanal etwas breiter war.

Er packte seine Angelausrüstung zusammen und zog an den neuen Platz um. Beim Näherkommen sah er, dass offensichtlich schon ein Kollege den Platz belegt hatte. Zwei Beine ragten aus dem Schilf hervor, aber eine Angel war nicht zu sehen.

Mit einem gemurmelten: »Sorry, ich wusste nicht, dass hier schon jemand ist« wollte sich Harald zurückziehen. Da keine Reaktion kam, ging Harald neugierig näher heran. Ein Mann – aber offensichtlich kein Angler – lag zur Hälfte im Reet und schien zu schlafen.

›So besoffen kann doch niemand gewesen sein, dass er die ganze Nacht ohne aufzuwachen hier verschläft‹, schoss es ihm kurz durch den Kopf. Dann aber breitete sich eine schreckliche Ahnung und ein Gefühl der Lähmung in ihm aus: ›Ist der Mann womöglich tot?‹ Nach einigen Schrecksekunden ging Harald ganz dicht an den Mann heran, stieß ihn mit einem »Hallo!«, das ihm fast in der Kehle stecken blieb, leicht mit dem Fuß an.

Doch es kam immer noch keine Reaktion. Harald musste sich zusammennehmen, um sich zu dem Mann herunterzubeugen und ihn nun kräftig an der Schulter zu rütteln. Der Mann rollte dabei auf den Bauch, so dass Harald sehen konnte, dass sich auf dem Rückenteil seiner Jeansjacke ein großer roter Fleck ausgebreitet hatte. Harald dachte sogleich an Blut. Er spürte ein Würgen im Hals und ging einige Schritte zurück. Mit Mühe hielt er seinen Magen davon ab, das karge Frühstück wieder ans Tageslicht zu befördern. Zu seiner eigenen Verwunderung schoss ihm durch den Kopf: ›So muss sich Kirsten fühlen, wenn ihr im Auto schlecht wird.‹

Um seiner Erregung Herr zu werden, ging er mehrmals einige Schritte vor und zurück, als könnten diese Gehbewegungen ihm Distanz zu dem Toten verschaffen und ihm helfen, seine aufgeschreckten Gefühle zu ordnen. Sein nächster bewusster Gedanke war: ›Scheiße, warum bin ich nicht im Bett geblieben?‹

Endlich fiel ihm sein Handy ein. Er öffnete seinen vollgestopften Rucksack und kramte nach dem Telefon. Eine Schrecksekunde lang glaubte er, dass er es vergessen hätte. Dann endlich hatte er es in der Hand. Arfst Brodersen war jetzt sicher schon auf und im Stall beim Melken. Arfst' Handynummer war auf seinem eigenen Handy gespeichert. Harald bezweifelte, dass sie ihm in der Aufregung sonst eingefallen wäre.

»Moin, Brodersen hier.« Mit Arfst' ruhiger Stimme drang ein Anflug von Alltag in Haralds aufgewühltes Bewusstsein.

»Arfst, Harald hier. Du, es ist etwas Schreckliches passiert. Ich glaub, hier liegt ein Toter im Reet.«

»Was glaubst du? Liegt da nun einer oder nicht?«

»Doch, hier liegt ein Mann und rührt sich nicht, obwohl ich ihn kräftig geschüttelt habe. Ich bin sicher, er ist tot.«

»Ist er nicht nur besoffen?«

»Nein, ganz sicher nicht. Der rührt sich überhaupt nicht. Und auf seinem Rücken ist ein riesiger Fleck, der verdächtig nach Blut aussieht.«

»Wo bist du jetzt?«

»Auf deiner Fenne an der Großen Wasserlösung in der Midlumer Marsch, etwa 150 Meter von der Brücke.«

»Bleib dort, ich rufe den Notarzt an und die Polizei. Ich komme danach sofort dorthin. Ich bin gerade beim Melken, aber das kann Heike weitermachen.«

Harald ging einige Schritte auf den Mann zu, unterdrückte aber seine Regung, ihn genauer anzusehen oder ihn gar umzudrehen, um ihn ins Gesicht zu schauen.

Er suchte seine Angelausrüstung zusammen, die er im ersten Schreck zur Seite geworfen hatte und legte sie etwas entfernt wieder ab. Hier wartete er auf das Eintreffen von Polizei und Notarzt. Hatte in den letzten Minuten der Fund des Toten den Fluss seiner Aufmerksamkeit gebannt, wurden ihm jetzt seine eigenen Reaktionen bewusst. Er registrierte, dass ihn zuerst Neugier zu dem Mann hingezogen hatte, dann hatte ihn eine Welle des Schreckens überrollt, ihm Übelkeit verursacht und verwirrt. Jetzt begann er nicht nur räumliche Distanz zu seinem Fund zu bekommen, sondern auch emotionalen Abstand. Er kam sich wie unbeteiligt vor und seine Umgebung prägte sich ihm wie ein naturalistisches Gemälde ein. Ihm fiel ein, dass er heute zum ersten Mal in seinem Leben unvorbereitet mit einer Leiche konfrontiert war. Wahrscheinlich war auch der Mann im Schilf seinem Tod unvorbereitet begegnet. Und Harald dachte an die Unwiderruflichkeit des Todes.

Es war noch keine Viertelstunde vergangen, als fast gleichzeitig zwei Wagen mit Blaulicht herankamen. Mit einigem Abstand folgte dann auch der RAV4 von Arfst Brodersen. Sie hielten vor dem Tor zur Fenne. Ein uniformierter Polizist, ein unbekannter Mann mit einer Arzttasche – wohl der Notarzt – und Arfst kamen eilig auf ihn zu. Harald hob mit einem leisen »Hallo!« kurz die Hand zum Gruß und deutete auf die Lücke im Reet, wo der Tote lag. Sie ließen dem Notarzt den Vortritt, der sich neben den Toten niederkauerte, ihn genauer betrachtete, dann herumdrehte und untersuchte.

Als Harald das Gesicht des Toten sehen konnte, kam es ihm bekannt vor. Dann erinnerte er sich; es war der Mann des attraktiven Pärchens, das mit ihnen auf der Fähre am gleichen Tisch gesessen hatte.

Nach kurzer Zeit kam der Arzt wieder hoch und drehte sich mit ernstem Gesicht zu ihnen um. »Er ist auf jeden Fall schon einige Stunden tot. Und es sieht ganz danach aus, dass er erschossen worden ist. Henning«, wandte er sich an den Polizisten, »das wird ein Fall für euch!«

Jetzt ging Henning Lürrsen, der Polizeibeamte, auf die Leiche zu und kniete sich neben dieser nieder. Mit einem etwas verkrampften Gesicht durchsuchte er die Taschen der Jeansjacke und der Hose. Als er sich wieder aufgerichtet hatte, schüttelte er den Kopf. »Kein Portemonnaie, keine Ausweise, keine Schlüssel. Normalerweise hat man so etwas immer bei sich.« Und zum Arzt sagte er: »Hast du etwas bemerkt, Helmut?« Dieser schüttelte nur den Kopf.

Arfst machte Harald mit dem Notarzt und dem Polizisten bekannt. »Dr. Behnsen, Herr Lürrsen. Und das ist Herr Heitkämper, ein Feriengast von uns.«

Henning Lürrsen fragte in die Runde: »Kennt einer den Toten?«

Harald trat noch einmal an die Leiche heran. »Ich glaube, ich habe ihn auf der Fähre gesehen, als wir herüber kamen. Er saß mit einer hübschen Frau bei uns am Tisch. Wir haben uns aber nicht unterhalten. Ich habe auch keine Ahnung, wer er ist.«

Lürrsen holte sein Handy hervor und wandte sich mit einem kurzen »Entschuldigung!« ab, um den Polizeiapparat in Gang zu setzen. Zwischen mehreren Telefonaten sprach er auch Harald an. »Herr Heitkämper, ich fürchte wir brauchen Sie heute noch länger. Gleich habe ich noch einige Fragen an Sie, um eine erste Übersicht zu bekommen. Später brauchen wir dann ein genaues Protokoll von Ihnen.«

Arfst ging mit Harald einige Schritte zur Seite: »Ich glaube, wir sollten erst einmal zu Hause Bescheid sagen. Heike ist wohl noch im Stall, aber Christine ist schon auf, die hatte sich früh mit ihren Freundinnen verabredet. Sie kann ja die Frauen ans Telefon holen.« Er hob das Handy ans Ohr.

Harald hörte ihn sagen: »Christine, as Mama al ap? Nei? Do gung ens hen tu Tante Kirsten an haale ham bi`t tilefoon!«[2]

Arfst reichte Harald das Handy rüber. Nach einigen Augenblicken hörte Harald Kirstens Stimme: »Hallo Arfst, was ist denn schon so früh am Morgen?«

»Nicht Arfst. Ich bin's, Harald. Schatz, ich wollte dir nur Bescheid sagen, aus unserem Picknick wird nichts.«

»Wieso, ist was? Hast du nichts gefangen?«

»Es geht nicht um einen Fang, sondern um einen Fund. Ich habe vorhin im Reet einen Toten gefunden. Es sieht so aus, als wäre er erschossen worden.«

»Mein Gott! Und wie geht es dir?«

»Vor Schreck war mir erst ganz schlecht. Aber jetzt habe ich schon etwas Abstand gewonnen. Arfst und ich sind hier mit der Polizei und dem Notarzt. Der Polizist hat mich schon darauf hingewie-

Friesisch: _»Christine, ist Mama schon auf? Nein? Dann geh' zu Tante Kirsten und hole sie ans Telefon!«_

19

sen, dass sie mich heute noch längere Zeit mit Beschlag belegen werden. Übrigens, den Toten hast du schon einmal gesehen. Entsinnst du dich des Pärchens, das auf der Fähre mit uns am Tisch gesessen hat? Es ist der Mann!«

»Mein Gott! Ach, jetzt wiederhole ich mich schon. Ich komme aber trotzdem gleich vorbei. Du hast ja fast nichts gegessen. Und wenn die Polizei dich noch ausquetschen will, kann das ja dauern. Ich bring dir gleich was raus. Und etwas seelischer Beistand wird dir sicher gut tun.«

Wie immer in den Krisensituationen seines Lebens waren ihm auch jetzt Kirstens Beistand und ihr praktischer Sinn eine Beruhigung.

3. Identität

Lürrsen, der Polizist, hatte seine Telefonate beendet und wandte sich wieder den drei Männern zu, die schweigend beieinander standen.

»Herr Heitkämper, ich muss Sie bitten, noch etwas zu bleiben. Gleich kommen einige Kollegen und sperren den Bereich hier ab, dann können wir uns in meinen Wagen setzen und ich kann mir Ihre ersten Aussagen notieren.«

Dr. Behnsen hatte seine Tasche ergriffen und sprach Lürrsen an: »Henning, ich muss in die Praxis. Hier kann ich doch nichts mehr ausrichten. In der Mittagspause schreibe ich dir einen kurzen Bericht für eure Untersuchung.« Er reichte allen die Hand und ging zu seinem Wagen zurück.

»Herr Brodersen, Sie brauchen nicht zu warten. Ich kann Herrn Heitkämper nachher wieder zurückfahren«, bot Lürrsen an.

»Das ist nicht nötig. Gleich kommt meine Frau mit unserem Wagen. Die wartet solange, bis wir fertig sind. Arfst, du kannst ruhig schon mal zum Hof zurückfahren. Ich komme mit Kirsten zurück.«

Arfst nickte Lürrsen zu: »Sie wissen ja, wo Sie mich erreichen können. Harald, wir sehen uns nachher.« Langsam und nachdenklich ging er über die Fenne zu seinem Auto.

Kurz darauf näherte sich ein weiterer Streifenwagen und parkte hinter dem ersten. Zwei Polizeibeamte stiegen aus und kamen mit Absperrmaterial und einem digitalen Fotoapparat heran. Nach einem Blick auf den Toten und einer kurzen Unterredung mit Lürrsen schoss der eine von ihnen einige Fotos. Dann begannen sie, den Raum um die Leiche mit einem rot-weißen Band abzusperren.

Lürrsen stieß Harald leicht an. »Kommen Sie, wir gehen zu meinem Wagen hinüber. Hier muss alles so bleiben, wie es ist, bis die Kollegen von der Mordkommission aus Husum da sind. Ich denke, das wird am späten Vormittag sein.«

Harald stapfte hinter Lürrsen her. Nachdem sie im Wagen Platz genommen hatten, holte Lürrsen ein Notizbuch heraus. »Herr Heitkämper, zuerst brauche ich Ihre genauen Personalien. Und dann berichten Sie bitte, was Sie heute Morgen alles erlebt haben, bis wir gekommen sind.«

Harald gab ihm die erforderlichen Daten. Dann lehnte es sich zurück, richtete seinen Blick auf den Reetgürtel am Ufer und begann konzentriert zu berichten. Er versuchte nüchtern und detailgenau sein Tun und seine Beobachtungen seit dem Aufstehen zu beschreiben und mit Zeitangaben zu versehen. Die Beobachtung seiner eigenen Gefühlswelt bei den Geschehnissen sparte er dabei aus. Lürrsen füllte mehrere Seiten seines Notizbuches mit den Aussagen.

Als Harald geendet hatte, blätterte Lürrsen einige Zeit nachdenklich durch die Aussagen. »Sie sagten vorhin, Sie hätten den Toten schon einmal gesehen, und zwar auf der Fähre. Sind Sie sicher, dass es der Tote war?«

»Na ja, ziemlich sicher. Gleich kommt meine Frau. Die saß mit am Tisch. Sie hat ein gutes Personengedächtnis. Vielleicht erkennt sie ihn auch wieder.« Kaum hatte er dies ausgesprochen, als in Harald schon ein schlechtes Gewissen hochkam; mit diesem Hinweis würde er seiner Frau unweigerlich den Anblick der Leiche zumuten.

»Herr Heitkämper, wann genau sind Sie mit der Fähre gekommen?«

Harald rechnete zurück und gab Lürrsen Datum und Abfahrtzeit der Fähre.

»Ist Ihnen auf der Überfahrt etwas aufgefallen, was uns helfen könnte, die Identität des Toten zu klären? Sie sagten vorhin, er war in Begleitung einer Frau. Können Sie diese beschreiben? Haben Sie während Ihres Aufenthalts einen der beiden auf der Insel wieder gesehen?«

»Er war anders angezogen. Ich glaube, er hatte ein dunkles Hemd an und eine Lederjacke bei sich. Die Frau war recht hübsch, blonde, halblange Haare, recht schlank, gute Figur und ... mehr fällt mir nicht ein. Gesprochen haben wir nicht miteinander. Und die beiden haben sich flüsternd unterhalten, so dass wir auch nicht verstehen konnten, worüber sie geredet haben. Ich kann mich nicht entsinnen, einen der beiden hier auf der Insel wieder gesehen zu haben.«

Lürrsen notierte sich die Beschreibung der Frau. »Hatten sie Gepäck bei sich?« »Sie könnte eine Tasche bei sich gehabt haben. Vielleicht so etwas Beutelartiges. Aber auch da kann Ihnen meine Frau besser weiterhelfen. Frauen haben dafür ja einen Blick. Sonst ist mir nichts aufgefallen.«

»Was war bei der Ankunft? Sind sie in einen Wagen eingestiegen? Oder haben sie zu Fuß das Schiff verlassen? Hat sie jemand abgeholt?« Lürrsen ging verschiedene Möglichkeiten durch.

»Nein, keine Erinnerung.«

»Herr Heitkämper, fürs erste einmal vielen Dank. Jetzt müssen wir uns zunächst darauf konzentrieren herauszufinden, wer der Tote ist. Ich nehme an, dass die Kollegen der Mordkommission sich erst einmal den Tatort hier ansehen werden. Danach werden sie wohl noch einmal mit Ihnen sprechen wollen. Darf ich Sie bitten, um 15.00 Uhr zur Polizeistation am Hafen zu kommen? Sie wissen doch, wo das ist? Sollte sich an der Zeit etwas ändern, werde ich Sie anrufen.«

Harald gab ihm seine Handy-Nummer. »Ich warte noch auf meine Frau. Sie holt mich gleich hier ab.«

Lürrsens beide Kollegen hatten sich getrennt. Der eine war bei der Leiche geblieben, der andere zur Straße zurückgekommen. Hier standen schon mehrere Wagen, deren Fahrer sich neugierig nach dem Grund der ungewohnten Polizeipräsenz am frühen Morgen an der Großen Wasserlösung erkundigten. Auch einige Fahrradfahrer standen am Zaun. Lürrsens Kollege versperrte den Zugang zur Fenne und beschied die Fragenden mit einem lakonischen: »Da hat's wohl einen Unfall gegeben.«

Harald war inzwischen mit Lürrsen aus dem Polizeifahrzeug ausgestiegen. Lürrsen ging zum Fundort der Leiche zurück. Harald war einige Schritte in die Fenne hineingegangen. Er ließ den Blick über die weite Marsch mit dem friedlich weidenden Vieh schweifen und stellte sich die Frage: »Ist dieser friedliche Anblick nur Schein und gibt der Tote dort im Reet die Realität wieder? Oder ist es umgekehrt?« Von der Unlösbarkeit dieser Frage wurde er durch das Herannahen seines Wagens abgelenkt, in dem Kirsten mit beachtlichem Tempo herankam. Sie parkte hinter dem letzten Auto am Straßenrand und wollte durch das Tor auf die Fenne gehen. Dort wurde sie von dem Polizeibeamten aufgehalten. Harald ging zu ihnen hin und sprach den Beamten an: »Das ist meine Frau, sie soll bei Ihrem Kollegen Lürrsen noch ein Aussage machen.« Lürrsen, der sie dort hatte stehen sehen, winkte mit einer ausholenden Bewegung herüber, worauf der Beamte sie durchgehen ließ.

Harald legte Kirsten beim Gehen den Arm um die Schulter und versuchte ihr auf der kurzen Strecke eine Übersicht über die Situation zu geben. »Kirsten, der Polizeibeamte, der Herr Lürrsen, wird dich wahrscheinlich bitten, den Toten anzuschauen. Er möchte sicher sein, dass es sich um den Mann handelt, den wir auf der Fähre gesehen haben. Fühlst du dich dazu in der Lage?«

Kirsten nickte kurz, ging direkt auf Lürrsen zu und begrüßte ihn: »Ich bin Kirsten Heitkämper. Mein Mann sagte mir, ich sollte mir den Toten ansehen, weil wir den Mann eventuell schon auf der Fähre gesehen hätten.«

Lürrsen nickte: »Es würde uns sehr helfen, wenn Sie bestätigen könnten, was uns Ihr Mann über den Toten berichtet hatte. Trauen Sie sich den Anblick zu?« Er trat einen Schritt zurück und gab den Weg zu dem Toten frei, ohne eine Antwort abzuwarten.

Kirsten ging mit schnellen Schritten an ihm vorbei, beugte sich über den Toten und sah ihm kurz ins Gesicht. Sie räusperte sich, atmete tief durch und wandte sich zu Lürrsen um: »Ich bin ganz sicher: Es ist der Mann, der auf der Fähre mit uns am Tisch gesessen hatte. Er war in Begleitung einer hübschen blonden Frau.«

Lürrsen stellte auch ihr – wie vorher schon ihrem Mann – die Fragen; ob das Paar Gepäck bei sich hatte und ob sie mit einem Wagen die Fähre verlassen hätten.

»Ob sie Gepäck bei sich hatten? Kann ich nicht sagen. Meist lässt man die großen Stücke ja in den Abstellplätzen in den Gängen. Am Tisch hatten sie jedenfalls nichts dabei. Die Frau hatte nur einen relativ großen Beutel, der aus mehrfarbigen Lederstreifen zusammengenäht war. Ich glaube, die Farben waren rot und auch ein dunkles Grün. Er trug wohl eine Lederjacke, mittelbraun.«

Lürrsen notierte sich auch Kerstins Aussage. »Haben Sie den Mann oder die Frau hier auf der Insel irgendwann einmal wieder gesehen?«

Kerstin schüttelte ihren Kopf: »Jedenfalls kann ich mich nicht erinnern. Du, Harald?«

»Ich habe schon zu Herrn Lürrsen gesagt, dass ich die beiden nicht wieder gesehen habe. Die wären mir wahrscheinlich aufgefallen.«

Lürrsen entfernte sich einige Schritte von dem Fundort der Leiche und zog so auch Kirsten und Harald Heitkämper mit sich. »Der Staatsanwalt, die Mordkommission und die Kriminaltechnik werden wohl gegen Mittag hier sein. Wir müssen erst einmal alles versuchen, um die Identität des Toten zu ermitteln. Herr Heitkämper, wie schon gesagt, wir erwarten Sie dann um 15.00 Uhr in der Wache am Hafen, damit Sie Ihre Aussage zu Protokoll geben und eventuell auch ergänzen. Versuchen Sie, sich die Begebenheiten des heutigen Morgens noch einmal in aller Ruhe durch den Kopf gehen zu lassen. Manchmal fallen einem noch Nebensächlichkeiten ein, die hinterher wichtig sein können. So, jetzt will ich Sie aber nicht länger aufhalten. Wir sehen uns dann heute Nachmittag.« Lürrsen reichte beiden die Hand und ging die wenigen Schritte zum Fundort der Leiche zurück.

Kirsten und Harald Heitkämper begaben sich langsam zu ihrem Wagen. Am Tor zur Fenne stand immer noch einer der Polizisten und hielt die Schaulustigen vom Betreten des Fundortes ab. Deren Fragen nach dem Grund für das Polizeiaufgebot wehrte Harald Heitkämper mit dem Verweis auf die Polizei ab. Sie stiegen schnell ein und fuhren zügig ab.

Lürrsen rief den Kollegen, der vorher am Fundort die Fotos aufgenommen hatte, zu sich und gemeinsam gingen sie zu den Polizeifahrzeugen. Sie besprachen sich kurz mit dem Beamten, der an der Einfahrt zur Fenne die Neugierigen abwehrte. Dieser blieb an seinem Standort zurück, von dem aus er auch den Platz im Auge behalten konnte, an dem die Leiche lag. Lürrsen und Stein, sein anderer Kollege, fuhren wieder zur Polizeistation.

Dort druckte Stein die Fotos von der Leiche aus und machte von diesen gleich einige Kopien. Lürrsen rief unterdessen bei der Kripo in Husum an und erfuhr, dass der Wagen mit jeweils zwei Beamten der Mordkommission und der Kriminaltechnik schon auf dem Weg nach Dagebüll sei. Auch der zuständige Staatsanwalt Herbert sei schon unterwegs und werde mit der gleichen Fähre wie die Kriminalbeamten ankommen. Mit der Leitung der polizeilichen Ermittlungen sei Kriminalhauptkommissar Mommsen beauftragt worden. Staatsanwalt Herbert war Lürrsen unbekannt. Mit Mommsen hatte er dagegen schon einmal zusammen gearbeitet.

Er schätzte ihn als besonnenen, zähen Kollegen, der seine Untersuchungen breit anlegte und auch kleinste Hinweise nicht vergaß. Er ließ sich Mommsens Handynummer geben und erreichte diesen unterwegs kurz vor Bredstedt. Lürrsen informierte ihn über den Stand der Ereignisse. Sie kamen überein, dass Lürrsen und zwei seiner Kollegen aus Wyk fortfahren sollten, die Identität des Toten zu klären. Ferner, dass Lürrsen die Beamten aus Husum um 11.45 Uhr von der Fähre in Wyk abholen werde, um sie gleich an den Fundort zu führen.

Lürrsen hatte schon am Fundort der Leiche Friedrichsen – einen Kollegen, der eigentlich frei hatte – angerufen und zum Dienst bestellt. Mit diesem und Keller, einem weiteren Kollegen, besprach Lürrsen die nächsten Schritte der Nachforschungen nach der Identität des Toten. Da sowohl Dr. Behnsen als auch Arfst Brodersen, aber auch Lürrsen selbst und sein Kollege am Fundort den Toten nicht kannten, lag es nahe, dass dieser nicht von der Insel stammte, sondern ein Feriengast war. Auch eine Vermisstenanzeige von der Insel Föhr lag nicht vor. Friedrichsen hatte Bedenken: »Henning, jetzt in der Hochsaison sind einige Tausend Feriengäste auf der Insel. Wie willst du da rauskriegen, ob jemand fehlt?«

Lürrsen entgegnete ihm: »Wir müssen mehrere Wege gehen. Entweder wir bekommen noch eine Vermisstenanzeige rein oder wir finden es selbst heraus, wer der Tote ist. Wir ziehen mit den Bildern des Toten los und suchen uns die Ansprechpartner, die am meisten mit den Feriengästen in Kontakt kommen.« Sie beschlossen, dass Friedrichsen und Keller die Suche zunächst bei den gewerblichen Vermittlungen von Ferienunterkünften und Lürrsen bei den Gastronomiebetrieben in Midlum beginnen sollten. Würde die Suche in diesem Kreis ergebnislos bleiben, sollten Friedrichsen und Keller mit den privaten Ferienunterkünften und Lürrsen mit den Gastronomiebetrieben in den Nachbardörfern von Midlum weitermachen.

Lürrsen fuhr nach Midlum zurück. Zunächst sprach er kurz bei dem Kollegen am Fundort der Leiche vor, der immer noch die Neugierigen abwehren musste. »Henning, das ist ja schlimmer als Bodyguard bei Britney Spears. Wie soll das erst werden, wenn die Pressetypen mit der nächsten Fähre hier einfallen. Das schaff' ich nicht alleine. Da musst du mir noch einen schicken.« Lürrsen versprach sich darum zu kümmern.

Dann fuhr er ins Dorf. Sowohl im Marschenkrog als auch im Dorfcafe konnte sich niemand an den Toten auf dem Bild erinnern. Der Imbiss war noch geschlossen, so dass Lürrsen den Besuch auf später verschob. Inzwischen war es Zeit, zur Fähre zu fahren und die Kollegen vom Festland abzuholen.

Staatsanwalt Herbert, Kriminalhauptkommissar Ludwig Mommsen, Kriminalkommissar Dirk Schön und die beiden Beamten der Kriminaltechnik standen auf dem Sonnendeck, als die Fähre begann, sich im Hafen von Wyk zu drehen. Staatsanwalt Herbert war erst seit einem guten Jahr in dieser Funktion tätig. Er war froh, mit Hauptkommissar Mommsen einen erfahrenen Ermittler an der Seite zu haben, der die Verantwortung für die Ermittlungspraxis übernehmen würde. Er selbst war noch nie auf Föhr gewesen. Ludwig Mommsen hingegen hatte schon einige Male auf Föhr zu tun gehabt. Das war zu der Zeit gewesen, als er vor mehr als zehn Jahren noch beim Dezernat für Wirtschaftskriminalität gewesen war. Meist hatte es sich um kleinere Delikte gehandelt, derentwegen er Ermittlungen auf der Insel durchführen musste. Gewaltverbrechen waren auf Föhr noch nicht heimisch gewesen.

Die Überfahrt auf dem Sonnendeck der *Uthlande* mit dem beruhigenden Blick auf Meer, Inseln und Halligen hatte Mommsen in dem Gedanken, dass dies wahrscheinlich der letzte entspannte Moment der nächsten Tage sein würde, sehr genossen. Mommsen war sich bewusst, dass sich in ihm während einer Mordermittlung immer eine Anspannung aufbaute, deren Ursachen er sich nie so recht klar gemacht hatte. Er hielt sich für einen routinierten Ermittler, der in seiner Berufslaufbahn eine nennenswerte Anzahl schwieriger Untersuchungen erfolgreich abgeschlossen hatte. Er hielt sich auch nicht für besonders ehrgeizig und setzte sich nicht unter Erfolgsdruck. Aber gerade bei Untersuchungen von Gewaltdelikten erlebte er immer wieder, dass er tief in das Leben von Opfern und Tätern, aber auch von weiteren Betroffenen eindrang: in gescheiterte Lebensentwürfe, in armselige Lebensläufe, in tragische Verstrickungen, in die sich die

Menschen selbst eingebunden hatten. Es fiel ihm dann schwer, die nötige Distanz aufrecht zu erhalten, die er seinem Beruf schuldete. Diese Anspannung war aber auch das Ergebnis seiner Fähigkeit, sich in andere Menschen hineinzuversetzen und ihre Perspektive zu übernehmen. Die schlichte Einteilung der Welt in Gut und Böse, in Recht und Unrecht verschwamm in solchen Situationen. Dieser Fähigkeit, sich in die Logik des Handelns von Tätern und Opfern zu versetzen, verdankte er einen guten Teil seiner Erfolge. Die Anspannung fiel mit der Lösung eines Falles nicht in sich zusammen, sondern baute sich nur langsam in ihm ab.

Mommsen schüttelte diese Gedanken über seine eigene Befindlichkeit ab und wandte sich den anstehenden Aufgaben zu. Als er aufblickte, sah er auf der Mole einen Streifenwagen stehen, in dem er Lürrsen von der Polizeistation Wyk vermutete. Er beeilte sich, den Kollegen auf das Parkdeck zu den Autos zu folgen. Sie fuhren auf das Polizeifahrzeug zu, dessen Fahrer ihnen mit einer Handbewegung einen kurzen Gruß hinüberwinkte. Lürrsen fuhr vor ihnen her und führte sie zum Fundort der Leiche. Dort angekommen stiegen sie aus ihren jeweiligen Wagen. Mommsen erinnerte sich an Lürrsen. »Herr Herbert, das ist Herr Lürrsen von der Polizeistation in Wyk, der die ersten Ermittlungen begonnen hat. Herr Lürrsen, das ist Staatsanwalt Herbert, meine Kollegen Schön, Frerichs und Sonntag. Wir beide hatten vor einigen Jahren ja schon mal zusammengearbeitet. Da waren Sie noch auf der Polizeistation in Leck tätig. Wie lange ist das eigentlich schon her?«

»Meine Herren, erst einmal willkommen auf der Insel. Ich muss mal nachdenken, ich bin jetzt sechs Jahre auf Föhr. Muss kurz davor gewesen sein.«

»Ich hoffe doch, Herr Lürrsen, dass Sie uns bei unseren Ermittlungen unterstützen können.« Mommsen legte Lürrsen die Hand auf die Schulter. »Wir brauchen einen erfahrenen Kollegen, der hier mit den Verhältnissen auf der Insel vertraut ist.« Er wandte sich zu seinen Begleitern um: »Nun sollten wir uns erst einmal den Toten anschauen.«

Sie gingen im Gänsemarsch auf den Fundort der Leiche zu, um mögliche Spuren nicht zu zerstören.

Herbert, Mommsen und Stein schauten als erste den Toten an, dann machten sie Platz für die Kriminaltechniker.

Während diese routiniert ihrer Arbeit nachgingen und den Fundort aufnahmen, ließen sich Herbert, Mommsen und Schön von Lürrsen auf den aktuellen Stand der Untersuchung bringen. Sie waren sich einig, dass – neben der Spurensicherung am Fundort – erst einmal die Feststellung der Identität des Opfers Vorrang habe.

Staatsanwalt Herbert wandte sich an Mommsen: »Können Sie aufgrund der ersten Ergebnisse schon sagen, ob der Fundort der Leiche auch der Tatort ist?«

»Das würde ich mir gerne in Ruhe ansehen. Wir sollten erst einmal die Kriminaltechniker ihre Arbeit beenden lassen. Vielleicht finden sie schon Hinweise, die uns bei dieser Frage auf die Sprünge helfen.«

Der Staatsanwalt drehte sich zu Lürrsen um: »Ist eigentlich schon eine medizinische Untersuchung vorgenommen worden?«

Lürrsen wies darauf hin, dass der Notarzt die Leiche am Fundort schon in Augenschein genommen habe und am Nachmittag seinen Bericht zur Polizeistation bringen werde. Mommsen ergänzte die Ausführungen um den Hinweis auf die noch folgende gerichtsmedizinische Untersuchung der Leiche in Kiel. Darauf sprachen sie sich über den weiteren Verlauf der Ermittlungen ab.

Die beiden Kriminaltechniker winkten ihre Kollegen heran. »Wir sind mit einer ersten Untersuchung des Opfers und seines Liegeplatzes jetzt durch. Wir werden uns noch die Umgebung des Fundortes vornehmen. Das Opfer kann von uns aus weggebracht werden.« Frerichs wandte sich an den Staatsanwalt und an Mommsen: »Der Tote ist offensichtlich erschossen worden. Es scheint, dass der Schütze ziemlich nahe bei ihm stand. Genaues wird da die gerichtsmedizinische Untersuchung bringen. Wir vermuten auch, dass er hier erschossen worden ist. Bisher haben wir keine Spuren finden können, wie man ihn hierher gebracht hat – sei es getragen oder geschleift. Aber wir werden uns die Umgebung daraufhin noch genau anschauen.«

Herbert sah Mommsen fragend an: »Spricht etwas dagegen, dass das Opfer weggebracht wird?«

»Nein. Im Gegenteil. Es wäre gut, wenn er bald in der Gerichtsmedizin untersucht würde. Wir brauchen möglichst schnell genauere Ergebnisse über Todesursache, Tatzeit, Waffe, Täterentfernung und so weiter. Vielleicht erhalten wir auch Hinweise auf seine Identität.«

Staatsanwalt Herbert winkte Lürrsen heran. »Haben Sie schon etwas unternommen, um den Transport zur Gerichtsmedizin nach Kiel in die Wege zu leiten?«

Lürrsen zeigte auf einen Leichenwagen, der inzwischen angekommen war. Er hatte schon bei seinem Aufenthalt auf der Polizeistation das Bestattungsunternehmen mit der Überführung der Leiche beauftragt und einen Wagen bestellt.

»Es kann sofort losgehen. Dann können sie noch die Fähre um 14.00 Uhr erreichen«, sagte er zum Staatsanwalt. Dann ging er zu dem Überführungswagen und kam mit zwei Mitarbeitern des Bestattungsunternehmens zurück, die einen Metallsarg trugen. Mit Hilfe der beiden Kriminaltechniker wurde der Tote in den Sarg gelegt und in den Wagen gebracht. Die Türen des Überführungswagens schlossen sich hinter dem Sarg und Mommsen schoss der Gedanke durch den Kopf, dass mit dem Tod eines Menschen immer auch ein individuelles Universum erlischt.

Nachdem der Wagen des Bestattungsunternehmens abgefahren war, standen der Staatsanwalt und die Polizeibeamten neben ihren Dienstfahrzeugen zusammen. Der Staatsanwalt unterbrach das kurze Schweigen: »Herr Mommsen, wenn Sie mich hier nicht mehr brauchen werde ich versuchen, auch noch die Fähre um 14.00 Uhr zu erreichen. Ich habe morgen Vormittag noch in drei Fällen die Staatsanwaltschaft vor Gericht zu vertreten. Die Vorbereitungen dazu habe ich noch nicht ganz abgeschlossen. Da muss ich heute Abend noch ran. Ich werde mich heute auch noch einschalten, um die gerichtsmedizinischen Untersuchungen zu beschleunigen. Können Sie mich über die Ermittlungen der Identität des Opfers auf dem Laufenden halten? Sie erreichen mich jederzeit über meine Handy-Nummer.«

Mommsen nickte. »Selbstverständlich, Herr Herbert. Die Ergebnisse der Gerichtsmedizin sind für uns besonders dringlich. Ich wäre Ihnen dankbar, wenn Sie dort ordentlich Dampf machen. Die neigen dazu, ihre Arbeit nicht nach Dringlichkeit, sondern nach Eingangsstempel zu organisieren. Wir fahren Sie jetzt noch zur Fähre. Dann können wir hier weitermachen.«

Zu den beiden Kriminaltechnikern gewandt sagte er:»Nehmt euch bitte noch einmal die Umgebung ganz genau vor. Wir müssen herausbekommen, wie das Opfer hierhergekommen ist und ob Hinweise auf eine zweite Person vorhanden sind. Herr Lürrsen, es wäre gut, wenn Sie Ihre Suche wieder aufnehmen, ob jemand das Opfer gekannt hat. Du, Dirk«, wandte er sich an Dirk Schön,»kannst Herrn Lürrsen unterstützen. Ich werde mich noch einmal eingehend mit dem Herrn Heitmann unterhalten, der die Leiche gefunden hat.«

Lürrsen drehte sich um:»Heitkämper heißt er. Ich habe ihn zu 15.00 Uhr in die Polizeistation bestellt. Wir haben dann noch kurz Zeit, einen Bissen zu uns zu nehmen. Vielleicht ein Fischbrötchen mit einem Becher Kaffee am Imbiss beim Hafen. Das geht am schnellsten.« An die Kriminaltechniker und den Kollegen gewandt, der die Absperrung sicherte, fuhr er fort:»Ich schick euch jemanden, der euch was hier raus bringt. Mögt ihr auch Fischbrötchen?«

»Nee, lieber ein Stück Pizza – Schinken, Salami und so!«

»Alle? O.k., geht in Ordnung!«

Sie begaben sich zu den Wagen. Der Staatsanwalt stieg zu Mommsen ins Auto und Schön zu Lürrsen in den Streifenwagen.

Nach der kurzen gemeinsamen Mittagspause am Fischstand am Wyker Hafen trennten sie sich wieder: Mommsen ging zur Polizeistation und Schön und Lürrsen fuhren – nach einem Halt am Pizza-Shop – in die Midlumer Marsch zurück. Nachdem sie ihre Kollegen versorgt hatten, nahmen sie ihre Suche in den Midlumer Gastronomiebetrieben wieder auf. Der Imbiss hatte nun geöffnet. Lürrsen zeigte dem Betreiberehepaar und auch den anwesenden Gästen das Foto des Opfers. Da sich die Polizeipräsenz vom Vormittag in der Midlumer Marsch schon herumgesprochen hatte, schwirrten gleich Fragen durch den Raum:»Habt ihr den da gefunden? Ist das ein Toter? Wie ist der umgekommen? Wer ist das?« Die beiden Polizeibeamten hielten sich bedeckt. Aber keiner der Anwesenden hatte die Person auf dem Foto gekannt.

Lürrsen wandte sich an Schön: »Wir sollten noch einmal im Dorf-cafe und im Marschenkrog nachfragen. Ich war zwar heute Morgen schon dort, aber die Bedienungen waren noch nicht da. Vielleicht treffen wir die diesmal. Ein zweiter Versuch kann nicht schaden.«

Sie begannen mit dem Dorfcafe. Neben dem Besitzer trafen sie jetzt auch die Bedienung an. Lürrsen kannte sie. Er hielt ihr das Foto hin: »Wiebke, hast du den schon einmal gesehen?«

Wiebke Hansen nahm das Foto, schaute es sich mit unterschiedlichen Augenabständen an und fragte: »Ist der tot? Ist das der, den ihr da draußen gefunden habt?«

Lürrsen nickte.

»Tote sehen wohl anders aus als wenn sie leben. Aber ich glaube, der war vor kurzem hier. Das muss vorgestern gewesen sein. Am späten Nachmittag. Er wollte Pflaumenkuchen, aber ich hatte gerade das letzte Stück an den Nachbartisch serviert. Er hat dann nur einen Cappuccino und einen Cognac bestellt – französischen!«

Schön übernahm die Fortführung des Gesprächs. »Haben Sie ihn gekannt?«

»Nein. Er war wohl zum ersten Mal hier. Ich denke, er war ein Feriengast.«

»Was hat er gemacht? Hat er mit jemandem gesprochen?«

»Kurz nachdem ich ihn bedient habe, hat sich einer zu ihm an den Tisch gesetzt. Ich glaub, der hat auch Kaffee und Kuchen bestellt. Sie haben längere Zeit miteinander geredet.«

»Können sie den zweiten Mann beschreiben?«

»Den kannte ich auch nicht. Aber der war jünger. Ich denke, eher so Mitte zwanzig. Schlank. Dunkle Haare, etwas länger.«

»Konnten Sie mitbekommen, worüber sie geredet haben?«

Wiebke Hansen überlegte zögernd. »Der von dem Foto sprach ganz normales Hochdeutsch. Der andere redete etwas holprig; manche Worte hat er so komisch betont. So wie viele Russlanddeutsche, die erst hier Deutsch gelernt haben. Als ich an ihren Tisch kam, um die leeren Tassen abzuräumen, haben sie Englisch geredet – es hat sich jedenfalls so angehört. Es klang so, als wenn sie sich streiten würden.«

»Haben Sie eine Vermutung, worum es dabei ging?«

»Nee, keine Ahnung. Es kommt mir jetzt so vor, als wären sie hier verabredet gewesen. Warum weiß ich auch nicht. Ist nur so ein Eindruck.«

Lürrsen beteiligte sich wieder am Gespräch: »Wiebke, wie lange haben die beiden denn hier gesessen?«

»Daran kann ich mich nicht mehr erinnern. Normal, würde ich sagen. Vielleicht eine halbe bis eine Stunde.«

»Sind beide zusammen weggegangen?«

»Ich glaub schon. Ich hab' aber nicht darauf geachtet. Doch – ich weiß es wieder. Als ich draußen im Garten bedient habe, habe ich noch gesehen, dass der auf dem Foto in einen alten Golf eingestiegen ist. Allein.«

Schön hatte bei der Erwähnung des Wagens aufgemerkt: »Haben Sie das Kennzeichen des Wagens sehen können? Woher er kam? Oder können Sie sich an die Farbe erinnern?«

Wiebke Hansen schüttelte energisch den Kopf: »Das Kennzeichen? Nein. Aber an die Farbe erinnere ich mich: ein dunkles Rot. Ziemlich verstaubt.«

Schön fuhr fort: »Was ist mit dem zweiten Mann? Wie ist der von hier weggekommen? Hat der auch ein Auto gehabt?«

»Keine Ahnung. Den hab' ich dann einfach aus den Augen verloren. An mehr kann ich mich wirklich nicht erinnern. So, und jetzt muss ich mich wieder um die Gäste kümmern.«

Schön gab noch nicht auf: »Schauen Sie sich mal um. War einer Ihrer Gäste auch vorgestern hier? Oder fällt Ihnen ein Gast ein, der mit den beiden Kontakt gehabt hat?«

»Nein, nichts zu machen. Daran kann ich mich wirklich nicht erinnern.«

Schön nickte Lürrsen nachdenklich zu. Sie gaben Wiebke Hansen die Hand und Schön bedankte sich bei ihr: »Sie haben uns sehr geholfen. Jetzt haben wir wenigsten so etwas wie ein Licht am Ende des Tunnels. Wir müssen über Ihre Aussage noch ein Protokoll anfertigen. Kollege Lürrsen wird einen Termin mit Ihnen abstimmen.«

Beim Hinausgehen schlug Schön Lürrsen kumpelhaft auf die Schulter. »Na, Kollege, das war wenigsten schon einmal ein Anfang. Mommsen sagt immer; Verbrechensaufklärung ist zur einen Hälfte

Kopfarbeit und zur anderen Hälfte Beinarbeit.«

Lürrsen nickte ihm bestätigend zu. »Dann sollten wir die Beinarbeit fortsetzen und noch einmal hinüber in den Marschenkrog gehen. Vielleicht haben wir da auch noch Erfolg.«

Aber die Hoffnung war vergeblich. Die Befragung der Mitarbeiter des Marschenkrogs blieb ohne Ergebnis.

* * *

Mommsen hatte bei seiner Rückkehr zur Polizeistation den Bericht von Dr. Behnsen über die Leiche vorgefunden. Aus diesem ging hervor, dass der Tote – ein 30- bis 40-jähriger Mann – eine Schussverletzung aufwies, die aufgrund des Verlaufs des Schusskanals durch den Körper vermutlich tödlich gewesen war. Der Schusskanal musste das Herz gestreift haben, was durch die Obduktion noch zu bestätigen sein würde. Der Schütze hatte augenscheinlich recht nahe gestanden – etwa ein bis zwei Meter vom Opfer entfernt. Die Schusswunde ließ eher auf eine Handfeuerwaffe als auf ein Gewehr schließen. Andere Hinweise auf seinen Tod waren bei der ersten Untersuchung durch den Notarzt nicht festgestellt worden. Der Todeszeitpunkt lag bei der Untersuchung ca. sieben bis neun Stunden zurück. Mommsen rechnete nach: Dr. Behnsen hatte die Leiche kurz nach 7.00 Uhr am Morgen untersucht, also musste der Tod zwischen 22.00 und 24.00 Uhr am Vortag eingetreten sein.

Mommsen hatte den Bericht gerade gelesen, als Keller, der wachhabende Beamte, ihm das Ehepaar Heitkämper meldete. Mommsen begrüßte die beiden, stellte sich vor und fuhr fort: »Mein Kollege Lürrsen hat mir schon eine Kurzfassung Ihrer Aussagen von heute Morgen berichtet.« Er wandte sich an Harald Heitkämper: »Darf ich Sie trotzdem bitten, mir noch einmal eine genaue Schilderung Ihrer Erlebnisse des heutigen Morgens zu geben? Auch Wiederholungen sind Erinnerungsprozesse, die neue Facetten aus dem Gedächtnis aktivieren können. Sie glauben gar nicht, wie häufig wir entscheidende Hinweise erst wiederholten Befragungen verdanken. Und für das Protokoll benötigen wir auch noch eine genaue Zusammenfassung von Ihnen.«

Harald Heitkämper begann – statt des Berichtes – mit einer Kette von Fragen: »Haben Sie schon herausgefunden, wer das Opfer ist? Ist er tatsächlich erschossen worden? Wann ist denn das passiert?«

Mommsen entgegnete trocken und bedächtig: »Erste Frage: nein! Zweite Frage: ja! Dritte Frage: zwischen 22.00 Uhr und Mitternacht! So, nun sind Sie aber dran.«

Harald Heitkämper schilderte seinerseits noch einmal die Geschehnisse des vergangenen Morgens. Er war sich dabei sicher, dass ihm im Vergleich zu seiner ersten Aussage bei Lürrsen nichts Neues mehr eingefallen war. Erst aufgrund der Nachfrage Mommsens erinnerte er sich daran, dass er beim Wechsel seines Angelplatzes bei der Annäherung an den Tatort überrascht gewesen war, dort schon jemanden vorzufinden. Diese Überraschung erklärte er Mommsen gegenüber mit der Vermutung, dass er im taufeuchten Gras wohl keine Spuren bemerkt hätte, die auf die Anwesenheit eines Menschen hingedeutet hätten. Etwaigen Fußspuren hätte er zum damaligen Zeitpunkt allerdings keine Aufmerksamkeit geschenkt.

Kirsten Heitkämper ergänzte die Aussage ihres Mannes um die Erinnerung an das Opfer während der Fahrt auf der Fähre. Sie schilderte den Mann als schlank und gutaussehend. Er hatte bei der Überfahrt eine teure Lederjacke getragen. Sein Alter schätzte sie auf etwa 35 Jahre. Er hatte sich mit seiner Begleiterin konzentriert und mit routiniertem Charme unterhalten. Auf Mommsens Nachfrage, was sie mit ›routiniertem Charme‹ meine, entgegnete sie: »Ich hatte den Eindruck, dass er Frauen generell charmant behandelte. Mit Charme meine ich, dass er seiner Partnerin konzentriert zuhören konnte, sie dabei anlächelte, immer wieder Blickkontakt zu ihr suchte und den Eindruck erweckte, als sei er über ihre Anwesenheit glücklich.«

»Worüber haben die zwei sich denn so charmant unterhalten?«

»Also, worüber sie gesprochen haben, konnte ich nicht hören. Sie sprachen recht leise und ich habe auch nicht darauf geachtet, weil ich mich mit meinem Mann unterhalten habe«, beantwortete sie Mommsens Frage.

Die Partnerin des Opfers beschrieb Kerstin Heitkämper als eine attraktive, scheinbar lebenslustige Frau von etwa 35 bis 40 Jahren mit blonden, halblangen Haaren. Sie war gut und modisch gekleidet.

Mommsen fragte nach, ob die Kleidung eher vom Festland oder von der Insel stammte. Kerstin Heitkämper klärte ihn auf, dass Wyk über eine Anzahl von Geschäften verfüge, die modische, auch hochpreisige Marken anböten. Daher sei die Kleidung kein Hinweis auf die Herkunft der Trägerin. Sie beschrieb noch einmal die auffällige Handtasche der Frau, die aus Lederstreifen mit unterschiedlichen Farben bestand.

Mommsen hatte ein Aufzeichnungsgerät mitlaufen lassen. Er erkundigte sich, wie lange Harald und Kerstin Heitkämper noch auf Föhr bleiben würden. Kerstin sagte ihm, dass sie noch zwei Wochen Ferien auf der Insel vor sich hätten.

»Dann reicht es ja, wenn wir in den nächsten Tagen das Protokoll niederschreiben werden, damit Sie es dann unterzeichnen können. Für heute darf ich mich schon einmal bei Ihnen bedanken, dass Sie sich die Zeit genommen haben, Ihre Aussagen hier zu machen. Hoffentlich hat das Erlebnis Ihnen nicht Ihre Ferien verdorben. Ich wünsche Ihnen noch schöne Tage auf Föhr. Wenn wir noch Fragen haben, kann ich Sie ja erreichen.« Mommsen brachte seine Zeugen bis zur Tür und verabschiedete sich von ihnen.

Keller, der wachhabende Beamte, brachte Mommsen einen Becher Kaffee. Während er den überraschend guten Kaffee trank, ging er noch einmal die Notizen durch, die er sich während des Gesprächs mit Kirsten und Harald Heitkämper gemacht hatte. Er konnte ihnen jedoch keine Ansatzpunkte zur Beantwortung seiner Fragen am Beginn einer Morduntersuchung entnehmen.

Mommsen griff zum Handy und rief Schön an. Dieser berichtete ihm von den ersten Ergebnissen ihrer Recherchen in den Midlumer Gastronomiebetrieben. Er vereinbarte mit Schön, dass sie sich um 17.00 Uhr in der Polizeistation zu einer ersten Konferenz aller Beteiligten treffen würden. Schön sagte zu, die beiden Kollegen von der Kriminaltechnik vom Tatort abzuholen und mitzubringen. Lürrsen teilte diesen Termin auch seinen Kollegen mit, die das Personal der Vermietungsfirmen befragten.

Pünktlich zur vereinbarten Zeit konnte Mommsen die Konferenz beginnen. Nach kurzen Statements von Schön, Lürrsen, den Kriminaltechnikern und den beiden Wyker Kollegen, deren Recherchen erfolglos geblieben waren, fasste Mommsen zusammen: »Also wir haben ein noch unbekanntes Opfer eines Tötungsdeliktes, männlich, zwischen 30 und 40 Jahren, vermutlich kein Föhrer, aber wahrscheinlich Deutscher. Er wurde gestern zwischen 22.00 und 24.00 Uhr getötet, Tod durch eine Schussverletzung, die das Herz gestreift hat. Er hatte mit mindestens zwei Personen hier auf der Insel Kontakt: einer attraktiven Frau von 35 bis 40 Jahren, blond, modisch, mit der er – ebenfalls nur vermutlich – eine engere Beziehung hatte, sowie mit einem ca. 25-jährigen schlanken, dunkelhaarigen Mann. Letzterer könnte auch Ausländer sein. Wir haben Hinweise, dass es zwischen dem Opfer und diesem Mann Streit gegeben hat. Der Tote und seine Partnerin sind vor einer Woche mit der Fähre von Dagebüll gekommen. Ob sie dabei mit Gepäck angereist sind oder nur von einer Fahrt aufs Festland zurückkamen, wissen wir nicht. Von der Gerichtsmedizin können wir vor morgen Nachmittag keine Ergebnisse erwarten, auch wenn Staatsanwalt Herbert dort Druck gemacht hat. Vordringlich ist und bleibt, die Identität des Toten zu ermitteln. Du, Dirk, weitest die Suche auf die bundesweiten Vermisstenanzeigen aus. Vielleicht ist da ja etwas zu finden. Können die beiden Wyker Kollegen morgen die privaten Anbieter von Ferienwohnungen bzw. Zimmern weiter befragen?« Als diese nickten, fuhr er an Lürrsen gewandt fort: »Ich würde gerne die Befragungen in den Gastronomiebetrieben fortsetzen. Da auch Abendlokale und Bars dabei sind, wäre es ganz gut, schon heute Abend damit weiterzumachen. Kann ich da auf Sie zählen?«

Lürrsen nickte eifrig. Zwar hatte er seiner Frau versprochen, heute Abend noch Rasen zu mähen, aber Recherchen in einem Tötungsdelikt waren eine spannende Abwechslung in seinem dienstlichen Alltagstrott.

Mommsen schaute auf seine Uhr: »Herr Lürrsen, sie hatten für Herrn Schön und mich noch eine kleine Ferienwohnung bekommen können. Ich schlage vor, wir bringen unser Gepäck dorthin, machen uns frisch und essen etwas. Wir sollten uns dann hier um 19.30 Uhr treffen. Der Kollege Schön kann dann von der Station aus seine Recherche starten und wir beide machen uns auf die Runde durch die

Gastronomie in Wyk.« Mommsen stand auf und gab den beiden Wyker Kollegen die Hand. »Wir sehen uns dann morgen um 8.00 Uhr hier.« Auch die beiden Kriminaltechniker verabschiedeten sich und machten sich auf den Weg zur Fähre, nachdem sie Mommsen zugesagt hatten, am folgenden Tag als Erstes ihren Bericht zu erstellen und an die Wyker Polizeistation zu faxen.

Nach einem erfreulichen Abendessen in einem gemütlichen Fischlokal in Wyk, bei dem sich Mommsen und Schön für gefüllte Scholle entschieden hatten, trafen sie um 19.30 Uhr mit Lürrsen, der jetzt Zivil trug, in der Polizeiwache zusammen. Schön platzierte sich gleich hinter den Computer, während sich Mommsen und Lürrsen zu ihrer Runde durch die Wyker Lokale aufmachten. Auf Vorschlag Lürrsens begannen sie in der traditionsreichen Hafenkneipe *Glaube, Liebe, Hoffnung*, an deren Ausstattung mit maritimen Kuriosa sich Mommsen noch von seinen früheren Besuchen auf Föhr erinnerte. Hier war der Tote aus dem Reet weder dem Wirt noch den Gästen bekannt. Systematisch suchten sie die Lokale in der Innenstadt von Wyk auf. Der Ehemann eines angetrunkenen Pärchens behauptete wortreich, in dem Opfer auf dem Foto seinen verhassten Schwiegervater wieder zu erkennen. Da seine mollige Ehefrau aber die 50 bereits überschritten hatte, beschlossen sie, diese Aussage gemäß dem Motto ›Hier ist der Wunsch der Vater des Gedankens‹ zu ignorieren. Ansonsten waren ihre Befragungen bis gegen 22.00 Uhr erfolglos.

Kurz nach 22.00 Uhr betraten sie die *Vogelkoje*, ein Bistro mit einer langen Bar. In dem Lokal war reger Betrieb. Mommsen und Schön stellten sich an die Bar. Als die attraktive Frau hinter dem Tresen sie fragte, was sie trinken möchten, wiesen sie sich aus und baten um ihren Namen. Die Frau stellte sich als Karla Simon und Inhaberin des Bistros vor. Mommsen zeigte ihr das Foto und erkundigte sich, ob sie den Mann kenne. Sie warf einen kurzen Blick auf das Foto, drehte sich um, so dass sie den beiden Beamten den Rücken zukehrte, und hielt sich das Bild einige Zeit dicht vor die Augen. Dann wandte sie sich langsam den beiden Beamten zu und fragte mit tonloser Stimme: »Warum fragen Sie das? Worum geht es? Das ist doch kein Fahndungsfoto?«

Mommsen entgegnete: »Sagen Sie uns erst einmal, ob Sie den Mann kennen? War er hier Gast? Oder kennen Sie ihn in einem anderen Zusammenhang? Danach können wir Ihnen auch den Grund für unsere Fragen mitteilen.«

Die Frau stützte sich Halt suchend auf den Bartresen, zog einen Hocker heran und ließ sich langsam darauf nieder. »Ja, ich kenne ihn. Er heißt Tobias Kirchner. Er wohnt zur Zeit bei mir.«

Lürrsen beugte sich vor: »Wohnt er bei Ihnen als Feriengast?«

»Nein, es ist anders. Er ist mein Freund.« Dann wurde sie drängender: »Was ist mit ihm?«

Mommsen beugte sich nun auch vor: »Können wir hier irgendwo in Ruhe mit Ihnen reden?«

Karla Simon rief einem Mann, der mit einigen Gästen am Tisch saß, zu: »Bruno, übernimm du mal!« Dann bat sie die beiden Beamten in einen kleinen Raum hinter der Bar, der sowohl als Büro wie als Lagerraum diente. Sie ließ sich auf den Sessel hinter dem Schreibtisch nieder. Fast aggressiv wiederholte sie ihre Frage: »Was ist mit ihm?«

Mommsen setzte sich auf den Schreibtisch. »Leider muss ich Ihnen sagen, dass wir Herrn Kirchner – sofern er der Mann auf dem Foto ist – heute Morgen tot aufgefunden haben. Ein Angler hat ihn in der Midlumer Marsch gefunden. Wir müssen davon ausgehen, dass er getötet wurde.«

Karla Simon schaute Mommsen versteinert an, ohne sich zu rühren. Nach einer Weile rannen ihr einige Tränen aus den Augen, von denen sie aber keine Notiz nahm. Dann versenkte sie ihr Gesicht in ihre Hände. So blieb sie einige Minuten sitzen. Mommsen sah zu Lürrsen hinüber, als der sich zu bewegen begann, und schüttelte leicht den Kopf. Beide verharrten ebenso wie Karla Simon regungslos. Die Stille wurde unterbrochen, als Bruno die Tür öffnete und mit Blick auf die beiden Beamten fragte: »Was ist? Brauchst du Hilfe?«

Karla Simon hob den Kopf. Ihre Augen waren immer noch voller Tränen, als sie ihm heiser erwiderte: »Tobias ist tot. Er ist ermordet worden.«

Bruno ging um den Tisch herum auf sie zu, beugte sich zu ihr hinunter und legte ihr den Arm um die Schulter.

»Das ist doch nicht möglich. Doch nicht hier auf Föhr.« Dann sagte er zu den beiden Beamten gewandt: »Stimmt das? Ist er hier auf Föhr umgebracht worden? Das kann ich nicht glauben.«

Mommsen antwortete: »Doch, wir müssen annehmen, dass es so ist.« Er hielt auch dem Mann das Foto hin: »Erkennen Sie den Mann auch wieder?«

Der Mann nahm das Foto in die Hand. »Ja, natürlich, das ist Tobias.«

Lürrsen schaute den Mann an. »Darf ich fragen, wer Sie sind?«

»Ich bin Bruno Peters. Ich bin der Geschäftspartner von Frau Simon. Uns gehört das Bistro je zur Hälfte.«

4. Verbitterung

»Bedien' dich bitte!« Cosima Bernstädt schob Bernadette Mohr-Kirchner die Platte mit dem frischgebackenen Zitronenkuchen hin. »Du weißt, das ist das einzige Kuchenrezept, das ich hinkriege. Tu mir also die Ehre an und lang zu!« Sie nahm die Teekanne vom Stövchen und goss den aromatischen Earl Grey so heiß in die Tassen, dass die Kluntjes mit einem leisen, klirrenden Geräusch zersprangen.

Bernadette Mohr-Kirchner gehörte eine Ferienwohnung im Nachbarhaus, die sie von ihrem Vater geerbt hatte. Seit vielen Jahren verbrachte sie regelmäßig einen Teil ihrer Urlaube auf Föhr. In dieser Zeit hatte sich zwischen den beiden Frauen eine Freundschaft entwickelt, die weit über ein gutnachbarschaftliches Verhältnis hinausging. Als Cosima Bernstädt vor einer Stunde gesehen hatte, wie ihre Freundin zum Jogging aufgebrochen war, hatte sie ihr zugerufen, nach dem Laufen noch auf eine Tasse Tee herüberzukommen.

Cosima Bernstädt sah ihre Freundin besorgt an, die nach der Joggingrunde rund um Nieblum noch immer etwas erhitzt ihr gegenüber saß. »Ich hab Sorge, dass du das Laufen übertreibst. Du weißt selber besser als ich, dass es mit deinem Kreislauf nicht zum Besten bestellt ist. Du bist jetzt jeden Tag die große Runde um Nieblum gelaufen. Wie viele Kilometer sind das eigentlich?«

»Genau weiß ich das nicht, aber ich schätze so ungefähr sieben Kilometer. Wenn ich die Runde bis zum Strand ausdehne, vielleicht zehn. Ich brauche das auch als Ausgleich für den Beruf. Als Zahnärztin stehe oder sitze ich den ganzen Tag auf einem Fleck und das meist in verkrampfter Haltung. Hier auf Föhr kann ich auf Distanz zu dem ganzen Krampf des Alltags gehen. Und dazu gehört auch, dass ich mich beim Laufen einfach in die Weite treiben lassen kann.« Bernadette Mohr-Kirchner lehnte sich zurück und ließ den Blick geistesabwesend durch die offene Terrassentür über den leuchtenden Rittersporn im Garten ihrer Gastgeberin schweifen.

»Bernadette, warum musst du immer alles so perfekt machen? Setz dich doch nicht immer so unter Druck! Ich mit meinen fünf Kilo Übergewicht hätte ja allen Grund mich sportlich zu überfordern, aber du doch nicht.« Sie musterte die schlanke Gestalt ihrer Freundin, die auch durch den legeren Jogginganzug nicht verborgen wurde. »Du bist beruflich erfolgreich, du hast Sonja, eine ganz süße Tochter und du hast Freunde, die dich lieben. Und außerdem; das Fiasko deiner Ehe mit Tobias hast du bewundernswert durchgestanden.«

»Eben nicht! Das Kapitel ist leider noch nicht zu Ende. Wir leben zwar seit mehr als drei Jahren getrennt, aber noch sind wir nicht auseinander. Ich weiß meist nicht einmal, wo er sich aufhält. Wenn ich etwas von ihm höre, dann sind das immer nur Forderungen. Du weißt ja, dass die Pleite mit seinem Dentallabor mich auch mit reingerissen hat. In meiner jugendlichen Verliebtheit hatte ich die Bürgschaft für seine Kredite übernommen. Ich hatte damals gar nicht übersehen, auf was ich mich da einließ. Als er dann verschwunden ist, hat die Bank sich an mich gehalten. Ich habe da immer noch abzuzahlen. Und seit einem halben Jahr hat er über seinen Anwalt Unterhaltsforderungen an mich gestellt, da er arbeits- und mittellos sei. Da streiten sich unsere Anwälte immer noch. Im Fall einer Scheidung muss ich damit rechnen, dass ich allein mit seinen Schulden dasitze, er Ansprüche auf einen Teil des Vermögens erhebt und ich ihm ein Leben lang Unterhalt zahlen muss. Tobias ist völlig verantwortungslos. Er ist immer noch in der Lage, mich kaputtzumachen und auch Sonjas Zukunft zu ruinieren. Du siehst, das Kapitel Tobias ist noch lange nicht vorbei. Ich wünsche mir, dass er nie wieder auftauchen würde. Dann hätten wir endlich Ruhe.«

Cosima Bernstädt goss ihnen Tee nach und sah Bernadette Mohr-Kirchner nachdenklich an. Vor einer Woche glaubte sie beim Ringreiten in Oevenum einen Mann erblickt zu haben, der aussah wie Tobias Kirchner. Er war in Begleitung einer hübschen, lebensfroh wirkenden Frau gewesen. Cosima Bernstädt hatte Tobias Kirchner vor Jahren einige Male gesehen, als er noch mit Bernadette hin und wieder für einige Urlaubstage auf Föhr gewesen war. Da das aber schon einige Jahre her war und sie ihn diesmal nur aus größerer Entfernung gesehen hatte, war sie sich ihrer Sache nicht ganz sicher. Schon seit einigen Tagen ging sie mit sich zu Rate, ob sie ihrer Freundin davon berichten sollte. Sie hatte bislang hiervon Abstand genommen, da sie Bernadette nicht beunruhigen wollte. Andererseits bestand das Risiko, dass Bernadette plötzlich und unvermutet auf

Tobias Kirchner treffen konnte. Angesichts der Verbitterung, die aufgrund der unglücklichen Ehe in Bernadette gewachsen war, hätte solch eine unerwartete Begegnung auf sie wie ein Schock wirken können. Die Entspannung, die Cosima Bernstädt in den letzten Tagen bei ihrer Freundin registriert hatte, wäre dann mit einem Schlag verflogen.

Cosima Bernstädt richtete sich auf: »Bernadette, ich muss dir was sagen. Vor einigen Tagen war ich mit meiner Cousine – du weißt schon; Heike Brodersen – und ihrem Mann beim Ringreiten in Oevenum. Unter den Zuschauern war jemand, der aussah wie Tobias. Ich bin mir aber nicht ganz sicher. Er war ziemlich weit entfernt und ich habe ihn vor mehr als drei Jahren zum letzten Mal gesehen. Weißt du, ob er zur Zeit auf Föhr ist?«

Bernadette Mohr-Kirchners Gesichtsfarbe, die zuvor vom Laufen etwas gerötet war, wechselte nun in eine ungesunde Blässe. Sie atmete einige Male tief durch, als brauche sie plötzlich mehr Luft. Sie schaute einige Zeit stumm auf ihre Laufschuhe, hob dann den Blick und blickte Cosima Bernstädt an. »Ich weiß es nicht. Ich weiß überhaupt nichts mehr. Oh Gott, wäre ich doch nicht nach Föhr gekommen. Ich will nicht mehr.« Tränen traten ihr in die Augen und sie fuhr flüsternd fort: »Aber ich muss weitermachen. Ich habe ja Sonja!« Sie stand auf und wandte sich zum Gehen.

»Du gehst jetzt nicht nach Hause. Da kannst du nicht allein herumsitzen. Du trinkst jetzt erst einmal einen Whisky. – Ja, ich trinke einen mit! Und wenn Sonja zurückkommt essen wir gemeinsam hier. Ich habe ein Kilo Krabben im Kühlschrank liegen. Die pulen wir dann zusammen. Dann ist auch Sonja beschäftigt. Und wir beide bringen die Planung für meine Ausstellung in der Borgsumer Mühle voran.«

Cosima Bernstädt öffnete den alten Bauernschrank, in dem ihr Vorrat an geistigen Getränken lagerte, und holte eine Flasche Whisky heraus. »Single Malt, Bowmore, 16 Jahre. Das wird uns gut tun. Das ist auch die einzig gute Erinnerung an Robert, meinen Ex. Unsere Hochzeitsreise ging damals nach Schottland. Da haben wir auch die Destille auf Islay besucht, in der dieser hier gebrannt wurde. Das muss gerade zu der Zeit gewesen sein, als der gute Tropfen, der in dieser Flasche auf uns wartet, ins Fass gefüllt wurde. Tja, wenn Ehen mal auch so lange halten würden wie ein guter Whisky!« Sie füllte je eine Daumenbreite der bernsteinfarbenen Flüssigkeit in die Gläser, goss mit einigen Tropfen klaren Wassers auf und reichte Bernadette Mohr-Kirchner ein Glas. »Komm, trink einen Schluck. Das löst zwar keine Probleme, lässt sie aber in einem anderen Licht erscheinen!«

Bernadette Mohr-Kirchner trank einen großen Schluck, musste kurz husten und sagte: »Solche scharfen Sachen bin ich nicht gewohnt. Aber trotzdem, jetzt tut das gut. Ja, du hast Recht. Vielleicht sollte ich mich jetzt nicht verkriechen – erst recht nicht vor Tobias. Was auch immer mit ihm ist, ich hab' eine Zukunft mit Sonja. O.k., ich gehe jetzt kurz rüber um mich zu duschen und umzuziehen. Dann hole ich Sonja von ihrem Tanzkurs in Wyk ab und komme mit ihr her.« Sie trank den Rest des Whiskys aus und ging.

Cosima Bernstädt leerte auch ihr Glas und räumte die Flasche in den Schrank zurück. Nachdenklich verharrte sie einen Moment. War Bernadette nun überrascht von der Nachricht, dass Tobias eventuell auf Föhr war, oder nicht? Ihre Reaktion auf die Nachricht war vehementer gewesen als sie erwartet hatte. Eigentlich war sie davon ausgegangen, dass Bernadette das Kapitel ihrer Ehe mit Tobias emotional überwunden hätte und die noch offenen Fragen eher juristischer Natur seien. Aber offenbar hatte Tobias Bernadette nicht nur Schulden, sondern auch eine emotionale Hypothek hinterlassen, die noch lange nicht gelöscht war. Bernadette war kein eindimensionaler Mensch, der materiellen Fragen ein übergroßes Gewicht beimaß. Hinter der Verbitterung musste mehr stecken. Darauf musste sie die Freundin bei Gelegenheit einmal ansprechen.

Cosima Bernstädt ging hinüber in ihr Atelier, in dem die Bilder hingen und standen, die sie in den letzten Monaten gemalt hatte. Aus dieser Ansammlung wollte sie zusammen mit Bernadette eine Auswahl für die geplante Ausstellung in der Borgsumer Mühle treffen. Diese sollte in zwei Wochen eröffnet werden. Sie hatte die Präsentation ihrer Werke als Gemeinschaftsausstellung zusammen mit einer Freundin aus Kappeln, einer Goldschmiedin und einem Glasbläser aus Oldsum geplant. Als verbindendes Motiv hatten sie ›Ebbe und Flut‹ gewählt. Die Bilder wie auch die Schmuck- und Glasobjekte sollten die Vielfalt der Formen, der Farben und des Lichts im Wattenmeer wiedergeben. Schon vor einem Jahr, als die Idee der Ausstellung entstanden war, hatte Bernadette lebhaftes Interesse an dem Projekt gezeigt. Cosima Bernstädt ging davon aus, dass die Weiterarbeit an der Planung heute Abend geeignet sei, Bernadette abzulenken und ein Brüten über eine eventuelle schmerzhafte Begegnung mit Tobias zu verhindern. Sie nahm sich vor, heute Abend dieses unleidliche Thema nicht mehr anzuschneiden.

Cosima Bernstädt räumte eine Zeitlang die Bilder hin und her, um sie aus unterschiedlichen Winkeln des Lichteinfalls zu betrachten. Wie immer, wenn sie ihre Bilder ansah, beschlich sie ein Gefühl der Ambivalenz. Einerseits ein Gefühl der Befriedigung, dass es ihr gelungen war, immer wieder neue Aspekte ihrer Umwelt wahrzunehmen. Andererseits ein Gefühl der Unzulänglichkeit, dass ihre gestalterischen Mittel nicht ausreichten, ihre Wahrnehmungen und Gefühle adäquat zu vermitteln. Schließlich beendete sie ihre Inspektion und ging in die Küche. Hier stellte sie alles zurecht, was sie zum Abendessen brauchen würden.

Kaum war sie damit fertig, als ein etwa achtjähriges Mädchen hereinstürmte. »Cosima, weißt du, was wir heute in dem Tanzkursus der Kurverwaltung gemacht haben?«

»Nein, Sonja, woher soll ich das wissen? Ich war ja nicht dabei.«

»Jazztanz! Wir haben für unseren Auftritt am nächsten Sonntag geübt. Dann treten wir mit unserer Gruppe im Pavillon am Sandwall auf. Du kommst doch auch?«

»Aber klar, mein Schatz! Was ist das denn für ein Stück, zu dem ihr tanzt?«

»Ich weiß nicht mehr, wie das heißt. Mama kennt das aber.«

»Wo ist denn deine Mama?«

»Sie kommt gleich nach. Sie wollte sich noch umziehen.«

»Wir können ja schon einmal anfangen, die Krabben zu pulen. Magst du eigentlich Krabben?«

»Klar! Ich habe auch schon mal welche gepult. Buh!«, entfuhr es der Kleinen, als sie die Tierchen sah. »Das ist aber eine Menge. Das wird dauern.«

»Wenn wir uns alle ranhalten, geht das ganz fix«, lachte Cosima.

Kurz darauf kam Bernadette Mohr-Kirchner und mit vereinten Kräften gingen sie ans Werk. Sonjas unbefangene und lebhafte Erzählungen über ihre Ferienerlebnisse und Vorhaben waren die bestimmenden Themen beim Abendessen. Die Unterhaltung am Tisch wurde weitgehend von Sonja und Cosima Bernstädt bestritten. Bernadette Mohr-Kirchner bemühte sich zwar, interessiert auf Sonjas Berichte einzugehen, doch konnte Cosima Bernstädt nicht übersehen, dass es ihr schwer fiel. Während Sonja mit Appetit ihre Portion Krabben mit Rührei verspeiste, begnügte sich ihre Mutter mit wenigen Happen. Nachdem der Küchentisch abgeräumt war, zauberte Sonja ein Paket Spielkarten aus ihrer Handtasche und drängte ihren erwachsenen Tischgenossinnen noch einige Runden Mau-Mau auf.

»So, Sonja, nun ist es aber Zeit, dass du ins Bett kommst. Morgen früh ist Ponyreiten in Alkersum angesagt. Da musst du ausgeschlafen sein.« Bernadette Mohr-Kirchner bewog ihre Tochter aufzustehen und nahm sie an die Hand.

Cosima Bernstädt legte ihrer Freundin den Arm um die Schulter: »Bernadette, kommst du noch einmal herüber, wenn Sonja eingeschlafen ist? Wir wollten noch gemeinsam die Bilder aussuchen, die ich in Borgsum ausstellen werde. Ich brauche jemanden mit einem unvoreingenommenen Blick.«

»Natürlich. Wie abgemacht. Bis gleich.«

Nach einer guten halben Stunde war Bernadette Mohr-Kirchner wieder zurück. »So, nun ist sie im Bett. Sie schläft zwar noch nicht. Aber sie hat ein Märchenbuch vor der Nase. Auch wenn ihr das meist zu mühselig ist abends. Sie schläft bald ein.«

Die beiden Frauen gingen ins Atelier hinüber. Dort widmeten sie sich konzentriert den Bildern. Nach einer Stunde hatten sie zwei Dutzend für die Ausstellung ausgewählt.

»Bernadette, danke! du hattest Recht. Es ist gut, dass wir jetzt auch die Bandbreite der Lichteffekte über dem Watt bei der Auswahl berücksichtigt haben. Kannst du übermorgen in die Mühle mitkommen, damit wir planen, wo die Bilder dann hängen sollen?«

»Ja, gerne. Am besten am Vormittag. Ab mittags ist auflaufendes Wasser und ich habe Sonja versprochen, dann mit ihr zum Baden an den Strand zu gehen.«

5. Blendung

Mommsen wandte sich an Karla Simon: »Frau Simon, sehen Sie sich in der Lage, mir schon jetzt einige Fragen zu beantworten? Es wäre für uns sehr wichtig, noch heute Abend von Ihnen einige Auskünfte zu bekommen. Jeder Zeitgewinn erhöht die Chancen der Aufklärung.«

Karla Simon hob den Kopf: »Geben Sie mir einige Minuten! Ich möchte mich noch etwas frisch machen.«

Mommsen nickte und Karla Simon verließ den Raum.

Bruno Peters hatte der Frau nachgeschaut, als sie hinausgegangen war. Langsam drehte er sich zu Mommsen um. »Karla ist völlig fertig. Sollen wir den Betrieb jetzt schließen?«

»Wie lange haben Sie denn normalerweise auf?« Mommsen schaute auf die Uhr. »Es ist wohl besser, bei Ihren Gästen kein Aufsehen zu erregen. Können Sie den Betrieb nicht bis zum üblichen Schluss alleine weiterführen?«

»Jetzt in der Woche geht es meist bis gegen ein Uhr. Aber der Betrieb wird jetzt bald abflauen. Da komme ich schon allein zurecht. Aber was soll ich sagen, wenn Gäste fragen, wo Karla geblieben ist? Einige kennen auch Herrn Lürrsen und wissen, dass er von der Polizei ist.«

»Lassen Sie sich was einfallen! Vielleicht hat sie einen plötzlichen Migräneanfall bekommen? Aber einen Augenblick noch. Ich möchte mich auch mit Ihnen noch unterhalten. Wann kann ich Sie hier morgen antreffen?«

»Wir öffnen um 17.00 Uhr. Ich bin ab vier hier. Sie können mich aber vorher auf dem Handy erreichen. Aber bitte nicht vor neun.«

Bruno Peters schrieb Mommsen seine Handy-Nummer auf und ging in das Lokal zurück.

Kurz darauf kam Karla Simon wieder. Sie hatte sich offensichtlich kaltes Wasser ins Gesicht gespritzt, denn ihre vordere Haarsträhne hing ihr nass bis in die Augen und ihr vorher akkurat gezeichnetes Lippenrot hatte seine Konturen verloren. Sie setzte sich aufrecht hin und sah Mommsen gerade an. »Herr Kommissar, was wollen Sie wissen?«

»Sie sagten, dass Tobias Kirchner Ihr Freund gewesen ist. War er eher eine Urlaubsbekanntschaft oder war er Ihr fester Lebenspartner? Und wie lange kannten Sie ihn?«

Karla Simon überlegte kurz. »Wir hatten uns im Herbst vorvorigen Jahres kennen gelernt. Während des Urlaubs in Marokko – in Agadir. Ich war mit einer Schulfreundin und mit meiner Tochter dort. Tobias mit seiner damaligen Freundin. Wir wohnten im gleichen Hotel. Seine damalige Beziehung war wohl schon recht brüchig. Er hatte jedenfalls recht heftig mit mir geflirtet und mich auch schnell rumgekriegt. Seine Freundin schien sich ebenfalls zügig getröstet zu haben. Sie hatten wohl eine eher offene Beziehung. Ich bin total auf ihn abgefahren. Er war so eine blendende Erscheinung. Zuerst war er mir am Strand aufgefallen: ein wagemutiger Surfer und Kiter. Ich hatte noch nie einen attraktiveren Mann kennen gelernt. Er konnte auf witzige Art charmant sein, romantisch, aber auch wieder welterfahren und souverän. Er verkörperte für mich so etwas wie die ›Große Welt‹. Irgendwie war ich ja nur so eine Landpomeranze – Kleinbürgertum aus Neumünster. Mein ganzer Traum war immer eine eigene Gaststätte, so etwas wie hier die *Vogelkoje*. Einige Wochen später hat er mich dann hier besucht. Aber eine feste Beziehung war das damals noch nicht.«

Nach einem kurzen Klopfen kam Bruno Peters mit einem gefüllten Cocktailglas herein, das er vor Karla Simon auf den Schreibtisch stellte. »Komm, trink das. Das kannst du jetzt gebrauchen.«

Sie nickte und legte ihm dankbar die Hand auf den Arm. »Danke, Bruno, das ist lieb von dir.«

»Darf ich Ihnen auch etwas zu trinken bringen?«, fragte er an die beiden Polizisten gewandt.

Mommsen schüttelte bedauernd den Kopf. »Leider nein. Wir sind ja immer noch im Dienst.« Er beugte sich wieder zu Karla Simon vor, während Lürrsen, der sich schon während des Berichtes der Zeugin Aufzeichnungen gemacht hatte, sein Notizbuch wieder aufschlug.

»Frau Simon, ist es bei der … mhm ... nun, sporadischen Beziehung geblieben oder ist eine feste Partnerschaft mit Tobias Kirchner daraus geworden?«

Karla Simon ließ die Augen auf einer Radierung an der Wand ruhen, die ein Halligmotiv eingefangen hatte. »Ich habe mir eingeredet, dass es etwas Festes sei. Vielleicht war dabei auch der Wunsch der Vater des Gedankens. Im vorigen Jahr war er drei- oder viermal immer für einige Tage hier. Ich wollte ihn auch besuchen, aber es ist nie etwas daraus geworden. Vor fünf Wochen kam er dann wieder hierher und ist seitdem geblieben.«

Mommsen ließ einige Minuten schweigend vergehen. »Frau Simon, ich möchte noch etwas mehr über Tobias Kirchner wissen. Wo hat er seinen Wohnsitz? Hatte er Familie? Was hat er beruflich gemacht?«

»Er hat in Hannover gewohnt. Aber er muss in der Zeit unserer Bekanntschaft umgezogen sein. Jedenfalls hat er mir einmal eine neue Adresse gegeben. Aber ich war ja nie bei ihm. Verbindung hatten wir eigentlich immer über sein Handy. Ja, er war verheiratet. Mit einer Zahnärztin. Sie haben auch eine Tochter. Aber mit seiner Familie hatte er kaum noch Kontakt. Nur noch über seinen Anwalt, da die Scheidung lief. Seine Frau war unheimlich eifersüchtig. Und als die Ehe schief gegangen war, wurde sie richtig rachsüchtig und hat ihn mit allen Mitteln von seiner Tochter ferngehalten. Sie hatte ihm auch gedroht, ihn mit ihren Unterhaltsforderungen zu ruinieren.«

»Haben Sie das selbst mitbekommen? Oder stammen Ihre Informationen von Tobias Kirchner?«

»Von Tobias. Mit seiner Familie hatte ich nie Kontakt. Ich kenne ihn ja nur aus dem Urlaub damals in Marokko und von seinen Besuchen hier. Wir wollten in diesem Herbst noch einmal gemeinsam verreisen. Aber daraus wird ja nun nichts mehr.«

»Frau Simon, was hat Tobias Kirchner beruflich gemacht?«

»Er hatte eine Firma für Zahntechnik, so ein Dentallabor. Die hat ihm seine Frau aber kaputt gemacht. Als die Ehe nicht mehr lief, hat sie ihn bei den Zahnärzten – also seinen Kunden – schlecht gemacht und Gerüchte in die Welt gesetzt. So was in der Art wie; er würde minderwertiges Material für den Zahnersatz verwenden und solche Sachen. Er musste dann die Firma aufgeben. Danach war er Direktor für eine internationale Firma, die Ausrüstungen für Zahnpraxen vertrieben hat. Auf seiner Geschäftskarte stand ›Marketing und Sales

Director Europe‹. Da war er immer unterwegs – in Deutschland, aber auch im Ausland, auch in den früheren Ostblockländern. Das Geschäft dort kam gerade so richtig in Schwung.«

»War er denn gelernter Zahntechniker?«

»Ja, er war sogar Zahntechnikermeister. Er hat wohl zuerst bei seiner Frau gearbeitet, dann aber seine eigene Firma aufgemacht.«

»Wissen Sie, wie die Firma hieß, für die er zuletzt tätig war?«

»Das stand auf der Karte. Ich habe das aber nicht behalten. Ich glaube, es war eine amerikanische Firma.«

»Frau Simon, wie kam es, dass er die letzten fünf Wochen hier bei Ihnen auf Föhr war, wenn seine Geschäfte gerade im Ausland so gut anliefen?«

»Das meiste konnte er über das Internet machen. Einige Male war er aber auch in dieser Zeit unterwegs. Und dann hatte er in der Firma noch drei Mitarbeiter, die für ihn die Zahnärzte besuchten, die sich eine neue Praxiseinrichtung kaufen wollten. Er selber hat vor allem den Großhandel besucht.«

Mommsen bemerkte, dass Karla Simon sich nur noch mit Mühe konzentrieren konnte. Er fürchtete, dass sie am Rande eines Zusammenbruchs war. Er nickte daher Lürrsen zu und wandte sich dann an die Befragte. »Ich denke, wir sollten jetzt Schluss machen. Ich weiß, dass es für Sie in dieser Situation nicht leicht war, unsere Fragen zu beantworten. Umso mehr weiß ich zu schätzen, dass Sie es auf sich genommen haben, uns so sachlich Auskunft zu geben. Nur eine letzte Frage noch: Können Sie uns seine Adresse in Hannover geben?«

Karla Simon schüttelte den Kopf. »Die weiß ich nicht auswendig. Ich habe sie in meiner Wohnung, nicht hier.«

»Gut, das sollte dann auch bis morgen Zeit haben. Sie werden verstehen, dass wir noch mehr Informationen benötigen. Können wir uns morgen weiter unterhalten? Wir würden auch gerne die Sachen von Herrn Kirchner einmal durchsehen. Dann wäre es am besten, wir kommen bei Ihnen vorbei. Passt es Ihnen gleich Morgen am Vormittag? Um Zehn Uhr?«

Karla Simon schaute zu ihnen hoch. »Ja, das geht. Ich gehe jetzt gleich nach Hause.« Erst jetzt griff sie nach dem Cocktailglas und trank es mit einem Zug aus. Dann gab sie ihnen ihre Adresse.

Mommsen und Lürrsen erhoben sich, wobei ersterer sich erneut Karla Simon zuwandte. »Sie sollten versuchen, erst einmal zu schlafen. Haben Sie jemanden, der sich um Sie kümmert?«

Die Frau antwortete fast geistesabwesend: »Meine Tochter ist zu Hause. Dann meine Nachbarin, mit der ich befreundet bin. Und hier im Betrieb ist mir Bruno eine Stütze. Es wird schon gehen.«

Die beiden Polizeibeamten verabschiedeten sich. Als Mommsen Karla Simon die Hand hinstreckte, schaute sie einen Moment verwirrt, bis sie ihm ihrerseits die Rechte darbot. Ihre Gedanken waren jetzt weit weg.

Draußen atmete Mommsen tief die leicht salzhaltige Seeluft ein. Wie meist hatte ihn auch diesmal das erste Gespräch mit einer nahen Bezugsperson eines Opfers – trotz seiner Routine bei Befragungen – auch persönlich berührt. Die Hinterbliebenen – ›Was für ein pathetischer Begriff!‹, dachte er. – waren genau so Opfer wie die Getöteten. Da er wusste, dass die üblichen Beileidsfloskeln den Schock einer unvermuteten Todesnachricht nicht lindern konnten, hatte er darauf verzichtet.

»Na, Herr Lürrsen, was meinen Sie? War Tobias Kirchner ein so toller Mann oder war das alles nur Fassade? Nach dem, was wir vorhin gehört haben, hat er wohl den Lebenstraum von Frau Simon verkörpert.«

»Das sicher. Ich habe aber das Gefühl, dass sie ganz langsam angefangen hat, ihren Helden in Frage zu stellen. Wir müssen noch sehr viel mehr über Tobias Kirchner herausfinden.«

»Aber nicht mehr heute Nacht. Ich schlage vor, dass wir uns Morgen gleich um acht Uhr auf dem Revier treffen. Dann können wir uns noch kurz auf das Gespräch mit Frau Simon vorbereiten. Und jetzt, gute Nacht.«

* * *

Pünktlich um acht Uhr am nächsten Morgen waren die Ermittler auf dem Revier wieder zusammengekommen. Mommsen eröffnete die kleine Gesprächsrunde, die aus Lürrsen, Schön und ihm selbst bestand, mit einer kurzen Zusammenfassung des Gesprächs mit Karla

Simon. Nachdem auch Schön auf dem neuesten Stand der Ermittlungen war, beschlossen sie, sich vorrangig um weitere Informationen über Tobias Kirchner zu kümmern. Auch die Ehefrau musste von seinem Tod benachrichtigt werden, selbst wenn sie getrennt lebten und sie ihn wahrscheinlich auch so schnell nicht vermissen würde. Schön übernahm die Recherche nach der Ehefrau und auch darüber, ob der Tote schon einmal mit der Polizei zu tun hatte. Mommsen und Lürrsen bereiteten sich unterdessen auf die Befragung von Karla Simon vor. Danach sollte umgehend ein Gespräch mit Bruno Peters stattfinden.

Mommsen erreichte Staatsanwalt Herbert auf seinem Handy, noch bevor dessen Gerichtssitzung anfing. Er teilte ihm kurz mit, dass sie die Identität des Toten im Reet nun ermittelt hätten. Herbert seinerseits berichtete ihm, die gerichtsmedizinische Untersuchung werde voraussichtlich am späten Nachmittag abgeschlossen. Mommsen könne also damit rechnen, dass am folgenden Morgen die Ergebnisse verfügbar seien. Nach dem Gespräch mit dem Staatsanwalt setzte sich Lürrsen telefonisch mit Bruno Peters in Verbindung und verabredete mit ihm einen Gesprächstermin um zwölf Uhr auf dem Revier.

Um Punkt zehn Uhr standen Mommsen und Lürrsen vor der Wohnung von Karla Simon im Neubaugebiet in Wrixum. Auf ihr Klingeln öffnete sie sofort die Tür. Obwohl sie sorgfältig zurechtgemacht war, dachte Mommsen, dass die Schwere ihrer Augenlider die Müdigkeit einer schlaflosen Nacht bezeugten, die von der Angst vor der Leere des neuen Tages durchwoben war. Sie führte die beiden Beamten in ein helles Wohnzimmer, dem einige Drucke von Emil Nolde mit Motiven aus Nordfriesland lebhafte farbige Akzente gaben. »Darf ich Ihnen einen Kaffee anbieten? Oder lieber Tee?«

»Ein Kaffee würde uns sicher gut tun«, nahm Mommsen das Angebot – auch für Lürrsen – an. Er ging davon aus, dass die dampfenden Kaffeetassen dem Gespräch einen lockereren Rahmen geben würden. Karla Simon verschwand in der Küche und kam kurz danach mit einem Tablett Kaffeegeschirr und einer Thermoskanne zurück. Offensichtlich hatte sie alles schon vor ihrer Ankunft vorbereitet. Mommsen nahm dies als Zeichen, dass sie kein förmliches Verhör durch die beiden Polizeibeamten erwartete und ihnen mit einer gewissen Offenheit entgegenkommen würde.

»Frau Simon, wir haben gestern schon angedeutet, dass wir über Herrn Kirchner noch mehr erfahren müssen. Nach unserem Wissen sind Sie der Mensch, der in der letzten Zeit den engsten Kontakt zu dem Opfer hatte. Daher sind Sie jetzt auch unser wichtigster Gesprächspartner.«

»Herr Kommissar, können Sie mir zuerst noch sagen, wie er zu Tode gekommen ist? Gestern war ich von der schrecklichen Nachricht so verwirrt, dass ich gar nicht dazu gekommen bin, nachzufragen. Wer kann das getan haben?«

Mommsen erläuterte kurz und sachlich, wie der Tote gefunden worden war. »Einen Hinweis darauf, wer ihn getötet hat, haben wir derzeit noch nicht. Umso wichtiger ist uns das Gespräch mit Ihnen, Frau Simon. Können Sie sich denn vorstellen, wer ein Motiv gehabt haben könnte?«

Karla Simon schüttelte den Kopf. »Er war ein so … wie soll ich sagen, reizender Mensch. Alle, die ihn kennen lernten, mochten ihn sofort. Ich kann mir nicht vorstellen, dass ihm jemand etwas antun wollte.«

Mommsen nahm einen Schluck Kaffee aus seiner Tasse, nickte langsam und fuhr fort. »Wie Sie gestern schon andeuteten, war aber seine Frau nicht gut auf ihn zu sprechen. Hat er mal gesagt, er erwartet, dass sie ihn nicht nur finanziell zugrunde richten wollte, sondern auch weitergehen könnte?«

»Nein, das nicht. Darüber machte er sich keine Sorgen.«

»Worüber machte er sich dann Gedanken? Hat er mal angedeutet, dass er in anderer Hinsicht Grund zur Sorge hatte?«

Karla Simon dachte nach. »Etwas Konkretes hat er nicht erwähnt. Es war mehr so ein Eindruck, den ich hatte. In den letzten Wochen, die er hier bei mir war, war er zweimal für einige Tage aufs Festland gefahren – geschäftlich, wie er sagte. Das erste Mal vor drei Wochen. Da war er einige Tage fort. Als er zurückkam, war er richtig aufgedreht. Das Geschäft mit Osteuropa ist wohl gut angelaufen. Vor einer Woche war er noch einmal für mehrere Tage auf dem Festland. Wir haben uns bei seiner Rückkehr in Husum getroffen, weil ich da einen Arzttermin hatte und noch einige Einkäufe machen wollte. Wir sind dann zusammen zurückgekommen. Da kam er mir bedrückt vor, was ich von ihm gar nicht kannte. Ich hatte ihn noch gefragt, ob ihm etwas Sorgen macht. Er hat aber nur gelacht und gesagt, dass es im Geschäftsleben immer ein Auf und Ab gäbe. Und dann hat er noch hinzugefügt, dass er in der nächsten Zeit noch einige Male fort müsse, da er sich auf seine Mitarbeiter doch nicht so verlassen könnte, wie er gehofft hatte. In den folgenden Tagen hatte er manchmal Phasen, in denen er über etwas zu grübeln schien. Ich habe aber nicht weiter nachgefragt, weil die schnell vorüber gingen. Was anderes kann ich Ihnen dazu auch nicht sagen.«

»Frau Simon, wie hat Herr Kirchner hier auf Föhr seine Tage verbracht? Hat er Ihnen im Bistro geholfen?«

»Nicht im Abendbetrieb. Im Lokal kommen Bruno und ich ganz gut zurecht. Und für die Küche haben wir eine Köchin. Ich glaube, es wäre Bruno nicht recht, wenn Tobias da geholfen hätte. Sie kamen zwar miteinander klar, aber sie waren keine engen Freunde. Tobias hat mir manchmal beim Einlagern von Vorräten geholfen und bei der Buchführung. Davon verstand er eine ganze Menge. Wir haben lange geschlafen, da ich meist erst nach ein Uhr aus der *Vogelkoje* kam. Nachmittags habe ich meistens im Lokal Vorbereitungen für den Abend getroffen. Tobias hat dann an seinem Laptop gearbeitet und über das Internet seine Geschäfte abgewickelt. Einige Male war er wohl auch zum Surfen hier am Strand. Das konnte er wirklich gut. Hier zu Hause hat er auch mitgeholfen: aufgeräumt und die Küche saubergemacht und solche Sachen. Manchmal hat er auch gekocht.«
Die Erinnerungen hatten Karla Simons Gesichtszüge belebt und sie hatte etwas mehr Farbe bekommen.

Mommsen wollte ihren Redefluss nutzen und fasste nach: »Hatte Herr Kirchner hier auf Föhr außer Ihnen und Herrn Peters weitere Bekannte?«

»Nein, ich glaube nicht. Er war manchmal am Abend in der *Vogelkoje* und hat an der Bar etwas getrunken. Da kam er natürlich mit anderen Gästen ins Gespräch. Er hatte ja eine sehr charmante Art. Aber ich hatte nicht den Eindruck, dass er jemanden kannte. Besonders die Frauen unter den Gästen haben seine Aufmerksamkeit gesucht. Aber zu denen war er nur höflich. Vor ein paar Tagen hat er allerdings mit einem Gast länger geredet. Sie waren dann von der Bar an einen Tisch umgezogen. Aber ich weiß nicht, wer sein Gesprächspartner war. Aber im Vorbeigehen hatte ich den Eindruck, dass sie auch Englisch geredet haben.«

»Also, Sie haben gar keine Ahnung, mit wem er sich da unterhalten hat? War er vielleicht Engländer? Oder können Sie den Mann – es war doch ein Mann? – beschreiben?«

»Doch, es war ein Mann. Aber ich kenne ihn nicht. Kann ich ihn beschreiben? – Er war noch jünger. Dunkelhaarig. Ich glaub nicht, dass Englisch seine Muttersprache war. Er sprach etwas hart. Mehr ist mir nicht aufgefallen.«

Lürrsen beteiligte sich jetzt auch an dem Gespräch: »Frau Simon, haben Sie schon die Adresse von Herrn Kirchner in Hannover herausgesucht? Es ist wichtig, dass unsere Kollegen vor Ort schnell auch dort Untersuchungen anstellen können. Sie erwähnten gestern seine Geschäftskarte der Firma, für die er gearbeitet hat. Haben Sie die noch? Wir müssen auch bei seinem Arbeitgeber Erkundigungen einholen.«

Mommsen ergänzte: »Haben Sie zufällig ein Bild von Herrn Kirchner? Es ist üblich, dass wir in unsere Ermittlungsakten auch ein Foto aufnehmen. Häufig brauchen wir das bei Befragungen, um sicherzugehen, dass wir mit eventuellen Zeugen über die gleiche Person reden.«

»Einen Augenblick. Ich habe beide Anschriften für Sie herausgesucht. Ja, Fotos habe ich auch.« Karla Simon stand auf und ging ins Nebenzimmer. Sie kam bald darauf mit einem Zettel zurück, auf den sie sowohl die Adresse von Tobias Kirchners Wohnung als auch den Namen und die Anschrift der Firma aufgeschrieben hatte. Sie legte Mommsen zwei Fotos vor, die sie selbst und Tobias Kirchner lachend an der Reling einer Fähre zeigten. Mommsen wählte eins aus, bedankte sich und sicherte ihr zu, dass sie es zurückbekäme. Auch Lürrsen bedankte sich und legte den Zettel in sein Notizbuch.

Mommsen übernahm wieder die Leitung des Gesprächs. »Frau Simon, ich denke, wenn eine neue Beziehung enger wird, macht man sich auch Gedanken über die Zukunft. Wie war das bei Ihnen? Haben Sie mit Herrn Kirchner darüber gesprochen, wie Ihre gemeinsame

Zukunft aussehen sollte?«

»Ich hab mir darüber schon Gedanken gemacht. Es war mir klar, dass das für uns beide keine leichten Entscheidungen sein würden. Ich bin beruflich hier auf Föhr gebunden. Und ich habe noch meine Tochter. Die ist jetzt achtzehn. Sie macht hier eine Lehre bei einem Steuerberater und ist jetzt im zweiten Lehrjahr. Sie lebt auch noch bei mir. Jedenfalls meistens, wenn sie nicht bei ihrem Freund ist. Und Tobias hat einen Beruf, bei dem er viel unterwegs sein muss. Ich habe zweimal einen Anlauf gemacht, mit ihm darüber zu sprechen, wie denn unsere Zukunft aussehen würde. Aber er war der Meinung, er muss erst seine Scheidung hinter sich bringen und beruflich auf der Schiene sein, bevor er Pläne für die Zukunft machen kann. Aber er hat mir immer nachdrücklich bestätigt, dass er sich eine Zukunft ohne mich nicht vorstellen kann.«

»Wir würden uns gerne auch noch mit Ihrer Tochter unterhalten. Wann und wie können wir die erreichen? Wie heißt sie eigentlich?«

»Helen. Sie hat noch eine Woche Urlaub. Heute Morgen ist sie für drei Tage zu einer Freundin nach Hamburg gefahren. Sie wollen dort ein Konzert von Roger Cicero besuchen. In drei Tagen ist sie aber wieder hier.«

»Wie ist ihre Tochter denn mit Herrn Kirchner ausgekommen?«

»Anfänglich gab es einige Spannungen. Ich nehme an, sie befürchtete, dass sie die Aufmerksamkeit ihrer Mutter mit ihm teilen müsste. Aber Tobias hat bald einen kumpelhaften Ton getroffen, auf den sie sich ganz gut einlassen konnte. Also, sie sind gut miteinander ausgekommen.«

Mommsen fragte sich, ob ein so gut aussehender Mann wie Tobias Kirchner nicht auch auf ein Mädchen von achtzehn Jahren attraktiv wirken musste – zumal sie in einer Wohnung eng miteinander lebten. Er hütete sich aber, diese Frage laut zu formulieren und an Karla Simon zu richten. Bei einer verliebten Mutter war angesichts einer solchen Fragestellung nur mit einem verzerrten Blickwinkel zu rechnen. Er wollte lieber die drei Tage bis zur Rückkehr der Tochter abwarten und sich dann in einem Gespräch mit ihr selbst ein Bild machen.

Mommsen erhob sich und Lürrsen folgte ihm, doch stellte der Kommissar noch eine weitere Frage: »Sie haben jetzt schon etwas Zeit zum Nachdenken gehabt. Sind Ihnen inzwischen vielleicht irgendwelche Hinweise eingefallen, ob jemand Grund hatte, Herrn Kirchner etwas anzutun? Anzeichen, dass jemand ihn nicht mochte oder noch eine Rechnung mit ihm offen hatte?«

Sie schüttelte den Kopf. »Nein, wirklich nicht. Die Menschen, die ihn hier kennen gelernt hatten, mochten ihn. Ich weiß nur von einem Menschen, der ihn nicht mochte, das war seine Frau. Aber ich werde Ihre Frage im Gedächtnis behalten. Sollte mir noch etwas einfallen, werde ich es Ihnen sagen.«

»Wir würden gerne noch einen Blick auf Herrn Kirchners Sachen werfen. Können Sie uns die zeigen?«

Karla Simon war inzwischen auch aufgestanden. Sie führte die beiden Beamten in ein geräumiges Schlafzimmer in kühlen Farben, das neben Bett, Nachtschränkchen und einer eingebauten Schrankwand auch einen schmalen Schreibtisch mit einem Laptop und zwei Rollschränken enthielt, die unter den Schreibtisch geschoben waren. Das Schlafzimmer – wie die gesamte Wohnung – machte auf Mommsen einen gepflegten Eindruck. Karla Simon hatte eine Vorliebe für klare Farben und Formen. Sie schien eine Frau zu sein, die auch für ihr Leben Klarheit und Ordnung erstrebte. Mommsen fragte sich, wie sie dann mit der Beziehung zu Tobias Kirchner zurecht gekommen war, die – gelinde gesagt – eher in der Schwebe war und deren Zukunft ungewiss erschien.

Karla Simon öffnete zwei Schranktüren. »Hier finden Sie seine Garderobe. Und hier, in dem linken Rollschrank, sind seine Unterlagen. Im Keller liegen noch zwei Koffer von ihm. Die sind aber leer, glaube ich. Und in der Abstellkammer neben der Küche hat er noch Sportsachen.«

Angesichts der Garderobe von Tobias Kirchner wurden in Karla Simon die Erinnerungen an ihn wieder so lebendig, sodass sie sich mit einem trockenen Schluchzen umwandte und den Raum verließ. Mommsen nickte Lürrsen zu, sich die Garderobe im Kleiderschrank anzuschauen und widmete sich selbst den Unterlagen im Rollschrank.

In diesem befanden sich einige Hefter, die Geschäftsunterlagen und Korrespondenz mit Großhändlern und Zahnärzten enthielten. Die Schreiben von Tobias Kirchner hatten im Briefkopf eine Firma mit englischem Namen und einer Geschäftsadresse in Hannover. Tobias Kirchner hatte nicht nur in Deutschland, sondern auch in Südosteuropa Kunden. In einer Mappe fand er unter anderem Hotelquittungen und weitere Spesenbelege aus der Slowakei und Bulgarien. Mommsen hatte den Eindruck, dass die Unterlagen wenig umfangreich waren. Beim schnellen Durchblättern entdeckte er vor allem Korrespondenz über Angebote, doch tatsächliche Geschäftsabschlüsse waren offenbar selten. Derartige Unterlagen, wie zum Beispiel Auftragsbestätigungen, Rechnungen, Zahlungseingänge oder die Abwicklung von Reklamationen konnte er nicht entdecken. Auch eine Buchführung vermisste er. Mommsen beschloss, die Unterlagen mitzunehmen, um sie weiter auswerten zu lassen. Er hoffte, dass der Laptop aussagekräftigere Informationen enthielt.

Lürrsen hatte inzwischen den Kleiderschrank durchgesehen. Er wandte sich an Mommsen und wies mit der Hand auf die offene Kleiderschranktür. »Das Opfer hatte für seine Garderobe offensichtlich einen exquisiten Geschmack. Teure Markenklamotten. Sehr gepflegt. Kein Wunder, dass er damit Eindruck gemacht hat.«

Mommsen ging ebenfalls zum Kleiderschrank und betastete den Ärmel eines eleganten Kammgarnanzugs. »Haben Sie auch die Taschen durchsucht? Fühlen Sie bitte auch mal die Nähte ab, ob eventuell irgendwo etwas eingenäht ist.«

Lürrsen machte sich wieder ans Werk. Mommsen spürte einen gewissen Argwohn über die geschäftlichen Aktivitäten des Toten in sich aufsteigen. Er nahm sich vor, diesem Bereich besondere Aufmerksamkeit zukommen zu lassen. Daher stapelte er die Hefter aus dem Rollschrank aufeinander und löste auch den Laptop vom Kabel der Stromzufuhr, um diesen wie auch die Unterlagen mitnehmen zu können. Lürrsen verdeutlichte ihm mit einer bedauernden Geste, dass seine weitere Durchsuchung der Garderobe von Tobias Kirchner keine neuen Ergebnisse gebracht hätte.

»Frau Simon, kann ich Sie noch einmal sprechen?«

Karla Simon antwortete aus der Küche: „Aber ja. Ich komme.« Sie erschien im Türrahmen. Sie hatte sich offensichtlich wieder gefasst. »Was kann ich für Sie tun?«

»Wir sind hier oben fürs erste einmal fertig. Wir müssen aber die Unterlagen und den Laptop mitnehmen. Ist das Ihr oder sein Laptop?«

»Der gehört Tobias. Ich arbeite mit dem Computer im Bistro. Meine Tochter hat ihren eigenen Computer mit Internetanschluss. Wenn ich mit dem einmal arbeiten will, gibt es aber gleich Theater, dass ich mich in ihre Geheimnisse einzuschleichen versuche. Das hab ich also aufgegeben. Irgendwelche Internetrecherchen lasse ich Helen machen. Die kann das sowieso schneller als ich.«

»Sie bekommen dann eine Quittung von uns. Wenn wir alles durchgearbeitet haben, erhalten sie die ganzen Sachen wieder, wenn nicht seine Frau darauf Anspruch erhebt. Jetzt sollten wir uns im Keller seine Koffer ansehen.«

Die Koffer waren leer, bis auf einen Umschlag, den die Beamten in einer Seitentasche im Futter eines der beiden Koffer fanden. In dem Umschlag waren drei Fotos, die alle den gleichen Mann von etwa fünfzig Jahren zeigten. Dieser war zweimal im Gespräch mit einem anderen Mann in einer Gaststätte zu sehen. Das dritte Foto wiederum zeigte ihn im Austausch von Zärtlichkeiten mit einer leicht bekleideten Frau. Das Ambiente des Raumes, in dem sie sich befanden, erinnerte an Orte käuflicher Liebe. Neben den Fotos enthielt der Umschlag einen Hefter mit Kontoauszügen einer Schweizer Bank auf den Namen Friedrich Herles. Der aktuelle Kontostand belief sich auf über Hunderttausend Schweizer Franken. Mommsen zeigte Karla Simon die Fotos und fragte: »Kennen Sie den Mann da? Oder eine der anderen Personen?«

Karla Simon ging mit den Fotos unter die Deckenbeleuchtung des Kellers und schaute sie genau an. »Nein, ich habe keine Ahnung, wer das ist. Was hat das zu bedeuten?« Sie hatte auch gesehen, wie Mommsen und Lürrsen die Kontoauszüge durchgeblättert hatten. »Was ist das für ein Konto? Wem gehört das?«, fragte sie.

»Kennen Sie einen Friedrich Herles? Ist das ein Freund von Herrn Kirchner? Oder wissen Sie, ob Herr Kirchner sich so genannt hat?«

»Nein, den Namen habe ich noch nie gehört. Warum hätte sich Tobias so nennen sollen?« Karla Simon schüttelte verunsichert den Kopf. »Tobias hatte einen finanziellen Engpass, da seine Frau ihn geschäftlich ruiniert hat. Und sein neues Geschäft fing gerade erst an, in Schwung zu kommen. Wie viel ist denn auf dem Konto?«

»Frau Simon, das darf ich Ihnen leider nicht sagen. Ich sehe nur, wir haben da noch sehr viel zu klären.«

»Herr Kommissar, das alles verwirrt mich. Ich verstehe das nicht. Ich hatte keine Ahnung von alledem. Wenn Sie das verstanden haben, dann sagen Sie es mir bitte. Ich muss das einfach wissen.« Karla Simon umklammerte Mommsens Arm.

Der legte begütigend seine Hand auf ihre. »Frau Simon, ich kann Ihnen über laufende Ermittlungen nichts sagen. Wenn wir alles geklärt haben, werde ich Sie informieren. Ich verstehe, dass bei Ihnen jetzt viele Fragen aufkommen. Aber zur Zeit weiß ich darauf auch noch keine Antworten.« Mommsens Einfühlungsvermögen ließ ihn Mitleid mit der Frau empfinden, die dabei gewesen war, ihr Leben an einen Mann zu binden, über den plötzlich Zweifel im Raum standen. Sie musste sich nun fragen, wer er eigentlich gewesen war.

Sie gingen die Kellertreppe hinauf, zurück in die Wohnung. Dort packten die beiden Beamten die Unterlagen und den Laptop ein und verabschiedeten sich von Karla Simon, die mit nachdenklichem Gesichtsausdruck in ihrer Wohnung zurückblieb. Mommsen und Lürrsen fuhren erneut zum Revier.

Dort fanden sie Schön vor dem Bildschirm des Computers. Aufgekratzt winkte er sie heran. »Tobias Kirchner ist den Ermittlungsbehörden bekannt. Vor knapp zwei Jahren hat er mit seiner Zahntechnikfirma Pleite gemacht. Im Zusammenhang damit sind einige Anzeigen eingegangen, in denen ihm betrügerischer Konkurs vorgeworfen worden ist. Das Verfahren ist dann aber von der Staatsanwaltschaft Hannover eingestellt worden, weil die Beweise gegen ihn nicht ausgereicht haben. Das Konkursverfahren läuft noch zivilrechtlich weiter. Seine Hannoveraner Anschrift habe ich auch hier.«

Ein Vergleich mit der neuen Adresse, die Karla Simon ihnen gegeben hatte, zeigte, dass die Anschrift aus den Ermittlungsunterlagen offensichtlich veraltet war.

Schön fuhr mit seinen Neuigkeiten fort: »Ich habe auch mit der Gerichtsmedizin gesprochen. Deren Gutachten ist noch nicht fertig. Sie konnten aber bestätigen, dass das Opfer durch die Schussverletzung getötet worden ist. Ein Selbstmord scheidet definitiv aus, aber das war ja eigentlich klar. Wir müssen also von Mord oder Totschlag ausgehen.«

Mommsen bat Schön, mit dem Bericht über Einzelheiten bis nach der Befragung von Bruno Peters zu warten. Er beauftragte ihn, sich mit den Kollegen in Hannover in Verbindung zu setzen, um die dortige Wohnung von Tobias Kirchner durchsuchen zu lassen und bei seiner Firma unter der Geschäftsadresse Erkundigungen einzuziehen. Er selbst zog sich mit Lürrsen in einen Nebenraum zurück, um – ausgehend von ihrem momentanen Kenntnisstand – das Gespräch mit Bruno Peters vorzubereiten.

Bruno Peters erschien pünktlich zur verabredeten Zeit. Er war sportlich, aber sorgfältig gekleidet – ›casual dress‹ des Businessmannes, musste man das wohl nennen. Mommsen bat ihn, sich ihnen gegenüber zu setzen. Um den offiziellen Charakter der Befragung zu wahren, bot er Bruno Peters nichts zu trinken an, erlaubte ihm aber zu rauchen. Mit der Konversationsroutine des langjährigen Wirtes begann Bruno Peters das Gespräch. »Ich nehme an, Sie wollen etwas über Tobias Kirchner erfahren. Ich weiß gar nicht, ob ich Ihnen viel Neues erzählen kann, das Sie nicht schon von Karla erfahren haben. Er war ihr Freund, na ja, vielleicht auch nur der verlängerte Urlaubsflirt. Nach Karlas Urlaub damals in Marokko hat er sie hier zwei- oder dreimal kurz besucht. Aber was Festes war das wohl nicht. Ich hab ihn ein paar Male im Bistro gesehen, aber mich nie länger mit ihm unterhalten. Ich hatte ja immer zu tun. Einmal war ich bei Karla zum Abendessen eingeladen, als er da war. Das war an unserem freien Tag. Da haben wir aber nur allgemein rumgeredet – über Urlaubserlebnisse, Fußball-WM und solche Sachen. Ich kann also nicht sagen, dass ich ihn richtig gekannt habe.«

Mommsen nahm diese Gesprächseinleitung durch Bruno Peters als Versuch, sich unwissend zu stellen und die Befragung ins Leere laufen zu lassen. Und er beschloss, umso genauer und hartnäckiger nachzufragen. Bruno Peters hatte, anders als Karla Simon, offensichtlich keine engeren emotionalen Bindungen an den Toten. Deshalb erschien ihm eine besondere Rücksichtnahme bei der Befragung auch nicht nötig. »Herr Peters, bevor wir zum Thema kommen, lassen Sie uns erst einmal Ihre Personalien aufschreiben, damit wir die schon einmal für das Protokoll festhalten.«

Bruno Peters machte die erbetenen Angaben. Mommsen setzte das Gespräch fort. »Sie als erfahrener Gastronom können doch sicher schon nach kurzer Zeit ein Urteil über jemanden abgeben. Also, was für ein Mensch war Herr Kirchner? Und erzählen Sie uns bitte nicht, Sie hätten sich für den Geliebten Ihrer Geschäftspartnerin nicht interessiert. Immerhin war ja nicht auszuschließen, dass das Verhältnis zwischen den beiden auch Folgen für Ihre geschäftlichen Beziehungen zu Frau Simon hätte haben können.«

»Nun gut, in aller Deutlichkeit: Ich hielt ihn für einen Blender. Gewiss, er sah gut aus, wusste sich gut anzuziehen, er war charmant – eben ein Frauentyp. Ich fand es schon komisch, dass er nach den eher flüchtigen Kontakten, die er mit Karla hatte, vor ein paar Wochen plötzlich hier ankam und geblieben ist. Er hatte doch eine Wohnung in Hannover. Dort war auch seine Firma. Und ich habe mich gefragt, warum er sich so dauerhaft hier bei Karla einquartiert hat. Gut, Liebe mag ja eine Himmelmacht sein, aber er war doch kein verliebter Teenager mehr, der der Liebe wegen alles stehen und liegen lässt, um im Schatten seiner Angebeteten zu verweilen. Nee, da steckte noch was anderes hinter. Entweder war er abgebrannt oder er ist aus irgendwelchen anderen Gründen aus Hannover abgehauen. Vielleicht hat er sich gedacht, er ist auf Föhr weit ab vom Schuss und hier findet ihn keiner.«

»Haben Sie Ihre Bedenken auch Frau Simon mitgeteilt? Was hat sie dazu gesagt?«

»Ich habe versucht, mit ihr darüber zu sprechen. Aber vergebens. Karla hat ihren großen Roman mit Tobias erlebt. Frauen können ja so sein. Sie sehen sich durch die große Liebe verklärt und dann die ganze Welt. Sie glauben sogar, dass die großen Gefühle die Welt verändern. Tun sie aber nicht. Karla hat mit ihren Männerbekanntschaften immer Pech gehabt. Helens Vater ist ein verheirateter Mann und das war auch schon, als Karla sich mit ihm einließ. Ich glaube, dessen

Frau weiß bis heute nicht, dass er ein uneheliches Kind hat. Aber er hat immerhin Unterhalt gezahlt. Vor einigen Jahren hatte sie einen Freund aus Neumünster. Der hatte ihr eine rosige gemeinsame Zukunft vorgegaukelt, aber verheimlicht, dass er auch schon verheiratet war. Tobias war dann für sie der weiße Ritter, dem sie alles geglaubt hat, weil sie es glauben wollte. Sie war eben von ihm geblendet, dann sieht man nichts anderes mehr.« Bruno Peters' Worten war eine gewisse innere Bewegung anzumerken. Er brach aber abrupt seinen Redefluss ab und zündete sich eine neue Zigarette an. Mommsen fragte sich, ob diese emotionale Beteiligung, die er bei Bruno Peters wahrnahm, darauf zurückzuführen sei, dass diesem Karla Simon mehr bedeutete, als das für Geschäftspartner üblich war und er auf den Toten eifersüchtig gewesen sein könnte. Er nahm sich vor, dieser Frage später auf den Grund zu gehen.

Mommsen beendete das kurze Schweigen: »Sie haben doch einige Male mit Herrn Kirchner gesprochen. Wenn Männer miteinander Bekanntschaft schließen, umfasst ihr Gesprächshorizont meist auch ihre beruflichen Aktivitäten. Was hat Herr Kirchner denn über seinen Beruf erzählt?«

»Was er zuletzt gemacht hat, blieb eigentlich ziemlich unklar. Er hat irgendeine englische oder amerikanische Firma vertreten, die Ausrüstungen für Zahnärzte liefert. Von Beruf war er ursprünglich Zahntechniker. Er hatte auch eine eigene Firma gehabt. Die musste er aber aufgeben, da die Konkurrenz immer größer geworden war und er gegenüber den großen Betrieben nicht konkurrenzfähig war. Seitdem die Kassen für Zahnersatz nicht mehr zahlen wollten, war der Markt noch enger geworden. Was daran stimmt, kann ich nicht beurteilen. In der Branche kenn ich mich nicht aus.«

Bruno Peters hatte nun ruhiger, sachlicher geredet. Mommsen lenkte das Gespräch in eine andere Richtung. »Wie hat die Tochter von Frau Simon, Helen, auf diese neue Beziehung ihrer Mutter reagiert? Wie war ihr Verhältnis zu Herrn Kirchner?«

»Ich weiß nicht recht. Eigentlich habe ich zu Helen immer einen guten Draht gehabt. Ich kannte sie ja schon, als sie noch ein Kind war. Über Tobias hat sie kaum gesprochen. Vor zwei Wochen gab es offensichtlich mal Zoff. Sie hat ja jetzt auch einen Führerschein und konnte den Wagen von Karla benutzen, wenn diese ihn nicht selbst brauchte. Aber seitdem Tobias da war, ist er den Wagen häufig gefahren. Auch komisch, dass der sein Auto nicht mit auf die Insel genommen hatte, wenn er solange hier war. Die Parkgebühren in Dagebüll sind für mehrere Wochen sicher viel höher als der Preis für die Fähre. Also, Helen und Tobias hatten sich gestritten, wer den Wagen fahren darf. Helen war ganz geladen. ›Der tut so, als wäre er jetzt bei uns zu Hause der Chef im Ring. Er behandelt mich wie ein kleines Kind. Dem werde ich schon zeigen, dass er mit mir rechnen muss.‹ So, oder zumindest so ähnlich hat sie sich ereifert. Und dann war sie auch auf ihre Mutter sauer, dass diese sich auf die Seite von Tobias gestellt hatte.«

Lürrsen erinnerte sich an die Beobachtung der Bedienung im Dorfcafe in Midlum. »Was für einen Wagen fährt Frau Simon denn?«

»Einen älteren Golf. Rot.«

Lürrsen fuhr – nach einem ermunternden Nicken von Mommsen – fort. »Sagen Sie, Herr Peters, wissen Sie, ob Herr Kirchner auch mit anderen Personen hier auf Föhr Kontakt hatte?«

»Nein, davon weiß ich nichts. Ich denke, er kannte wohl Leute vom Einkaufen oder so. Hin und wieder war er abends bei uns an der Bar. Er kam schnell mit Menschen ins Gespräch. Aber die wechselten. Es sind ja meist Touristen, die nicht lange bleiben. Manchmal war er auch zum Surfen. Warten Sie mal – mit einem Ehepaar aus dem Rheinland hatte er wohl zwei- oder dreimal geredet.«

»Wissen Sie, wer die waren? Kennen Sie deren Namen oder wissen Sie, wo die gewohnt haben?«, fasste Lürrsen nach.

»Nein, leider nicht!«

»Haben Sie mitbekommen, worüber sie gesprochen haben?«

»Da ist mir nichts aufgefallen, woran ich mich erinnern könnte.«

Lürrsen erinnerte sich an ihre Funde im Koffer von Tobias Kirchner. »Können Sie uns etwas über die finanziellen Verhältnisse von Herrn Kirchner sagen? Hatten Sie den Eindruck, dass er hier auf großem Fuß lebte?«

»Nein, er lebte ja bei Karla. Bei uns in der Bar hat er immer cash bezahlt. Gut, das waren auch keine großen Summen. Sie meinen, ob er sich von Karla aushalten ließ? Das weiß ich nicht. Da müssen Sie sie selbst fragen.«

»Sagt Ihnen der Name Friedrich Herles was?«

»Nein, noch nie gehört. Wer ist das? Ist das ein Verdächtiger?«

»Das kann ich Ihnen leider nicht sagen.«

Lürrsen machte sich Notizen. Dann schaute er auf. »Wie hat sich Herr Kirchner denn gegenüber Frau Simon verhalten, wenn er bei Ihnen im Lokal war?«

»Da war er zurückhaltend. Das war auch gut so. Karla ist ja eine attraktive Frau. Und manche Gäste kommen vor allem ihretwegen. Sie weiß die locker zu nehmen, hält aber immer jeden auf Distanz. Wenn die mitkriegen würden, dass ihr Freund mit an der Bar sitzt, würden sie vielleicht woanders hingehen und vermutlich auch nicht so viel Trinkgeld geben.«

Mommsen hatte sich, während Lürrsen das Gespräch führte, in seinem Sessel zurückgelehnt und mit mildem Lächeln den Dialog verfolgt. Nun beugte er sich vor, straffte sich und fiel mit scharfem Tonfall ein. »Herr Peters. Eine letzte Frage, auf die ich eine eindeutige Antwort erwarte. Ihr Verhältnis zu Frau Simon: Sind und waren Sie nur Geschäftspartner oder war oder ist da mehr?«

Bruno Peters erstarrte kurz. Dann kam von ihm ein unsicheres »Wie meinen Sie das?«.

Mommsen erklärte – immer noch im scharfen Tonfall: »Stellen Sie sich nicht dumm! Hatten Sie ein Verhältnis mit Frau Simon? Und wie stehen Sie gefühlsmäßig zu ihr? Herr Peters, es geht um einen Mordfall. Jede falsche Aussage macht Sie zum Verdächtigen. Das hier ist schließlich kein gemütlicher und folgenloser Plausch.«

Bruno Peters schwieg eine Weile. Dann schien er sich aufzuraffen. »Nein, ein Verhältnis hatten wir nicht. Das lag aber nicht an mir. Vor einigen Jahren waren wir uns schon näher gekommen, als der Typ aus Neumünster auftauchte. Sie hatte sich dann anders orientiert. Wir haben später einmal darüber gesprochen und waren uns dann einig, dass es für unsere gemeinsame Arbeit besser ist, wenn diese nicht noch durch persönliche Gefühle belastet wird. Aber was ich für Karla empfinde, ist immer noch mehr als Sympathie.« Er lachte kurz auf: »Ich komme mir vor wie im Beichtstuhl, nur dass dort nicht noch jemand dabeisitzt und Protokoll führt. Ach, vergessen Sie's! Also, fürs Protokoll: Nein, wir hatten und haben kein Verhältnis!«

Bruno Peters hatte ihnen einen Einblick in sein Gefühlsleben zugestanden und Mommsen war geneigt, seine Offenheit sympathisch zu finden. Allerdings war er sich noch nicht ganz klar darüber, ob Bruno Peters nicht über so viel schauspielerische Fähigkeiten verfügte, sein Eingeständnis glaubhaft erscheinen zu lassen. Er nahm sich vor, später Lürrsen darauf anzusprechen, dem er eine gesunde Portion Menschenkenntnis zutraute.

»Gut, Herr Peters. Das Protokoll werden wir schreiben. Wir werden uns dann mit Ihnen in Verbindung setzen, damit Sie es genehmigen und unterschreiben können. Ich danke Ihnen, dass sie sich die Zeit für uns genommen haben. Es kann sein, dass wir im Laufe der Ermittlungen neue Erkenntnisse bekommen, über die wir dann noch einmal mit Ihnen sprechen müssen. Wir würden dann auf Sie zukommen.«

Die beiden Beamten standen auf und verabschiedeten sich von Bruno Peters. Als er gegangen war, setzten sie sich wieder. »Herr Lürrsen, was halten Sie von ihm? Ist seine Offenheit echt oder gespielt?«

»Ich kann das zwar nicht sicher beurteilen, aber er klang ganz glaubhaft. Hier auf der Insel ist mir über ihn beziehungsweise über das Lokal nichts Nachteiliges bekannt. Ich wäre dafür, seine Aussage erst einmal hinzunehmen. Wenn wir auf Widersprüche bei neuen Erkenntnissen stoßen, können wir ihn uns ja noch einmal vornehmen.«

Mommsen nickte. »Ja, dafür wäre ich auch. So, jetzt habe ich aber Hunger. Lassen Sie uns zu Schön rüber gehen. Wie ist es, gehen Sie nach Hause zum Essen oder begleiten Sie uns?«

»Ich komme mit Ihnen. Steht Ihnen heute wieder der Sinn nach Fischbrötchen?«

»Schön ist ein großer Dönerliebhaber. Wir sollten uns heute mal an seinen Geschmack anpassen. Ich glaube, kurz nach der Apotheke in Richtung Sandwall habe ich einen Dönerstand gesehen. Haben Sie Erfahrungen damit?« »Nee, und damit auch keine schlechten.«

»Also, einen Versuch ist es wert.«

5. Bedrohung

Er war auf der Suche nach der Frau mit den wippenden Brüsten durch mehrere Stockwerke des Schlosses gelaufen. Von der Treppe zum dritten Stockwerk sah er sie in den Flur einbiegen und hinter der Tür zum letzten Zimmer auf der linken Seite verschwinden. Er glaubte, sie nun so in die Enge getrieben zu haben, dass sie ihm nicht mehr entkommen konnte. Mit einem Gefühl des sicheren Triumphes riss er die Tür auf, machte einen Schritt vorwärts und fiel ins Leere. Er schrie auf und wurde wach. Schwer atmend versuchte er sich zu orientieren. Durch die hellen Vorhänge des Fensters schimmerte das Licht der Morgendämmerung und ließ die Einrichtung des Zimmers in einem farblosen Grau erscheinen. Langsam setzte sein Denkvermögen ein. ›Grau ist doch auch eine Farbe‹, sagte er sich. Er fühlte sich kaputt und durch den Alptraum benommen. ›Wenn ich doch nur einmal wieder traumlos schlafen könnte! Diese Träume, in denen ich aus der Euphorie immer ins Leere stürze, machen mich noch ganz fertig. Aber jetzt ist sowieso alles egal.‹ Er setzte sich im Bett aufrecht hin. ›Wenn ich schon in einer so beschissenen Situation bin, warum muss das in meinen Träumen die Form eines billigen Horrorfilms annehmen? Gut, seine Alpträume bekommt man nicht in den Griff, aber warum kann ich mein Leben nicht mehr in den Griff kriegen?‹, fragte er sich, der Verzweiflung nahe.

Er schaute sich in dem kleinen Hotelzimmer um. Für den Hochsaisonpreis hier auf der Insel wäre eine Renovierung schon längst fällig gewesen. Mühsam erhob er sich vom Bett, ging in das Badezimmer, füllte ein Wasserglas randvoll und trank es in einem Zug aus. Jetzt ärgerte er sich, dass er sich im Hotel unter seinem richtigen Namen eingetragen hatte. Er hätte auch sein Pseudonym verwenden können. Eigentlich benutzen nur Schriftsteller so einen Decknamen, um ihre fiktive Identität von ihrer wirklichen abzugrenzen. Aber die beiden Persönlichkeiten, die er benutzte, waren ihm ohnehin schon durcheinander geraten.

Er musterte sein Gegenüber im Spiegel des Badezimmers. Wie immer, wenn er in den Spiegel schaute, kam er sich fremd vor. Er sah einen Mann; relativ schlank, mit vollem, an den Schläfen angegrautem Haar und seine Gesichtszüge waren von Müdigkeit durchzogen. Die Seriosität, die er normalerweise seinem Erscheinungsbild geben konnte, war ihm wohl in den letzten Wochen abhanden gekommen. ›Heute sieht man mir meine dreiundfünfzig Jahre aber an‹, dachte er.

Er schüttelte sich kurz, als könnte er so die Alpträume der Nacht und seines Lebens abstreifen und rief sich laut zur Ordnung: »Dr. Helmut Zehrer, reiß dich zusammen. Nichts ist verloren, wenn du dich nicht selbst aufgibst. Nach dem Frühstück rufst du als Erstes zu Hause an, dass du noch zwei Tage hier auf Föhr bleiben musst. Du sagst einfach, dass das Auto gestreikt hat. Dann lässt du dir bei einem Spaziergang auf der Strandpromenade den Kopf vom Wind richtig durchlüften und machst erst einmal eine Bestandsaufnahme der Geschehnisse. Rationalität hat dein ganzes Leben bestimmt, bis deine Hormone verrückt gespielt haben. Und mit Rationalität bist du immer besser gefahren. Und dann versuchst du in Erfahrung zu bringen, was eigentlich schief gegangen ist. Die erste Anlaufstelle dafür ist die *Vogelkoje*. Da kennt dich sonst keiner und du fällst auch nicht auf. So, nun fang den Tag an!«

Nach dem Frühstück rief Helmut Zehrer als Erstes seine Frau in Kiel an. »Hallo, Liebling, schön zu hören, dass du schon so munter bist. Wie ist denn bei euch das Wetter? … Ja? Hier ist es ja meist besser als auf dem Festland. Wir hatten gestern überwiegend Sonnenschein. Die beiden Tage mit Rolf und Sven haben mir richtig gut getan. Der Golfplatz hier ist wirklich klasse. Du kennst ihn ja. Vorgestern haben wir mit einem Profi trainiert und gestern unser Turnier durchgeführt. Gut; Rolf ist nicht zu schlagen, er ist ja selber ein halber Profi. Aber immerhin habe ich mich noch vor Sven platziert, obwohl ich in diesem Jahr kaum zum Spielen gekommen bin.« Für eine Weile lauschte er, ohne seine Frau zu unterbrechen. Dann kam er zum eigentlichen Grund seines Anrufes: »Ah, ja, das ist aber schön. Du hör mal, Liebling, ich habe Pech mit dem Auto gehabt. Irgendwas bei der Zündung ist ausgefallen. Die können das hier nicht einfach einstellen, sondern müssen das ganze Modul austauschen. Der Meister in der Werkstatt rechnet mit zwei Tagen, weil das Teil erst bestellt werden muss. Jetzt aber noch mal nach Hause zu fahren, lohnt nun wirklich nicht. Ich verlängere meinen Aufenthalt einfach und komm zurück, wenn der Wagen fertig ist. Frau Hansen kann mich in der Praxis die zwei Tag noch länger vertreten. Rolf und Sven sind schon weg. Ich werde dann versuchen, heute noch einmal die große Runde auf dem Golfplatz zu machen.« Nach dem Austausch einiger weiterer Neuigkeiten und verbaler Liebkosungen beendete Helmut Zehrer das Gespräch mit seiner Frau.

Bei seinem nächsten Telefonat meldete sich eine seiner Sprechstundenhilfen: »Zahnpraxis Dr. Zehrer, Sie sprechen mit Corinna Feldkamp.« Helmut Zehrer ließ sich seine Vertretung geben und regelte mit ihr, dass er noch einige Tage länger der Praxis fernbleiben würde.

Zwanzig Minuten später befand er sich auf der Promenade am Südstrand. Er wäre lieber direkt am Wasser entlang gegangen, aber das schöne Wetter hatte Scharen von Urlaubern hierher gelockt, die die Strandkörbe bevölkerten, zwischen ihren Bade- und Liegestellen hin- und herliefen und lautstark ihre Ballspiele kommentierten. Dazwischen fand man natürlich die besorgten Mütter, die ihren flügge gewordenen Nachwuchs lautstark herbei riefen. Er war froh, als er die ruhigeren Strandabschnitte erreicht hatte und durch das Getümmel der Urlauber nicht mehr abgelenkt wurde. Es gelang ihm, seine Gedanken zu sammeln und er begann sich die Geschehnisse der letzten Monate in ihrer zeitlichen Reihenfolge in Erinnerung zu rufen.

Begonnen hatte alles mit dem Marktauftritt einer Vertriebsfirma für Ausstattungen von Zahnarztpraxen, die vor allem mit neuartigen Geräten eines großen US-amerikanischen Produzenten ins Geschäft kommen wollte. Deren Vertriebsleiter hatte mit ihm Kontakt aufgenommen und ihm die neuen Geräte präsentiert. Dieser hatte sich als Tobias Kirchner vorgestellt und einen sympathischen und fachkundigen Eindruck gemacht – anders als manche Vertreter, denen man anmerkte, dass ihnen ihre fachlichen Kenntnisse nach dem System des Durchlauferhitzers vermittelt worden waren. Tobias Kirchner hatte dann nach einem Monat telefonisch wieder nachgefragt und ihn auf Kosten seiner Firma zu einem Demonstrationsseminar am Firmensitz in Hannover eingeladen. Nach dem Seminar hatte Tobias Kirchner ihn und zwei weitere Kollegen zum Essen ausgeführt, nach dem sie noch in einer Bar gelandet waren.

In dieser gelösten, wenn nicht gar angeheiterten Atmosphäre, hatte Tobias Kirchner ihnen das Angebot gemacht, nicht nur Praxisgeräte, sondern auch Zahnersatz zu liefern. Diesen könnte er in geprüfter und ausgezeichneter Qualität aus Ostblockländern beziehen. Der Bezugspreis betrage weniger als die Hälfte des Preises der deutschen Lieferanten, doch könnte er dafür ebensolche Rechnungen besorgen, so dass sie bei den Patienten bzw. bei den Kassen den vollen Preis abrechnen könnten. Ein solcher Zusatzverdienst wäre problemlos und ohne Risiko zu realisieren. Die Lieferzeiten würden kaum länger als bei deutschen Dentallabors sein.

Wie im Scherz hatten sie von Tobias Kirchner weitere Einzelheiten solcher Transaktionen in Erfahrung gebracht. Konkrete Abmachungen waren an diesem Abend aber selbstverständlich nicht getroffen worden. Wer wollte sich schon von Kollegen bei unsauberen Geschäften beobachten lassen?

Tobias Kirchner hatte ihn dann einige Tage später wieder aufgesucht. Aufgrund seiner Überzeugungskraft war es diesem gelungen, seine Skrupel zu überwinden und ihn zu einem ersten Versuch zu überreden.

Die Qualität des gelieferten Zahnersatzes war völlig in Ordnung gewesen und die Abwicklung hatte reibungslos geklappt. Die Patienten waren jedenfalls nicht geschädigt worden, beruhigte er sich. Nach und nach hatte er einen größer werdenden Teil seines Bedarfs aus diesem Kanal bezogen. Nachdem das Geschäft angelaufen war, hatte er Tobias Kirchner kaum noch gesehen. Zahntechnische Sonderwünsche hatte er einige Male mit seinem Mitarbeiter – einem fachlich versierten Bulgaren namens Sergej Perlov – geklärt.

Später an dem Abend in Hannover, an dem Tobias Kirchner ihnen das lukrative Angebot für den Zahnersatz gemacht hatte, waren noch zwei sehr anziehende Frauen zu ihnen an den Tisch gekommen. Nachdem Kirchner und der dritte Kollege gegangen waren, hatten er und ein Kollege aus Hildesheim mit den beiden Damen in der Bar noch weiter gefeiert. Im weiteren Verlauf der Nacht hatte ihn seine Begleiterin in ihre kleine, geschmackvolle Wohnung mitgenommen, wo er ihren erotischen Verlockungen nicht lange widerstehen konnte.

Ihren Wunsch nach einem Wiedersehen hatte sie um den Hinweis ergänzt, dass sie eigentlich in einem Massagesalon arbeite und ihre Dienste dort anbieten müsse, sonst bekäme sie großen Ärger mit ihren Chefs. Eher aus Abenteuerlust als aus sexuellem Verlangen hatte er sie im Laufe der nächsten Monate noch einige Male aufgesucht.

Aufgrund zunehmender Kontrollen seitens der Krankenkassen hatte Helmut Zehrer begonnen, den Anteil des Zahnersatzes aus illegalen Bezugsquellen zu reduzieren, um schließlich ganz davon Abstand zu nehmen. Tobias Kirchner hatte ihn daraufhin noch zweimal aufgesucht, um ihn hinsichtlich der Kontrollen zu beruhigen. Helmut Zehrer war aber konsequent dabei geblieben, den Geschäftskontakt abzubrechen. Tobias Kirchner hatte das bedauert, aber Verständnis geäußert.

Zwei Wochen nach diesem Gespräch hatte sich ein Mann telefonisch bei ihm gemeldet, der ihn ultimativ aufforderte, ein bestimmtes Kontingent von ihm benötigten Zahnersatzes weiterhin aus der gewohnten illegalen Quelle zu beziehen. Sollte er dazu nicht bereit sein, käme als Alternative eine einmalige Abfindungszahlung wegen Nichterfüllung des Vertrages von 50.000,- Euro in Betracht. Andernfalls würde seine Frau erfahren, wo und wie er seine sexuelle Abwechslung suche. Sollte das nichts nützen, würde eine Anzeige bei der kassenzahnärztlichen Vereinigung ihn ruinieren. Helmut Zehrer war klar geworden, dass er einer offensichtlich skrupellosen Bande in die Hände gefallen war, die seine Existenz bedrohte.

Da er wusste, dass Tobias Kirchner die illegalen Geschäfte vorbereitete und dieser sein einziger Zugang zu der Bande war, hatte Helmut Zehrer umgehend Kontakt zu ihm aufgenommen. Als er ihm von der erpresserischen Drohung berichtete, hatte dieser sich ungläubig geäußert. Tobias Kirchner hatte eindeutig bestritten, dass seine Geschäftspartner etwas mit diesen Vorgängen zu tun hätten. Diese seien seriöse Männer, mit denen er seit Jahren ohne Probleme zusammenarbeite. Er hatte in diesem Gespräch die Idee geäußert, dass eventuell ein Konkurrenzunternehmen mit solchen abscheulichen Aktionen ihnen das Geschäft kaputt machen wollte. Schließlich hatte er zugesagt, sich mit seinen Partnern um eine Klärung der Angelegenheit kümmern zu wollen.

Während Helmut Zehrer sich die Geschehnisse noch einmal chronologisch durch den Kopf gehen ließ, war er bis zum Ende der neuen Strandpromenade gekommen. Er zog seine Schuhe und Strümpfe aus, um auf dem Rückweg den weichen Sand unter den bloßen Füssen zu spüren. Sein Blick schweifte über die Weite des Watts, glitt an den Konturen der Warften von Langeneß entlang und blieb am Leuchtturm von Amrum hängen. ›Ich hätte auch einen Leuchtturm gebrauchen können, der mich vor den Gefahren gewarnt hätte‹, dachte er. ›Aber jetzt, wo ich schon gestrandet bin, hilft der mir auch nicht mehr weiter. Nun geht es erst einmal darum, dass ich mir über die Situation klar werde und darüber, wie es weiter gehen soll.‹

Von den Erpressern hatte Helmut Zehrer seitdem nichts mehr gehört. Dies bestärkte ihn in der Annahme, dass die Unkenntnis von Tobias Kirchner nur vorgetäuscht war, um keine Anhaltspunkte für strafrechtliche Folgen zu bieten. Er war sich vielmehr gewiss, dass Tobias Kirchner an der Erpressung beteiligt war. Vor zehn Tagen hatte der sich mit ihm in Verbindung gesetzt. Er hatte sich dahingehend geäußert, dass er einige Aspekte der Angelegenheit habe aufklären können und Helmut Zehrer in einem persönlichen Gespräch über alles informieren würde. Am Telefon sei das aber nicht möglich. Er hatte als Treffpunkt Föhr vorgeschlagen, da es die Insellage besser ermögliche, festzustellen, ob einer von ihnen verfolgt werde. Helmut Zehrer hatte das zunächst mit dem Hinweis abgelehnt, dies sei eine Dramatisierung, die doch wohl völlig übertreiben sei. Tobias Kirchner hatte aber darauf bestanden, da die Konkurrenz eine gefährliche Organisation sei, die auch vor kriminellen Methoden nicht zurückschrecke. Schließlich hatte er nachgegeben.

Um dem Abstecher nach Föhr einen harmlosen Anstrich zu geben, hatte Helmut Zehrer seinen Freunden Rolf und Sven vorgeschlagen, ihr lange abgesprochenes privates Golfturnier in diesem Jahr auf der idyllischen Grünanlage auf Föhr durchzuführen. Beide waren von der Idee angetan und so hatten sie für zwei Tage Unterkünfte gebucht.

Vorgestern hatte Helmut Zehrer sich nach dem gemeinsamen Training mit dem Golflehrer mit Tobias Kirchner verabredet, während seine Freunde noch zu einem Ausflug an den Strand aufgebrochen waren. Er hatte sich mit dem Hinweis auf eine drohende Erkältung entschuldigt. In einem kleinen Cafe in Nieblum hatte er dann Tobias Kirchner getroffen. Dieser war in Eile gewesen. Er hatte ihm noch einmal beteuert, dass die Erpressungsversuche weder von ihm noch von seinen Geschäftspartnern ausgegangen seien. Er hatte weiter mitgeteilt, dass seine Kompagnons über vertrauliche Kanäle Kontakt zur Konkurrenz aufgenommen hätten. Sie seien gemeinsam zu dem Schluss gekommen, dass die konkurrierende Organisation tatsächlich für die Bedrohung verantwortlich sei. Man habe Verhandlungen aufgenommen, um diese von ihrem Vorhaben abzubringen, doch habe man noch keine Einigung erzielen können. Bislang würde die Konkurrenzorganisation aber auf der Zahlung der genannten Summe bestehen. Sollte dies nicht verhindert werden können, würden seine Geschäftsfreunde die Hälfte der Summe aufbringen, um Helmut Zehrer zu überzeugen, dass sie in dieser schwierigen Situation an seiner Seite stehen würden.

Helmut Zehrer war dennoch weiterhin überzeugt, dass die Erpressung von Tobias Kirchner und seinen Teilhabern ausging. In aller Deutlichkeit hatte er diesem gesagt, seine heuchlerischen Ammenmärchen über die vermeintliche Konkurrenzorganisation würde er nicht glauben. Er hatte ihm dann seinerseits gedroht, ihn wegen Erpressung anzuzeigen. Tobias Kirchner hatte daraufhin versucht, den Streit zu beenden. Er wollte einen Versuch unternehmen, dass sich seine Geschäftspartner mit der Konkurrenzorganisation auf eine Regelung einigten, die Helmut Zehrer unberührt lassen würde. Er hatte zugesagt, bis zum Abend des nächsten Tages eine definitive Antwort zu geben. Dennoch waren sie im Streit auseinander gegangen.

Auf dem Rückweg von dem Treffen mit Tobias Kirchner war Wut in Helmut Zehrer hochgekocht. Diese war vor allem ein Kind seiner Hilflosigkeit angesichts der Erpressung. Kam er dieser nach, würden sich die Forderungen immer wiederholen. Kam er ihr nicht nach, würden die Enthüllungen ihn ebenso ruinieren. Würde er Tobias Kirchner anzeigen, lief er Gefahr, bei einem nachfolgenden Prozess gegen diesen als Zeuge auftreten zu müssen. Auch auf diesem Wege würden seine Verfehlungen publik werden. Seine kassenärztliche Zulassung könnte er sich abschminken, ein Prozess wegen Betruges

drohte ihm außerdem und seine Frau – die ihm trotz seines Seiten-
sprunges viel bedeutete – würde ihn voraussichtlich verlassen. ›Wer
gibt diesem miesen Subjekt eigentlich das Recht, Menschen zu ver-
nichten, nur weil sie einige Male inszenierten Verlockungen nicht
widerstehen konnten?‹, fragte er sich.

Tobias Kirchner war noch am späten Abend des gleichen Tages
per Handy mit Helmut Zehrer in Kontakt getreten. Er hatte berichtet,
dass seine Geschäftspartner zu weiterem Entgegenkommen bereit
seien. Hierzu wären aber einige Absprachen nötig, um sicherzustellen, dass auf beiden Seiten keine Hypotheken mehr zurückblieben.
Sie hatten ein Treffen für den nächsten Tag um 22 Uhr vor dem Eingang zur Nieblumer St. Johannis Kirche verabredet. Helmut Zehrer
hatte die Inszenierung ihres Treffens als Nacht- und Nebelaktion
immer noch als überzogene Dramatisierung empfunden, aber
schließlich eingewilligt. Trotz der Hoffnung auf eine Lösung seiner
Probleme hatte er in der Nacht kaum Schlaf gefunden. Er war dann
überrascht, dass er sich am nächsten Tag auf das Golfturnier konzentrieren konnte und in der Lage war, ein respektables Spiel zu
liefern. Die Anspannung eines 18 Loch-Spiels und die lockere Konversation mit seinen Freunden hatten ihm geholfen, sich von seinen
Sorgen abzulenken und das Gefühl von Wut und Hilflosigkeit zumindest für einige Stunden zu verbannen.

Gestern hatte er am späten Nachmittag seine beiden Freunde zur
Fähre im Wyker Hafen gebracht. Nach einem Bummel über den
Sandwall war er am Bistro *Vogelkoje* vorbeigekommen und durch
das Fenster konnte er unerwartet Tobias Kirchner an der Bar neben
einem jungen Mann sitzen sehen. Er hatte beschlossen, ihn sofort
anzusprechen und die Tür geöffnet, um einzutreten. Tobias Kirchner
hatte ihn gleichzeitig erblickt und war ihm schon an der Tür entge-
gengekommen.

Er hatte zischend geflüstert: »Jetzt nicht! Gehen Sie, um Himmel
willens. Sie machen alles kaputt, wenn Sie hier reinkommen. Ich bin
auf jeden Fall nachher in Nieblum.«

Helmut Zehrer hatte kein Aufsehen erregen wollen und sich der
Bitte gefügt. Angespannt war er weitergegangen. Als er sich etwas
beruhigt hatte, war er im Restaurant *Alt Föhr* eingekehrt, um sich ein

einsames, aber gelungenes Menü zu gönnen. Hierbei hatte er Zeit, sich in Gedanken auf die Begegnung mit Tobias Kirchner vorzubereiten. Er hatte sich fest vorgenommen, sich auf keinen Fall von seinem Temperament mitreißen zu lassen und ganz cool zu bleiben. Auf lange Verhandlungen wollte er sich aber nicht mehr einlassen. ›Dies wird auf keinen Fall eine never-ending-story‹, sagte er sich, ›entweder – oder ist jetzt angesagt.‹

Um halb Zehn war er nach Nieblum aufgebrochen, um rechtzeitig bei St. Johannis zu sein. Der Name der Kirche erinnerte ihn an die Offenbarung des Johannes aus der Bibel, die der Welt apokalyptisches Unheil prophezeit hatte. Er hatte gehofft, dass Tobias Kirchner eine bessere Botschaft mitbringen würde.

6. Krebsgang

Mommsen, Schön und Lürrsen lehnten mit ihren Dönern in der Hand an einem der Stehtische vor dem Imbiss. Mommsen schnupperte – wie immer, wenn er sich Schöns Leidenschaft für Döner nicht entziehen konnte – misstrauisch an dem Inhalt seines Fladenbrotes. »Dirk, sag mal, haben dich die Skandale um das Gammelfleisch noch nicht von deiner Dönermanie heilen können?«

»Ach, komm! Das Risiko, dass du dir dabei was einfängst, ist weit geringer als das im Straßenverkehr. Mir schmeckt es eben. Und Lebensfreude hat doch schließlich auch eine gesundheitliche Wirkung.«

»Dein Wort in Gottes Ohr.« Mommsen biss tapfer in seinen Döner, Lürrsen tat es ihm mit einem Grinsen nach. Während des Essens berichtete Mommsen Schön über den Inhalt des Gespräches mit Bruno Peters. Lürrsen registrierte, dass Mommsen Wert darauf legte, dass alle Mitarbeiter möglichst zeitnah über den aktuellen Stand der Ermittlungen informiert waren.

Als Mommsen seine Zusammenfassung der Befragung von Bruno Peters beendet hatte, schaltete sich Lürrsen wieder in das Gespräch ein: »Herr Schön, haben Sie die Kollegen in Hannover schon dazu bringen können, die Ehefrau zu benachrichtigen und die Wohnung des Opfers zu durchsuchen? Sind die auch schon am Arbeitgeber dran?«

»Ja und ich brauchte das gar nicht mehr besonders dringlich zu machen. Staatsanwalt Herbert ist ein ganz Fixer. Der hatte sich gerade vorher schon eingeschaltet und Dampf gemacht. Das kann er wohl ganz gut. Jedenfalls wollten sich zwei Kollegen gleich zur Wohnung begeben, ein dritter sich sofort um einen Termin beim Arbeitgeber bemühen. Ich habe ihnen noch unsere bisherigen Erkenntnisse mitgeteilt, damit sie ihre Ermittlungen gezielt ansetzen können. Wir haben vereinbart, dass ich mich heute am späten Nachmittag noch einmal mit ihnen in Verbindung setze und erfahre, was sie bis dahin rausbekommen haben.«

Mommsen hakte nach: »Was ist mit seiner Frau? Die Adresse wird bei einer Zahnärztin ja wohl schnell zu ermitteln sein. Haben die Hannoveraner schon jemanden hingeschickt?«

»Die Anschrift haben sie schon. Aber sie lassen nachfragen, ob sie die Nachricht vom Tod des Opfers selbst überbringen sollen oder ob jemand aus unserem Ermittlungsteam rüberkommt und das macht. Dann könnte der ja auch gleich eine erste Befragung durchführen.«

»O.k., das sollten wir gleich nachher entscheiden.«

Schön und Lürrsen hatten ihre Döner verzehrt, Mommsen die Hälfte seiner Köstlichkeit übrig gelassen. Er wischte sich die Hände mit einer Serviette ab. »Ich schlage vor, dass wir jetzt erst einmal aufs Revier gehen und unsere nächsten Schritte planen. Unsere Ermittlungen sollten zunächst auf zwei Schienen laufen: eine in Hannover und eine hier auf Föhr. Auf die Ergebnisse aus Hannover können wir nur warten, aber hier müssen wir aktiv bleiben.«

Zügig erreichten sie die Revierwache. Der kleine Besprechungsraum, in dem sie schon am Morgen zusammen gesessen hatten, war leer. Lürrsen schenkte jedem aus der immer bereitstehenden Maschine eine Tasse Kaffee ein. Mommsen trank einen Schluck und schloss kurz die Augen. Dann schaute er seine beiden Kollegen an: »So, wer hat Vorschläge?«

Schweigend verstrich eine kurze Zeit. Schön ergriff als erster das Wort: »Wir wissen, dass das Opfer hier auf Föhr mit Karla Simon, Bruno Peters und natürlich auch mit Karla Simons Tochter Helen Kontakt hatte, vielleicht auch noch mit einem jüngeren Mann, der vermutlich Ausländer ist. Das kann aber nicht alles sein. Wenn er fünf Wochen hier gelebt hat, dann muss er auch mit anderen Leuten zusammengekommen sein. Die müssen wir ausfindig machen. Da uns die Simon und Bruno Peters darüber nichts sagen können oder wollen, müssen wir andere Wege suchen. Die Tochter werden wir auch noch befragen, wenn sie wieder auf der Insel ist. Ich schlage vor, dass wir den Weg über die Regionalpresse gehen. Wenn erst einmal in der Zeitung steht, dass Tobias Kirchner hier ermordet wurde und wir Kontaktpersonen suchen, wird darüber intensiv geredet. Da werden Erinnerungen wachgerüttelt. Erfahrungsgemäß werden wir sicher auch viele Fehlmeldungen erhalten. Das wird eine Menge Arbeit, die Spreu vom Weizen zu trennen. Aber da müssen wir wohl durch. Übrigens, wie heißt die hiesige Zeitung?«

»*Der Inselbote*. Die wird aber auf dem Festland gemacht. Ich glaube, die haben früh Redaktionsschluss. Den hiesigen Reporter kenn ich ganz gut. Soll ich versuchen, den mal ans Telefon zu bekommen?«, erbot sich Lürrsen.

Mommsen schaute auf die Uhr. »Lassen Sie uns noch einen Augenblick weiter überlegen. Die Presse einzuschalten ist ein sinnvoller Gedanke. Das werden wir als nächstes in Angriff nehmen. Wir haben aber auch noch die Unterlagen von Tobias Kirchner und seinen Laptop. Die müssen wir uns heute auch noch vornehmen. Weitere Schritte?«

Lürrsen erinnerte sich an Karla Simons Aussage und ihren Hinweis auf die Ehefrau. »Ich schlage vor, die Spur zu seiner Ehefrau möglichst bald aufzunehmen. Da ist noch viel zu klären. Bisher gibt es nur den Hinweis von Karla Simon, dass sie angeblich rachsüchtig sei. Das hat sie aber auch nur von Tobias Kirchner, also nicht aus eigener Kenntnis. Wir sollten versuchen, direkt Kontakt mit ihr aufzunehmen und mehr über das Verhältnis zwischen den Eheleuten herauszubekommen.«

Mommsen hörte konzentriert zu. Der Gedanke war ihm auch schon gekommen. Er hatte die Erfahrung gemacht, dass seine Mitarbeiter die Arbeit motivierter angingen, wenn diese auf ihren eigenen Ideen beruhte. Deswegen nickte er Lürrsen anerkennend zu und gab ihm das Gefühl, die Idee als erster gehabt zu haben. »Ja, auch das müssen wir dringend in die Wege leiten. Und dann haben wir noch das ominöse Konto in der Schweiz auf den Namen Herles. Vielleicht können wir auch in dieser Richtung weitere Anhaltspunkte finden. Allerdings verspreche ich mir davon nicht zu viel. Die Schweizer geben erfahrungsgemäß auf eine einfache polizeiliche Anfrage keine Bankgeheimnisse preis. Aber einen Versuch dürfte es wert sein. Wahrscheinlich werden wir aber für weitere Untersuchungen diesbezüglich auf Staatsanwalt Herbert angewiesen sein.«

Er richtete sich auf und fasste in bestimmtem Ton zusammen: »Also als erstes: ich glaube, die Kollegen in Hannover sollten die Ehefrau direkt informieren. Zu welchen Problemen eine Befragung notwendig wird und wie das laufen soll, besprechen wir noch. Dirk, klärst du das mit Hannover?« Schön nickte.

»Also, hier auf Föhr holen wir zunächst den Lokalreporter vom *Inselboten* ans Telefon. Noch besser wäre es, wenn wir ihn direkt hierher holen könnten. Mit dem werden Herr Lürrsen und ich dann sprechen. Du, Dirk, solltest währenddessen die Spur zu der Ehefrau in Hannover aufnehmen. Was du nicht über das Internet recherchieren kannst, das können vielleicht die dortigen Kollegen herausfinden. Ob jemand von uns nach Hannover muss und eine intensive Befragung nötig wird, hängt von den ersten Ergebnissen dort ab. Dann kannst du die Kollegen von der Wirtschaftskriminalität einschalten, damit die sich bemühen, etwas über die Hintergründe des Schweizer Kontos herauszubekommen. Nach dem Gespräch mit dem *Inselboten* werden Herr Lürrsen und ich uns die Unterlagen von Tobias Kirchner vornehmen. Herr Lürrsen, wie steht es mit Ihren Computerkenntnissen? Trauen Sie sich zu, den Laptop auszuwerten?«

Lürrsen schüttelte zweifelnd den Kopf: »Für den Alltag reicht es. Aber ein Computerspezialist bin ich sicher nicht.«

»Gut, dann werden wir das Problem und den Laptop vertrauensvoll in die Hände des Kollegen Schön legen. Schließlich hat der erst im letzten Jahr drei Wochen Ferien gemacht und das Ganze ›EDV-Fortbildung‹ genannt«, grinste Mommsen seine Kollegen an. „Aber im Ernst; er kennt sich mit solchen Dingen ganz gut aus. Sollten wir damit nicht alleine klarkommen, können wir immer noch unsere Kollegen von der IT-Technik einschalten. Aber die sind völlig unterbesetzt, das kann lange dauern. Also, Herr Lürrsen, dann teilen wir uns die Unterlagen. So, jetzt wäre es aber an der Zeit, dass wir den *Inselboten* heranschaffen. Herr Lürrsen, wenn Sie das bitte in die Hand nehmen!«

Lürrsen ging in den Nebenraum, um mit dem Reporter der hiesigen Regionalzeitung einen kurzfristigen Termin abzusprechen. Schön hatte sich seine Aufgaben in Stichworten notiert. Er griff nach seinem Notizbuch und suchte sich die Telefonnummer der Kriminalpolizei in Hannover heraus, um die dortigen Kollegen zu bitten, die Ehefrau des Opfers von dessen Tod zu benachrichtigen. Als Lürrsen sein Gespräch mit dem Reporter beendet hatte, nahm er ihm den Hörer aus der Hand und rief in Hannover an.

Lürrsen rief Mommsen zu: »Okke Detlefsen vom *Inselboten* ist in ein paar Minuten hier. Er hatte schon hier auf der Wache angerufen, um sich zu erkundigen, was in der Midlumer Marsch los gewesen ist. Die Kollegen hatten ihn vertröstet. Der ist ganz heiß auf die Story. Ist ja auch selten, dass hier etwas passiert, das überregional Aufsehen erregen wird. Er ist dann der Journalist, der als erster an dem Fall dran ist.«

Mommsen hatte die Unterlagen, die sie aus der Wohnung von Karla Simon mitgenommen hatten, aufgeteilt und schob Lürrsen einen Packen über den Tisch zu. »Versuchen Sie sich schon einmal einzulesen. Ich mach das mit diesem Haufen hier.«

Eine Zeitlang vertieften sie sich in die Unterlagen. Aus dem Nebenraum tönte undeutlich die Stimme von Dirk Schön herüber.

Nach etwa einer Viertelstunde hörten sie eine fröhliche Stimme: »Wo ist Henning? Er hat mich vorhin angerufen, wir sind verabredet.«

Lürrsen stand auf und holte den Besucher in das Besprechungszimmer. Er machte Mommsen und Detlefsen miteinander bekannt. Der Reporter war ein etwas vollschlanker Mann von etwa dreißig Jahren mit behänden Bewegungen. Er strahlte seine Gesprächspartner an, holte einen Notizblock aus seiner Umhängetasche und begann ohne lange Vorrede mit seinen Nachforschungen: »Was war da genau in der Midlumer Marsch los? Es soll da einen Toten gegeben haben. Wenn Sie mich extra angerufen und hierher gebeten haben, war das ja wahrscheinlich deswegen. Also kein normaler Todesfall? Um wen handelt es sich? War der von der Insel oder ein Tourist? Wie ist der zu Tode gekommen?« Detlefsen spulte seine Fragen nur so herunter.

Mommsen hob beschwichtigend seine Hände: »Herr Detlefsen, nun mal ganz langsam. Zunächst einmal sollten wir die Grundlagen unserer Zusammenarbeit klären. Herr Lürrsen hat mich ja schon mit Namen und Dienstrang vorgestellt. Eine weitere Information: ich bin Leiter der Mordkommission. Somit können Sie davon ausgehen, dass es sich hier nicht um einen normalen Todesfall, sondern um ein Tötungsdelikt handelt. Sie haben die Chance, als erster darüber zu berichten. Unsere Informationen bekommen Sie aber nur, wenn wir uns darauf einigen, dass Sie nur das veröffentlichen, was wir hier freigeben. Informationen, die wir Ihnen vertraulich mitteilen, geben Sie auch nicht weiter. Sind wir uns da einig?«

Detlefsen war ernst geworden. »Herr Mommsen, ich bin einverstanden. Herr Lürrsen kennt mich und weiß, dass er sich auf mich verlassen kann.« Beide schauten sie den Kollegen an, der nur bestätigend nickte.

Mommsen berichtete nun in einer Kurzfassung, was an Fakten bisher bekannt war. Detlefsen schrieb eifrig mit und stellte zwischendurch einige gezielte Präzisierungsfragen. Mommsen bekam den Eindruck, dass er sein journalistisches Handwerk verstand. Sie einigten sich darauf, dass Detlefsen Namen und Alter des Opfers, seine Herkunft aus Hannover, seinen fünfwöchigen Aufenthalt auf der Insel, sowie die Tatsache, dass es sich hierbei um ein Tötungsdelikt handelte veröffentlichen sollte. Ferner sollte er der Öffentlichkeit die Bitte der ermittelnden Beamten nahe bringen, dass sich alle Personen, die in diesen Wochen mit dem Opfer Kontakt gehabt hätten, mit der Polizeistation in Wyk in Verbindung setzen mögen. Die privaten Kontakte des Ermordeten zu Karla Simon sollten vorerst nicht bekannt gemacht werden. Mommsen sicherte Detlefsen zu, dass er informiert werde, wenn sich neue, wichtige Erkenntnisse ergeben würden. Der Reporter bedankte sich und eilte davon.

Mommsen wandte sich an Lürrsen: »Wenn Morgen der Bericht im *Inselboten* erscheint, wird hier das Telefon heißlaufen. Kriegen wir das organisiert? Wir beide werden voraussichtlich unterwegs sein und Schön möchte ich nicht den ganzen Tag dort am Telefon festnageln. Er muss die Recherchen in Hannover koordinieren, die Befunde der Kriminaltechnik und der Obduktion zusammenkriegen und versuchen, über das Schweizer Konto etwas herauszufinden.«

Lürrsen erhob sich. »Ich werde mal gleich versuchen, das zu regeln.« Er verließ das Besprechungszimmer. Mommsen holte sich wieder seine Unterlagen hervor. Nach einiger Zeit kam Lürrsen zurück. »Die Telefon-Besetzung ist geregelt. Von 8.00 bis 20.00 Uhr. Es fehlt nur noch die Zeitspanne zwischen 13.00 und 15.00 Uhr.«

Mommsen nickte. »O.K., entweder macht das einer von uns oder Schön. Ich frage ihn gleich einmal. Aber erst haben wir hier noch einiges an Material durchzusehen.« Sie vertieften sich in ihre Unterlagen. Beide hefteten an einige Seiten kleine Merkzettel und machten sich Notizen. Nach einer knappen Stunde waren sie beide fast gleichzeitig mit der Durchsicht fertig.

Mommsen sah Lürrsen an: »Hat sich aus Ihrem Teil der Unterlagen etwas Interessantes ergeben?«

»Eigentlich nicht viel Neues. Ich hatte hier Ordner mit technischen Prospekten, meist auf Englisch. Nur einige waren auf Deutsch. Das ist aber auch verständlich, denn die Firma ist aus den U.S.A und beginnt erst, sich auf dem deutschen Markt zu engagieren. Die haben ein recht breites Sortiment an Geräten für Zahnarztpraxen. Dann sind noch ein paar Preislisten und leere Vertragsformulare dabei gewesen. Ich glaube, das hilft uns alles nicht weiter.«

»Bei mir sieht es ähnlich aus. Hier sind einige Kopien von Verträgen mit Zahnärzten und Großhändlern und ein paar Rechnungen sind auch abgelichtet worden. Fast nur über einzelne Geräte, viel Kleinkram, meist nur ein relativ geringes Auftragsvolumen. In diesem Ordner sind einige Angebote an Händler und Kliniken in Osteuropa, aber keine Hinweise, ob daraus auch Aufträge hervorgegangen sind. Und hier Reise- und Spesenabrechnungen: sowohl für einige Reisen nach Polen, Tschechien und Bulgarien als auch für Fahrten innerhalb Deutschlands. In den letzten eineinhalb Jahren war das Opfer ziemlich viel unterwegs, aber seit zwei Monaten hat er seine Reisetätigkeit wohl eingestellt. Jedenfalls sind aus der letzten Zeit keine Spesenabrechnungen vorhanden, obwohl er früher immer recht zeitnah abgerechnet hatte. Das ist irgendwie eigenartig. Darüber müssen wir noch mehr herausfinden. Ich hoffe nur, dass Schön aus dem Laptop mehr Informationen herauskitzeln kann und die Befragung des Arbeitgebers in Hannover ergiebiger ist.«

Mommsen schob Lürrsen seinen Stapel von Unterlagen hinüber. »Werfen Sie doch bitte auch noch einen Blick darauf. Vier Augen sehen mehr als zwei.«

Er erhob sich und ging in den Nebenraum, in dem Schön konzentriert den Laptop bearbeitete. »Hast du schon etwas Interessantes aus dem Apparat herausbekommen?«

»Noch nicht, ich hab gerade erst angefangen. Ich habe bis vorhin am Telefon gehangen. Also: die Kollegen in Hannover sind unterwegs, um die Ehefrau des Toten zu benachrichtigen. Ich hab' dann auch mit Seyffart von der Wirtschaftskriminalität gesprochen. Er will sich des Kontos ›Herles‹ in der Schweiz annehmen. Ich habe ihm eine kurze Übersicht über den Fall gegeben. Aber er hat auch gesagt, dass wir wegen des Bankgeheimnisses in der Schweiz keine schnellen Ergebnisse erwarten sollen. Er will aber ein paar persönliche Kontakte spielen lassen. Manchmal hilft das ja.«

Mommsen ging zurück in den Besprechungsraum und nahm sich seinerseits den von Lürrsen bearbeiteten Stapel an Unterlagen vor. Schweigend und konzentriert arbeiteten sie eine Zeitlang weiter. Schließlich packte Mommsen seine Unterlagen beiseite. »Aus den Papieren alleine gehen keine Anhaltspunkte für die Tat hervor. Wir brauchen sie aber, um die Aktivitäten und Kontakte des Opfers zu rekonstruieren. Dabei wird uns auch seine Firma helfen müssen.«

Zusammen gingen sie zu Schön hinüber. Der legte gerade den Telefonhörer auf die Gabel. »Das waren die Kollegen aus Hannover. Die Praxis der Ehefrau ist wegen Urlaubs geschlossen. Und auch in der Wohnung war niemand anzutreffen. Sie sind dabei, sich mit den beiden Sprechstundenhilfen in Verbindung zu setzen, um die Urlaubsanschrift der Ehefrau des Toten zu bekommen. Bei seinem Arbeitgeber waren nur zwei Angestellte zu erreichen, die das Opfer aber kaum kannten. Sein Chef ist unterwegs, wohl bei einem Meeting der europäischen Vertriebsfirmen des Konzerns in Brüssel. Seine Hotelanschrift hat nur seine Sekretärin, aber die ist auch für eine Woche in Urlaub. Er meldet sich aber jeden Vormittag in der Firma und sobald er anruft, wird er darüber informiert, dass er sich mit uns in Verbindung setzen soll.« Mommsen atmete einmal tief durch.

»So ist das häufig. Man kommt und kommt nicht vorwärts. Ich habe dann das Gefühl, ich bin ein Krebs, der sich nur seitwärts bewegen kann.« Er wurde aber sofort wieder optimistischer: »Na ja, aber auch ein Krebsgang kann was bringen. So eine Seitwärtsbewegung verschiebt immer wieder die Perspektive und lässt uns manchmal neue Verbindungen zwischen den Fakten sehen. Dirk, melden sich die Hannoveraner heute noch?«

»Sobald sie etwas Neues haben. Vor allem die Urlaubsadresse der Ehefrau. Ich hab' denen meine Handynummer gegeben, wir brauchen also nicht hier am Telefon hocken zu bleiben.«

»Ich werde mal gleich den Staatsanwalt anrufen und ihn auf den neuesten Stand bringen. Herr Lürrsen, ich denke, wir können hier heute nicht mehr viel in Angriff nehmen. Ich will mich noch kurz an meinen Bericht machen. Kollege Schön kann sich noch einmal in den Laptop vertiefen. Sie sollten für heute Schluss machen. Wartet zu Hause nicht noch das Rasenmähen auf Sie? Morgen Früh brauche ich Sie wieder – und es kann ein langer Tag werden!«

»Ich will mich aber wenigsten noch über die laufenden Angelegenheiten bei den Kollegen auf dem Revier informieren. Ich bin dann um acht wieder hier. Reicht das?« Nach einem Nicken des Ermittlungsleiters verabschiedete sich Lürrsen.

Mommsen und Schön arbeiteten weiter. Schön rief nach einiger Zeit Mommsen zu sich. »Ich habe hier eine Liste, das könnte eine Kundenliste sein. Es sind aber nur Abkürzungen, einige mit einem Dr. davor. Die könnten für Namen von Zahnärzten stehen. Die sind mit Datumsangaben und auch mit jeweils zwei Zahlenangaben kombiniert. Eine der beiden Zahlenreihen könnte sich auf Geldbeträge beziehen. Wenn das Aufträge sind und die dazugehörigen Einnahmen, handelt es sich bei den Geschäften des Opfers um ganz schöne Summen. Die anderen Ziffern sehen eher nach Postleitzahlen aus. Schau mal! Passt das zu den Informationen, die ihr in den Unterlagen gefunden habt?«

Mommsen schaute Schön über die Schulter und betrachtete sorgfältig die Liste auf dem Bildschirm. »Mhm … nein, nicht so richtig. Aus den Akten gehen solche Aufträge nicht hervor. Hier geht es ja meist um richtig große Summen. Bei den Aufträgen in den Akten ging es eigentlich nur um Kleinkram. Hier sind wohl ausschließlich Zahnärzte aufgeführt, die anderen Unterlagen enthalten aber auch noch zusätzlich eine Anzahl von Großhandlungen. Das ist auf jeden Fall eigenartig. Wir müssen das möglichst bald mit den Unterlagen aus seiner Firma abgleichen. Leider bekommen wir erst morgen die Chance, an den Chef heranzukommen. Druck doch bitte die Datei mal für mich aus.«

Schön bearbeitete wieder den Laptop. Mommsen ging in den Nebenraum, ließ sich an seinem Arbeitsplatz nieder und lehnte sich bequem zurück. Er benötigte bei seinen Ermittlungen von Zeit zu Zeit kurze Phasen der Ruhe, um sich zu sammeln, die ermittelten Fakten Revue passieren zu lassen und in Gedanken den Mustern der Handlungslogiken der Beteiligten nachzuspüren. So sehr er auch die Errungenschaften der modernen Technik für seine Arbeit begrüßte, so sicher war er sich, dass diese die Intuition und das Einfühlen in die Denk- und Gefühlswelt der Menschen nicht ersetzen konnten. Er hatte öfter gehört oder gelesen, dass die Arbeit des Kriminalisten einem Puzzlespiel gleiche. Er fand diesen Vergleich nicht treffend, da beim Puzzle bereits die Vorlage des fertigen Bildes den Verlauf des Spiels bestimmte und jedem einzelnen Stück seinen Sinn gab. Das Handeln von Tätern und Opfern aber folgte meist keinem fertigen Plan oder einem stimmigen Gesamtbild. Die Geschehnisse, auf die er bei der Aufklärung von Verbrechen stieß, waren keine Verkörperungen eines höheren Sinns, sondern passierten einfach. Sie hätten aber auch immer anders passieren können. Mommsen zog den Vergleich seiner Arbeit mit dem Vorgehen eines Malers vor, der in einem offenen Prozess die gleiche Szene aus unterschiedlichen Perspektiven zeichnete, die jeweils neue Aspekte in den Blick brachten. Die Verortung der Welt in den Dimensionen von *Gut und Böse* oder *Mein und Dein* war ihm zu schlicht. Die Vorstellung von der Perspektive wies darauf hin, Probleme in weiteren Horizonten erfassen zu können.

Nachdem Mommsen zehn Minuten mit geschlossenen Augen vor sich hin sinniert hatte, richtete er sich auf, griff zu seinem Taschenkalender und begann sich die weiteren Schritte der Untersuchung zu notieren. Den Vormittag des nächsten Tages belegte er mit den Stichworten; Obduktionsbericht, Bericht Kriminaltechnik, Ehefrau Kirchner und Arbeitgeber. Für den Nachmittag notierte er sich; Auswertung Anrufe *Inselbote* und Abgleich Laptop – Arbeitgeber. Für den Vormittag des übernächsten Tages sah er das Gespräch mit Helen Simon und ein nochmalige Unterhaltung mit Karla Simon vor. Bei seiner Zeitplanung achtete er auf genügend Pufferzeiten, damit er und seine Kollegen auf neue Erkenntnisse reagieren konnten.

Mommsen klappte seinen Timer zu und ging zu Schön hinüber.

»Na, Dirk, gibt deine Maschine Neuigkeiten her? Mich interessieren vor allem die Zahlenangaben. Du sagtest, dass es sich dabei um größere Summen handelt. Hast du darüber noch mehr herausbekommen können?«

»Nee, eigentlich war nur die eine Datei zu finden. Daraus geht weder hervor, wofür die Summen gezahlt wurden, noch an welchem Datum das Geld einging. Ich gehe ja davon aus, dass das Zahlungen der Zahnärzte sind, nicht umgekehrt Zahlungen von Kirchner an die Zahnärzte. Was mir noch aufgefallen ist: das sind immer Zahlungen über glatte Summen wie z.B. 5.000 oder 10.000,- Euro. Wenn das Zahlungen für Rechnungen wären, müsste man ja eher krumme Summen erwarten, durch Aufschläge für Mehrwertsteuer, Abschläge für Rabatte oder ähnliches. Das ist irgendwie komisch!«

»Lass' man! Das klären wir heute doch nicht mehr. Das alles müssen wir mit den Unterlagen seiner Firma abklären. Und den Kontakt können wir erst morgen aufnehmen. Lass' uns für heute Schluss machen. Ich schlage vor, dass wir uns erst einmal was Ordentliches zu Essen suchen. Lürrsen hat erwähnt, dass man im *Marschenkrog* in Midlum gut essen kann. Wollen wir da hingehen?«

»Okay! Da ihr heute Mittag den Spuren meines Geschmacks gefolgt seid, will ich mich heute Abend deinen Vorlieben anpassen. Du liebäugelst doch sicher wieder mit Fisch?«

Im Marschenkrog, der nicht nur unter den Touristen, sondern auch unter den Föhrern einen ausgezeichneten Ruf genoss, bestellte sich Mommsen eine Fischplatte mit Rieslingsoße und Schön ein Rumpsteak, dessen Größe allein ihm schon Achtung einflößte. Auch wenn die heutigen Erkenntnisse ihnen keinen Durchbruch in ihrem Fall verschafft hatten, ließen sie den Tag bei einem guten Essen und einem Gespräch, in dem sie Erinnerungen an ihre letzten gemeinsamen Fälle austauschten, in wohltuender Atmosphäre ausklingen.

* * *

Der nächste Morgen brachte nach mehreren heiteren und strandseligen Sonnentagen graue Regenwolken. Ein Tiefausläufer über Schottland hatte vom Westen her auch Nordfriesland erreicht. Beim Frühstück hatte der Wetterbericht im Radio für die nächsten Tage Niederschlag mit verstärkten Westwinden angesagt. Mommsen war daher froh, dass er in Kenntnis des unsteten Klimas an der Küste eine leichte Regenjacke eingepackt hatte, die er auch gleich in Gebrauch nahm. Schön war schlechter dran; er hatte nicht an dergleichen gedacht. Als sie aus dem Haus traten, sprintete er daher auch sofort durch den leichten Schauer zum Auto, während Mommsen – betont gemächlichen Schrittes – in seiner wasserdichten Jacke zum Wagen ging.

»Tja, Dirk, wer sich rechtzeitig um wetterangepasste Kleidung kümmert, braucht nicht so würdelos durch den Regen zu hetzen«, grinste er seinen Kollegen an. »Aber du hast heute ja vorwiegend Stubendienst am Computer. Was schert dich da Wind und Wetter? Schau, die Touristen lassen sich durch die kleine Dusche die Laune nicht verderben«, wies Mommsen auf einige Feriengäste, die schon mit ihren Kindern in leuchtendem Regenzeug und mit leichtem Gerät zum Bau von Sandburgen in Richtung Strand unterwegs waren.

Als sie auf der Polizeistation ankamen, war Lürrsen schon da. Mit seinen Föhrer Kollegen sprach er gerade die Tagesplanung ab. Mommsen und Schön wurden mit einem lockeren »Hallo!« von den Anwesenden begrüßt. Als sie in den Besprechungsraum gingen, fügte Lürrsen hinzu: »Ich bin in einer Viertelstunde bei Ihnen. Wir hatten heute Nacht einen Verkehrsunfall mit zwei Verletzten. Es sieht nach Fahrerflucht unter Alkoholeinfluss aus. Wir klären gerade die nächsten Maßnahmen. Übrigens, ich habe hier den *Inselboten*. Die haben die Meldung über den Toten sogar auf der ersten Seite gebracht, nicht nur im Lokalteil. Okke hat sich aber an unsere Absprache gehalten und nur das berichtet, was wir freigegeben haben.«

Mommsen überflog den kurzen Bericht und reichte ihn dann an Schön weiter. »Na, ich hoffe ja, dass die Meldung genug Aufmerksamkeit erregt, damit wir daraufhin einige verwertbare Informationen bekommen.«

Der Angesprochene las ebenfalls den Bericht. »Das hat er doch ganz präzise beschrieben. Da müsste eigentlich was kommen.«

Schön, der sich auf der Station schon ganz zu Hause fühlte, ging zur Kaffeemaschine und setzte sie in Gang. Auf Mommsens tadelnden Blick bemerkte er: »Du weißt doch, dass ich zum Frühstück immer erst Tee trinke, um den Magen zu schonen. Aber um dann in die Gänge zu kommen, brauche ich nun mal Koffein.«

»Ja, jeder hat so seine kleinen Süchte. Du kennst ja den Spruch – ich glaube, der ist von Bert Brecht: Der Mensch braucht immer mehrere Süchte, eine ist zu viel. Aber wenn du schon dabei bist; mach mir mal auch einen Kaffee«, bat Mommsen. »Und gleich morgen besorge ich ein neues Päckchen, damit wir den Kollegen nicht dauernd auf der Tasche liegen.«

Er ließ sich auf seinem nun schon angestammten Platz nieder, holte seinen Taschenkalender hervor und las laut die für den heutigen Tag vorgesehenen Stichworte vor, so dass Schön gleich hören konnte, was auf ihn zukam. »Das sind die vorläufigen Eckpunkte für heute. Mal sehen, was an Neuigkeiten noch rein kommt. Kannst du dich zuerst um den Obduktionsbericht und den Bericht der Kriminaltechnik über die Untersuchung des Tatorts kümmern? Damit wir wenigstens diese Fakten klar haben. Gib mir aber bitte vorher noch die Telefonnummer der Kollegen in Hannover, die sich um unseren Fall kümmern. Ich werde mich bei denen schlau machen, was die herausbekommen haben, während du dich um die Berichte kümmerst.«

Beide machten sich an die Arbeit. Mommsen rief in Hannover an und hatte auch gleich den zuständigen Kollegen am Apparat. Dieser berichtete ihm, dass sie von einer Nachbarin der Ehefrau des Opfers erfahren hätten, dass diese eine Ferienwohnung auf Föhr hätte und sich ihres Wissens nach zurzeit dort mit der Tochter aufhalten würde. Die genaue Anschrift hatte die Nachbarin jedoch nicht. Der überraschte Mommsen dankte dem Kollegen in Hannover und kam mit ihm überein, dass die Suche nach der Ehefrau in Föhr weiterbetrieben werde. In der Firma des Opfers hatten die Hannoveraner Kollegen die Telefonnummer und die Email-Adresse der Station in Wyk sowie die Handy-Nummer von Mommsen und Schön hinterlassen, mit der dringenden Aufforderung an den Chef, sich wegen des Todes von Tobias Kirchner unverzüglich mit ihnen in Verbindung zu setzen. Damit sei ja nun bald zu rechnen.

Inzwischen war Lürrsen zu ihnen herein gekommen. Mommsen

legte den Hörer auf die Gabel und rief seinem Kollegen zu: »Wir wissen jetzt, wo die Ehefrau des Opfers ihre Ferien verbringt. Und nun raten Sie mal!« Als Schön mit einem vorwitzigen »Auf Malle!« antwortete, fiel Mommsen ihm ins Wort: »Nein, wo es noch schöner als auf Mallorca ist: hier auf Föhr nämlich!«

Lürrsens Kommentar dazu war ein ganz und gar nicht fromm gemeintes »Ach Gott!« und auch Schön äußerte sich ähnlich originell: »Das kann doch nicht wahr sein!«

Mommsen fasste den Bericht des Kollegen aus Hannover kurz zusammen. »Herr Lürrsen, wie kommen wir am schnellsten an die hiesige Anschrift der Ehefrau des Toten?«

»Über die Kurverwaltungen: entweder in Wyk oder in Utersum. Ich kümmere mich sofort darum.« Lürrsen verschwand im Nebenraum.

Schön schüttelte den Kopf: »Da suchen wir in der Weltgeschichte herum und die verbitterte Ehefrau des Opfers mit einem offenkundigen Motiv hält sich in der Nähe des Tatorts auf. Das ist doch kein Zufall!«

»Nun mal sachte, Dirk, lass uns keine voreiligen Schlüsse ziehen. Das vernebelt nur die Perspektive. Ich denke, Lürrsen wird die Ferienadresse schnell herausgefunden haben und dann werden wir als erstes mit der Frau sprechen, falls diese sich nicht schon von sich aus aufgrund des Berichts im *Inselboten* an uns wendet. Dann sehen wir weiter. Kümmere du dich inzwischen um den Obduktionsbericht.«

Schön wendete sich wieder dem Telefon zu. Auch Mommsen griff zum Hörer, um abermals die Firma des Opfers anzurufen. Dort erfuhr er, dass man den Firmenchef gerade von den Ereignissen unterrichtet habe und dieser sich umgehend bei der angegebenen Telefonnummer in Wyk melden werde.

Kaum hatte er aufgelegt, als der Wachhabende der Station ein dringendes Gespräch für Mommsen durchstellte. Als Mommsen sich mit Namen und Dienstgrad meldete, stellte sich sein Gesprächspartner als Hans Lederer, Managing Director der Global Dent-Art GmbH vor. Er versicherte Mommsen, wie bestürzt er über das Ableben seines Mitarbeiters Tobias Kirchner sei. Er werde alles tun, um der Polizei bei der Aufklärung des Falles behilflich zu sein – sofern es in seiner Macht lag, versteht sich.

Auf Mommsens Frage nach seinen Erfahrungen mit Tobias Kirchner, der Art seiner Tätigkeit, seinem Charakter und seinem Arbeitsverhalten erläuterte sein Gesprächspartner, dass das Opfer seit etwa eineinhalb Jahren für das Marketing der im Aufbau begriffenen Firma verantwortlich gewesen sei. Sein Tätigkeitsgebiet erstreckte sich regional auf den deutschsprachigen Raum mit der Option, von hier aus auch das Geschäft mit den nächsten Ostblockländern aufzubauen. In Deutschland kamen als Kunden vor allem die Großhändler für Dentalbedarf, aber auch die Zahnärzte in Betracht, im Ausland seien nur die Großhändler Ansprechpartner. Er hatte Tobias Kirchner als einen agilen, kommunikativen und fachlich versierten Mitarbeiter kennen gelernt, der für die Aufgabe durchaus geeignet gewesen sei. Er habe sich gleich zu Beginn seiner Tätigkeit auch intensiv dem Ostblockgeschäft gewidmet und häufige Reisen in diese Länder unternommen. In der Aufbauphase sei der Umsatz noch recht gering gewesen. Dies sei in Anbetracht der kurzen Zeit der Marktbearbeitung aber durchaus normal.

Mommsen fragte Lederer, ob ihm bekannt sei, dass das Opfer sich irgendwo Feinde gemacht habe. Dieser beteuerte; ihm sei unvorstellbar, dass jemand aufgrund geschäftlicher Beziehungen Tobias Kirchner nach dem Leben trachten könnte. Die Motive der Tat müssten im privaten Umfeld des Opfers zu finden sein. Mommsen unterrichtete ihn, dass umgehend ein Abgleich der Firmenunterlagen mit den Papieren, die bei dem Toten gefunden wurden, vorgenommen werden müsste, da einige Ungereimtheiten klärungsbedürftig seien. Lederer sagte seine uneingeschränkte Hilfe zu. Zwar sei er selbst noch mindestens drei Tage unterwegs, er werde aber den verantwortlichen Buchhalter anweisen, der Polizei alle Auskünfte zu geben. Mommsen ließ sich seine Handy-Nummer für eventuelle weitere Fragen geben, bedankte sich und legte auf.

Unterdessen war Lürrsen zurückgekommen und schwenkte mit aufgeregtem Gesichtsausdruck einen Zettel. »Ich hab' den Aufenthaltsort der Ehefrau. Es ist eine Adresse in Nieblum. Wir können uns sofort auf den Weg machen.«

Mommsen sprang auf, griff sich seine Regenjacke, rief Schön ein »Mach hier weiter. Jetzt kommt Fahrt in die Sache!« zu und machte sich mit Lürrsen auf den Weg.

7. Geheimnisse

Helen Simon reckte sich verschlafen und lauschte auf die Geräusche aus der Küche, in der ihre Freundin Eileen wohl gerade Tee zubereitete. Auch wenn dieser in Nordfriesland nicht so unumstritten das Nationalgetränk war wie in Ostfriesland, hatten sich die beiden Freundinnen angewöhnt, den Tag mit einer Tasse dieses Getränks zu beginnen.

Helen war vorgestern bei Eileen, der Tochter eines Föhrer Rechtsanwalts, in Hamburg eingetroffen. Diese war zwar fast zwei Jahre älter als Helen, doch waren sie seit Kindheitstagen enge Freundinnen. Da beide keine Geschwister hatten, waren sie so etwas wie eine Mischung aus älterer Schwester und bester Freundin füreinander. Eileen studierte seit knapp einem Jahr an der Hochschule für angewandte Wissenschaften in Hamburg Medientechnik und hatte sich dank väterlicher Großzügigkeit eine kleine Wohnung mieten können. Helen war schon mehrmals bei ihr zu Besuch gewesen. Die Großstadt Hamburg mit ihren Musik-Events, den lebhaften Studentenkneipen, den eleganten Einkaufspassagen, den großen Kaufhäusern und dem Flair der internationalen Hafenstadt zog sie immer wieder unwiderstehlich an. Und die orts- und szenekundige Eileen war für Helen die vertraute und geeignete Führerin durch die Erlebniswelt der Großstadt.

Diesmal war es jedoch weniger die Anziehungskraft Hamburgs, die Helens Reise hierher bestimmte, als vielmehr die Flucht vor dem Schrecken, den der Tod von Tobias Kirchner verursacht hatte. Zwar war der Besuch schon länger geplant gewesen – allein wegen des Konzerts von Roger Cicero – aber diesmal brauchte sie Eileen vielmehr als Freundin, die ihr helfen könnte, den zwiespältigen Druck der Ereignisse auszuhalten und einen Ausweg aus der Sackgasse zu finden, in die sie sich verirrt hatte.

Vorgestern Abend waren sie gleich nach ihrer Ankunft zu einer Geburtstagsparty eines Kommilitonen von Eileen aufgebrochen, die sich bis spät in die Nacht hingezogen hatte. Eileen war gestern den ganzen Tag in der Hochschule gewesen, während Helen erst ausgeschlafen hatte, dann einen Bummel über den Jungfernstieg und die umliegenden Geschäftsstraßen unternommen und zum Abend Eileen mit einer Lasagne à la Helen überrascht hatte. Das anschließende Konzert mit Roger Cicero hatte dann ihre Erwartungen mehr als erfüllt. Das volle Programm der beiden letzten Tage hatte verhindert, dass Helen sich ihre Probleme zu sehr ins Bewusstsein rief, aber unterschwellig arbeiteten diese in ihr weiter. Bisher war sie auch nicht dazu gekommen, mit Eileen über ihre Sorgen zu sprechen. Heute hatte Eileen erst am späten Nachmittag ein Seminar, so dass sich die Gelegenheit zu einem ruhigen und intensiven Gespräch mit der Freundin bot.

»Hei, dü sliapmots, a doord as klaar. Wan dü ei bal komst, könst dü mä dön kööget aiern golf spele. So hard san jo do.«[3]

Eileen – als geborene Föhrerin – war stolz auf ihre friesischen Sprachkenntnisse und freute sich, dass sie mit Helen Friesisch sprechen konnte. Helen hatte in ihrer Kindheit viele Freundinnen und Freunde aus den Föhrer Dörfern gehabt, so dass sie schon früh in diese alte Sprache und die damit verbundene Kultur hineingewachsen war.

»Ik san al wreeken, ik skal mi bluat noch dusche an uuntji.«

»Det könst dü eftert uk noch. Kom man, üüs wat dü beest. Beeft a dör hinget noch en ualen baasemantel faan mi.«[4]

Helen kam in die Küche, wo der Frühstückstisch schon gedeckt war. Eileen goss ihr Tee ein und schob den Korb mit frischen Brötchen rüber.

»Greif zu! Du siehst irgendwie aus, als wärest du nicht so gut beisammen. Waren die beiden Tage zu anstrengend für dich? Sonst konntest du doch so was locker ab. Oder ist da etwas, was dich bedrückt?« Eileen beugte sich vor und blickte ihre Freundin besorgt an.

Helen schaute eine Zeitlang in ihre Teetasse. Die Erinnerung an den Morgen ihrer Abreise kam in ihr hoch, als ihre Mutter berichtet

---

3 *Friesisch:*   »*He, du Schlafmütze, Frühstück ist fertig. Wenn du nicht bald kommst, kannst du mit den Frühstückseiern Golf spielen. So hart sind die dann.*«

4 *Friesisch:*   »*Ich bin schon wach, ich muss mich nur noch duschen und anziehen.*«
    »*Das kannst du nachher noch. Komm einfach so, hinter der Tür findest du einen alten Bademantel von mir.*«

hatte, dass Tobias tot aufgefunden worden sei. Langsam liefen zwei Tränen ihre Wangen hinunter. Aber sie blieb stumm. Eileen reichte ihr ein Tempotaschentuch. »Du warst in den letzten beiden Tagen viel ruhiger als sonst. Komm, du hast doch was. Und wie ich dich kenne, ist das mehr als nur Alltagsärger. Also, raus damit!«

Helen sammelte sich eine kleine Weile. Dann gab sie sich einen Ruck. »Es ist wegen Tobias. Du weißt, der Freund von Karla. Er ist tot. Am Abend vor meiner Abreise war die Polizei bei ihr in der *Vogelkoje*. Sie haben ihn im Reet an der Großen Wasserlösung unterhalb von Midlum aufgefunden. Sie gehen davon aus, dass er umgebracht worden ist.«

Eileen war erst einen Augenblick lang sprachlos. »Mein Gott, das ist ja schrecklich! Wie ist das denn passiert? Und wie geht es denn deiner Mutter? Kann sie das verkraften?«

»Er ist erschossen worden. Wie Karla damit fertig wird, weiß ich nicht. Am Morgen, als sie es mir erzählte hat, schien sie ganz gefasst. Aber du weißt ja auch, wie sie ist. Sie muss ihr Bild von sich als Frau, die alles meistert und sich im Griff hat, immer wieder bestätigen. Ich müsste sie anrufen, aber ich trau mich nicht.«

»Los, ruf sie gleich an. Um diese Zeit ist sie ja noch zu Hause. Jetzt hat sie dich nötig. Wen hat sie denn sonst noch?«

»Das ist es ja gerade. Ich weiß nicht, was ich ihr sagen soll. Es ist alles so schwer.« Helen vibrierte von einem leichten Schluchzen. Sie trocknete sich die Tränen ab und blickte Eileen gerade an. »Ich hab' mich doch auch in Tobias verliebt. Er war so ganz anders als die Jungs, mit denen wir immer gegangen sind.«

»Aber als wir am Telefon über ihn gesprochen hatten, hatte ich den Eindruck, dass du ihn nicht ausstehen konntest. Jetzt erzähl mal von Anfang an, was da gewesen ist.«

»Es fing ja alles damals in Marokko an. Vor zwei Jahren. Karla und ich hatten ihn da im Urlaub kennen gelernt. Wir hatten viel zusammen unternommen und viel Spaß gehabt. Er hatte mir damals sogar Surfen beigebracht. Ich war froh, dass Karla jemanden gefunden und sie endlich wieder Freude am Leben hatte. Dann war er zwei- oder dreimal kurz auf Besuch bei uns. Da habe ich ihn aber kaum gesehen.

Karla hatte sich immer Hoffnung gemacht, dass da was Ernstes draus werden könnte. Aber er hat eigentlich nicht viel von sich hören lassen. Ich habe immer Zweifel gehabt, ob er für Karla der Richtige sei. Sie braucht jemanden, der verlässlich ist und ihr wieder Vertrauen gibt.« Helen hatte sich beim Sprechen wieder etwas beruhigt und erzählte flüssig weiter. »Vor fünf Wochen war Tobias dann wieder da und ist seitdem mit kurzen Unterbrechungen geblieben. Karla ist regelrecht aufgeblüht und hat sich Hoffnungen für die Zukunft gemacht. Ich fand es zuerst gar nicht so gut, wie er sich in unser Leben gedrängt hat. Ich hatte auch den Eindruck, dass er gar nicht so richtig gearbeitet hat. Sicher, er hat oft am Internet gesessen und irgendwelche Geschäfte für seine Firma gemacht. Aber das konnte doch auf Dauer nicht alles sein.«

Eileen unterbrach: »Was hat er denn über seine Arbeit erzählt?«

»Er hatte irgendwas mit Marketing zu tun. Für eine amerikanische Firma für Dentalgeräte.«

»Aber was hat deine Haltung zu ihm so verändert? Man verliebt sich doch nicht so einfach in jemanden, den man nicht mag.«

»Vielleicht doch. Ich weiß es auch nicht. Ich hab' mich regelmäßig über ihn geärgert, aber wenn er nicht da war, musste ich genauso regelmäßig an ihn denken. Ich habe ihn einfach nicht aus meinem Kopf gekriegt. Und wenn ich nachts gehört habe, wie er mit Karla rumgemacht hat, dann war mir ganz heiß vor Ärger und Eifersucht. Stell dir das vor; ich war eifersüchtig auf meine eigene Mutter! Ich kam mir dann immer ganz beschissen vor.«

»Du hast doch seit ein paar Monaten selbst einen neuen Freund. Hat das Ding mit Tobias darauf abgefärbt?«, hakte Eileen nach.

»Ja, sicher. Dennis ist ja ganz okay, aber gegen Tobias fällt er extrem ab. Tobias ist selbstsicher, erfahren, einfallsreich, unterhaltsam. Dennis ist, wie die Jungs eben so sind; irgendwie nur halbgare Machos. In ihrer Clique gelten sie was, in einer anderen Umgebung sind sie eher unbeholfen. Gut, Dennis kommt aus Kiel, das ist immerhin eine Großstadt, aber viel Lebenserfahrung hat er auch nicht.«

»Und wie hast du das für dich klargekriegt? Ich meine so zwischen Dennis und Tobias zu stehen?«

»Wenn ich es zu Hause nicht mehr aushalten konnte, habe ich für ein paar Tage bei Dennis gewohnt. Aber da ich mir nicht mehr sicher war, ob ich bei Dennis bleiben wollte, hatte ich dabei auch ein komisches Gefühl. Wo ich auch war, ich war nie so recht bei der Sache. Gegenüber meiner Mutter hatte ich ein schlechtes Gewissen. Bei Dennis fühlte ich mich nicht mehr wohl und hatte das Gefühl, ihn nur noch als Fluchtpunkt zu benutzen. Über Tobias ärgerte ich mich und war zugleich verrückt nach ihm. Und den Job fand ich nur noch zum Kotzen.«

»Trotzdem solltest du dich bei deiner Mutter melden und dich erkundigen, wie es ihr geht. Und wenn du wieder zu Hause bist, solltest du mit ihr über dein widersprüchliches Verhältnis zu Tobias reden. Solch ein unbereinigtes Thema ist wie eine Hypothek, die euer Verhältnis auf Dauer belasten kann. Deine Mutter ist eine vernünftige Frau, die immer Verständnis für dich hatte. Du wirst sehen, du wirst dich dann auch besser fühlen.«

Helen hatte den letzten Worten ihrer Freundin fast geistesabwesend zugehört und die ganze Zeit über nach draußen gestarrt. Nun löste sie den Blick doch vom Fenster und wandte sich heftig zu Eileen um. »Das werde ich ganz sicher nicht tun! Wenn ich ihr alles sage, wird unser Verhältnis endgültig in die Brüche gehen. Das war ja noch nicht alles. Vor einiger Zeit stand ich abends unter der Dusche, um mir die Haare zu waschen. Das war so gegen neun. Karla war in der *Vogelkoje* und Tobias war unterwegs. Dachte ich zumindest. Auf einmal stand er aber im Badezimmer. Ich hatte die Tür nicht abgeschlossen, weil ja sonst keiner in der Wohnung war. Ich habe ihn angeschrien, dass er sofort rausgehen soll. Hat er aber nicht getan, sondern hat sich an die Wand gelehnt und gesagt, dass ich nicht die erste nackte Frau sei, die er sehe. Aber ich sei die Schönste, die er je gesehen habe. Ich glaube, er war auch ein bisschen beschwipst. Er hat mir dann noch weiter solche Komplimente gemacht. Dann hat er sich auch ausgezogen, mich angelächelt und gesagt, er brauche auch eine Erfrischung. Und ist zu mir in die Dusche gestiegen. Ich hab dann total den Kopf verloren und nur noch seine Arme um mich gefühlt. Na und dann lagen wir in meinem Bett. Es war aber keine Vergewaltigung oder so. Du brauchst nicht so zu gucken. Ich wollte es ja schließlich auch. Und das schon seit langem. Er war ein unglaublich anregender Liebhaber, so was hab ich mir nicht mal im Traum vorgestellt. Hinterher habe ich mich furchtbar geschämt – hauptsächlich natürlich wegen Karla. Vor allem ist es auch nicht bei dem einen Mal geblieben. Mit Tobias habe ich verabredet, dass Karla nie etwas davon erfahren sollte. Und jetzt kann ich ihr doch erst recht nichts davon erzählen.«

Helen machte eine kleine Pause. Dann fuhr sie fort.

»Früher dachte ich immer, verliebt zu sein ist ein tolles Gefühl. Jetzt bin ich nur durcheinander, zugleich traurig und erleichtert, beschämt und völlig leer. So als könnte mich nichts mehr berühren. Ich weiß nicht, was ich tun soll. Mir graut auch schon davor, wieder nach Hause zurück zu kommen. Dort wird mich dann auch noch die Polizei ausquetschen wollen.«

Eileen war durch die Beichte ihrer Freundin betroffen. Sie konnte den Zwiespalt nachempfinden, in dem sich Helen befand. Eine Lösung des Problems, das diese mit ihrer Mutter hatte, hatte sie aber auch nicht aufzuweisen. Doch sie bemühte sich, Helen wieder aufzubauen. »Das war doch alles nicht deine Schuld. Ach was, von Schuld kann sowieso keine Rede sein. Dass ein junges Mädchen bei einem so aufreizenden und erfahrenen Mann den Kopf verliert, ist doch nur natürlich. Du solltest dir keine Vorwürfe machen, das macht doch jetzt auch nichts mehr besser oder gar ungeschehen. Ich verstehe auch, dass du deiner Mutter nichts davon erzählen kannst. Da muss erst mal eine längere Zeit vergehen. Und wenn die Polizei dich befragt, erzählst du einfach nichts davon. Die würde deine Mutter mit deinen Aussagen konfrontieren und dann würde sie alles erfahren. Und letztendlich hat das alles ja auch nichts mit Tobias' Tod zu tun.«

Nach einer kleinen Pause fuhr sie fort: »Was hältst du davon, wenn du nachher deine Mutter anrufst, sie fragst, wie es ihr geht und dann sagst, dass ich auch mit ihr reden möchte. Dann gibst du mir den Hörer und ich höre mir ihre Klagen an. Dann brauchst du nur ganz kurz mit ihr zu sprechen und musst ihr nichts vormachen. Das wirst du doch schaffen?«

»Ja, ich glaub' schon.« Dann wurde sie wieder lebhafter: »Du glaubst gar nicht, wie froh ich bin, dass ich jetzt nicht zu Hause bin.

Das könnte ich gar nicht – so tun, als ob nichts wäre, als würde es mir gut gehen und als hätte ich einfach nur Mitleid mit Karla. Es ist gut, dass ich eine Freundin wie dich hab, Eileen.«

»Wie geht es denn nun weiter mit dir? Du musst morgen doch wieder zurück nach Föhr zur Arbeit. Da solltest du auf jeden Fall hingehen und dich richtig reinknien. Dann bist du abgelenkt und nicht mit deiner Mutter zusammen. Das wird dir ja noch eine Zeitlang etwas peinlich sein. Abends ist sie dann sowieso in der *Vogelkoje* und du kannst ihr aus dem Weg gehen. Oder willst du lieber bei Dennis wohnen?«

»Nee, das wäre nicht gut. Nachdem ich mit Tobias geschlafen hatte, ist mit Dennis nichts mehr gelaufen. Er war erst sauer, dann irgendwie beunruhigt. Er hat mich auch nach Tobias ausgefragt. Vor einiger Zeit hatte Dennis seinen freien Tag. Er wollte mit mir nach Amrum rüber. Ich hatte mich aber schon mit Tobias zum Surfen verabredet. Das habe ich dann auch gemacht. Dennis war ganz eifersüchtig und hat sich richtig volllaufen lassen. Fand ich erst ganz witzig; ich mein', dass sich gleich zwei Männer um mich bemühen. Aber jetzt – ich weiß nicht, irgendwie war ich doch ganz schön blöd.«

Sie schwiegen eine Weile. Helen goss sich nachdenklich eine weitere Tasse Tee ein. »Ich glaube, mit Dennis ist es auf Dauer nicht das Richtige. Er kann manchmal ganz unterhaltsam sein, ganz schlagfertig mit lockeren Sprüchen und so. Aber irgendwie bringt er nichts zu Ende. Kurz vor dem Abitur hat er die Schule geschmissen, dann Zivildienst bei so einer Entwicklungshilfeorganisation gemacht, hier in Deutschland in der Logistik. Dann hat er eine Lehre als Hotelfachmann angefangen, aber da hat er Zoff mit seinem Betrieb bekommen und aufgehört. Und jetzt arbeitet er in dieser Saison im Service im Seehotel. Mit den Trinkgeldern verdient er zwar gut, aber am Saisonende ist Feierabend. Und was dann? Ich kann mich doch nicht auf Dauer an so einen binden. Gut, jetzt bin ich noch jung. Da muss man nicht immer an die Zukunft denken. Aber ich hab bei Karla gesehen, wie beschissen es einem als Frau gehen kann, wenn man sich an die falschen Kerle bindet. Am Ende muss man alles alleine ausbaden. Und Dennis ist auch einer von dieser Sorte. Ich glaub nicht, dass man im Ernstfall auf ihn zählen könnte.«

»Da hast du schon Recht. Dennis habe ich ja nur einmal kurz kennen gelernt, da will ich mir über ihn kein Urteil erlauben. Aber dass du als Frau alles allein ausbaden musst, das stimmt auf jeden Fall. Deshalb solltest du es dir noch einmal durch den Kopf gehen lassen, ob du nicht doch noch ein Studium anfangen willst. Mit einer abgeschlossenen Ausbildung hast du dein Fachabi und kannst auf die Uni gehen. Dann hast du auf jeden Fall bessere berufliche Chancen, als nur mit einer Lehre.«

»Vielleicht mache ich das auch. Aber zuerst werde ich die Ausbildung zu Ende bringen. Erst dann steht die Entscheidung endgültig an. Aber wenn ich noch ein Studium dranhänge, bin ich noch einige Jahre länger von Karla abhängig. Sie würde mich auch sicher unterstützen. Aber im Augenblick steht mir danach nicht der Sinn.«

Eileen erinnerte sich: »Lass uns erst einmal bei dir zu Hause anrufen. Deine Mutter hat jetzt genug Kummer. Sie soll sich nicht auch noch Sorgen machen, dass du in der Großstadt verschollen bist. Und wundern würde sie sich sicher auch, wenn du in der Situation nicht mal kurz bei ihr anrufst.« Sie reichte Helen das Telefon hinüber, die ihre heimische Telefonnummer eintippte. Wie verabredet sprachen die beiden Freundinnen mit Karla Simon, die ihnen gefasst vorkam, aber keine Neuigkeiten über den Fall berichten konnte.

Nach dem Frühstück brachten sie die kleine Wohnung in Ordnung und machten Pläne für den Abend. Eileen schlug einen Besuch im Kampnagel-Theater vor, wo eine chinesische Tanz-Truppe mit einem modernen Stück auftrat. Helen hatte noch nie so etwas gesehen. Eileen klärte sie auf, dass sie kein Musical erwarten sollte, sondern eher eine ausdrucksstarke Bewegungsästhetik – so ähnlich wie Ballett, eben nur moderner. Helen war gerne bereit, sich überraschen und damit ablenken zu lassen.

Während Eileen sich noch auf ihr Seminar vorbereitete, übernahm Helen die Einkäufe im nahegelegenen Supermarkt. Sie war kaum zurückgekommen, als ihr Handy klingelte. Dennis meldete sich aufgeregt. »Bist du noch in Hamburg? Hast du schon gehört? Im *Inselboten* steht, dass euer Tobias tot ist. Wahrscheinlich ermordet. Die Polizei sucht alle Personen, die ihn gekannt haben. Habt ihr schon mit der Polizei gesprochen?«

»Was heißt ›Euer Tobias‹? Der hat uns nicht gehört. Und ja, sie haben Karla informiert und mit ihr gesprochen. Mich wollen sie sprechen, wenn ich wieder zurück bin. Reg dich also ab. Wir haben ihn nicht umgebracht und du hast ihn gar nicht gekannt. Und wenn ich zurück bin, muss ich mich um Karla kümmern, die braucht mich jetzt. Ich melde mich bei dir, wenn sich alles etwas beruhigt hat.«

»Aber du brauchst mich doch jetzt. Soll ich zu dir nach Hamburg kommen oder dich dort abholen?«

»Ich bin bei Eileen. Und sonst will ich nichts als Ruhe. Also, was ich brauche, habe ich hier.«

»Aber wenn du zurück auf Föhr bist, kommst du erst einmal zu mir. Ich kann dich dann abschirmen, dass du auch hier deine Ruhe hast.«

»Gegen was willst du mich denn abschirmen? Und wie soll das Abschirmen aussehen, wenn du am Telefon schon solche Panik machst? Halt erst mal an dich, ich melde mich schon. Und jetzt Dennis: tschüss!« Mit Nachdruck legte sie auf – auch wenn zu bezweifeln war, dass Dennis am anderen Ende das überhaupt mitbekam.

»Hat der genervt! Verstehst du, warum der solchen Aufruhr veranstaltet? Das geht den doch alles gar nichts an.«

Eileen lächelte wissend: »Nachdem er bei dir seine Rolle als Liebhaber nicht ausleben konnte, versucht er sich jetzt als dein Beschützer oder besser noch als dein Retter.«

»Dazu ist er noch weniger geeignet. Mit der Rolle als netter Junge hat der schon sein Limit erreicht. Na ja, vielleicht bin ich auch ein wenig ungerecht, aber jetzt nervt er mich nur noch.«

Eileen schnappte sich ihren Rucksack, verstaute ihren Laptop, verabschiedete sich bis zum Abend von Helen und machte sich auf den Weg in die Hochschule. Helen verließ bald nach ihr die Wohnung. Einem plötzlichen Impuls nachgebend entschloss sie sich, eine Hafenrundfahrt zu unternehmen. Dieser Impuls war durch die Erinnerung an ihre erste Hamburgreise mit ihrer Mutter ausgelöst worden. Sie war damals gerade 12 Jahre alt gewesen und hatte die große Stadt als aufgeregtes Abenteuer erlebt. Der Höhepunkt war damals eben diese Hafenrundfahrt.

Und sie hatte die ungeteilte Aufmerksamkeit ihrer Mutter dabei sehr genossen. Sie fand die Erinnerung an das Erlebnis der Gemeinsamkeit mit Karla sentimental und sie empfand diese Sentimentalität irgendwie dennoch als tröstlich.

8. Tarnung

Sergei Perlov fühlte sich unwohl. Nun war er schon länger als eine Woche auf der Insel und er wurde das Gefühl nicht los, dass er immer noch viel zu auffällig herumlief. Die meisten Touristen auf Föhr waren deutsche Familienurlauber, überwiegend mit Kindern. Da fiel ein Ausländer, der nur mit starkem Akzent und noch nicht fehlerfrei Deutsch sprach und als Einzelgänger durch die Gegend lief, natürlich auf. Nach zwei Tagen hatte er sein Hotel in Wyk gegen eine preiswertere Privatunterkunft in Utersum eingetauscht, da seine Auftraggeber seine Spesenausgaben beschnitten. Aber Utersum war noch weniger als Wyk ein internationaler Ferienort, in dem Ausländer zum Alltagsbild gehörten. Zwar hatte er sich Shorts, Polohemd, Sandalen und Badehose zugelegt, um sich dem sommerlichen Strandleben anpassen zu können, doch blieb er als Einzelurlauber mit nur beschränkten Sprachkenntnissen weiterhin auffällig. Er beschloss daher, seinen Charme spielen zu lassen und sich einen Urlaubsflirt zuzulegen. Ein verliebtes junges Paar fiel in dieser Gegend nicht weiter auf, zumal, wenn der eine Teil die Konversation mit Außenstehenden in einem tadellosen Deutsch bestreiten konnte. Dieses Vorgehen bot ihm schon einmal eine gelungene Tarnung.

Der Auftrag hier auf der Insel war aus dem üblichen Rahmen gefallen. Denn normalerweise bestanden seine Aufgaben darin, für seine Organisation als Prothetikfachmann und ›Motivator‹ tätig zu werden, der die Kunden bei der Stange hielt. Sein Auftraggeber war ein internationales Syndikat, das von Rumänien aus eine weitverzweigte Handelsorganisation in West- und Osteuropa betrieb. Seine Sektion befasste sich mit zahnärztlichen Leistungen, vor allem Prothetik, die in Bulgarien kostengünstig hergestellt und an Zahnärzte in den Hochpreisländern Westeuropas vertrieben wurde. Ein wesentliches Geschäftsprinzip seiner Organisation bestand darin, dass die einzelnen Sektionen voneinander nichts wussten. Er vermutete zwar, dass viele der Transaktionen mit den Gesetzen in den jeweiligen Vertriebsländern nicht vereinbar waren, doch er hütete sich, danach zu fragen.

Bereits in Bulgarien hatte Sergei Perlov ein Zahnmedizinstudium begonnen, das er seit eineinhalb Jahren an der Universität in Hamburg fortsetzte. Da ihm die Kosten für Studium und Lebensunterhalt in der Großstadt schnell über den Kopf gewachsen waren, hatte er sich um neue Verdienstmöglichkeiten bemüht. Durch Vermittlung von Landsleuten war er mit seinem Auftraggeber in Kontakt gekommen. Die Organisation hatte ihn zunächst mit der fachlichen Auftragsabwicklung des Prothetikhandels in Norddeutschland betraut. Seit etwa einem Jahr waren ihm zunehmend auch Aufgaben des Geldtransfers übertragen worden. Da die Lieferungen über Scheinrechnungen mit den Kunden abgerechnet wurden, waren komplizierte Verrechnungsprozesse erforderlich, die zum überwiegenden Teil bar abgewickelt wurden. Für die Geschäftsanbahnung und Abrechnung mit dem norddeutschen Kundenkreis war Tobias Kirchner verantwortlich. Der persönliche Kontakt mit den Zahnärzten oblag jedoch weitgehend Sergei Perlov. Dieser war auch gefordert, wenn es galt, Kunden, die die Zusammenarbeit einstellen wollten, zu überzeugen, dass es für sie besser wäre, sich weiterhin kooperativ zu zeigen. Seine Organisation hatte durchaus Erfahrung darin, glaubwürdige und erfolgreiche Drohkulissen für die Kunden zu entwerfen.

Die Institution, in deren Diensten Tobias Kirchner und Sergei Perlov standen, war ein wirtschaftlich erfolgreiches Unternehmen, das über ein effektives Controlling verfügte. Dieses hatte Unregelmäßigkeiten in den Abrechnungen von Tobias Kirchner festgestellt. Daraufhin war Sergei Perlov beauftragt worden, diesen zu überwachen, um sicherzustellen, dass er sich nicht mit Finanzmitteln des Syndikats auf und davon machte. Vor einigen Wochen jedoch war Tobias Kirchner ohne vorherige Absprache mit seinem Auftraggeber verschwunden. Man hatte dann weiter festgestellt, dass einige Zahnärzte, mit denen die Organisation Geschäfte machte, offensichtlich mit diesen illegalen Transaktionen erpresst wurden. Solche Erpressungen widersprachen aber den Interessen der Firma an dauerhaften und expandierenden Geschäften. Auch wenn noch ein endgültiger Beweis fehlte, stand es für die Verantwortlichen des Syndikats außer Frage, dass die Erpressungen auf Tobias Kirchner zurückgingen, da die betroffenen Zahnärzte allesamt zu dessen Kundenkreis gehörten.

Sergei Perlov war nach dem Verschwinden Tobias Kirchners sofort beauftragt worden, dessen neuen Aufenthaltsort ausfindig zu machen. Er hatte sich sowohl bei dessen Arbeitgeber, einer amerikanischen Vertriebsfirma für Dentalgeräte, als auch in der Nachbarschaft seiner Wohnung erkundigt – allerdings ohne Erfolg. Vor knapp zwei Wochen hatte die Organisation ihn angewiesen, sich nach Föhr zu begeben und ihm den Aufenthaltsort von Tobias Kirchner bei einer Karla Simon, Besitzerin des Bistros *Vogelkoje*, übermittelt. Sergei Perlov schloss daraus, dass seine Auftraggeber über ein effektives Informationssystem verfügen müssten. Man hatte ihm aufgetragen, sich möglichst unauffällig zu verhalten und Tobias Kirchner zu überwachen. Diesem sollte er seine Anwesenheit aber durchaus deutlich machen. Daraufhin war er dann nach Föhr gereist.

Auftragsgemäß hatte er Tobias Kirchners Wege gekreuzt und sich zu erkennen gegeben. Einem direkten Kontakt mit ihm war er allerdings ausgewichen. Er hatte jedoch bemerkt, dass dieser durch seine Anwesenheit beunruhigt war. Vor einigen Tagen war er dann angewiesen worden, Tobias Kirchner anzusprechen und diesen aufzufordern, sofort mit der Organisation Kontakt aufzunehmen, um sich zu rechtfertigen. Er hatte ihn dann in der *Vogelkoje* abgepasst und ihm seinen Auftrag ausgerichtet, nicht ohne ihm noch den persönlichen Rat zu geben, seine Probleme mit dem Syndikat unverzüglich zu bereinigen. Und angefügt, Tobias Kirchner solle doch nicht so naiv sein, zu glauben, dass er mit dem Geld seiner Bosse entkommen könne.

Am folgenden Tag war Sergei Perlov von seinen Auftraggebern instruiert worden, Kirchner nochmals direkt anzusprechen und ihm eine detaillierte Rechnung aufzumachen, die die unterschlagenen Summen, einen fünfundzwanzigprozentigen Strafaufschlag und die erpressten Gelder umfasste – alles in allem eine sechsstellige Summe. Sollte er diese Beträge nicht innerhalb von zwei Tagen erstatten, bekäme er keine zweite Chance. Dies hatte er ihm bei einem Treffen im Dorfcafe in Midlum übermittelt. Kirchner hatte ihm geantwortet, dass er mehr Zeit brauche, doch Perlov hatte ihm unmissverständlich klar gemacht, dass er in der Sache kein Verhandlungsmandat habe, sondern ihn nur informieren solle. Er hatte dann seine Auftraggeber von dem Gespräch unterrichtet.

Einige Tage später war er angewiesen worden, sich am späteren Abend in einem Restaurant ein mehrgängiges Abendessen zu gönnen. Er müsse versuchen, sich bis nach 23.00 Uhr im Lokal aufzuhalten. Hierbei sollte er nach Speisen fragen, die nicht auf der Speisekarte stünden. Ferner sollte er die Rechnung in Frage stellen und sich erläutern lassen. Wichtig sei, dass das Servicepersonal ihn in Erinnerung behalte. Sergei Perlov war diesem Ansinnen seiner Auftraggeber gerne nachgekommen, da er ansonsten mit den Spesen kurz gehalten wurde.

Gestern hatte er dann den Auftrag erhalten, Dr. Helmut Zehrer, einen Zahnarzt, der zu seinem Kundenkreis gehörte und seit kurzem auf Föhr weilte, zu beobachten. Um Tobias Kirchner bräuchte er sich nicht mehr zu kümmern.

Sein nachmittäglicher Spaziergang als Kurgast hatte Sergei Perlov an den ausgedehnten Strand von Utersum geführt, der aufgrund des bedeckten Himmels und einiger leichter Regenschauer heute wenig belebt gewesen war. Er hatte nach Amrum hinüber geblickt und bedauert, dass er aufgrund seines Auftrags wohl kaum Gelegenheit haben würde, eine Wattführung von Föhr nach Amrum zu machen. In seiner Kindheit in Bulgarien war er zwar auch am Meer gewesen, aber das Schwarze Meer hatte Ebbe und Flut nicht zu bieten, und demnach auch kein Watt – diese endlose, faszinierende Zwischenwelt zwischen Meer, Land und Himmel.

Sergei kehrte in seine Ferienunterkunft zurück, um sich frisch zu machen. Er überlegte, wie er den heutigen Abend verbringen sollte. Schon im Laufe des Tages hatte er in Erfahrung gebracht, dass der Zahnarzt aus Kiel, auf den er angesetzt war, die Reservierung seines Hotelzimmers um einige Tage verlängert hatte. Daher wollte er sich zunächst in der Nähe von dessen Hotels aufhalten, um sich zu überzeugen, dass er hier auf Föhr zu Abend essen würde und heute nicht mehr von der Insel verschwinden könnte. Dann müsste er selbst etwas essen. Im Verlauf des weiteren Abends wollte er sich seinem Vorhaben widmen, sich um weibliche Begleitung zu bemühen. Er erinnerte sich, dass an manchen Abenden die saisonale Kurkapelle im Musikpavillon auf dem Sandwall aufspielte. Vielleicht ja auch heute. Das war sicher bei seiner Vermieterin in Erfahrung zu bringen. Sollte die Kurkapelle nicht die gewünschte Anziehungskraft auf ein anregendes weibliches Publikum haben, müsste er sich nach den hiesigen Discos erkundigen. Auch wenn seine Vermieterin mit geschätzten 50 bis 60 Jahren aus dem Alter der Discobesucher heraus gewachsen war, würde sie ihm sicher sagen können, wo diese zu finden wären.

Als Sergei Perlov die Treppe von seinem Zimmer herunterkam, stand – wie erwartet – Manda Petersen, seine Wirtin, schon in der Tür. »Na, soll es noch einmal losgehen? So 'n junger Mann wie Sie sollte sich auch mal unter die Leute mischen – wo doch Urlaub ist.«

»Ja, das mache ich. Frau Petersen. Ist heute Abend in Wyk Musik von der Kurkapelle?«

»Ja, ich hab vorhin in'n Veranstaltungskalender von der Kurverwaltung gelesen. Da steht drin, dass die heute Abend am Sandwall in Wyk spielen. Aber nur, wenn kein Regen ist.« Sie trat von der Türschwelle einen Schritt nach draußen und schaute in den Himmel. »Aber da können Sie ruhig hingehen. Heute kommt nichts mehr runter.«

»Frau Petersen, noch eine Frage. Gibt es hier in Föhr auch eine Disco?«

Manda Petersen lachte. »Da sind die jungen Leute doch alle gleich. So was zieht euch wohl wie ein Magnet an? Ja, da gibt es das *Olympic* im Gewerbegebiet am Hafen, gleich neben *Sky* – Sie wissen, der große Supermarkt.« Sie betrachtete Sergei Perlov genauer. »Sie sind ja nun auch kein Teenager mehr. Vielleicht wäre' für Sie das *Erdbeerparadies* in Boldixum richtiger, da ist auch häufiger was zum Tanzen. Das war da schon in meiner Jugend so. Na, gucken Sie nicht so ungläubig, ich war auch mal ne flotte Deern.« Manda Petersen lächelte in Erinnerung an die Abende, die sie vor mehr als dreißig Jahren im *Erdbeerparadies* verbracht hatte. Wie wild waren sie und ihre Freundinnen sich damals vorgekommen. »So, nun sehn Sie mal zu, dass Sie los kommen, sonst haben andere Ihnen schon die flotten Mädels weggeschnappt.«

Sergei Perlov ging zu seinem Wagen, einem unscheinbaren Ford Fiesta, und fuhr Richtung Wyk. Der große Parkplatz an der Straße, die zum Hafen führte, war stark belegt, doch konnte er noch eine freie Stelle in der hintersten Reihe finden. Als erstes ging er zum Hotel, in dem Dr. Zehrer, der Zahnarzt aus Kiel, Quartier bezogen hatte. Er setzte sich in der Nähe auf eine Bank, von der aus er die Eingangstür im Auge behalten konnte. Er beobachtete das rege Treiben der vielen Urlauber. Ihm fiel auf, dass nur wenige junge Frauen allein unterwegs waren. Er erinnerte sich, dass in den Prospekten Föhr vor allem als Urlaubsort für Familien angepriesen wurde. Dem entsprach auch das umfangreiche Programm für Kinder, das die Kurverwaltung in Wyk organisiert hatte.

Nach einer halben Stunde Wartezeit sah er sein Überwachungsobjekt aus dem Hotel treten. Er folgte ihm bis zu einem Fischlokal in einer der Seitenstraßen des Sandwalls. Durch die Fensterscheibe beobachtete er, wie Dr. Zehrer seine Bestellung aufgab. Als diesem nach einiger Zeit ein Aperitif serviert wurde, schloss er daraus, dass er wohl länger in dem Lokal bleiben und heute die Insel nicht mehr verlassen würde. Sergei Perlov hatte davon Abstand genommen, selbst in dem Fischrestaurant zu essen, um von Dr. Zehrer nicht gesehen zu werden. Ferner hatte ein Blick auf die Speisenkarte ihm gezeigt, dass die Preise sein knappes Spesenbudget sprengen würden.

Nach einem weniger aufwendigen, aber zufriedenstellenden Besuch in einer Pizzeria schlenderte Sergei Perlov in Richtung des Musikpavillons. Bei einem kleinen Umweg vergewisserte er sich, dass der Zahnarzt aus Kiel noch in dem Lokal saß. Als er in den Sandwall einbog, umwehten ihn schon die ersten Musikfetzen. Eine fünfköpfige Band bemühte sich, in dem meist schon betagteren Publikum mit ›Blue Spanish Eyes‹ Jugenderinnerungen wach zu rufen. Er ließ sich auf einer der hinteren Bänke nieder, von der aus er die Zuhörer im Blick hatte. Ein lohnenswertes Objekt für seine geplante Charmeoffensive war jedoch nicht zu entdecken. Er blieb noch eine halbe Stunde dort sitzen, aber weder die Musik noch das weibliche Publikum verjüngten sich. Er schaute auf die Uhr und beschloss, dem Rat seiner Vermieterin zu folgen und das *Erdbeerparadies* aufzusuchen. Er fragte einen der Passanten nach dem Weg.

Dessen Erklärungen entnahm er, dass er besser mit dem Wagen dorthin fahren sollte.

Das *Erdbeerparadies* war von einem gemischten Publikum besucht und am frühen Abend bereits recht belebt. Sergei Perlov bestellte sich zunächst ein Bier und versuchte sich im Stehen einen Überblick zu verschaffen. Auf der Tanzfläche war noch wenig los. Einige Paare und zwei junge Frauen bewegten sich mehr oder minder rhythmisch zur Musik. Der Geräuschpegel war hoch. Nach zwei weiteren Tänzen beobachtete er, wie die beiden alleintanzenden Frauen zu einem Tisch zurückgingen, an dem ein weiteres, nicht mehr ganz so junges weibliches Wesen scheinbar auf die beiden wartete. Offenbar waren sie ohne männliche Begleitung. Sergei Perlov ging mit seinem Bier zu dem Tisch, verbeugte sich und fragte höflich, ob er sich an das freie Ende des Tisches setzen dürfte. Die drei Frauen schauten hoch, lächelten zurück und gaben zu erkennen, dass er sich zu ihnen gesellen könne. Während er sich weiter im Saal umschaute, setzten die Frauen ihre Unterhaltung fort. Er entnahm dem Gespräch, dass sie wahrscheinlich aus Dortmund kamen und gemeinsam ihren Urlaub auf Föhr verbrachten. ›Also sind sie alle drei wohl Singles, zumindest hier in den Ferien‹, dachte er. Die beiden jüngeren Frauen waren wieder auf die Tanzfläche entschwunden. Sergei Perlov stand auf, verbeugte sich vor der zurückgebliebenen Frau, um sie zum Tanz aufzufordern. Diese lächelte etwas unsicher, nickte dann aber und begab sich mit ihm aufs Parkett. Obwohl sie nicht so schlank war, wie ihre beiden jüngeren Freundinnen, registrierte er, dass sie sich doch recht anmutig bewegte.

Während des Tanzes stellte er sich ihr vor: »Ich heiße Sergei. Wie heißt du?«

»Silvia. Kommst du aus Russland? Wie kommt man dann nach Föhr? Machst du auch Urlaub oder was treibt dich sonst hierher?«

Sergei erläuterte ihr, dass er aus Bulgarien komme und in Hamburg studiere. Sie erzählte, dass sie tatsächlich aus Dortmund sei und dort in der Stadtverwaltung arbeite. Als sie wieder an ihren Tisch zurückkamen, waren die beiden anderen jungen Frauen schon da. Silvia stellte sie als Ann und Katherina vor. Bald waren die beiden aber wieder verschwunden.

Sergei hatte sein Bier ausgetrunken und fragte Silvia nach ihren Getränkewünschen. Sie wollte einen *Manhattan*, einen Drink aus Bourbon-Whisky und Martini, den die ausgewanderten Föhrer aus New York wieder in die alte Heimat mitgebracht hatten. Sergei erkundigte sich, warum sie ohne Mann oder Freund auf Föhr sei. Sie erzählte ihm, dass sie und ihr Freund sich kurz vor der geplanten Heirat getrennt hätten. Und jetzt wollte sie erst einmal ihr Leben genießen.

Sie tanzten wieder miteinander. Sergei Perlov spürte dabei am Druck ihres Körpers, dass Silvia einem intensiveren Körperkontakt nicht abgeneigt war. Als Silvia während einer Tanzpause ihre Handtasche öffnete, um ihre Zigaretten heraus zu holen, bemerkte er darin ein Päckchen Kondome. ›Es könnte sich lohnen, den Kontakt mit ihr zu vertiefen‹, dachte er und ging los, um noch zwei *Manhattan* zu besorgen.

9. Qual

Bernadette Mohr-Kirchner saß mit Sonja am Frühstückstisch, als das Telefon klingelte. »Bernadette, hier ist Cosima«, hörte sie die aufgeregte Stimme ihrer Freundin, als sie an den Apparat ging. »Was machst du gerade?«

»Frühstücken mit Sonja, wie immer um diese Zeit. Warum? Was ist los?«

»Hast du heute schon den *Inselboten* gelesen? Nein? Gut, Ich komme rüber. Wenn ihr mit dem Frühstück fertig seid, schick Sonja in ihr Zimmer zum Spielen. Ich habe was mit dir zu besprechen, da sollte sie nicht dabei sein.«

»Cosima, was ist denn?«

»Nicht jetzt, nicht am Telefon. Ich bin gleich bei dir.« Cosima Bernstädt legte auf, bevor die Freundin weiter fragen konnte.

Wenige Minuten später kam Cosima mit dem *Inselboten* in der Hand zu Bernadette in die Küche. Sonja war schon oben in ihrem Zimmer. »Bernadette, setz dich erst einmal. Bleib ganz ruhig! Es ist etwas Schlimmes passiert. Tobias wurde tot hier auf Föhr aufgefunden. Es sieht so aus, als sei er umgebracht worden. Die Polizei hat in der Zeitung alle, die Kontakt mit ihm hatten, aufgerufen, sich zu melden.« Als sie sah, dass Bernadette bei ihren Worten unsicher Halt am Küchentisch suchte, nahm Cosima sie in den Arm. Sie spürte, dass Bernadette von einem Schluchzen geschüttelt wurde und führte sie zu der Eckbank. Bernadette setzte sich, stützte ihre Arme auf den Küchentisch und verbarg ihr Gesicht in den Händen. Nach einigen Minuten nahm sie Cosima den *Inselboten* aus der Hand und begann, den Artikel über den Todesfall in der Midlumer Marsch zu lesen.

Gequält blickte sie Cosima an. »Du hattest Recht, dass er auf Föhr war. Ich muss dir da was erzählen. Ja, er war hier und ich habe ihn gesehen. Er hatte mich abgepasst, als Sonja beim Reiten war. Er hatte mir eine Regelung für unsere Trennung angeboten. Gegen eine einmalige Abfindung von 100.000,- Euro wäre er mit einer Scheidung einverstanden – ohne weitere Unterhaltsforderungen. Ich war über diese Unverschämtheit außer mir. Er hatte Sonja und mich mit seinen Schulden sitzen lassen.

Um sein Kind hat er sich nie gekümmert. Und jetzt kommt er an und will mich noch weiter ausnehmen. Ich habe ihn angeschrien, dass er sich nie wieder blicken lassen sollte. Wenn er noch einmal Sonja oder mir näher käme, würde ich ihn umbringen. Er hat mich nur kalt angelächelt und gesagt, ich würde noch lange von ihm hören und mich nicht darüber freuen. Dann hat er sich umgedreht und ist gegangen. Und das war das Letzte, was ich von Tobias gehört habe. Ich habe nichts davon gesagt, weil ich das alles im Urlaub verdrängen wollte. Du siehst aber, es hat nichts genützt.«

Cosima nahm über den Küchentisch hinweg ihre Hand, die sich sehr kalt anfühlte. »Komm, auf den Schock brauchst du jetzt erst mal eine Stärkung. Was willst du? Soll ich dir einen Tee kochen? Oder vielleicht lieber was Stärkeres. Du nimmst erst einmal einen Whisky! Wenn es nicht zum Heulen wäre, wäre es zum Lachen: mein Whisky wird zur permanenten Medizin gegen deinen Kummer.«

Bernadette nahm widerstandslos das Glas, dass Cosima ihr reichte, und trank einen kleinen Schluck. »Ich muss mich natürlich bei der Polizei melden. Aber ich kann denen doch nicht alles so erzählen, wie es sich abgespielt hat. Es erfordert ja keine besondere Intelligenz, sich vorzustellen, dass die mich verdächtigen, wenn er wirklich umgebracht worden ist. Tobias hat mich nicht nur gequält als er noch lebte, selbst jetzt, nach seinem Tod, geht das Ganze noch weiter. Als er sagte, ich würde noch lange von ihm hören und mich nicht darüber freuen, hatte er das wohl anders gemeint. Aber seine Prophezeiung wird mit Sicherheit in Erfüllung gehen.«

»Weißt du, was wir jetzt tun werden? Wir machen uns fertig, melden telefonisch unseren Besuch bei der Polizei an, bringen Sonja zu Brodersens und gehen gemeinsam zur Wache. Da gehst du nicht alleine hin.«

Bernadette überlegte, dann nickte sie. »Ist gut, Cosima, das wird wohl wirklich das Beste sein. Es ist ganz lieb von dir, dass du mich nicht alleine lässt. Aber erst muss ich einen klaren Kopf kriegen. Das kann ich am besten beim Laufen. Lass mir also noch etwas Zeit. Ich muss mir auch noch überlegen, wie viel ich der Polizei sage. Ich will sie nicht belügen, aber den letzten Streit kann ich denen nicht schildern. Und ich weiß auch nicht, was ich Sonja sagen soll. Der Fall wird Wellen schlagen. Sonja wird darauf angesprochen werden. Meine Horrorvorstellung ist, dass auch die Pressehyänen sich auf sie stürzen. Meinst du, wir könnten sie eine Zeitlang bei Brodersens lassen? Sie muss auf jeden Fall geschützt werden.«

Cosima stand auf. »Ich rufe jetzt erst einmal Heike Brodersen an. Dann bringe ich Sonja zu ihr hinaus und du gehst erst mal joggen.«

Cosima begab sich hinüber in ihr Haus, um zu telefonieren, und Bernadette ging hoch zu Sonja, um diese auf den Besuch bei Brodersens vorzubereiten.

* * *

Mommsen folgte den Wegeangaben von Lürrsen und fand schnell das Haus in Nieblum, in dem die Ehefrau von Tobias Kirchner ihren Urlaub verbrachte. Lürrsen betätigte den schmiedeeisernen Klopfer an der schön gearbeiteten, farbigen Tür des Friesenhauses. Vergeblich. Niemand öffnete. Auch ein wiederholtes energisches Klopfen war erfolglos. Also gingen sie zum Nachbarhaus hinüber. Dort jätete eine Frau mittleren Alters im Garten Unkraut.

Lürrsen, in Uniform, ging voraus. »Moin auch. Wir suchen eine Frau Kirchner. Die wohnt doch hier neben Ihnen. Wissen Sie, wo sie ist?«

»Sie meinen die Zahnärztin? Ich hab' sie vorhin im Jogginganzug loslaufen gesehen.« Sie zeigte in Richtung Hedehusum. »Macht sie öfters. Was ist denn passiert?«

»Wir brauchen nur ein paar Auskünfte von ihr. Wann ist sie denn wieder zurück?«

»Weiß ich nicht. Auf der anderen Seite vom Haus wohnt die Malerin, die Cosima. Die ist mit ihr befreundet. Fragen Sie die doch mal.«

Lürrsen bedankte sich. Sie folgten der Empfehlung der Nachbarin und suchten das Haus der Malerin auf. Doch auch hier war die Tür verschlossen. Sie beschlossen, auf die Rückkehr der Ehefrau des Toten zu warten. Lürrsen schlug vor, sich die Wartezeit mit einem kurzen Bummel durch Nieblum – dem schönsten Dorf der Insel – zu vertreiben. Mommsen, der aus seinen lange zurückliegenden Aufenthalten auf der Insel nur noch schwache Erinnerungen an die Inseldörfer hatte, griff die Anregung von Lürrsen gerne auf.

Als sie zurückkehrten, stellten sie fest, dass Frau Kirchner immer noch nicht wieder zu Hause war. Als sie sich umdrehten, sahen sie, wie eine etwa vierzigjährige, nicht ganz schlanke Frau mit lebhaften Schritten auf die Tür des Hauses der Malerin zuging, diese aufschloss und im Haus verschwand. Mommsen und Lürrsen folgten ihr und klopften.

Die Frau öffnete und schaute sie skeptisch an. »So, da ist die Polizei also schon. Sie wollen wahrscheinlich zu Frau Mohr-Kirchner. Oder irre ich mich?«

Mommsen zauberte sein schönstes Lächeln der Marke ›Flöße den Zeugen Vertrauen ein!‹ auf sein Gesicht. Er stellte sich und seinen Kollegen vor und antwortete: »Nein, Sie haben Recht. Wir suchen tatsächlich Frau Kirchner. Weshalb vermuten Sie das?«

Sie erwiderte die freundliche Miene des Beamten und tat es ihm gleich, auch wenn ihr Lächeln ein wenig schief geriet. »Ich habe heute Morgen den *Inselboten* gelesen. Da war ja zu erwarten, dass die Polizei mit der Frau des Opfers Kontakt aufnehmen wird. Übrigens, ihr Name ist Mohr-Kirchner.«

Mommsen beugte sich etwas vor: »Darf ich auch Sie um Ihren Namen bitten?«

»Cosima Bernstädt. Und bevor Sie nachfragen, wie ich zu dem Namen komme, schon vorab die Antwort: mein Name steht für den Musikgeschmack meines Vaters. Er war ein eingefleischter Wagner-Fan –angebrachter wäre wohl Wagner-Jünger. Eigentlich sollte ich ein Junge mit Namen Richard werden, da ich aber ein Mädchen war, wurde ich eine Cosima.«

Mommsen lachte nun doch leise. »Irgendwie hat das Umfeld Richard Wagners auch auf mich abgefärbt. Mein Vorname ist Ludwig.« Er wurde wieder ernst. »Nun aber zum Anlass unseres Besuchs. Wir müssen dringend mit Frau Mohr-Kirchner sprechen. Wir haben schon von der Nachbarin auf der anderen Seite gehört, dass sie joggen ist. Ich hätte da für den Anfang zwei Fragen an Sie. Zum einen; weiß Frau Mohr-Kirchner schon vom Tod ihres Mannes und dann; Wann, denken Sie, wird sie zurück sein?«

»Sie müsste jeden Augenblick wiederkommen. Da sie schon eine Weile läuft, sollte sie ihre Runde bald hinter sich gebracht haben. Und zu Ihrer anderen Frage; Ja, sie weiß vom Tod ihres Mannes. Ich habe ihr vorhin den Artikel im *Inselboten* gezeigt. Sie können sicher verstehen, dass sie ganz durcheinander ist. Sie musste sich nach dem Schock erst einmal sammeln. Das kann sie am besten beim Laufen. Und dann macht sie sich verständlicherweise auch Sorgen um ihre Tochter. Ich habe gerade Sonja, also die Tochter, zu meiner Cousine in die Oevenumer Marsch gebracht, damit sie erst einmal aus der Schusslinie ist. Dort hat sie auch eine gleichaltrige Spielkameradin, die Tochter meiner Cousine. Wir hatten uns schon vorgenommen, die Polizei aufzusuchen. Sie hätten sich also gar nicht die Mühe zu machen brauchen.«

»Nun sind wir ja hier. Frau Bernstädt, was wissen Sie über das Verhältnis von Frau Mohr-Kirchner zu ihrem Mann? Wie ich hörte, sind Sie doch mit ihr befreundet. Hatte er hier auf der Insel Kontakt mit seiner Frau?«

»Ja, wir sind schon seit Jahren Freundinnen. Und gerade jetzt hat Bernadette eine Freundin nötig.«

»Warum gerade jetzt? Meinen Sie damit den Tod von Tobias Kirchner?«

»Nicht nur. Sie lebt von ihrem Mann getrennt. Sie hatte den Mut gefunden, eine unerträgliche Beziehung zu beenden. Sie war dabei, die Trennung auch rechtlich durchzuziehen. Aber das kann Sie Ihnen selbst sagen. Und den Schock über den Tod von Tobias muss sie auch erst einmal überwinden. Zu Ihrer vorherigen Frage; nein, von einem Kontakt mit ihrem Mann hier auf Föhr weiß ich nichts. Das hätte sie mir sicher erzählt.« Cosima hatte bei dieser nicht ganz korrekten Beantwortung der Fragen Mommsens nicht einmal ein schlechtes Gewissen. Wichtig war ihr, die Freundin nicht verdächtig zu machen.

Bewegt fuhr sie fort: »Bernadette ist eine ganz tolle Frau. Ihre Ehe mit Tobias Kirchner war ein einziger Fehler. Aber den hat sie ganz großartig überwunden. Sie betreibt eine erfolgreiche Praxis als Zahnärztin und ist Sonja eine wunderbare Mutter. Und wenn sie mit ihr sprechen, will ich dabei sein. Ich lasse nicht zu, dass die Polizei ihr zusetzt. Sie steht kurz vor dem Zusammenbruch. Sie hat hier Urlaub gemacht, um Distanz zu dem Problem Tobias zu bekommen. Und mit seinem Tod hier auf Föhr hat ihr Problem sie nicht nur eingeholt, sondern sich noch potenziert. Sie hatte schließlich nicht einmal damit gerechnet, dass er hier sein würde. Und nun das! Sie verstehen, dass ich sie jetzt damit nicht allein lassen kann.« Energisch blickte Cosima Bernstädt Ludwig Mommsen an.

»Frau Mohr-Kirchner ist um eine so entschiedene Freundin zu beneiden. Dennoch, das Gespräch mit ihr müssen wir alleine führen. Frau Mohr-Kirchner könnte sich nur von einem Anwalt begleiten lassen. Wie ich gehört habe, sind Sie Malerin?«, erkundigte sich Mommsen.»Ich versichere Ihnen aber, dass wir bei der Einvernahme von Frau Mohr-Kirchner auf ihre psychische Befindlichkeit Rücksicht nehmen werden.«

Bei der letzten Bemerkung Mommsens zuckte Cosima Bernstädt zusammen.»Wenn ich nur den Begriff ›Einvernahme‹ höre, kann ich mir Ihre Feinfühligkeit schon vorstellen. Es fehlt nur noch, dass Sie diese mit der Aufzählung eines Katalogs von Paragraphen beginnen, um die Objekte Ihrer Einvernahme – man sagt doch sicher ›Objekte‹? – einzuschüchtern. Schon die Paragraphenschlüssel haben ja die Form von Folterwerkzeugen.« Kriegerisch funkelte sie die beiden Beamten an.

Mommsen war einerseits über ihre Kampfbereitschaft amüsiert, andrerseits nötigte ihn der entschiedene Einsatz für ihre Freundin jedoch Respekt ab.»Frau Bernstädt, ich kann Sie verstehen. Aber wir müssen schnellstens mit Frau Mohr-Kirchner sprechen. Und dabei haben wir uns an Vorschriften zu halten. Ich denke, Ihre Freundin hat, schon mit Rücksicht auf ihre Tochter, ebenfalls ein Interesse an einer schnellen Aufklärung. Und Sie können sicher nachvollziehen, dass sie für uns jetzt der wichtigste Gesprächspartner ist.«

Ihr Gespräch wurde durch das Geräusch einer zuklappenden Tür, das vom Nachbarhaus zu kommen schien, unterbrochen. Alle drei merkten auf. Lürrsen hatte sich halb erhoben.»Ich glaube, Frau Mohr-Kirchner ist zurück.« Auch Mommsen und Cosima Bernstädt standen nun auf.

»Ich komme erst mal mit rüber. Ich will sichergehen, dass Sie ihr Gelegenheit geben, sich zu sammeln, sich frisch zu machen und umzuziehen.« Cosima Bernstädt war, ohne die Reaktionen ihrer Besucher abzuwarten, ihnen zum Nachbarhaus vorausgeeilt, klopfte kurz an der Tür und trat ein. »Hallo, Bernadette, hier sind schon zwei Herren von der Polizei. Die wollen mit dir sprechen«, rief sie beim Eintreten in den Flur hinein.

Bernadette Mohr-Kirchner kam ihnen erhitzt und auf Socken entgegen. Sie hatte noch ihren Jogging-Anzug an. Mommsen stellte sich und Lürrsen vor. »Sie können sich vorstellen, dass wir Sie wegen des Todes Ihres Mannes sprechen müssen. Da Sie sich von ihm getrennt hatten, weiß ich nicht, in welcher Form eine Beileidsbezeugung angebracht ist. Dennoch möchte ich Ihnen sagen, dass wir den Tod Ihres Mannes aufrichtig bedauern.«

Cosima Bernstädt bemerkte überrascht, dass Ludwig Mommsen sich durchaus auf die Situation ihrer Freundin einstellen konnte.

Bernadette Mohr-Kirchner entgegnete gefasst: »Vielen Dank, Herr Mommsen. Cosima und ich hatten schon vorgehabt, uns bei Ihnen zu melden. Mir ist natürlich klar, dass Sie sich mit mir unterhalten müssen.«

»Frau Bernstädt hat uns schon die Zusicherung abgerungen, Ihnen erst Gelegenheit zum Frischmachen zu geben. Wir warten solange auf Sie.«

Bernadette führte sie ins Wohnzimmer. Dann wandte sie sich an ihre Freundin. »Kannst du uns eine Kanne Tee machen? Ich könnte einen Schluck gebrauchen und die beiden Herren werden eine Tasse Tee sicher nicht als unerlaubtes Trinken im Dienst werten.« Sie zog sich zurück und ging im Flur die Treppe hinauf. Cosima nahm die ihr zugeteilte Aufgabe an und fragte: »Friesenmischung oder Earl Grey?«

Mommsen überließ Lürrsen mit einer entsprechenden Handbewegung die Wahl. Cosima ging mit seiner Bitte um die Friesenmischung in die Küche.

Mommsen und Lürrsen lehnten sich zurück und ließen ihre Augen durch den Raum schweifen. Das Wohnzimmer war mit profilbehafteten Bauermöbeln in Friesischblau ausgestattet.

An den Wänden hingen einige alte Stiche mit Dorfszenen und ein Ölgemälde, das Lürrsen als Ansicht der Godelniederung erkannte. Die ganze Einrichtung ließ erkennen, dass das Haus nicht als kommerzielles Ferienhaus diente, sondern nur privat genutzt wurde. Der geschmackvollen Einrichtung entsprach auch das Teegeschirr, das Cosima Bernstädt auf einem großen Tablett hereinbrachte. Sie hatte offenbar den Hinweis Mommsens beherzigt, dass sie an dem Gespräch mit Bernadette Mohr-Kirchner nicht teilnehmen könnte, und nur drei Teetassen hereingebracht.

»Bernadette kommt gleich. Und bitte, denken Sie daran, dass Sie versprochen haben, rücksichtsvoll mit ihr umzugehen. Ich werde mich nachher um sie kümmern. So, und nun lasse ich Sie allein.« Sie reichte den beiden Beamten mit einem verhaltenen Lächeln die Hand. Sie hörten sie die Treppe hinaufgehen und an eine Tür, wahrscheinlich die Badezimmertür, klopfen. Nach einigen Minuten kam sie die Treppe hinunter und ging in das Nachbarhaus zurück.

Kurz darauf kam auch Bernadette Mohr-Kirchner wieder herunter und begab sich zu den beiden Polizisten ins Wohnzimmer. Sie hatte Jeans und ein Polo-Shirt angezogen. Sie sah blass aus, hatte aber darauf verzichtet, dies durch ein entsprechendes Make-up zu überdecken. Schweigend goss sie ihnen Tee ein und wies auf Milch, Kandis und Zucker.

»So, meine Herren, ich bin bereit. Fragen sie.« Sie setzte sich gerade hin und schaute Mommsen konzentriert an.

Dieser verrührte langsam die Kluntjes in der Teetasse und begann: »Frau Mohr-Kirchner, wann haben Sie Ihren Mann zum letzten Mal gesehen?«

Bernadette Mohr-Kirchner zögerte einen Augenblick. »Ich hatte ursprünglich vorgehabt, meine letzte Begegnung mit meinen Mann zu verschweigen. Sie werden gleich verstehen, warum. Aber ich glaube, Offenheit ist jetzt besser. Also, es war hier auf Föhr. Ich hatte keine Ahnung, dass er auf der Insel war. In den ersten Jahren unserer Ehe ist er einige Male mit hier im Urlaub gewesen. Ich habe dieses Haus als Ferienhaus von meinem Vater geerbt. Es war ihm aber immer zu ruhig auf der Insel. Er hat mondänere Urlaubsorte vorgezogen. Deshalb wäre ich nicht im Traum darauf gekommen, dass er hier auftauchen könnte. Vor sechs Tagen hatte ich meine Tochter zum Reiten nach Alkersum gebracht, und als ich zurück kam, stand er plötzlich im Garten vor der Tür. Er wollte mit mir über unsere Trennung reden. Ich muss für Sie hinzufügen, dass ich die Scheidung eingereicht hatte. Die Verhandlungen liefen ausschließlich über die Anwälte und mir wurde gesagt, dass ich keine direkten Verhandlungen mit meinem Mann führen solle. Ich musste ihn deshalb an meinen Anwalt verweisen und ein weiteres Gespräch verweigern. Er hatte mich schon früher, während unserer Ehe, übervorteilt. Nur ein Beispiel: Er hatte mich überredet, für die Kredite zur Gründung seiner eigenen Dentalfirma zu bürgen. Nach seiner Insolvenz ist er einfach verschwunden und hat mich mit der Bürgschaft sitzen lassen. Seine Schulden zahle ich immer noch ab. Sie können sich vorstellen, dass ich nicht geneigt war, mit ihm direkt Abmachungen zu treffen. Als er merkte, dass ich zu keinen Zugeständnissen bereit war, ist er dann gegangen. Das war das Letzte, was ich von ihm gesehen und gehört habe.«

»Hatte er Ihnen gesagt, warum er hier auf Föhr war?«

»Nein, dazu hat er nichts gesagt. Ich denke, er war hierhergekommen, um mit mir ein Arrangement über unsere Trennung zu besprechen. Was sollte er sonst hier wollen? Allerdings hätte er es in Hannover bequemer gehabt, mich anzusprechen.«

»Dann haben Sie nicht gewusst, dass er seit über fünf Wochen hier auf Föhr war?«

„Wie bitte? Nein, das habe ich nicht gewusst. Allerdings hat mir Frau Bernstädt erzählt, dass sie vor einer Woche einen Mann gesehen hat, der Ähnlichkeit mit Tobias hatte. Sie hat sich aber nicht vergewissert, ob er es wirklich war.«

Mommsen unterrichte Bernadette Mohr-Kirchner, dass Tobias Kirchner schon seit fünf Wochen bei einer Frau auf Föhr wohnte, mit der er eine nähere Beziehung unterhalten habe. Obwohl es nicht üblich war, dass die Polizei Zeugen über den Ermittlungsstand in Kenntnis setzte, gab er Bernadette Mohr-Kirchner diese Information weiter, um ihre Reaktionen zu beobachten.

Diese nahm den Tatbestand aber ohne sichtbare Erregung auf.

»Das ist mal wieder typisch für Tobias, sich von einer Frau aushalten zu lassen. Die Frau tut mir leid.« Nach einer kurzen Pause fügte sie hinzu: »Wahrscheinlich hat sie emotional und vielleicht auch materiell in ihn investiert und jetzt bleibt ihr nur Enttäuschung oder Trauer. Wer ist sie denn?« Bernadette Mohr-Kirchner konnte ihre Neugier doch nicht ganz unterdrücken.

»Das kann ich Ihnen leider nicht sagen. Über Ermittlungsergebnisse dürfen wir keine Informationen weitergeben.« Mommsen war sich – nach seiner vorherigen Information – der Inkonsequenz seiner Aussage bewusst. Doch hielt er sein Vorgehen für berechtigt.

»Frau Mohr-Kirchner, ich muss nun den Zeitrahmen weiter ziehen. Wir müssen viel mehr über Ihren Mann wissen. Also, wie haben Sie ihn kennengelernt? Was wissen Sie über seine Entwicklung vor Ihrer Ehe?«

»Das war recht einfach. Ich habe von meinem Vater eine gut gehende Zahnarztpraxis übernommen. Wir hatten schon immer einen Zahntechniker beschäftigt. Als der aber in Rente ging, haben wir einen neuen eingestellt. Das war Tobias. Er hat dann sehr schnell seinen Meister gemacht. Er war fachlich sehr tüchtig, er war ehrgeizig, charmant, anziehend. Ich hatte vorher nur sehr wenige Erfahrungen mit Männern und mit ihm hab ich viel zusammengearbeitet – na ja, ich habe mich halt in ihn verliebt. Wir haben dann auch ziemlich schnell geheiratet und im Jahr darauf ist dann schon Sonja geboren worden. Tobias hat dann ein eigenes Dentallabor aufgemacht. Ich will nicht auf Einzelheiten unserer Beziehung eingehen, oder darauf, warum wir uns trennten: sagen wir einfach, wir haben uns auseinandergelebt. Seine Firma hat schließlich Insolvenz angemeldet. Seit er uns vor etwa drei Jahren verlassen hat, weiß ich kaum etwas über ihn. Sein Besuchsrecht bei Sonja hat er nur unregelmäßig wahrgenommen, in letzter Zeit gar nicht mehr. Und von seinem Wohnungswechsel in Hannover haben wir erst durch unseren Anwalt erfahren.«

»Frau Mohr-Kirchner, wissen Sie, ob er Feinde hatte, die für seinen Tod in Frage kommen?«

»Nein. Sicher gibt es überall Konkurrenz. Als er Insolvenz angemeldet hatte, war auch die Staatanwaltschaft eingeschaltet, die hatte damals wegen Betrugs ermittelt. Wenn ich mich recht erinnere, ging es dabei um nicht bezahlte Steuern und Sozialversicherungsbeiträge. Ich bin mir aber sicher, dass Finanzämter hinterzogene Steuern nicht mit dem Tode bestrafen.« Sie lächelte gequält über ihren Scherz.

»Können Sie uns etwas über seinen Freundeskreis aus der Zeit vor Ihrer Ehe sagen? Er hatte doch sicher Bekannte, mit denen er auch weiterhin Kontakt hatte? Was waren das für Leute?«

»Er stammte aus dem Rheinland, aus Moers. Er hatte da noch Kontakt mit einem Schulfreund. Horst hieß der. Der Nachnahmen war Ackerhoff, glaube ich. Der müsste noch in Moers wohnen. Den habe ich aber nur kurz kennen gelernt, als er uns einmal besuchte. Das war aber nur sehr flüchtig, denn er war auf der Durchreise. In Hannover selbst hatte Tobias eigentlich nur Kontakt mit einigen Leuten aus seinem Judo-Klub, mit denen ist er nach dem Training schon mal ein Bier trinken gegangen. Das sind alle, an die ich mich erinnern kann.«

Lürrsen notierte sich den Namen. Mommsen fuhr fort: »Wo hat Ihr Mann gearbeitet, bevor er zu Ihnen in die Praxis kam?«

»Gelernt hat er in einem Dentallabor in Dinslaken. Nach der Lehre war er fast zwei Jahre in der Welt herumgezogen – als so eine Art Hippie. Er war da in den USA, aber auch eine Zeitlang in Spanien und Marokko. Aus dieser Zeit hat er nur in Form von abenteuerlichen oder amüsanten Anekdoten erzählt. Bevor er zu uns kam, war er einige Jahre bei einem renommierten Labor in Hannover beschäftigt.«

Mommsen machte eine Pause. Diese nutzte Lürrsen für die Frage: »Frau Mohr-Kirchner, hat Ihr Mann Familie, die wir benachrichtigen müssen?«

Bernadette Mohr-Kirchner sammelte sich. »Seine Eltern waren schon tot, als wir uns kennengelernt haben. Geschwister hatte er auch nicht. Auf unserer Hochzeit waren zwei Cousinen und eine Tante – die Schwester seiner Mutter. Deren Anschriften habe ich aber nicht hier, sondern in Hannover.«

Bernadette Mohr-Kirchner goss allen Tee nach. »Wer kümmert sich um die Beisetzung? Ich bin … ich war ja noch mit ihm verheiratet. Ich halte es daher auch für meine Pflicht, mich um die Beerdigung zu kümmern. Wissen Sie, ob er ein Testament gemacht oder sonstige Verfügung über seine Beisetzung getroffen hat? Er war zwar nicht der Typ dafür, aber wenn, dann möchte ich dem entsprechen.«

Mommsen versprach, sich zu erkundigen, ob die Durchsuchung seiner Wohnung in Hannover etwas über ein Testament oder vergleichbare Verfügungen ergeben hätte. Er wies darauf hin, dass wegen weitergehender Untersuchungen die Freigabe der Leiche sich sicher noch einige Tage verzögern werde.

»Frau Mohr-Kirchner, wie lange sind Sie jetzt schon auf Föhr?« Mommsen wandet seine Aufmerksamkeit wieder der letzten Zeit vor dem Mord an Tobias Kirchner zu.

»Seit zwei Wochen. Ich sehe immer zu, dass ich in den Schulferien mindestens drei Wochen mit meiner Tochter hier auf Föhr verbringen kann. Das ist für uns beide ein vertrauter Rahmen. Im Sommer ist das hier für Kinder ein idealer Ort. Und durch die Insellage habe ich das Gefühl, weitab vom Alltagsärger zu sein. Schon als Kind habe ich hier mit meinen Eltern Urlaub gemacht. Das sind schöne Erinnerungen, die nachwirken.« Sie machte eine kleine Pause. Das kurze Lächeln, das sie bei ihrem letzten Satz zeigte, ließ sie sehr jung erschienen.

Mommsen hatte aus den Augenwinkeln bei Lürrsen eine kaum merkliche Unruhe registriert. Er nickte ihm zu. Lürrsen ergriff das Wort. »Frau Mohr-Kirchner, Sie werden während Ihrer Aufenthalte hier auf Föhr nicht die ganze Zeit nur in Ihrem Haus oder bei Frau Bernstädt verbringen. Während des Urlaubs geht man sicher mal aus. Welche Lokale besuchen Sie dann?«

»Meistens gehe ich mit Sonja zum Eis-Essen oder wir setzen uns in eins der Cafés am Sandwall. Da kann man draußen sitzen und hat einen wunderbaren Blick auf die Halligen. Das ist einzigartig und versetzt mich auch nach all den Jahren, in denen ich jetzt schon regelmäßig nach Föhr komme, immer wieder in eine Stimmung, die an Verzauberung grenzt. Die Warften verheißen irgendwie Geborgenheit in der Endlosigkeit.«

Lürrsen fasste nach: »Gehen Sie auch abends mal aus? Ich meine zum Essen oder in eine Bar?«

»Eigentlich kaum. Ich mag Sonja nicht allein lassen. Hin und wieder bleibt sie über Nacht bei den Brodersens. Die haben eine Tochter in ihrem Alter, mit der sie sich gut versteht. Dann kommt es vor, dass ich mit Cosima zum Essen gehe und manchmal hinterher noch auf ein Glas Wein oder einen Cocktail – aber das ist wirklich sehr selten. Es ist auch schon vorgekommen, dass einige von Cosimas Freunden dabei waren, wenn wir mal ausgegangen sind. Das sind auch meist Künstler.«

»Waren Sie auch schon mal in der *Vogelkoje*?« Mommsen war schon darauf gefasst, dass Lürrsen auf diese Frage zusteuerte.

»Sie meinen das Bistro in Wyk? Ja, ich glaube, wir waren im vorigen Jahr mit einigen aus der Künstlerclique von Cosima einmal da. Ich weiß noch, es ging dort recht lebhaft zu. Sie hatten sogar einen guten Bordeaux im Ausschank. Aber warum fragen Sie? Was hat das mit Ihrer Untersuchung zu tun?« Hatte sie vorher entspannt geredet, so merkte man nun eine plötzliche Anspannung bei Bernadette Mohr-Kirchner.

»Der Kollege Mommsen hat schon erwähnt, dass wir über Ermittlungen keine Auskünfte geben können. Haben Sie bitte Verständnis dafür.« Lürrsen blickte entschuldigend und unsicher zu Mommsen hinüber.

Der zog das Gespräch wieder an sich und versuchte, Bernadette Mohr-Kirchner vom Thema *Vogelkoje* abzulenken, da doch die Gefahr bestand, dass sie ansonsten zu schnell auf die Affäre ihres Noch-Ehemannes gestoßen wäre. »Wenn Sie Essen gehen, welche Lokale suchen Sie dann auf?«, fragte er dann auch.

»Mit Cosima war ich in diesem Jahr schon einmal in dem Fischlokal in der Seitenstraße vom Sandwall in Wyk. Auf den Namen komme ich im Augenblick nicht. Und dann ist es schon Tradition, dass Freunde meiner Eltern, die regelmäßig ihre Ferien in Utersum verbringen, Sonja und mich zu sich in ihr Haus zum Essen einladen.«

Mommsen verfolgte das Thema nicht weiter, sondern kam noch einmal auf die früheren Aufenthalte von Tobias Kirchner auf Föhr zurück. »Frau Mohr-Kirchner, Sie erwähnten, dass Ihr Mann früher einige Male mit Ihnen hier auf Föhr Urlaub gemacht hatte. Da hatte er doch sicher auch Kontakte geknüpft. Können Sie sich erinnern, mit wem er da zusammengekommen war?«

»Natürlich mit Cosima. Er hatte uns auch schon mal zu den Freunden meiner Eltern begleitet, die ich vorhin schon erwähnt habe. Und dann war Tobias auch häufiger zum Surfen unten am Südstrand. Da kam er wohl mit einigen Surfern zusammen. Die kenne ich aber nicht – diese Sportart ist nicht mein Fall. Viele Kontakte hatte er aber nicht auf der Insel. Er war ja auch immer nur kurz hier.«

Mommsen bemerkte, dass ihre Stimme nun gepresst klang. Die Erinnerungen an die Vergangenheit mit ihrem Mann riefen wohl Gefühle banger Hoffnungen, qualvoller Enttäuschungen und zunehmender Hilflosigkeit in Bernadette Mohr-Kirchner wach, die ihre Ehe im Laufe der Zeit mit sich gebracht hatte. Er beschloss daher, das Gespräch zu beenden und erst einmal weitere Ergebnisse der Untersuchung abzuwarten, aufgrund derer er eine weitere Unterredung mit der Ehefrau des Opfers führen könnte.

»Frau Mohr-Kirchner, ich hoffe, unser Gespräch war für Sie nicht allzu belastend. Ich bedanke mich für Ihr Verständnis, dass Sie gegenwärtig unsere wichtigste Ansprechpartnerin sind und wir daher umgehend mit Ihnen reden mussten. Wenn wir mit unseren Ermittlungen weitergekommen sind und neue Erkenntnisse haben, werden wir sicher noch einmal mit Ihnen Rücksprache halten müssen. Und für den vorzüglichen Tee dürfen wir uns auch bedanken.« Mommsen und Lürrsen erhoben sich. Bernadette Mohr-Kirchner folgte ihrem Beispiel und stand ebenfalls auf.

An der Tür reichte sie ihnen die Hand. »Im Augenblick bin ich ganz leer. Ich weiß einfach nicht, was ich meiner Tochter sagen soll. Ich muss es ihr ja bald irgendwie verständlich machen – dass ihr Vater tot ist, meine ich. Bevor sie es von jemand anderem hört. Haben Sie Kinder? Können Sie sich vorstellen, wie man so etwas einem Kind von acht Jahren beibringt?« Ihre Frage war offensichtlich nur rhetorisch gemeint, denn sie wartete keine Antwort ab: »Ich wäre Ihnen dankbar, wenn Sie mich über die Ergebnisse Ihrer Ermittlungen unterrichten würden. Und vor allen Dingen, sagen Sie mir bitte Bescheid, wenn ich die Vorkehrungen für die Bestattung regeln kann.«

Die beiden Beamten verabschiedeten sich mit der Zusage, ihr die gewünschten Auskünfte sobald wie möglich zukommen zu lassen.

Auf dem Weg zum Wagen wandte sich Lürrsen an Mommsen. »Glauben Sie, dass sie uns alles erzählt hat? Oder hat sie uns was verheimlicht? Sie war ja recht gefasst. Als sie sich entschlossen hatte, uns von der Begegnung mit ihrem Mann hier auf Föhr zu berichten, klang sie ganz glaubhaft.«

»Den Eindruck konnte man haben. Ich bezweifle allerdings, dass die Begegnung mit dem Opfer so – wie soll ich es sagen – unspektakulär verlaufen ist, wie sie uns das vermittelt hat. Mir war erst einmal wichtig, sie nicht einzuschüchtern und zum Sprechen zu bringen. Sie hat ja dann auch einen gewissen Redefluss entwickelt. Um mehr über das Opfer zu erfahren, bleibt sie unsere wichtigste Informationsquelle. Deshalb habe ich sie auch noch nicht nach ihrem Alibi für die Tatzeit gefragt. Das hätte sie wahrscheinlich als Hinweis aufgefasst, dass wir sie als Tatverdächtige betrachten. Und das hätte mit Sicherheit ihren Widerstand hervorgerufen.« Sie hatten den Wagen erreicht und stiegen ein.

Bevor Mommsen losfuhr, erläuterte er weiter: »Ich gehe davon aus, dass die Kollegen bei der Durchsuchung der Wohnung des Opfers in Hannover die Anschrift seines Rechtsanwalts finden. Von dem müssten wir erfahren können, ob Tobias Kirchner im Streit mit seiner Frau und im Scheidungsverfahren rechtlich Chancen gehabt hätte, sie unter Druck zu setzen. Also: Hatten sie einen Ehevertrag gemacht, hatten sie Gütertrennung, hatte er Anspruch auf eine Teilung des Vermögens? Eben solche Sachen. Erst wenn wir darüber Bescheid wissen, können wir die Stärke ihres Motivs einschätzen. Gut, ihre emotionale Verletzung durch ihren Mann ist auf jeden Fall sehr groß. Das alleine gäbe schon ein gewichtiges Motiv für die Tat. Neben einem eventuellen Beweggrund ihrerseits für ein derartiges Verbrechen müssen wir uns dann um ihr Alibi kümmern. Und schließlich brauchen wir die Ergebnisse der Spurensicherung und der Obduktion über die Umstände, wie das Opfer zu Tode gekommen ist. Dann können wir ermitteln, ob sie überhaupt die Möglichkeit hatte, ihn umzubringen. Sie macht ja einen recht sympathischen Eindruck. Aber das Bauchgefühl ist ein sehr unsicherer Ratgeber. Es ist halt alles noch offen. So, jetzt geht es erst einmal zurück, damit wir erfahren, ob Kollege Schön schon weitere Neuigkeiten für uns hat.«

10. Wissensgier

Helmut Zehrer wurde wach, gerade als er in seinem wiederkehrenden Albtraum ins Leere fiel. Als er die Augen aufschlug, bescherte ihm der Anblick seines renovierungsbedürftigen Hotelzimmers ein nun schon gewohntes Déjà-vu-Erlebnis. Eine Mischung aus Wut, Abscheu und Hilflosigkeit legte sich wie eine Klammer um seine Brust und machte ihm das Atmen schwer. Seine Versuche, sich mit einigen Übungen des autogenen Trainings Erleichterung zu verschaffen, blieben erfolglos. Er richtete sich auf, blieb einige Sekunden auf der Bettkante sitzen und wartete, dass das Schwindelgefühl vorbeiging. Dann ging er ins Bad, um mit einem Glas Wasser das pelzige Gefühl im Mund zu vertreiben.

Mit dem Tageslicht drang ihm seine Misere wieder ins Bewusstsein. Vor zwei Tagen war er spät abends mit Tobias Kirchner an der St. Johannis-Kirche in Nieblum verabredet gewesen. Er war zu einer endgültigen Abrechnung mit diesem Erpresser bereit gewesen und hatte sich mit einem erhöhten Adrenalinspiegel zum verabredeten Treffpunkt begeben. Doch dieses Schwein war nicht erschienen. Helmut Zehrer hatte mit wachsender Wut auf dem nächtlichen Friedhof in Nieblum gewartet, ohne dass sich dort etwas gerührt hatte. Er war mehrmals um die Kirche herumgegangen. Je länger er dort ausharrte, desto mehr wurde ihm seine Umgebung zum Schauplatz von Bildern aus Horrorfilmen, die Friedhöfe zum Thema hatten. Seine überreizte Phantasie führte ihm die Geschichten von Dracula und anderen Untoten vor Augen. Auch Tobias Kirchner nahm mehr und mehr die Gestalt eines Vampirs an. Schließlich hatte er diese Hirngespinste ärgerlich abgeschüttelt und versucht, sich zusammen zu reißen. Erst um 22.30 Uhr hörte er, wie ein Auto dicht an die Mauer des Friedhofs heranfuhr und dort abgestellt wurde. Ein Mann stieg aus und ließ die Autotür zuklappen. Helmut Zehrer wartete mit angespannten Nerven auf das Herannahen des Fremden. Er würde ihm keine weitere Möglichkeit geben, ihn zum Narren zu halten.

Den ganzen gestrigen Tag hatte Helmut Zehrer sein Handy hör- und griffbereit gehalten, damit er auf eine Kontaktaufnahme von seinen Erpressern reagieren konnte.

Es war zum Verzweifeln, dass er deren Aufenthaltsort nicht in Erfahrung brachte. Er hatte sich in verschiedenen Hotels erkundigt, ohne Erfolg. Bei den Vermietungsfirmen hatte er noch nicht nachgefragt. Er fürchtete, dass seine Gesprächspartner dort sich eventuell an ihn erinnern könnten. Ihm schien es auf jeden Fall besser, nicht mit Tobias Kirchner in Verbindung gebracht zu werden. Sollte die Erpresserbande auffliegen, wollte er aus allem heraus bleiben.

Seit vorgestern war Helmut Zehrers hilflose Wut über die Erpressung durch ein Gefühl der Entscheidungsunfähigkeit noch potenziert worden. Am Nachmittag hatte er bei einer Fahrt durch Utersum einen Mann gesehen, in welchem er Sergei Perlov zu erkennen glaubte. Er war zwar vorbeigefahren, ohne anzuhalten oder sich seiner Beobachtung zu vergewissern. Dennoch war er sich seiner Sache sicher. Er hatte schließlich einige Male mit ihm, dem Prothetikfachmann der Organisation, verhandelt. Erst als er Utersum hinter sich gelassen hatte, ging ihm auf, was das bedeutete. Ein kurzer Schüttelfrost des Erschreckens durchzog ihn. Die Organisation hatte offensichtlich nicht nur Tobias Kirchner, sondern auch Sergei Perlov auf ihn angesetzt. Er fühlte sich regelrecht eingekesselt. Sein erster Impuls war Flucht. Mit der nächstmöglichen Fähre von Föhr verschwinden! Nach einigen Kilometern jedoch kehrte wieder etwas Ordnung in seine Gedanken ein. Er musste wissen, wie es weiter ging. Alle Unsicherheiten konnte er nur klären, wenn er hier auf der Insel blieb. Also war ihm nichts anderes übrig geblieben, als sich seinen Erpressern und Verfolgern zu stellen. Schließlich waren sie seine einzigen Kontaktpersonen. Auch wenn er nicht wusste, wo er sie erreichen konnte, hatte er die Möglichkeit, sie durch seine Präsenz auf der überschaubaren Insel zur Kontaktaufnahme zu provozieren.

Helmut Zehrer begann sich zu rasieren. Am liebsten hätte er das mit geschlossenen Augen getan, so widerlich war ihm sein eigener Anblick. Im Spiegel sah er nur noch graue Müdigkeit.

Seiner Frau hatte er, nachdem er die ursprünglich geplante Heimreise schon einmal verschoben hatte, seine heutige Rückkehr zugesagt. Er hatte eine Autopanne mit der Notwendigkeit eines Werkstattaufenthaltes vorgeschoben, um einen Grund für die Verzögerung der Heimfahrt zu haben.

Nun überlegte er, ob er diesen Weg weitergehen solle. Seiner Frau gegenüber könnte er behaupten, dass vom Hersteller ein falsches Modul für den Einbau geschickt worden sei und die Werkstatt das Teil nochmals anfordern müsse. So könnte er eine weitere Verlängerung des Aufenthaltes auf Föhr begründen. Hoffentlich würde sich seine Frau nicht entschließen, ihn für die restlichen Tage auf der Insel zu besuchen. Er wusste, dass sie zu solchen spontanen Entschlüssen neigte. Gleich nach dem Frühstück war der Anruf bei ihr fällig. Dann musste er auch noch seine Vertretung in der Praxis regeln.

In legerer Ferienkleidung ging er in den Frühstücksraum hinunter. Da er vorhatte, heute viel zu Fuß unterwegs zu sein, griff er beim Frühstück reichlich zu. Er wunderte sich, mit wie viel Appetit er zum Schluss eine gehörige Portion Rührei mit Krabben verzehren konnte. Da kein Termindruck bestand, widmete er sich bei einer letzten Tasse Kaffee der Lektüre der ausliegenden Tageszeitungen. Die große Koalition in Berlin stritt immer noch über die Gesundheitsreform und diskutierte den Schwachsinn eines Gesundheitsfonds, der wieder als administratives Monster aufgezogen würde und nichts als unnütze Kosten zur Folge hätte. Helmut Zehrer fühlte sich in seinem Misstrauen gegenüber der staatlichen Gesundheitspolitik bestätigt. Allenthalben wurden die Einkünfte der Ärzte beschnitten, um die Kosten im Gesundheitswesen herunterzufahren. Da war es wirklich kein Wunder, dass man auch mal ausgefallene Wege beschritt, um wirtschaftlich überleben zu können. Und an denen lauerten die Vampire!

Nachdem er die überregionalen Tageszeitungen durchgeblättert hatte, griff Helmut Zehrer zum *Inselboten*, um auch einen Blick auf die Lokalnachrichten zu werfen. Der Bericht über den Leichenfund in der Midlumer Marsch zog ihn sofort in seinen Bann. Die Leiche Tobias Kirchners, sein Erpressers, dem seine ganze Wut galt, war aufgefunden worden – ermordet! Und das nach der Nacht, in der er mit ihm verabredet gewesen war. Aber wie war der Tote in die Midlumer Marsch gekommen? Die Nachricht verursachte ihm eine Gänsehaut. Der Tod seines Peinigers war für ihn jedoch kein Grund zur Freude. Sah er sich doch plötzlich mit zwei Problemen konfrontiert: die Erpressungen durch die Organisation würden weitergehen und er selber geriet unweigerlich in Mordverdacht, wenn seine Kontakte zu Tobias Kirchner publik würden. Eigentlich wollte er sich erheben, aber die plötzlich wieder geweckte Furcht lähmte ihn und hielt ihn auf seinem Stuhl zurück.

Was war nur los? Helmut Zehrer zielte mit dieser Frage in einen ganzen Kosmos von Unkenntnis und Verwirrung. Er wusste nicht mehr weiter. Wichtig war zunächst einmal, dass seine Person im Umfeld von Tobias Kirchner gar nicht auftauchen durfte. Eine überstürzte Flucht von der Insel könnte ebenfalls Verdacht erregen. Er musste auf Zeit spielen und seinen Aufenthalt möglichst unauffällig verlängern, um vor Ort mehr in Erfahrung zu bringen. Der nächste *Inselbote* mit möglichen neuen Informationen erschien erst morgen wieder. Der Mord würde aber sicher den wichtigsten Gesprächsstoff bilden. Er beschloss daher, als harmloser, wissbegieriger Tourist mit den Gästen in den Cafés und Restaurants ins Gespräch zu kommen. Er erinnerte sich, Tobias Kirchner in der *Vogelkoje* gesehen zu haben. Das Bistro schien ihm die einzige konkrete Anlaufstelle zu sein, die er mit Tobias Kirchner in Verbindung bringen konnte. Am Abend wollte er sich daher dorthin begeben, um Gespräche zu verfolgen, die sich um das Opfer drehten.

Bevor ihm im *Inselboten* die groß aufgemachte Meldung vom Tod seines Peinigers ins Auge gefallen war, hatte Helmut Zehrer vorgehabt, sich den Tag über auffällig beim Spazierengehen zu präsentieren, um eine Kontaktaufnahme seitens seiner Kontrahenten zu provozieren. Dieses Vorhaben war jetzt sinnlos geworden. Um in Cafés oder vergleichbaren gastronomischen Einrichtungen unauffällig Gespräche über den Mord verfolgen zu können, war es noch zu früh. Er beschloss, erst einmal seine Frau und die Praxis anzurufen, um eine nochmalige Verlängerung seines Aufenthaltes auf Föhr zu regeln. Seine Frau schöpfte beim Anruf keinen Argwohn, wahrscheinlich deshalb – dachte er – weil sie sich um ihre Mutter in Bielefeld kümmern musste, die in ihrer Wohnung gestürzt war und mit dem Verdacht auf einen Bruch des Brustbeins und Rippenprellungen im Krankenhaus lag. ›Unfälle von Schwiegermüttern können auch etwas Gutes haben‹, schoss ihm durch den Kopf. Zugleich schämte er sich jedoch ein wenig wegen seines Zynismus'.

Um das Gefühl der Lähmung loszuwerden, das ihn seit der Verabredung mit Tobias Kirchner bei der St. Johannis-Kirche in Nieblum bedrückte, unternahm Helmut Zehrer einen ausgedehnten Spaziergang auf der neuen Strandpromenade. Die Leichtigkeit und Farbigkeit des Strandlebens vor seinen Augen standen im Kontrast zur Last seiner grauen Gedanken. Im Laufe der Zeit merkte er jedoch, dass seine Bewegungen lockerer wurden. Auf dem Rückweg kam er am Musikpavillon vorbei, in dem die Band ihr Vormittagsprogramm absolvierte. Operettenklänge und Schlageroldies drangen an sein Ohr. Ein großer Teil des Publikums bestand aus Familien mit kleinen Kindern. Er bezweifelte, dass die Musikauswahl dem Geschmack der Zuhörer entsprach. Die meisten waren wohl eher mit den Hits der Rolling Stones, Status Quo oder The Who aufgewachsen. Aber Rockmusik wäre wohl kaum als musikalischer Aperitif vor dem Mittagessen geeignet.

Helmut Zehrer wippte mit dem Fuß den Takt mit. Er ließ seinen Blick über die Anwesenden schweifen und stellte fest, dass er einige Familien oder Paare wieder erkannte. ›Kein Wunder‹, dachte er, ›schließlich bin ich ja schon fast eine Woche hier. Und an solch einem zentralen Ort läuft man sich immer wieder über den Weg.‹ Auch eine Einzelperson kam ihm bekannt vor – ein im korrektem Casual Dress gekleideter Mann von circa 35 bis 40 Jahren. Er glaubte sich zu erinnern, dass er diesem schon begegnet war. ›Ein Einzelgänger wie ich‹, schoss es ihm durch den Kopf. Der Mann stand wie Helmut Zehrer in der letzten Reihe und blätterte hin und wieder in einer Zeitung, während er automatisch mit leichten Bewegungen des Kopfes den Rhythmus der Musik aufnahm.

Da nur ein kurzer Aufenthalt auf Föhr geplant war, hatte Helmut Zehrer auch nur einen begrenzten Vorrat an Wäsche mitgenommen. Er beschloss daher, in dem kleinen Textilkaufhaus am großen Parkplatz seinen Vorrat aufzustocken. Als er an der Kasse stand, hörte er, wie sich zwei Frauen vor ihm über den Mord unterhielten. Da beide rheinischen Dialekt sprachen, waren sie offensichtlich Touristinnen. Die eine – wohl die romantischere der Beiden – konnte sich den Toten nur als Opfer eines Eifersuchtsdramas vorstellen, die andere – Vertreterin einer materialistischeren Weltauffassung – vertrat die

These eines Raubmordes. Helmut Zehrer hoffte, dass seine weiteren Erkundungen nicht nur Ausflüge in die Phantasiewelten gelangweilter Zeitgenossen sein würden.

Den Nachmittag verbrachte er auf den Außenterrassen einiger Cafés. Hin und wieder schnappte er zwar einige Bemerkungen über das Geschehen auf, die aber nicht über die Informationen im *Inselboten* hinausgingen oder die nichts als Spekulationen waren. Frustriert kehrte er in sein Hotel zurück.

Nach einem kurzen Abendessen ging Helmut Zehrer an der *Vogelkoje* vorbei. Das Bistro war jedoch fast leer. Um die Zeit totzuschlagen, schlenderte er zum Hafen und schaute der Ankunft der Fähre von Dagebüll zu. Bei seinem zweiten Anlauf fand er dann die *Vogelkoje* schon gut besucht vor. Er trat ein und ließ sich an der Bar nieder.

»Was kann ich für Sie tun?« Der Mann hinter der Bar wandte sich ihm zu. »Bei den Cocktails haben wir noch bis zehn Uhr Happy Hour.« Helmut Zehrer bestellte einen Mai Tai, den der Barkeeper routiniert zubereitete.

»Sie sind sicher auch schon einige Tage auf der Insel. Zumindest haben Sie schon gut Farbe bekommen. Oder sehe ich das falsch?« Man merkte, dass Bruno Peters sein Geschäft verstand und schnell Kontakt zu seinen Gästen fand. Ein etwas ausführlicheres Gespräch, das Helmut Zehrer auf das Thema des Mordes in der Midlumer Marsch hätte hinlenken können, kam aber nicht zustande, da der Barkeeper sich dem zunehmenden Betrieb widmen musste. Die Bedienung im Gastraum, eine junge schwarzhaarige Frau, kam den Bestellungen kaum nach, so dass auch Bruno Peters immer wieder die Bar verlassen und beim Service helfen musste.

Aus Gesprächsfetzen, die Helmut Zehrer vom Tisch hinter seinem Rücken aufschnappte, schloss er, dass dort der Mord besprochen wurde. Während er den Kopf zur Seite neigte, um mehr von dem Gespräch mitzubekommen, hatte sich neben ihm ein neuer Gast an der Bar niedergelassen. Helmut Zehrer wandte ihm einen Blick zu und erkannte in ihm den Mann wieder, den er schon am Vormittag am Musikpavillon bemerkt hatte. Dieser nickte ihm kurz zu und bestellte sich dann ein Bier.

Wie schon Bruno Peters zuvor begann der Neuankömmling das Gespräch fast wortwörtlich mit einer Bemerkung über seine Gesichtsfarbe. »Sie haben ja bereits richtig Farbe getankt. Wie lange sind Sie denn schon hier?«

Obwohl Helmut Zehrer die Banalität dieser Fragen nervte, zumal er sich selber müde und grau vorkam, ging er auf das Gesprächsangebot ein. »Ein paar Tage erst. Aber wir haben ja schon länger Sommer.« Er bemerkte, dass sein Gesprächspartner eher blass aussah. »Wann sind Sie denn angekommen?« Er erfuhr, dass der Mann erst gestern angereist war. Helmut Zehrer verlor das Interesse an einem weiteren Gespräch mit seinem Nachbarn, der als Nachrichtenquelle über den Mord ausschied. Dieser schien jedoch froh, jemanden getroffen zu haben, mit dem er sich unterhalten konnte. Er stellte sich als Maximilian Schlier vor. Er kam aus Braunschweig und war von Beruf Gebietsverkaufsleiter für eine Süßwarenfirma. Sein Auftreten als Single begründete er damit, dass seine Lebensgefährtin kurzfristig auf die Reise nach Föhr verzichten musste, da ihr Vater einen Unfall hatte und sie ihrer Mutter in dieser Situation beistehen musste. Da sie aber für eine Woche eine Ferienwohnung gemietet hatten, war er alleine gekommen. Angesichts der Gesprächigkeit des Herrn Schlier fühlte sich Helmut Zehrer veranlasst, auch sich vorzustellen und ebenfalls sein Allein-Sein zu begründen. Er blieb bei der Geschichte, die er auch seiner Frau gegenüber vorgeschoben hatte.

Ihre Unterhaltung wurde unterbrochen durch die nicht zu überhörende Ankunft zweier Paare, die schon Stammgäste zu sein schienen. »Hallo Bruno! Heute brummt aber die Bude bei euch. Wo ist denn Karla? Die war ja schon gestern nicht da. Könnt ihr es euch denn leisten, dass sie in der Hochsaison einfach Urlaub macht?«

»Morgen ist sie wieder da. Sie hat sich eine Prellung zugezogen und soll zwei Tage Ruhe haben. Was wollt ihr? Das Übliche?«

Helmut Zehrer fragte – mehr zu sich als zu seinem Nachbarn: »Wer ist denn Karla?«

»Das ist die Wirtin hier. Das heißt, zusammen mit ihm da«, antwortete dieser und deutete auf Bruno Peters. »Eine attraktive Frau.«

Schlier konzentrierte sich wieder auf Helmut Zehrer. Er fragte ihn nach seinem Beruf, seinen Hobbys und seinen Plänen hier auf der

Insel. Offensichtlich war er auf der Suche nach einem Urlaubskumpan. Dieser Rolle wollte sich Helmut Zehrer aber auf jeden Fall entziehen. Ein lästiges Anhängsel war das Letzte, was er brauchen konnte. Er wollte schon die Unterhaltung durch Bezahlen und Verlassen des Lokals beenden, als sein Gesprächspartner auf den Mord zu sprechen kam. Da gerade etwas Ruhe im Lokal eingekehrt war, wandte sich Maximilian Schlier auch an Bruno Peters. Er fragte ihn, ob er das Opfer schon mal hier im Lokal gesehen habe. Bruno Peters konnte sich erst nicht erinnern. Erst als die zuletzt gekommenen beiden Paare, die einen Teil des Gesprächs mitbekommen hatten, sich erinnerten, dem Toten hier schon begegnet zu sein, gab er zu, das Opfer schon einige Male bedient zu haben. Doch schien er erleichtert, dass seine Hilfe im Service verlangt wurde und er das Gespräch abbrechen musste. Maximilian Schlier hatte den Artikel im *Inselboten* offensichtlich sehr genau gelesen. Er erging sich in Spekulationen über Motive und mögliche Täter, die Helmut Zehrer seinerseits zu Kommentaren provozierten. Als er dennoch den Versuch unternahm, sich zu verabschieden, bremste Maximilian Schlier ihn aus, indem er noch eine Runde spendierte. Das Gespräch glitt danach in eine Zone halber Trunkenheit ab, die allen Themen das Flair des Schicksalhaften verlieh. Endlich konnte sich Helmut Zehrer losreißen und den Weg ins Hotel antreten – nicht ohne sich vorher die Zusage auf ein erneutes Treffen in der *Vogelkoje* am nächsten Abend abringen zu lassen.

Auf dem Weg ins Hotel ließ er sich die Ergebnisse seiner heutigen Tour durch die Wyker Gastronomie durch den Kopf gehen. Die Ausbeute an Informationen über Tobias Kirchner war gering. Zwei Dinge allerdings kamen ihm eigenartig vor. Tobias Kirchner war offenbar schon länger auf Föhr und nicht erst für ihr Treffen angereist. Er musste unbedingt herausbekommen, warum er so viel zeitiger hier her gekommen war. Ferner begann er sich zu fragen, was er von Maximilian Schlier halten sollte. Dafür, dass er erst am Vortag angereist war, war er erstaunlich gut über den Mord und auch über die *Vogelkoje* informiert.

Obwohl die Wirtin zwei Tage nicht im Lokal gewesen war, wusste er doch, dass sie eine attraktive Frau sei. Woher? Also hatte er nicht die Wahrheit gesagt. Und warum hatte Maximilian Schlier sich so penetrant an ihn gehängt?

11. Rätsel

Mommsen und Lürrsen kehrten zur Polizeistation zurück. Als sie eintraten, schaute Schön interessiert auf. »Wart ihr erfolgreich? Habt Ihr die Frau angetroffen? War sie es? Nee, dann hättet ihr sie sicher mitgebracht.«

Mommsen stoppte Schöns überschäumenden Ausbruch an Fragen: »Langsam und der Reihe nach! Ja, wir haben mit der Ehefrau des Opfers gesprochen: Bernadette Mohr-Kirchner. Sie wirkt offen, durchaus sympathisch, aber durch ihre kaputte Ehe und den Tod ihres Mannes auch mitgenommen. Nach kurzem Zögern hat sie uns gestanden, mit dem Toten vor einigen Tagen hier auf Föhr zusammengetroffen zu sein. Er hatte sie abgepasst, als sie alleine war – also ohne die Tochter. Wie sie sagte, wollte er mit ihr ein Arrangement über die Scheidung treffen. Es hat wohl Streit gegeben und sie hat ihn mit seiner Forderung abblitzen lassen. Es klang mir eigentlich zu sehr nach einer – wie soll ich sagen – normalen Scheidungsstreitigkeit. Es kann aber auch so gewesen sein, wie sie sagt. Am Ende unseres Gesprächs machte sie einen recht erschöpften Eindruck. Wir haben dann die Befragung abgebrochen. Ich wollte die Offenheit, die sie uns gegenüber gezeigt hat, nicht gefährden und habe sie nicht weiter auf die Tatumstände abgeklopft, hab sie also nicht nach einem Alibi für die Tatzeit gefragt oder so. Wir müssen auch erst mehr über die Tatausführung wissen und so herausbekommen, ob eine Frau das Verbrechen überhaupt begangen haben kann. Wenn es zumindest im Bereich des Möglichen liegt, werden wir sie noch einmal gezielt befragen. Hast du denn schon die Berichte der Obduktion und der Kriminaltechnik?«

Schön hatte einen Ordner angelegt, den er Mommsen rüberreichte. »Da sind die Faxe mit den beiden Berichten drin. Die Obduktion hat den ersten Eindruck bestätigt – er ist durch einen Schuss getötet worden, der das Herz gestreift hat. Das Projektil hat den Körper durchschlagen und ist nicht mehr aufzufinden. Entfernung der Waffe zum Opfer: mehr als einen aber weniger als drei Meter. Es muss eine großkalibrige Waffe gewesen sein, wahrscheinlich eine 9mm-Pistole. Die Todeszeit konnte leider nicht genauer bestimmt werden, also etwa wie wir schon angenommen hatten: zwischen 22.00 bis 24.00 Uhr. Die Merkmale an der Leiche deuten schließlich darauf hin, dass er wahrscheinlich nicht am Fundort getötet worden ist. Die Leiche ist erst nach Eintritt des Todes dorthin gebracht worden. Die Kriminaltechnik hat die Kugel auch nicht gefunden. Sie haben weiter betont, dass Spuren zu erwarten gewesen wären, wenn dort eine Auseinandersetzung stattgefunden hätte. Oder die eine Schlussfolgerung zulassen würden, wie die Leiche an den Fundort im Reet gebracht worden ist: geschleift, getragen oder gefahren. Alles Fehlanzeige, sie haben nichts davon finden können. Wir wissen nun, dass er anderswo zu Tode gekommen ist. Aber er kann doch nicht dahin geflogen sein.« Schön verlieh seiner Irritation mit einer Geste seiner gespreizten Hände Nachdruck.

Mommsen blätterte die beiden Berichte durch und reichte sie dann an Lürrsen weiter. »Also: Tobias Kirchner ist durch einen Schuss aus einer großkalibrigen Waffe getötet worden. Aber nicht am Fundort. Todeszeit zwischen 22.00 und 24.00 Uhr. Wie er an den Fundort gekommen ist, ist unseren Experten unerklärlich. Daran haben wir noch weiter zu knobeln. Ja, das ist nicht viel, aber wenigstens etwas. Wir müssen also bloß jemanden finden, der ein Motiv hatte, Tobias Kirchner umzubringen, der eine großkalibrige Pistole zur Verfügung hat, der für die Tatzeit kein Alibi hat und der über magische Fähigkeiten verfügt, einen Leichnam zu transportieren, ohne Spuren zu hinterlassen.«

Lürrsen hatte aufmerksam zugehört. Dann warf er ein: »Haben sich Informanten auf den Artikel im *Inselboten* hin gemeldet? Auf dem abgedruckten Bild war der Tote doch ganz gut zu erkennen. Wenn er über fünf Wochen auf der Insel war, muss ihn doch jemand wiedererkannt haben.«

Schön nahm die Frage auf und zog einen Zettel heran. »Ja. Es sind einige Anrufe eingegangen. Insgesamt über zehn. Es scheint, als wären drei davon ganz viel versprechend. Die anderen scheiden aus unterschiedlichen Gründen aus. So zum Beispiel zwei, weil die Termine nicht stimmen. Ein anderer scheidet aus, weil die Anruferin beteuerte, im dem Toten einen ihrer Kurgäste vom letzten Monat wieder erkannt zu haben. Aber der war, wie sie in einem unachtsamen Augenblick ihres Gastes mitbekommen hatte, Perückenträger. Und das war Tobias Kirchner ganz gewiss nicht.«

Mommsen wandte sich wieder Schön zu. »Dirk, welche drei sind denn für uns interessant?«

»Hier; einmal eine Nachbarin von Karla Simon, die Kirchner mehrmals gesehen hat als er in die Wohnung hinein- oder herausgegangen ist. Sie hat sich auch einige Male mit ihm unterhalten. Mit der sollten wir noch mal in Ruhe reden. Dann ein Feriengast, Ulf Krämer, der zur Zeit eine Ferienwohnung in Oldsum bewohnt. Ich habe seine Handy-Nummer. Er hat sich einmal mit Tobias Kirchner in der *Vogelkoje* am Tresen unterhalten. Ihr Gespräch ist dann aber durch einen Ausländer unterbrochen worden, der das Opfer scheinbar kannte. Kirchner schien über die Unterbrechung ärgerlich zu sein, hat sich aber dann mit dem Mann an einem der Tische weiter unterhalten. Hoffentlich kann der uns noch mehr über diesen Ausländer erzählen. Vielleicht ist es der Gleiche, mit dem Kirchner sich schon im Dorfcafé in Midlum getroffen hatte. Und schließlich hat sich einer der beiden Betreiber der Surfschule am Südstrand gemeldet. Dort hatte sich Kirchner einige Male sehen lassen und mit den Mitgliedern dort Kontakte geknüpft. Er war wohl ein erfahrener Surfer. Diesen Kontakten sollten wir auch auf jeden Fall nachspüren.«

Mommsen und Lürrsen waren den Ausführungen Schöns gespannt gefolgt. Mommsen kräuselte nachdenklich die Stirn. »Ja, das klingt wenigstens auf den ersten Blick interessant. Wir sollten mit den Dreien möglichst bald reden. Geht das heute noch? Dirk, versuch mal, für heute Nachmittag mit ihnen Termine zu machen. Am besten hier auf der Station. Da können wir gleich das Aufnahmegerät fürs Protokoll mitlaufen lassen. Lass uns aber erst einen Happen essen – also sagen wir ab 14.00 Uhr. Jeweils im Stundenabstand. Dann kann einer von uns auch gleich das Telefon bedienen, wenn sich weitere Anrufer melden. Die hiesigen Kollegen können wir damit auch vom Telefondienst entlasten.«

Dirk Schön griff gleich zum Hörer. Er hatte Glück, alle drei, mit denen sie sich zu besprechen hatten, waren erreichbar. Die Nachbarin und Ulf Krämer bestätigten die Termine um 14.00 und 15.00 Uhr.

Der Betreiber der Surfschule, Holger Sörensen, bat um einen späteren Termin, da er am Nachmittag Surfkurse abzuhalten hatte. Sie einigten sich auf 18.00 Uhr.

Mommsen und Schön kehrten in einem Fischimbiß auf dem Sandwall ein. Mommsen ließ sich eine Portion frisch gebratene Heringsfilets geben, während Schön Scholle vorzog. Lürrsen hatte sich mit der Bemerkung »Ich muss mich auch mal wieder zu Hause sehen lassen, meine Frau droht schon mit Warnstreiks in der Küche« an die heimischen Fleischtöpfe verabschiedet.

Kurz vor 14.00 Uhr trafen alle drei wieder in der Polizeistation zusammen. Mommsen schlug vor, dass Schön sich erst einmal mit der Firma des Opfers in Verbindung setze. Der Chef hatte ja zugesagt, der Buchhalter würde alle notwendigen Auskünfte über die Abrechnungen mit Tobias Kirchner geben. Dies Angebot sollte Schön nun nutzen, um den Ungereimtheiten zwischen den Unterlagen und den Dateien auf dem Laptop des Toten auf den Grund zu gehen. Wenn er damit fertig sei, sollte er zu den Vernehmungen der Zeugen durch Mommsen und Lürrsen dazu stoßen.

Pünktlich um 14.00 Uhr traf Hanna Gerling, die Nachbarin von Karla Simon ein. Sie war eine adrett gekleidete, lebhafte Frau von etwa Mitte 50 und als Teilzeitkraft in einem Zeitschriftenhandel mit Lottoannahme beschäftigt.

Mommsen begrüßte sie zuvorkommend und dankte ihr für die Bereitschaft, mit den Beamten zu reden und dafür, dass sie so schnell der Einladung zu einem Gespräch nachgekommen sei. »Sie haben sicher Verständnis dafür, dass wir mit allen sprechen müssen, die das Opfer getroffen haben. Herr Kirchner kam ja von auswärts und hatte hier auf Föhr kaum Kontakte. Umso wichtiger ist es, dass wir in Ihnen eine Zeugin haben, die ja schon von Berufs wegen Menschen einschätzen kann. Wir setzen daher große Hoffnungen auf Sie. Wie haben Sie denn Herrn Kirchner kennen gelernt?«

Lürrsen befürchtete schon, dass Mommsen etwas zu dick aufgetragen hätte. Doch er schien bei Hanna Gerling gerade den richtigen Ton getroffen zu haben, denn sie begann sofort recht unbefangen zu reden. »Das erste Mal habe ich ihn vor etwa vier oder fünf Wochen getroffen, als er mit Frau Simon aus der Wohnung kam. Frau Simon hat uns vorgestellt und erklärt, dass Herr Kirchner ein guter alter Freund von ihr sei, der für längere Zeit bei ihr wohnen würde. Ein bisschen gewundert habe ich mich damals schon, denn Frau Simon hatte in den fast zwei Jahren, in denen wir nun nebenan wohnen, keinen Freund oder Partner gehabt. Mein Mann und ich haben ein paar Mal darüber geredet, ob Frau Simon und Herr Peters, ihr Geschäftspartner, sich vielleicht auch menschlich mal näher kommen würden. Aber davon haben wir nichts gemerkt. Na ja, sie hat ja noch ihre Tochter, vielleicht wollte sie das Verhältnis zu der nicht durch eine Liebschaft belasten. Oder sie hatte von Männern die Nase voll. Soll es ja auch manchmal geben. Den Vater von Helen hat sie auch nie erwähnt. Und durch das Bistro ist sie auch ganz schön in Anspruch genommen. Da bleibt für eine Beziehung kaum Zeit, könnt ich mir denken. Auf jeden Fall, als der Herr Kirchner plötzlich so auftauchte, haben wir uns doch gewundert. Aber man kann nichts gegen ihn sagen. Immer höflich, gut gekleidet, zurückhaltend. Irgendwie so ein bisschen vornehm.«

»Haben Sie denn mitbekommen, wie sein Verhältnis zu Helen, der Tochter, war?«

»Wohl nicht so gut. Ich habe mal mitgekriegt, dass Helen aus der Wohnung kam, die Tür laut zugeknallt hat und rief; ›Blöder Hund, was denkst du, wer du eigentlich bist?‹ Als ich sie gefragt habe, was denn los sei, hat sie nur gesagt; ›Ach, ich habe mich nur über Mamas Freund geärgert, das geht schon wieder vorbei.‹ So was in der Art eben.«

Mommsen hakte nach: »Was kann sie damit gemeint haben? Haben Sie denn noch einmal nachgefragt?«

»Nein, sie war dann auch ganz schnell mit dem Auto ihrer Mutter verschwunden.«

»War das der einzige Eindruck, wie die Tochter zu dem Freund ihrer Mutter stand? Hinter dem Haus ist doch ein Garten, wenn ich mich recht erinnere. Jetzt im Sommer hält man sich doch manchmal im Freien auf. Haben Sie da mal Herrn Kirchner mit Frau Simon oder mit der Tochter beobachten können?«

»Selten. Sie haben da mal gegrillt. Das war wohl an einem Tag, an dem Frau Simon frei hatte. Helen hatte einen jungen Mann dabei.

Der kellnert irgendwo in Wyk. Ich glaub, der ist aber nicht von Föhr. Herr Kirchner und der junge Mann schienen sich nicht so gut zu verstehen. Sie haben jedenfalls kaum miteinander geredet. Das Grillen hat Herr Kirchner übernommen. Der junge Mann stand eigentlich nur mit einem Bier in der Gegend rum. Die Frauen haben sich meist mit Herrn Kirchner unterhalten.«

»Hatten die Simons in der Zeit, als Herr Kirchner dort wohnte, Besuch? Kannten Sie da jemanden?«

Hanna Gerling machte eine nachdenkliche Pause. Etwas zögerlich fuhr sie fort: »Also, der Herr Peters, ihr Geschäftspartner war mal da. Und Helens Freundinnen habe ich auch manchmal gesehen. Sonst fällt mir niemand ein. Halt, doch: vor ein paar Tagen hat ein Mann Herrn Kirchner mit dem Auto abgeholt.«

Mommsen und Lürrsen merkten auf. Mommsen hakte nach: »Können Sie den Mann beschreiben? Oder das Auto?«

»Der Mann war noch jünger. Vielleicht dreißig oder so. So ein blonder, sportlicher Typ. Den kannte ich aber nicht. Das Auto war silbern. Eine ausländische Marke. Mit so einem rausgezogenen Kofferraum. Und auf dem Dach waren Surfbretter.«

»Hatte der Wagen denn ein ausländisches Nummernschild?«

»Darauf habe ich nicht geachtet. Ich mein nur, die Marke war keine deutsche.«

Lürrsen hatte noch eine Idee. »Haben Sie in den letzten Wochen hier in der Straße Autos stehen sehen, die üblicherweise nicht hier sind?«

»Ist schlecht zu sagen. Wir haben jetzt ja Saison. Da stehen immer Autos von Feriengästen. Die wechseln dauernd. Aufgefallen ist mir da nichts Besonderes.«

Mommsen übernahm wieder die Gesprächsführung. »Wie war denn Frau Simon so in den letzten Wochen? Hat sie sich irgendwie verändert?«

»Sie hat sich schicker angezogen, seit der Herr Kirchner da war. Nicht dass sie sich sonst nicht gut gekleidet hätte. Aber sie war irgendwie flotter, wenn Sie verstehen, was ich meine. Verliebt eben. Es ist ja nicht gut, dass eine Frau wie sie immer allein bleibt.«

Mommsen gab den Frauenversteher und lächelte Hanna Gerling charmant zu. »Das kann ich mir gut vorstellen. Eine verliebte Frau blüht ja immer auf. Hielt die verliebte Stimmung bei Frau Simon denn die ganze Zeit an?«

»Vielleicht nicht ganz so stark wie zu Anfang. Aber bedrückt habe ich sie in der ganzen Zeit nicht gesehen. Bis die Nachricht vom Tod des Herrn Kirchner kam. Da merkte man schon, dass sie nur mit Mühe ihre Fassung bewahren konnte.«

»Frau Gerling, ist Ihnen sonst noch irgendetwas aufgefallen?«

Man sah, dass Hanna Gerling konzentriert nachdachte. »Nein, im Augenblick fällt mir nichts mehr ein.« Sie schüttelte den Kopf. »Wirklich nicht. Man hat ja mit so etwas nicht gerechnet. Sonst hätte man ja aufmerksamer hingeschaut.«

Mommsen merkte, dass Hanna Gerling über keine weiteren ergiebigen Informationen verfügte und beschloss, das Gespräch zu beenden. Er wandte sich Lürrsen zu. »Herr Lürrsen, haben Sie noch Fragen an Frau Gerling?«

Als dieser den Kopf schüttelte, bedankte er sich bei Hanna Gerling, schrieb auf seine Visitenkarte die Telefon-Nummer der Wyker Polizeistation und verabschiedete sich von ihr. Lürrsen geleitete sie hinaus.

Als Lürrsen zurückkam, hatte er Dirk Schön im Schlepptau. Mommsen winkte beiden zu und bekundete ihnen, sich zu setzen. »Das war zwar noch kein Durchbruch. Auf jeden Fall wird es aber Zeit, dass wir uns mit der Tochter – mit dieser Helen – unterhalten. Wann wird sie zurück erwartet?«

Lürrsen erinnerte sich: »Das müsste morgen sein. Wir können uns bei der Mutter noch einmal erkundigen, wann sie dann hier ist. Und ob wir morgen noch mit ihr sprechen können.«

»Und wir müssen uns bald um die Surfer kümmern. Da kann uns heute Abend der Leiter der Surfschule ... Wie heißt er noch gleich? ... sicher helfen.«

»Holger Sörensen«, kam ihm Schön zu Hilfe.

»Genau, Holger Sörensen. Gut, aber vorher noch der Feriengast, der das Opfer in der *Vogelkoje* getroffen hat. Der Herr Krämer! Aber nun was Anderes. Dirk, was hast du von der Buchhaltung erfahren?«

»Die Datei mit den großen Summen auf dem Laptop von Tobias Kirchner hat in der Buchhaltung kein Pendant. Damit konnten sie in der Firma nichts anfangen. Die Abrechnungen der Aufträge mit meist kleinem Auftragsvolumen und die Spesenabrechnungen aus den Unterlagen stimmen aber mit der Buchhaltung in der Firma überein. Mit der Datei aus dem Laptop sind wir noch nicht am Ende mit unseren Recherchen. Da müssen wir uns noch einiges einfallen lassen. Im Augenblick habe ich auch noch keine Ahnung, wie wir damit weiterkommen können.« Schön lehnte sich zurück und zuckte mit den Schultern.

Mommsen hatte ohne mimische Reaktion zugehört. »Wir wollen uns jetzt erst auf die nächsten Gespräche konzentrieren. Bis Herr Krämer kommt, haben wir ja noch einen Augenblick Zeit. Können wir die nicht für einen Kaffee nutzen?« Ihm fiel dabei ein, dass er sein Vorhaben, mit einem Pfund Kaffee den Vorrat der Polizeistation aufzufüllen, noch nicht eingelöst hatte. »Dirk, erinnere mich bitte daran, dass ich noch für Nachschub sorge.«

Sie hatten gerade ihren Kaffee eingegossen, als einer der Beamten aus der Wache Herrn Krämer meldete. Mommsen stand auf, ging ihm entgegen und begrüßte ihn. Er stellte sich und seine beiden Kollegen vor und bat ihn Platz zu nehmen. Den angebotenen Kaffee nahm der Zeuge gerne an. Ulf Krämer war ein freundlicher, vollschlanker und ausgesprochen gesprächsbereiter Brillenträger von circa 45 Jahren. Er war in legerer Ferienkleidung erschienen.

Mommsen begann das Gespräch. »Herr Krämer, wir sind sehr neugierig, was Sie uns über Ihre Begegnung mit dem Opfer sagen können. Lassen Sie uns gleich damit anfangen. Die persönlichen Angaben für das Protokoll können wir hinterher anfügen. Also, wie spielte sich Ihre Begegnung mit Tobias Kirchner in der *Vogelkoje* ab?«

Aber Ulf Krämer sonnte sich im Gefühl seiner großen Bedeutung als wichtiger Zeuge und holte weiter aus, als nötig gewesen wäre. »Also, als ich das Bild beim Frühstück heute Morgen im *Inselboten* gesehen habe, kam er mir gleich irgendwie bekannt vor. Ich hatte das Gefühl, dass ich ihn erst kürzlich gesehen hatte. Ich hab dann meiner Frau das Bild gezeigt und sie gefragt, ob der Tote ihr nicht auch bekannt vorkomme. Aber das hat sie entschieden verneint. Und meine Frau hat immer ein gutes Personengedächtnis. Also muss ich ihn irgendwo getroffen haben, wo meine Frau nicht dabei war. Und dann fiel mir ein, dass ich ihm vor einigen Tagen in der *Vogelkoje* begegnet bin. Da bin ich nämlich nach dem Abendessen alleine auf ein Bier hingegangen. Sie müssen wissen, dass meine Frau am Nachmittag am Strand in eine Muschel getreten war und sich eine Schnittwunde am Fuß zugezogen hatte. Sie ist dann in unserer Ferienwohnung geblieben und hat ihr Bein hochgehalten. War wirklich Pech für sie, sonst ist der Strand hier eigentlich ganz gepflegt. Aber sie trifft es auch wirklich immer. Vor zwei Jahren zum Beispiel waren wir im Urlaub auf Kreta. Da ist sie auf einen Seeigel getreten. Das hat ihr wirklich zugesetzt. Und in so einem fremden Land müssen sie erst mal einen Arzt finden.«

Mommsen hatte zwar begonnen, sich auf ein längeres Gespräch mit Ulf Krämer einzurichten. Sein Gesprächspartner schien jedoch auf dem Weg, die gesamte Urlaubsbiographie der Familie Krämer vor seinen Zuhörern auszubreiten. Mommsen versuchte also, ihn wieder auf das Thema Tobias Kirchner zurückzuführen. »Das ist aber schön, dass Ihre Frau wieder wohlauf ist. Aber lassen Sie uns auf den fraglichen Abend zurückkommen. Sie gingen also nach dem Essen dorthin. An welchem Tag und zu welcher Uhrzeit war das denn genau?«

Ulf Krämer dachte kurz nach und machte die gewünschten Angaben. Er fuhr fort: »Der Laden war schon recht voll, wie meist in der Saison. Am Tresen war noch ein Platz frei. Ich also drauf los. Als ich dann mein Flensburger und meinen Jubi hatte, hab ich mich erst einmal umgesehen. Jetzt weiß ich es wieder. Rechts neben mir war ein junges Pärchen, das sich intensiv mit sich selbst beschäftigte. Die waren zwischendurch immer wieder am Knutschen. Kann ich verstehen – man war ja auch mal jung. Aber wir haben das damals nicht so öffentlich gemacht. Also, was ich damit sagen wollte; ich habe erst gar nicht versucht, mit denen ins Gespräch zu kommen. Links neben mir saß ein Mann, der offenbar auch alleine da war. Als ich mich an den Tresen setzte, hat er mir zur Begrüßung freundlich zugenickt. Das Pärchen auf der anderen Seite hat mich gar nicht bemerkt.«

Mommsen versuchte das Gespräch vom hormongesteuerten Verhalten des Pärchens weg zu lotsen. »Sie sind sich sicher, dass Ihr Nachbar zur Linken das Opfer war?« Er nickte Lürrsen zu, der schon ein vergrößertes Bild des Toten gezückt hatte. Dieser schob es daraufhin Ulf Krämer über den Tisch zu.

Der nahm das Bild auf, schaute es einen Augenblick an und nickte zur Bestätigung. »Genau, der war es. Ich bin hundertprozentig sicher. Da gibt es gar keinen Zweifel.«

»Gut. Sie sind dann mit dem Mann ins Gespräch gekommen. Können Sie das einmal schildern?«

»Ja, also, erst haben wir über die *Vogelkoje* gesprochen. Dass es eine gemütliche Kneipe sei. Dass sie gut geführt sei und man dort immer interessante Leute treffe. Ich habe ihn dann gefragt, ob er schon lange auf Föhr sei, er sah nämlich richtig braun aus. Das hat er bestätigt. Ich habe ihn dann weiter gefragt, ob er das erste Mal auf der Insel sei. Nein, hat er gemeint, er habe schon häufiger auf Föhr Urlaub gemacht. Also, wir haben so allgemein geredet, wie das so ist, wenn man neue Bekanntschaften schließt. Ich hab mich dann mit meinem Namen vorgestellt. Ich glaube, er hätte das von sich aus nicht gemacht. Er hat dann seinen Namen gesagt. Den habe ich aber nicht richtig verstanden. Erst als ich nachgefragt habe, wurde mir bewusst, dass er Kirchner heißt. Ich habe dann das Thema der Ferienunterkunft angeschnitten. Man ist ja immer interessiert daran, zu vergleichen: Lage, Ausstattung, Preise und so. Obwohl ich ihm unsere Unterkunft genau geschildert habe, kam er mit seiner nicht so recht heraus. Nur dass er bei einer guten Freundin wohne. Irgendwo in der Nähe hier. Mehr nicht.«

»Haben Sie ihn vielleicht auch gefragt, wie er hier auf Föhr seine Zeit verbringt? Oder was seine Freundin macht?«

»Klar! Seine Freundin ist irgendwie in der Tourismus-Branche. Er hat wohl viel Sport getrieben. Auf jeden Fall hat er gesurft. Er machte auch einen sportlichen Eindruck. Ich habe auch mal gesurft. Vor fünf oder sechs Jahren war das. Da waren wir in den Ferien in Duhnen, das ist bei Cuxhaven. Da habe ich einen Anfängerkurs mitgemacht. Nicht, dass ich richtig fit darin bin. Ich hab dem Herrn Kirchner angeboten, dass wir am nächsten Tag einmal gemeinsam surfen sollten, da hat er aber keine Zeit gehabt. Aber er war doch im Urlaub, da hat man doch Zeit. Genau dazu ist Urlaub doch da.« Ulf Krämer schüttelte den Kopf, um anzudeuten, dass er für Ferien ohne zeitliche Freiräume kein Verständnis habe.

Mommsen lenkte das Gespräch von der Urlaubsphilosophie des Herrn Krämer wieder zu den Themen der Untersuchung. »Wie ich gehört habe, wurde Ihr Gespräch durch einen jungen Mann unterbrochen. Können Sie uns darüber etwas mehr erzählen?«

Ulf Krämer wurde sich seiner Rolle für die Aufklärung eines Kapitalverbrechens wieder bewusst und machte einen äußerst wichtigen Gesichtsausdruck, bevor er fortfuhr: »Ich hatte gerade eine Runde für uns beide ausgegeben, das heißt ich habe ja Bier und Jubi getrunken, er so einen Longdrink – warten Sie, es fällt mir gleich ein, was das war: ja, Planters Punch. Wir waren so richtig im Gespräch, da kommt ein junger Mann heran und tippt ihm vorsichtig auf die Schulter. Der Herr Kirchner dreht sich um, ich glaube sogar, er ist ein bisschen erschrocken. Igor oder Sergei oder so ähnlich hat er ihn genannt und ihn gefragt, was er denn hier tue. Auf jeden Fall war es so ein russischer Vorname. ›Ich muss dich sofort sprechen‹, sagte der Kerl. Der Herr Kirchner hat sich dann bei mir entschuldigt und sich mit dem Igor oder so an einen Seitentisch gesetzt, der gerade frei geworden war. Sie haben sich ziemlich lange unterhalten, irgendwie ganz intensiv, verstehen Sie? Als wenn es um was Wichtiges ginge.«

»Konnten Sie verstehen, worüber sie sich unterhalten haben?«

»Nein, der Lärmpegel im Raum war zu hoch und sie saßen auch zu weit entfernt.«

»Können Sie uns vielleicht den Mann, also den Igor, beschreiben?«

»Er war etwa 25 Jahre. Etwas über mittelgroß, schlank. Schwarzhaarig, die Haare hatte er etwas länger. Ich habe ihn zwar nur kurz gehört, aber ich glaube, er sprach ein etwas hartes Deutsch. Igor ist ja auch ein russischer Vorname. Vielleicht war er einer von diesen Russland-Deutschen.«

»Haben Sie den Herrn Kirchner hinterher nach dem Mann gefragt?«

»Wollte ich ja. Aber als er an seinen Platz am Tresen zurückkam, hat er sich gleich wieder entschuldigt, dass er etwas Wichtiges zu regeln habe, hat gesagt, dass er beim nächsten Zusammentreffen einen ausgeben wolle, hat seine Zeche beim Wirt bezahlt und ist schnell gegangen. Nicht mal seinen Drink hat er ausgetrunken. Dass die Leute nicht mal im Urlaub abschalten können. Aber so wie es jetzt aussieht, war das ja wahrscheinlich kein richtiger Urlaub. Was hat der Tote hier eigentlich gemacht?« Ulf Krämer wollte sich als Gegenleistung für seine wertvollen Auskünfte nun von den Beamten über Opfer und Tat aufklären lassen.

Mommsen hielt sich aber zurück. »Herr Krämer, wir stehen erst am Anfang unserer Ermittlungen. Da können wir noch gar nichts sagen. Aber noch eine Frage. Haben Sie den Herrn Kirchner oder diesen Igor noch einmal hier auf Föhr gesehen?«

»Nein, ich glaube nicht. Oder? Kann sein, dass ich diesen Igor mal in einer Pizzeria gesehen habe. Dort hat er irgendetwas gegessen.«

»War er alleine?«

»Das kann ich nicht genau sagen. Wir sind auch nur daran vorbei-gegangen. Ich habe noch einen Blick auf die Speisekarte geworfen, die draußen hing. Dabei habe ich kurz durch ein Fenster in den Speiseraum gesehen. Und da saß er alleine an einem Tisch. Mehr weiß ich aber nicht.«

Mommsen schaute Lürrsen und Schön einladend an, damit diese auch noch Fragen stellen konnten. Beide schüttelten verneinend den Kopf. »Herr Krämer, wir danken Ihnen für die ausführlichen Aus-künfte. Wir können das jetzt zwar noch nicht mit Bestimmtheit sa-gen, aber ich vermute, dass das wichtige Informationen für uns war-en. Der Kollege Lürrsen wird noch Ihre Personalien aufschreiben. Wie lange werden Sie noch hier auf Föhr bleiben?«

Ulf Krämer versicherte, dass er und seine Frau noch eine ganze Woche Urlaub auf der Insel vor sich hätten. Mommsen und Schön schüttelten ihm zum Abschied die Hand, dann ging er mit Lürrsen in den Vorraum. Als er die Polizeistation verlassen hatte, schaute Dirk Schön seine beiden Kollegen mit einem schiefen Grinsen an. »Wenn ich in einer Kneipe sitze und dieser Plagegeist kommt rein – also da bin ich aber sofort weg. Im Nachhinein kann einem der Kirchner fast

145

leidtun. Der hat den ja richtig verhört.«

Lürrsen und Mommsen erwiderten das Grinsen. »Aber die Begegnung des Opfers mit dem Igor ist schon ein wichtiger Hinweis. Ich glaube fast, dass dieser Igor identisch ist mit dem Mann, mit dem sich Kirchner im Dorfcafé in Midlum getroffen hat. Wenn dem so ist, wäre das eine ganz wichtige Spur. Aber wie können wir darüber Gewissheit bekommen?«

Lürrsen fühlte sich bei der Frage angesprochen und gab sofort Antwort: »Am besten natürlich von ihm selber. Das heißt aber auch, dass wir ihn erst einmal finden müssen. Wir müssen versuchen, aus den Gästeverzeichnissen bei den Vermietern herauszubekommen, ob irgendwo ein Igor bekannt ist. Oder wo sich – eventuell unter anderem Namen – ein Russlanddeutscher oder eine andere Person aus dem ehemaligen Ostblockländern aufhält.«

»Die Gäste hier werden doch über die Kurverwaltung registriert.« Mommsen schaute auf die Uhr und nickte Lürrsen zu: »Können wir da heute noch etwas herausbekommen? Wir haben es jetzt kurz nach fünf.«

»Wahrscheinlich haben die schon Feierabend. Ich ruf gleich mal in Wyk und Utersum an. Wenn es ganz dringlich ist, kann ich die Verantwortlichen zu Hause aufstöbern und an ihre Computer kriegen.«

»Anrufen, ob die noch im Büro sind – ja, das können Sie machen. Ansonsten muss das bis morgen Früh Zeit haben. Können Sie das als erstes machen?«

Lürrsen nickte und schnappte sich das Telefon. Aber er erwischte beide Male nur die Anrufbeantworter mit den Angaben zu den Öffnungszeiten. »Sorry, Fehlanzeige. Steht aber für morgen als erstes an.«

Mommsen machte ein ernstes Gesicht. »Ich glaube, es wird nun Zeit, dass wir unsere konziliante Tour aufgeben und bei den Beteiligten Druck machen. Also rundum Befragungen nach Alibi, Motivlagen, Ortskenntnis, Verfügbarkeit von Waffen und so weiter. Wir nehmen uns Morgen nochmals seine Frau vor, dann Karla Simon, Helen, ihre Tochter, wenn die schon da ist … Wen brauchen wir noch? … Also, ich würde auch gerne bei dem Bruno Peters noch einmal nachhaken. Und, Herr Lürrsen, morgen müssen wir auf jeden

Fall den Gesprächspartner mit dem russischen Vornamen finden.«

Lürrsen hatte sein Notizbuch aufgeschlagen. »Ich kann ja versuchen, schon gleich mal die Termine zu machen. Wann und wo sollen die Befragungen stattfinden?«

»Ich denke, das machen wir hier. Dieser Raum ist morgen doch frei?« Lürrsen nickte. »Gut, dann fangen wir mit Karla Simon an. Sie soll um 9.00 Uhr hier sein. ... Vielleicht besser um 10.00 Uhr. Der Betrieb in ihrem Bistro geht ja wohl bis spät in der Nacht. Um 11.00 dann die Ehefrau des Opfers, Mohr-Kirchner. Und um 12.00 Bruno Peters. Den Termin mit der Tochter wollten Sie ja noch abklären.« Lürrsen nickte abermals.

Mommsen wandte sich Dirk Schön zu. »Dirk, du bringst bitte in Erfahrung, ob die Beteiligten irgendwie mal in unseren Dateien aufgetaucht sind. Wenn wir mit denen reden, sollten wir möglichst viel in der Hand haben.« Mommsen schaute auf die Uhr. »So, wir haben noch eine halbe Stunde Zeit, bis der Herr Sörensen hier auftaucht. Ich nehme mir noch einmal die Unterlagen vor. Vielleicht fällt mir doch noch etwas auf.«

Schön setzte sich an den Computer und Lürrsen nahm das Telefon zur Hand.

Pünktlich um 18.00 Uhr erschien Holger Sörensen auf der Wache. Mommsen begrüßte ihn und stellte sich und seine Kollegen vor. Sörensen war ein durchtrainierter, wenn auch nicht ganz schlanker Mann, vielleicht so um die Vierzig, mit einem einnehmend strahlenden Lächeln. Mommsen war sich nicht sicher, ob dieses berufsmäßig antrainiert oder Ausdruck seiner positiven Lebenseinstellung war.

Wichtig war aber nun die Aussage und so begann der Beamte ernst und ruhig. »Herr Sörensen, Sie betreiben am Südstrand eine Surfschule?«

»Ja, mit meinem Partner, Hannes Kreitmeier. Wir verleihen Surfausrüstungen und auch Katamarane, lagern Surfbretter von Kunden ein und führen auch Kurse durch.«

»Sie stammen von Föhr?«

»Nein, aus Flensburg.«

»Und wie lange haben Sie Ihr Unternehmen hier schon?«

»Wir sind seit fünf Jahren am Südstrand.«

»Aha, gut. Sie haben das Opfer, Tobias Kirchner, also gekannt?«
Sörensen zog sich etwas zurück. »Gekannt ist wohl zu viel gesagt.
Er war ein Kunde wie viele andere. Er ist einige Male gekommen
und hat sich eine Surfausrüstung ausgeliehen.«

»Wie wir erfahren haben, war er doch ein exzellenter Surfer. Mit
solchen Leuten kommt man als Profi, wie Sie es sind, doch ins Gespräch. Er war sicher mehr als nur ein Kunde wie viele andere.«

»Sicher, wir haben manchmal gefachsimpelt. Er kannte viele Reviere. An der Atlantikküste, auch in Südostasien. Wenn er auf dem
Brett stand, merkte man gleich: das war ein Könner. Er wurde deshalb auch von anderen Surfern immer wieder um Rat angegangen.«

»Hatte Ihr Partner auch Kontakt zu Tobias Kirchner?«

»Kaum. Der kümmert sich überwiegend um die Anfänger. Ich bin
eher für die Fortgeschrittenen verantwortlich. Und Tobias war ja nun
schon mehr als fortgeschritten.«

»Herr Sörensen, Sie sagten, man hat ihn um Rat gefragt. Wer hatte
denn Kontakt zu Tobias Kirchner.«

»Es bilden sich in der Saison immer wieder wechselnde Cliquen,
also Leute, die zu gleichen Terminen erscheinen und auch hinterher
noch zusammenhocken, bei einem Bier miteinander reden und gerne
auch ein bisschen angeben. Tobias ist dann auch mal auf ein Bier
geblieben. Aber der hatte es nicht nötig zu prahlen.«

Mommsen blieb fest. »Herr Sörensen, ich brauche Namen. Und
zur Erinnerung: Es geht hier um ein Tötungsdelikt. Also?«

»Man redet sich in solchen Cliquen nur mit dem Vornamen an.
Ein Lutz war häufiger dabei und auch David. Auch eine Frau – Ines.
Ich hatte den Eindruck, sie war hinter Tobias her. Er war ja auch ein
Frauentyp.«

Mommsen wurde noch energischer. »Herr Sörensen, nicht nur
Vornamen. Wenn die Leute sich Bretter oder Boote ausleihen, müssen sie sich doch sicher irgendwie ausweisen. Also die vollen Namen, bitte. Sie wollen doch sicher keine Anzeige wegen Behinderung
polizeilicher Ermittlungen bekommen. Wenn Sie nicht kooperieren,
können wir Ihnen eine Menge Scherereien machen.«

Sörensens Selbstsicherheit, die er bisher gezeigt hatte, begann zu
schwinden. »Lutz heißt – glaube ich – Reisig. Der wohnt in einer

Ferienwohnung in Alkersum. Irgendwo direkt neben einem Hof, der gerade einen neuen Melkstall gebaut hat.«

Mommsen blieb kurz und amtlich: »Personenbeschreibung?«

»Ich denke, er ist Anfang bis Mitte Dreißig. Schlank, mittelgroß, dunkelblond, ganz kurze Haare.«

»Wo kommt er her?«

»Weiß ich nicht. Von der Sprache her würde ich sagen aus dem Ruhrgebiet.«

»Gut. Herr Lürrsen, haben Sie die Personenbeschreibung?«

Lürrsen nickte stumm und starrte auf sein Blatt, um auch die folgenden Angaben gewissenhaft notieren zu können.

»Weiter, Herr Sörensen. David?«

»Der hatte eigene Bretter mit. Der hat sich nur mal einen Katamaran ausgeliehen. Den Namen? Ich glaube Letterbeck, Lutterbock, Lutenbeck … irgendetwas in der Richtung. Da müsste ich in unseren Büchern nachschauen.«

»Tun Sie das und geben Sie uns umgehend Bescheid. Und wo wohnt der hier auf Föhr?«

»Irgendwo bei Freunden ... ja, in Utersum. Aber mehr weiß ich wirklich nicht.«

Mommsen wurde ironisch. »Doch, Herr Sörensen, Sie glauben gar nicht, was einem alles wieder einfällt, wenn man sich Mühe gibt. Und uns zu Liebe geben Sie sich doch Mühe, oder nicht? Die Personenbeschreibung bitte!«

»Ja sicher. Also den David würde man früher als so eine Art Hippietyp beschrieben haben. Ende Zwanzig, vielleicht war er auch älter und wirkte nur jünger, groß, größer als ich, sehr schlank, mit langen Haaren. Ich hatte aber den Eindruck, dass der Geld haben müsste. Alles teure Markenklamotten, eine 1 A Ausrüstung. Ach ja, und die Gebühr für das Boot hat er mit einer 500-Euro-Note bezahlt.« Sörensen war leicht ins Schwitzen gekommen.

»Und wo kam der her?«

»Das hat er mal erwähnt. Jedenfalls ist er in Hannover zur Schule gegangen. Zum Studieren war es ihm dort aber zu langweilig. Da war er in München.«

„Na, es geht doch, Herr Sörensen. Und nun diese Ines?«

„Racke. Ja, Racke, wie früher dieser Whisky. Die ist schon etwas älter, könnte schon an die Vierzig sein. Aber gut in Form, in jeder Hinsicht. Blond, so ein Kurzhaarschnitt. Eine Seite etwas länger als die andere.« Sörensens Gesicht drückte Anerkennung aus.

»Können Sie sich etwas genauer ausdrücken, was sie mit der guten Form der Frau Racke meinen?«

Sörensen reagierte mit einem leichten Stottern. »Äh ... ich mein ... äh … also die Figur war immer noch Klasse, auch auf dem Brett stand sie ihren Mann ... äh ... haha ... ich mein ihre Frau. Und schließlich war sie ganz trinkfest, sie hielt sich auf jeden Fall dafür. Sie trank immer Pernod mit Wasser und Eis. Ich habe extra eine Flasche besorgen müssen. Der wird hier auf der Insel sonst nur manchmal für Bowle genommen. Die Flasche hat sie aber schnell leer bekommen.«

Mommsen erinnerte sich an die Ausführungen von Hanna Gerling und zapfte den Gedächtnisstrom von Sörensen weiter an. »Ist unter den Kontaktpersonen auch jemand, der einen silberfarbenen Kombi fährt. Ein ausländisches Modell? Mit Dachaufbauten für Surfbretter?«

»Ich glaube, David hat so einen, einen Saab. Ja, doch! Hat er!«

»Kennzeichen?«

»Also da kann ich Ihnen nicht weiter helfen. Nee wirklich, den hab ich nur mal von der Seite gesehen. Echt, ich würde Ihnen ja gerne helfen, aber mehr weiß ich nicht.«

Schön räusperte sich und schaute Mommsen an. Der nickte ihm zu. Schön wandte sich an den Zeugen: »Herr Sörensen, Sie sagten, Frau Racke war hinter Herrn Kirchner her. Können Sie das etwas näher erläutern?«

»Na ja. Sie kam immer allein zum Surfen. Ich vermute, sie ist ohne Partner hier. Ich habe mal mitgekriegt, dass sich Lutz mit ihr zum Abendessen verabredet hat. Er hat sich auch hier immer gleich neben sie gesetzt, so mit Körperkontakt und so. Sie hat das auch akzeptiert. Jedenfalls solange, bis Tobias aufgetaucht ist. Auf den ist sie gleich abgefahren und sie ist ihm richtig auf die Pelle gerückt. Lutz war ab dem Zeitpunkt abgemeldet. Tobias hat versucht, etwas Distanz zu halten. Aber wenn sie beschwipst war, grapschte sie häufig an ihm rum. Ihm war das eher peinlich. Er ist dann immer schnell gegangen.«

Schön hakte nach. »Und wie hat der Lutz reagiert?«

»Na ja. Begeistert war der nicht. Aber was Genaueres habe ich nicht mitbekommen. Ein paar Tage ist der nicht aufgetaucht. Dann war er aber wieder da. An einem Abend hat er sich dann noch ziemlich lange mit Tobias unterhalten. Aber bevor sie mich fragen, worüber die gesprochen haben, sag ich Ihnen gleich, dass ich keine Ahnung hab. An dem Abend war ich ziemlich beschäftigt. Ich weiß da wirklich nichts. Ich hab nur noch mitgekriegt, dass sie dann zusammen weggegangen sind.«

Schön blieb dran. »Wann war das genau?«

»Ich glaube vor fünf Tagen. Das war an dem Tag, als es das kurze Gewitter gegeben hat. Ja, vor fünf Tagen muss das gewesen sein.«

Mommsen klinkte sich wieder in das Gespräch ein. »Hatte Tobias Kirchner noch weitere Kontakte?«

»Wie ich schon sagte, er wurde immer mal wieder um Rat beim Surfen gefragt. Aber das waren wechselnde Personen. Häufiger hat er eigentlich nur mit den Dreien geredet.«

»Versuchen Sie bitte, Ihren Partner nach weiteren Kontakten von Tobias Kirchner zu fragen. Wenn sich da was ergibt, rufen Sie uns sofort an. Herr Lürrsen, Dirk, noch weitere Fragen an Herrn Sörensen?«

Beide verneinten. Mommsen dankte dem Zeugen, ermahnte ihn, über das Gespräch gegenüber Jedermann Stillschweigen zu bewahren und entließ ihn dann.

Als Sörensen gegangen war, blieb es eine Zeitlang still. Lürrsen äußerte sich als erster: »Herr Mommsen, ich glaube, es war gut, dass Sie ihn so konsequent angepackt haben. Er hat ja dann doch so Einiges gewusst. Ich kann das noch nicht richtig überblicken, aber es scheint, als würde es sich lohnen, dem nachzugehen. Die Namen und Personenbeschreibungen habe ich auf jeden Fall.«

Mommsen hatte absichtlich geschwiegen, um seine Mitarbeiter zu eigenen Schlussfolgerungen zu motivieren. Lürrsens Beitrag nahm er daher gerne auf. »Ja, das sollten wir. Am besten schon morgen. Wir müssen sehen, wie wir das in unseren Zeitplan unterbringen.«

151

Zu Lürrsen gewandt sagte er: »Können Sie Ihre Suche nach unserer Zielperson mit dem russischen Vornamen um die Suche nach den drei genannten Kontaktpersonen erweitern? Wenn Sie die drei noch am Vormittag ausfindig machen, könnten wir mit ihnen noch am selben Tag sprechen. Das wird zwar ein volles Programm, aber da müssen wir ran. Ich habe bei vielen Untersuchungen die Erfahrung gemacht, dass es dann eine Phase gibt, in der sich die Informationen verdichten. Die sind häufig widersprüchlich und verwirrend. Aber wenn man die sorgfältig abarbeitet, kann man herausfinden, welche Spuren einen weiteren Aufwand lohnen und welche nicht. Kriminalistik ist immer auch ein Prozess der Eliminierung. Wenn man das zur Seite geschoben hat, was für die Tat keinen Erklärungswert hat, muss in dem Rest die Wahrheit stecken.« Mommsen bemerkte die fragenden – oder müden – Blicke von Lürrsen und Schön und ertappte sich dabei, dass er wieder angefangen hatte, laut über seine Arbeit zu reflektieren. Hin und wieder war es ihm ein Bedürfnis, sich mental von seiner Person zu distanzieren, den Blick auf sich selbst wie auf andere Personen zu richten und sich zu fragen: ›Was machst du da eigentlich?‹. Er wusste aber auch, dass er seine Mitarbeiter damit irritierte und sie befangen machte. Pragmatisch holte er nun sein Notizbuch hervor, schlug die Seite mit dem Datum des folgenden Tages auf und begann, Termine zu machen und die Arbeit zu verteilen.

Lürrsen war der Part zugefallen, die Zeugen zu den Befragungen vorzuladen und ihnen die Termine für den folgenden Vormittag zu übermitteln. Mit der Bemerkung »Eigentlich müssten um diese Zeit alle erreichbar sein.« griff er zum Telefon. Mommsen und Schön warteten den Erfolg seiner Bemühungen ab. Zügig erledigte er die Telefongespräche.

»Es hat geklappt«, sagte er, als er den Hörer endgültig aus der Hand legte. »Die Simon, die Ehefrau und auch Bruno Peters haben zugesagt, morgen – wie von uns geplant – zu erscheinen.«

Mommsen und Schön verabschiedeten sich von Lürrsen und verließen die Wache. Als sie draußen waren, sprach Mommsen den Kollegen an: »Wir haben in der Ferienwohnung doch eine kleine Küche. Ich hab eigentlich keine Lust, den Abend schon wieder in einem Restaurant zu verbringen. Was hältst du davon, wenn ich uns etwas koche? Du kannst hinterher den Abwasch übernehmen. Es ist auch eine Spülmaschine da. Die Supermärkte hier sind ja noch auf, lass uns schnell noch einkaufen. Wie stehst du zu Tomaten, Mozzarella und Basilikum und hinterher Fisch in der Folie gegart – so mit italienischen Kräutern, Knoblauch und Zitrone?«

Schön wusste, dass Mommsen nach der Trennung von seiner Frau vor fünf Jahren als Single lebte und sich zu einem veritablen Koch mit einer breiten Palette an Rezepten entwickelt hatte. Er hatte schon einige Male von Mommsens Kochkünsten profitiert und sagte erfreut zu.

12. Verstecke

Mommsen träumte, er sei Ehrengast eines opulenten Dinners und würde gerade durch das Läuten der Servierglocke in den Speiseraum gerufen. Als es nicht aufhörte, merkte er, dass es das Klingeln seines Handys war, das ihn weckte. »Nein, nicht jetzt«, brummte er in den Apparat und wollte ihn ausschalten. Als ihm zu Bewusstsein kam, dass der Anrufer sich mit Namen und »Polizeirevier Wyk« gemeldet hatte, merkte er auf. »Hallo, ja, Mommsen hier. Herr Lürrsen, mitten in der Nacht. Was gibt es? ... Was, eine Schießerei? ... Am Südstrand? An der Surfschule von Sörensen? ... Ja, wir kommen. Ja, am Ende der Badestraße, das werden wir finden.«

Durch die Tür von Dirk Schön drangen wohlige Schnarchlaute, doch einige kräftige Schläge an diese ließen auch die Tiefschlafphase von Dirk Schön plötzlich enden. »Dirk, aufwachen. Verbrechen halten sich nicht an das Prinzip des Achtstundentags. Es gibt Arbeit«, rief Mommsen dem Schlaftrunkenen zu, der sich seinerseits abrupt erhob und sich mit der gebotenen Eile ankleidete.

Keine zwanzig Minuten später näherten sie sich dem Tatort, den ihnen Lürrsen beschrieben hatte. Mommsen atmete tief die Nachtluft ein, die ihm salzgeschwängert als leichte Brise vom Meer entgegenwehte. Der würzige Duft war in der Nacht deutlicher auszumachen, als am Tage und schon nach wenigen Atemzügen fühlte der Kommissar sich belebter, als die späte Stunde es für gewöhnlich zulassen würde. Auch nahm er bewusster als am Tage das rhythmische Rauschen der Wellen wahr, die am Strand ausliefen und eine Botschaft von Weite und Einsamkeit vermittelten.

Lürrsen kam ihnen entgegen. Hinter ihm waren zwei seiner Kollegen dabei, ein Absperrband zu befestigen.

»Was war denn hier los?« Mommsen schaute sich um. Vor sich sah er ein pavillon-ähnliches Gebäude, in dem sich Büro und Aufenthaltsraum der Surfschule Holger Sörensens und seines Partners befanden. Auf einem kleinen Areal, das sich rechts an das Haus anschloss, waren in einem Gerüst mehrere Surfbretter aufgestellt. Dieser Bereich war mit dem weiß-roten Absperrband der Polizei markiert.

Hinter Lürrsen kamen nun auch Holger Sörensen und ein zweiter Mann heran, der von Lürrsen als Hannes Kreitmeier vorgestellt wurde – der Partner von Holger Sörensen.

Der Beamte klärte seine Kollegen über die Geschehnisse auf: »Hier ist jemand angeschossen worden, Lutz Reisig heißt der Mann. Wir haben heute Nachmittag schon von Herrn Sörensen etwas über ihn gehört. Deshalb habe ich Sie auch gleich angerufen. Er saß wohl mit einer Clique noch im Aufenthaltsraum zusammen. Da fielen plötzlich zwei Schüsse. Einer hat Lutz Reisig getroffen und ihn am linken Oberarm erwischt. Scheinbar ein glatter Durchschuss. Der Notarzt war schon hier und hat ihn gleich ins Krankenhaus abtransportieren lassen. Herr Sörensen und Herr Kreitmeier waren dabei. Die können Ihnen genauer schildern, was passiert ist.«

Mommsen wandte sich an Sörensen: »Ja, dann berichten Sie mal.«

»Nach der Befragung bei Ihnen habe ich mir noch eine Pizza geholt und bin hierher zurückgekommen. Hannes saß noch mit einigen Kunden vor dem Haus. Lutz Reisig war dabei, außerdem Ines, Manfred Frenzel, Etienne, Sven, Angelo hier von der Eisdiele und …? Nein, das waren alle. Die meisten hatten ein Bier, Ines wie üblich ihren Pernod. Geredet wurde vor allem über Tobias und seine Ermordung. Lutz gab dann noch eine Flasche Jubi aus. Das passiert eigentlich nur mal, wenn jemand etwas zu feiern hat. Als er gefragt wurde, wieso er denn so spendabel sei, hat er nur gesagt ›Eigentlich nur so‹. Dann wurde es uns zu kalt und wir sind hier in den Aufenthaltsraum gegangen. Die meisten haben dann auch Hunger bekommen. Angelo hat den Pizzadienst angerufen und die haben dann die Pizzen gebracht. Danach wollten Angelo und Sven gehen, aber Lutz hat gesagt, er würde keinen nach Hause gehen lassen, bevor nicht die Flasche leer ist. Die Zeit zog sich hin. Alle waren schließlich mehr oder weniger angeschickert und haben durcheinander geredet. Wie das eben so ist. Plötzlich fielen zwei Schüsse. Lutz hat aufgeschrien und auf seinem Ärmel breitete sich sofort Blut aus. Aber keiner im Raum hat geschossen. Ich hatte alle im Blick. Es muss durch das Fenster da gefeuert worden sein.«

Mommsen unterbrach ihn mit einer Frage: »Wann genau sind Schüsse gefallen?«

»So kurz nach Elf, glaub ich. Ich habe dann sofort den Notarzt an-gerufen. Hannes und Ines haben Lutz den Arm abgebunden, um das Blut zu stoppen. Der Notarzt kam dann auch bald. Als er gesehen hat, dass es sich um eine Schussverletzung handelt, hat er uns aufge-fordert, die Polizei zu benachrichtigen.«

Lürrsen mischte sich in das Gespräch. »Die Beteiligten, die uns Herr Sörensen genannt hat, befinden sich noch im Aufenthaltsraum. Die Personalien habe ich bereits notiert. Was soll jetzt mit ihnen geschehen?«

Mommsen stoppte ihn mit einer kurzen Handbewegung, die be-zeugte, dass er sich erst noch mit dem momentanen Zeugen ausei-nanderzusetzen gedachte und fuhr dann auch an diesen gewandt mit der Befragung fort: »Herr Sörensen, haben Sie eine Ahnung, wer geschossen hat? Wenn keiner von denen im Raum es war, muss der Schuss von draußen gekommen sein. Haben Sie jemanden gesehen? Oder einer aus der Runde im Gastraum?«

»Der Schuss kam von draußen, das ist mal ganz sicher.« Sörensen wies mit der Hand auf das Seitenfenster, das zu dem Gestell mit den Surfbrettern hinausging. »Aber gesehen haben wir niemanden. Der Schütze muss sich zwischen den Surfbrettern versteckt haben. Erst waren wir wie gelähmt, dann wollte Angelo nach draußen stürmen, aber ich habe ihn zurückgehalten. Der Schütze hätte ja noch da lauern können. Erst einige Minuten später habe ich mich rausgetraut, aber da war niemand mehr.«

»Okay, Herr Sörensen, Sie und Herr Kreitmeier warten bitte einen Augenblick mit den anderen Zeugen dort in Ihrem Gastraum. Dirk, wir brauchen hier morgen früh als erstes die Kriminaltechnik. Wenn das so weitergeht, können wir die gleich hier stationieren. Du leitest das in die Wege? Wir brauchen unbedingt die Geschosse. Die müs-sen ja noch irgendwo im Raum stecken. Und draußen sollen sie nach weiteren Spuren suchen, Geschoßhülsen, Fußspuren und was sonst noch zu finden ist. Gut! Herr Lürrsen, einer Ihrer Kollegen bleibt bitte draußen und hat ein Auge auf die Absperrung, der andere Kol-lege kann uns bei der ersten Befragung der Zeugen helfen. Heute vergewissern wir uns nur kurz, ob die anderen den Ablauf des Abends, wie ihn uns Herr Sörensen geschildert hat, bestätigen. Dann können sie gehen. Die sollten aber die nächsten zwei Tage noch auf der Insel verfügbar bleiben. Wissen Sie, ob eventuell noch späte Passanten unterwegs waren, die etwas mitbekommen haben?«

»Als wir hier ankamen, standen noch ein Ehepaar und zwei Hundebesitzer draußen. Aber die waren durch den Notarztwagen angelockt worden. Von den Schüssen hatten die nichts mitbekommen. Deren Personalien haben wir aber auch.«

»Dann lassen wir die erst einmal in Ruhe.«

Die weiteren Zeugenbefragungen bestätigten die Angaben von Holger Sörensen über den Ablauf der Ereignisse. Als die letzten Zeugen gegangen waren, standen die Polizeibeamten noch beieinander. Lürrsen sprach Mommsen an: »Machen wir jetzt gleich weiter oder unterbrechen wir bis morgen früh? Soll ich mich um frischen Kaffee kümmern?«

»Heute können wir doch nichts mehr ausrichten. Wer bewacht den Tatort, bis die Kriminaltechnik eintrifft?«

»Ist bereits geregelt!«, entgegnete Lürrsen.

»Gut, dann sollten wir zusehen, dass wir noch einige Stunden Schlaf bekommen. Morgen werden wir klären müssen, ob die beiden Taten zusammenhängen. Irgendwie hab ich so ein Gefühl. Es wird auf jeden Fall ein langer Tag.«

* * *

Cosima Bernstädt war zum Abendessen zu ihrer Freundin Bernadette Mohr-Kirchner und deren Tochter Sonja herübergekommen. Nach dem Essen durfte Sonja im Schlafzimmer ihrer Mutter noch eine Zeichentrickfilm-DVD ansehen. Die beiden Frauen saßen währenddessen auf der Terrasse bei einer Flasche Rotwein zusammen und erörterten zum wiederholten Male die Situation nach dem gewaltsamen Tod von Tobias Kirchner.

»Bernadette, du musst dich aber bald überwinden und Sonja sagen, dass Tobias tot ist. Das ist zurzeit das Gesprächsthema auf der Insel. Über kurz oder lang wird sie das auf jeden Fall mitkriegen. Und wenn sie das von Dritten erfährt, wäre ihr Vertrauen in dich schnell gestört. Wenn du willst, können wir das auch gemeinsam machen.« Cosima hatte ihre Stimme gedämpft, damit ihr Gespräch nicht von Sonja gehört werden konnte.

Bernadettes Finger umkrampften ihr Glas, als sie nach einer kleinen Pause ebenso leise antwortete. »Ich weiß. Ich habe mich entschlossen, mit ihr morgen beim Frühstück darüber zu sprechen. Tobias hat sich in den letzten Jahren kaum noch um sie gekümmert. Von daher könnte man annehmen, dass sie ihn auch nicht sehr vermissen wird. Er war ja nur ganz selten mit ihr zusammen. Aber Seltenheit kann auch den Wert einer Sache erhöhen. Ich glaube schon, dass er für sie schon wichtig war. Es wird sie treffen.«

»Soll ich morgen dabei sein?«

»Ich denke, es ist besser, wenn ich das mit ihr alleine mache. Aber ich bin dir dankbar für das Angebot.«

Cosima griff zum *Inselboten*, den sie mitgebracht hatte. »Nun was ganz Anderes. Ich fürchte, der Bericht im *Inselboten* wird auch die überregionale Presse aufscheuchen. Jetzt im Hochsommer ist bei denen Saure-Gurken-Zeit. Für die ist ein Mord auf der Insel was Pittoreskes, das sie richtig ausschmücken können. Und für die Reporter hat es auch seinen Reiz, zu dieser Zeit auf Firmenkosten einige Tage am Meer verbringen zu können. Wir müssen uns darauf einrichten, dass ab morgen eine ganze Meute von Journalisten auf der Insel herumschwirrt. Die werden vor Nichts halt machen. Und ganz sicher werden sie auch hier auftauchen. Mit Okke Detlefsen vom *Inselboten* könnte man reden, der würde Rücksicht nehmen. Die fremden Journalisten werden sich auch auf Sonja stürzen. Unter dem scheinheiligen Vorwand des Mitleids mit einem armen, vaterlosen Kind werden sie eure Biografie, eure Identität und euren Ruf gnadenlos für ihre Schlagzeilen missbrauchen.« Cosima hatte sich in Rage geredet.

»Am liebsten würde ich Sonja nehmen und sofort abreisen. Aber die Polizei wird mich sicher nicht weglassen, solange sie den Täter noch nicht haben. Wenn ich nur Sonja verstecken könnte. Tagsüber ist sie ja jetzt bei den Brodersens in der Oevenumer Marsch. Und mit Christine und Nahmen spielt sie ja auch gerne. Aber das wird auf Dauer nicht ausreichen.«

»Ganz bestimmt nicht. Die Journalisten, die hier einfallen, sind Profis. Die werden dich aufspüren und Sonja natürlich auch. Ich kann noch mal mit Heike und Arfst reden, ob denen etwas einfällt, wie wir Sonja schützen können. Aber die sind jetzt mitten in der Ernte und haben ohnehin einen 16-Stunden-Tag. Gestern haben sich ihre Feriengäste, die Heitkämpers, toll um die Kinder gekümmert. Die waren ganz begeistert. Sie haben sich auch angeboten, wenn Bedarf ist, wieder einzuspringen. Aber die können aus dem Hof auch keine Festung machen. Die Reporter und die Fotografen kommen doch irgendwie an die Kinder ran.«

»In der letzten Zeit hatte ich immer Tobias als Bedrohung für Sonja und mich empfunden. Und jetzt, da er tot ist, hält das Gefühl der Bedrohung weiter an, sogar verstärkt. Ich fühle mich immer noch so wehrlos. Und es ist das gleiche Gefühl, das ich auch immer Tobias gegenüber hatte. Aber Sonja muss und werde ich schützen.« Die Wangenmuskeln in ihrem schmalen Gesicht strafften sich und auf ihrer Stirn erschien eine energische Falte.

Cosima beugte sich vor und streichelte Bernadettes Arm. »Dabei kannst du auch auf mich zählen. Und wenn ich den alten Golfschläger hervorholen und die Meute vom Grundstück prügeln muss. Aber lass uns realistisch sein. Ich werde morgen gleich den Kriminalbeamten, den Herrn Mommsen, anrufen. Ich glaube fast, der ist menschlicher als der erste Eindruck vermuten ließ. Irgendwie ist das auch Aufgabe der Polizei, die Betroffenen in so einem Fall zu schützen.«

»Ja, tu das. Ich hatte auch den Eindruck, dass er sich in unsere Situation hineinversetzen kann. Ich soll übrigens morgen um 11.00 Uhr auf der Wache sein. Sie haben noch einige Fragen zu klären. Ich habe mir gleich gedacht, dass das erste Gespräch nicht alles sein würde. Ich würde mich sicherer fühlen, wenn du mitkommen kannst. Zuerst aber bringen wir Sonja in die Oevenumer Marsch. Wir können dann auch schon mal mit Heike und Arfst reden.«

»Klar komme ich mit. Hat dir der Mommsen denn gesagt, was er von dir will?«

»Nein, Mommsen selbst hat mich auch gar nicht angerufen, sondern der Polizist hier von Föhr – ich glaube, Lürrsen heißt er. Er hat nur gesagt, sie hätten nun mehr Informationen. Zur weiteren Klärung bräuchten sie von mir noch einige Auskünfte. Mehr weiß ich auch nicht.«

Die beiden Frauen erörterten noch einige Zeit, welche Art Auskünfte die Polizei noch von Bernadette Mohr-Kirchner erwarten könnte. Dann beschlossen sie, den Abend zu beenden, da sie früh aufstehen mussten und der Tag aller Wahrscheinlichkeit nach lang und anstrengend werden würde.

* * *

»Heute seid ihr aber früh dran. Habt ihr überhaupt schon gefrühstückt? Kommt rein!« Heike Brodersen begrüßte Cosima Bernstädt und Bernadette Mohr-Kirchner, die Sonja an der Hand führte. »Sonja, hast du geweint? Du siehst ja ganz traurig aus.«

»Mein Papa ist tot. Den kann ich jetzt nie wieder sehen.«

Bernadette drückte ihre Tochter an sich. »Aber wir sind doch noch alle da und haben dich ganz doll lieb.« Es war schwer für sie, ihr Kind leiden zu sehen, auch wenn sie selbst kein gutes Verhältnis zu dem Verstorbenen hatte.

Heike Brodersen ging in die Knie und strich Sonja übers Haar. »Der ist jetzt im Himmel und eines Tages sehen wir uns alle dort wieder – du ganz sicher auch deinen Papa.«

Sie stand wieder auf und nahm Sonjas Hand. »Ich habe auch eine Neuigkeit, aber eine schöne. Eine unserer Katzen hat gestern Abend im Geräteschuppen Junge bekommen. Die gehen wir uns jetzt ansehen. Christine und Nahmen sind auch schon dort. Hast du Lust?«

Nachdem diese nur zaghaft nickte, nahm Bernadette Sonjas andere Hand und sie führten das Mädchen zusammen hinüber zum Schuppen. Nachdem sie die jungen Kätzchen bewundert hatten, ließen sie Sonja bei Christine und Nahmen und gingen zurück in die Küche.

»Heike, das ist gut, dass du sie zu den Kätzchen gebracht hast. Da ist sie jetzt abgelenkt und die vertraute Gesellschaft von Christine und Nahmen tut ihr auch gut. Das ist das Beste, das ihr jetzt passieren kann.« Bernadette lächelte Heike dankbar an.

»Du hast es ihr erst heute Morgen gesagt? Dafür war sie aber ganz gefasst«, stellte diese fest.

»Sie hat erst etwas geweint. Dann hat sie gefragt, wo ihr Papa denn jetzt ist. Ich konnte ihr ja nicht die Pathologie in Kiel schildern. Darum habe ich auch vom Himmel erzählt. Sie hat sich dann etwas beruhigt. Aber jetzt frage ich mich, wie es mit ihr weitergeht.«

»Lass sie doch die nächsten Tage ganz hier. Dann ist sie abgelenkt. Den Hof kennt sie. Die Kinder sind ihr vertraut und auch Kerstin und Harald Heitkämper haben gesagt, dass sie auf die Kinder achten. Ich bin ja die nächsten Tagen mit Füttern und Melken stärker eingespannt, weil die Männer – also Arfst, mein Bruder und unser Nachbar – bei der Ernte sind. Gestern hatte der Mähdrescher einen Schaden, den haben sie zwar wieder hingekriegt, aber trotzdem haben sie einen halben Tag verloren.«

Cosima schaltete sich in das Gespräch ein. »Heike, das ist eigentlich eine gute Idee. Allerdings befürchten wir, dass ab heute eine Horde von schlagzeilengeilen Journalisten hier einfallen wird. Vor denen müssen wir Bernadette und Sonja schützen. Auf jeden Fall aber Sonja. Den Hof hier werden sie auch bald ausgemacht haben. Die werden ihr sicher auch hier auflauern. Da kennen die doch nichts.«

Zu Bernadette gewandt antwortet Heike Brodersen: »Dann wäre es doch das Beste, ihr würdet schnell und heimlich von der Insel verschwinden.«

»Das wird nicht klappen, die Polizei wird mich nicht ziehen lassen, solange der Fall nicht geklärt ist. Ich komme nicht von der Insel weg.«

Nachdenklich schwiegen sie. Dann ergriff Heike wieder das Wort. »Wartet mal. Arfst' Tante Mile wohnt doch auf Langeneß, auf der Peterswarft. Christine war im vorigen Jahr dort eine Woche auf Besuch. Das hatte ihr gut gefallen. Auf der Warft waren damals noch zwei andere Kinder. Wenn Sonja und Christine nun für einige Tage nach Langeneß zu Tante Mile gingen? Dort ist sie wirklich weit ab vom Schuss. Soll ich sie mal anrufen?«

Bernadette bremste Heike Brodersens Engagement. »Ich weiß nicht, ob ich sie mehrere Tage allein lassen kann. Sie muss erst noch verarbeiten, dass ihr Vater tot ist. Ich möchte nicht, dass sie sich verlassen fühlt. Und mich lässt man ja nicht weg.«

»Dann soll die Polizei eben nach Langeneß kommen. Der Schutz von Sonja geht ja wohl vor. Ich ruf gleich mal bei denen an.« Cosima richtete sich kämpferisch auf und blickte auf der Suche nach dem Telefon umher. Heike zeigte auf eine Telefonliste an der Wand, auf der auch die Polizei verzeichnet war.

»Bernstädt hier. Guten Morgen! Ich möchte Herrn Hauptkommissar Mommsen sprechen. … Herr Mommsen? Ja, Cosima Bernstädt. Guten Morgen! Ich bin gerade mit Frau Mohr-Kirchner und ihrer Tochter auf dem Hof von Heike und Arfst Brodersen, das ist in der Oevenumer Marsch. Wir haben ein Problem. Heute werden wahrscheinlich die Journalisten auf der Jagd nach Schlagzeilen und Bildern hier auf Föhr einfallen. Und Bernadette und Sonja werden ihre bevorzugten Opfer sein. Wie? … Das befürchten Sie auch? Das ist uns aber ein Trost. … Und wie werden Sie die beiden davor schützen? … Pressefreiheit sagen Sie? … Nein, nein, so geht das nicht. Unser Vorschlag: eine Tante von Herrn Brodersen wohnt auf Langeneß. Dort werden sich Frau Mohr-Kirchner mit ihrer Tochter und dem gleichaltrigen Mädchen der Familie Brodersen für einige Tage verstecken. … Sie bestehen darauf, dass Frau Mohr-Kirchner die Insel nicht verlässt? Und den Termin um 11.00 Uhr wahrnimmt? … Was? Nur weil sich neue Erkenntnisse ergeben haben? Das gibt es doch wohl nicht!« Mit dem empörten Nachruf »Sturer Bock!« legte sie auf.

Kirsten Heitkämper war in die Küche gekommen und hatte die letzten Sätze mitbekommen. »Hallo, habt ihr ein Problem? Oh, entschuldige Bernadette, eine dumme Frage. Heike, was ist denn los?«

Heike Brodersen schilderte ihr kurz die Lage. Kirsten Heitkämper griff die Idee auf: »Sonja mit Christine nach Langeneß zu bringen ist jetzt doch das einzig Richtige. Harald und ich können die Kinder rüber bringen. Hast du mal den Fahrplan für die Fähren? Nein, lass mal, heute Mittag geht ein Ausflugsschiff nach Langeneß. Das könnten wir nehmen.«

»Ich weiß immer noch nicht, ob ich Sonja jetzt alleine lassen kann.« Bernadette zögerte.

»Bernadette, geh jetzt mal zu ihr rüber und rede mit ihr. Sie ist vernünftiger als du glaubst. Und wenn sie Heimweh nach dir hat, holen wir sie sofort wieder ab. Heike spricht inzwischen mit Tante Mile.« Cosima hatte auch nach der Abfuhr durch Mommsen ihren pragmatischen Optimismus nicht verloren.

Nach einiger Zeit kam Bernadette zurück. »Heike, hast du mit Arfst' Tante geredet? Können die Kinder überhaupt kommen? Als Sonja hörte, dass Christine mitkommt, war sie einverstanden. Wir müssen ihr nur noch ein Handy besorgen, damit sie mich jederzeit anrufen kann.«

»Tante Mile freut sich schon auf die beiden. Alles klar. Und ein Handy brauchst du wirklich nicht kaufen, Christine hat eins. Das können sie mitnehmen. Christine kann damit auch umgehen.«

Kirsten Heitkämper nickte aufmunternd. »Gut, dann ist ja alles klar. Wir müssen jetzt nur noch für die beiden einige Sachen zusammen packen.«

Cosima zog Bernadette mit sich. »Wir beide fahren jetzt schnell nach Hause und machen für Sonja alles fertig. Dann kommen wir wieder hierher.«

Nach einer knappen halben Stunde waren sie wieder zurück. Während Heike Brodersen mit Christine alles für die Reise vorbereitete, unterhielten sich Bernadette und Cosima mit Sonja. Sie schilderten ihr die Hallig als einen Ort beneidenswerter Abenteuer mit Sturmfluten, Seehunden und ›Land unter‹, was nur ganz wenige Menschen erleben dürften. Cosima dachte im Stillen: ›Hoffentlich machen nicht Scharen von Touristen diese Verheißung wieder zunichte.‹

Als Heike Brodersen mit Christine zurückkam, hatten sie Kirsten und Harald Heitkämper bei sich. Sie kamen überein, dass Kirsten und Harald allein mit den Kindern zum Hafen fahren sollten. Neugierigen Journalisten würde sich so das Bild einer normalen Familie bieten, die in den Ferien eine Ausflugstour unternimmt. Sie würden unmöglich auffallen.

Der Abschied war kurz. Die beiden Mädchen waren in Gedanke schon bei dem Abenteuer der bevorstehenden Seereise und des Halliglebens. Bernadette winkte dem abfahrenden Wagen noch lange nach. Als sie sich wieder zu den anderen umwandte, merkte Cosima, dass Tränen in ihren Augen standen. »Ich habe schon wieder Schuldgefühle, dass ich Sonja allein lasse«, flüsterte sie der Freundin zu.

Cosima legte den Arm um sie. »Nun mach dir doch keine Vorwürfe! Du bist eine ganz großartige Mutter. Gerade jetzt. Wenn Sonja hier bliebe, hätte sie eine schlimme Zeit. Indem du sie jetzt versteckst, kannst du sie am besten behüten.« Sie zeigte auf die Badezimmertür: »Mach dich kurz frisch, dann wird es Zeit für den Termin bei der Polizei.«

Als Bernadette die Badezimmertür hinter sich geschlossen hatte, wandte sich Heike an Cosima: »Wenn die Vernehmung bei der Polizei vorbei ist, solltet ihr nicht nach Hause fahren. Ihr müsst damit rechnen, dass die Reporter schon auf euch warten. Kommt doch danach zum Essen hier vorbei. Zum Kochen habe ich jetzt in der Erntezeit zwar nicht viel Zeit, aber ich habe gestern Abend schon einen Nudelauflauf vorbereitet. Das ist so viel, das kriegen wir alleine sowieso nicht auf. Ihr bleibt dann bis zum Abend hier. Wenn ihr wollt, könnt ihr ja den Abwasch machen«, fügte sie grinsend hinzu.

»Prima, das rettet uns heute erst einmal. Wenn Bernadette nichts dagegen hat, nehmen wir die Einladung gerne an. Ich hatte auch schon daran gedacht, dass sie am besten gar nicht nach Hause gehen sollte, sondern heute Abend lieber bei mir bleibt. Dieser Kommissar Mommsen hat vorhin am Telefon gesagt, dass sich neue Erkenntnisse ergeben haben. Vielleicht gibt es schon Spuren, die die Meute morgen von Bernadette ablenken. Langfristig können wir ohnehin nichts planen. Ich glaube, bei solchen Ermittlungen kann sich ja stündlich etwas Neues ergeben.«

Bernadette war einverstanden, nach der Rückkehr von der Polizei den Rest des Tages auf dem Hof der Brodersen zu verbringen. Nach einem Dank an Heike für die Hilfe fuhren sie los.

* * *

Trotz der kurzen Nacht gingen Mommsen und Schön den neuen Tag tatkräftig an. Frühzeitig trafen sie auf der Polizeiwache ein, wo sie auch Lürrsen schon vorfanden. Dessen Nacht war allerdings noch kürzer gewesen als ihre. Sie besprachen als erstes die Arbeitsverteilung, denn durch die neuesten Ereignisse – den nächtlichen Anschlag auf Lutz Reisig – mussten sie von ihrer ursprünglichen Planung für

164

den Tagesablauf abweichen.

Schön setzte sich gleich an den Computer, um die Polizeidateien durchzusehen. Wonach er genau suchte, wusste er nicht, aber es galt Informationen zu erhalten über Personen, die mit dem Mord an Tobias Kirchner in Verbindung zu bringen waren. Vielleicht konnte auch Zusammenhänge mit dem Anschlag auf Lutz Reisig ausfindig gemacht werden.

Lürrsen kümmerte sich um die Urlaubsanschriften bei den Kurverwaltungen. Mommsen telefonierte inzwischen mit der Staatsanwaltschaft. Danach bereiteten sie sich auf die Gespräche mit den geladenen Zeugen vor.

Pünktlich um 10.00 Uhr kam Karla Simon. Sie machte zwar einen gefassten, aber doch auch müden Eindruck. Trotz aller Beherrschung war ihr anzusehen, dass sie litt. Mit dem Tod von Tobias Kirchner war auch ihr Lebenstraum untergegangen. Mommsen begrüßte sie und begann sachlich das Gespräch.

»Frau Simon, wir wissen jetzt etwas mehr über die Umstände, unter denen Herr Kirchner ums Leben kam. Der Todeszeitpunkt war Dienstag zwischen 22.00 und 24.00 Uhr. Verstehen Sie mich nicht falsch, aber ich muss Ihnen nun die Frage stellen: Wo waren Sie zu dieser Zeit?«

»Ich habe mir schon gedacht, dass Sie das fragen würden. Meine Antwort ist einfach: in der *Vogelkoje*. Jetzt in der Saison ist Hochbetrieb, da kann ich kaum aus dem Geschäft raus.«

»Dann können das doch bestimmt einige Leute bestätigen. Wir bräuchten natürlich die Namen.«

»Na ja, auf alle Fälle kann Bruno Peters bezeugen, dass ich zum fraglichen Zeitpunkt da war. Dann unsere Köchin, Meike Böhning … Wer war denn noch am Tresen? Von den meisten Gästen kennt man ja keinen Namen. Von einigen nur den Vornamen. Ja, am Dienstag war auch der etwas redselige Handelsvertreter aus Braunschweig da. Mit Vornamen heißt der –Maximilian, wenn ich mich recht erinnere. Aber ich denke doch, der Name ist hier im Norden ja ziemlich ungewöhnlich.«

Lürrsen hielt ihre Angaben schriftlich fest.

Mommsen fuhr nach einer kleinen Pause fort: »Haben Sie eine Waffe?«

»Sie meinen eine Pistole? Nein, so etwas habe ich noch nie in der Hand gehabt. Die einzige Waffe, die ich habe, ist Pfefferspray, obwohl man das auf Föhr eigentlich nicht braucht. Ach ja, ich habe noch eine Harpune, die ich mir vor einigen Jahren von einem Tauchurlaub mitgebracht habe.«

»Apropos Harpune! Angeln Sie eigentlich?«

»Wie kommen Sie denn auf so etwas?«

»Die Frage mag Sie verwundern, aber ich habe schon meine Gründe dafür.«

»Nein, so etwas machen doch nur Männer. Bruno angelt. Da bin ich mal mit gewesen. Es war aber die pure Langeweile.«

Lürrsen, der auch zuweilen angeln ging, lächelte mit einer Mischung aus überlegenem Wissen und Verlegenheit vor sich hin.

»Kennen Sie den Verlauf der Großen Wasserlösung?«

»Ja, sicher. Ich wohne ja schon viele Jahre auf Föhr. Da kennt man sich schon aus.«

Mommsen wechselte zu einem anderen Thema über: »Frau Simon, bei unseren Recherchen sind einige Unklarheiten über die Finanzsituation von Herrn Kirchner aufgetaucht. Was wissen Sie darüber?«

»Wenig – um genau zu sein eigentlich gar nichts.«

»Eigentlich heißt, Sie wissen doch etwas. Also?«

»Er war mit seinem Dentallabor Pleite gegangen. Da hatte er wohl noch Schulden. Das hat ihn aber nicht groß belastet. Er hatte dann seinen Job. Was er da verdiente, weiß ich nicht. Aber er hat mal angedeutet, dass dort der überwiegende Teil seines Einkommens aus Provisionen bestehe. Und damit das nicht alles an seine Gläubiger geht, habe ein internationaler Konzern die Möglichkeiten, seine Gelder auf ausländische Konten zu zahlen.«

»Wissen Sie, wo diese ausländischen Konten sein könnten?«

»Nein, er hat nicht weiter darüber gesprochen. Tobias lebte hier nicht auf großem Fuß. Aber ich hatte nie den Eindruck, dass er mittellos war.«

»Frau Simon, ich frage Sie jetzt mal ganz direkt: Haben Sie Herrn Kirchner ausgehalten?«

Die beiden Männer merkten, dass Karla Simon, die bis dahin bei der Beantwortung der Fragen zumindest äußerlich gelassen wirkte, ihre Empörung jetzt nur mit Mühe zurückhalten konnte. »Nein, das hab ich dann doch nicht nötig. Sicher, ich war in Tobias verliebt. Aber ich muss mir keinen Liebhaber kaufen. Gut, er hat bei mir gewohnt. Aber dafür konnte ich ihm ja schlecht Miete abknöpfen. Vor allem, da ich ja sehr froh war, dass ich ihn bei mir hatte. Sonst hat er sich aber finanziell durchaus an allem beteiligt; er hat eingekauft, er hat auf seine Kosten meinen Wagen betankt, er hat mich einige Male ausgeführt, er hat mir Geschenke gemacht.«

»Darf ich fragen, welche Geschenke?«

»Zum Beispiel hat er mir einmal spontan ein Paar Schuhe gekauft, die ich im Schaufenster bewundert hatte.«

Mommsen hielt sich trotz der Entrüstung der Zeugin weiterhin an das Thema der Finanzen. »Wir haben mit der Firma abgeklärt, dass das Geschäft erst langsam anlief. Also sind bislang auch kaum Provisionen angefallen. Dennoch haben wir die Vermutung, dass Herr Kirchner über beträchtliche Summen verfügte. Können Sie sich erklären, woher das Geld gekommen ist, wenn es nicht von seinem Job stammte?«

»Nein, da habe ich wirklich keine Ahnung. Darüber hat er auch nie gesprochen oder etwas in der Richtung angedeutet.«

»Könnte er denn im Zusammenhang mit seiner Begeisterung fürs Surfen Geldquellen aufgetan haben?«

»Ich hatte immer den Eindruck, dass das nur ein Hobby war. Er hatte zwar eine eigene Surfausrüstung in Hannover, aber hier hat er sich diese immer dort am Südstrand geliehen. Bei Sörensen. Ich kann mir nicht vorstellen, wie er dabei etwas hätte verdienen sollen.«

Lürrsen räusperte sich, um die Aufmerksamkeit auf sich zu lenken und fragte: »Hatte er eigentlich einen eigenen Wagen?«

Karla Simon drehte sich zu ihm um. »Ja, einen Firmenwagen. Einen Audi. Den hat er aber in Dagebüll stehen. Mit dem sind wir damals von Husum aus zurück gefahren. Mein Gott, der steht da ja noch immer. Was wird mit dem? Der muss doch an die Firma zurück.«

Lürrsen nickte beruhigend. »Wir benachrichtigen seinen Chef. Der wird sicherlich alles Nötige in die Wege leiten.«

Mommsen leitete zu einem neuen Thema über: »Herr Kirchner war doch ein recht attraktiver Mann. Sie hatten uns erzählt, dass Sie damals in Marokko gleich auf ihn – wie sagten Sie – ›geflogen‹ sind. Es wäre doch denkbar, dass auch andere Frauen ähnlich empfanden wie Sie. Haben Sie etwas Derartiges mal bemerkt?«

»Nein, Tobias war da recht zurückhaltend. Ich habe einige Male in der *Vogelkoje* gemerkt, dass weibliche Gäste auf ihn aufmerksam wurden. Er hat aber immer Distanz gewahrt.«

Lürrsen ergriff wieder das Wort: »Frau Simon, überlegen Sie doch bitte noch einmal genau: Hatten Sie irgendeinen Grund zur Eifersucht?«

Karla Simon schaute ihn fest an. »Nein, Herr Lürrsen. Hatte ich nicht. Ich war sicher nicht die erste Frau in seinem Leben. Aber ich denke, er hatte sich langsam die Hörner abgestoßen. Jedenfalls hat er mir nie einen Grund gegeben, daran auch nur zu zweifeln.«

Mommsen übernahm wieder die Gesprächsführung. »Frau Simon, wie war das, bevor Herr Kirchner hierher kam? Hatten Sie in der letzten Zeit eine Beziehung, die durch die Ankunft von Herrn Kirchner ... äh, sagen wir einmal, gelitten hat?«

»Nein. Eigentlich bin ich – was Männer angeht – ein gebranntes Kind. Meine Erfahrungen waren eher enttäuschend. Erst mit Tobias war das anders.«

»Danke, Frau Simon. Herr Lürrsen, haben Sie noch Fragen?«

Lürrsen schlug eine neue Seite seines Notizbuches auf und fragte wie beiläufig nach Helen: »Wir konnten noch nicht mit Ihrer Tochter sprechen. Wann kommt sie aus Hamburg zurück?«

»Sie wollte morgen am Nachmittag, so gegen 17.00 Uhr, wieder hier sein.«

»Können Sie uns ihre Handy-Nummer geben? Dann werden wir kurzfristig einen Termin mit ihr ausmachen.«

Karla Simon tat wie erbeten. Mommsen schob daraufhin die Papiere auf seinem Tisch zusammen, um das Ende des Gesprächs anzudeuten.

Karla Simon lehnte sich noch einmal vor: »Nun habe ich aber noch einige Fragen. Was ist mit seiner Beerdigung? Wer regelt das? Wenn da keiner ist, werde ich das in die Hand nehmen.«

»Es laufen noch Untersuchungen in der Gerichtsmedizin in Kiel. Die Staatsanwaltschaft hat die Leiche noch nicht freigegeben. Wir sind mit seiner Ehefrau im Gespräch. Sie waren ja noch nicht geschieden. Sie hat schon deutlich gemacht, dass sie sich um die Beisetzung kümmern wird. Wir werden sie ansprechen, ob wir Ihnen Ort und Zeitpunkt der Beisetzung mitteilen können.«

»Tun Sie das bitte. Mir ist das sehr wichtig. Ich habe ihn geliebt.« Die Schlichtheit, mit der sie diese Bitte vorbrachte, gaben ihr eine Würde, die Mommsen Achtung abnötigte.

Die beiden Beamten verabschiedeten sich von Karla Simon. Mommsen brachte sie noch bis zur Tür. Als er zurückkam, schüttelte er bedauernd den Kopf. »Ich fürchte, das hat uns nur wenig weiter gebracht. So, bevor die Ehefrau des Opfers kommt, haben wir noch etwas Zeit. Wir sollten mal hören, ob denn Kollege Schön schon weitergekommen ist.«

Sie begaben sich in den Nebenraum, wo Schön gebannt auf den Bildschirm starrte. »Na, Dirk, was Neues? Vielleicht was über unsere nächste Besucherin, also Bernadette Mohr-Kirchner.«

»Nee, für uns ist die ein völlig unbeschriebenes Blatt. Ich habe allerdings noch nicht ihr Punktekonto in Flensburg überprüft. Aber das sollte uns auch nicht interessieren. Anders sieht das bei Karla Simon aus.« Mommsen und Lürrsen waren hellwach. »In ihrer Jugend hat man sie in Neumünster mal mit Marihuana erwischt. Aber ein Strafverfahren ist nicht eröffnet worden. Vor einigen Jahren war dann mal eine anonyme Anzeige, dass in der *Vogelkoje* gedealt worden sei. Da ist aber nie etwas Konkretes gefunden worden. Also kann das auch eine Falschanzeige, von irgendwelchen Neidern vielleicht, gewesen sein.«

»Was ist mit Bruno Peters?«

»Der war beim Bund. Hatte sich für 12 Jahre verpflichtet. Ist als Feldwebel entlassen worden. In diesem Job hat er sich auch eine Zeitlang um den Waffenbestand seiner Einheit gekümmert – Ausgabe, Wartung und so was. Er ist auch zweimal in Schlägereien verwickelt gewesen, allerdings ohne disziplinarische Folgen.«

»Gut, das ist ja schon mal interessant. Er kennt sich also mit Waffen aus.« Mommsen nickte. »Und was ist mit den Surfern?«

»Da bin ich noch dran. Ich habe erst einmal die Zeugen für heute vorgezogen.« Schön drehte sich wieder zu seinem Computer um.

Mommsen sah Lürrsen an und fragte den Kollegen: »Hat sich schon was mit den Urlaubsadressen unserer Surfer getan?«

»Da bleibt der Kollege Friedrichs am Ball. Der meldet sich sofort, wenn er die Informationen hat. Aber das kann wohl noch etwas dauern«, antwortete dieser.

* * *

Bald darauf kamen Bernadette und Cosima auf der Wyker Polizeistation an. Sie wurden von Lürrsen begrüßt. Er führte sie gleich in den Nebenraum, in dem Mommsen an seinem angestammten Platz saß. Er erhob sich und begrüßte die beiden Frauen. Mommsen war überrascht, dass Cosima mitgekommen war. Er überlegte kurz, ob er auf der Vernehmung ohne ihr Beisein bestehen sollte. Dann jedoch ging ihm durch den Kopf, dass es vielleicht von Vorteil sein könnte, die Reaktionen von beiden auf die jeweilige Aussage der anderen zu beobachten. Sie standen sich gegenüber. »Wie ich sehe, Frau Mohr-Kirchner, haben Sie Frau Bernstädt mitgebracht.« Und zu Cosima gewandt sagte er: »Frau Bernstädt, wir hatten doch schon geklärt, dass bei polizeilichen Vernehmungen nur anwaltlicher Beistand zugelassen ist. Darf ich davon ausgehen, dass Sie auch zur Aufklärung beitragen können?«

»Zum Hergang der Tat sicher nicht. Da war ich nicht dabei, genauso wenig wie Frau Mohr-Kirchner. Ich habe aber gehört, dass sich die Polizei heutzutage nicht verschließt, den psychologischen Raum des Umfeldes zu erhellen. Ich weiß allerdings nicht, ob ich das auch von Ihnen erwarten darf.« Diese kleine Spitze konnte sie sich in Erinnerung ihres morgendlichen Telefonats nicht versagen. »Und zur Erhellung des psychologischen Raumes kann ich sehr wohl beitragen. Ich kann Ihnen versichern, dass Bernadette zu so etwas wie der Tötung eines Menschen überhaupt nicht in der Lage ist.«

Mommsen war zu einem Entschluss gekommen: »Gut, dann darf ich Sie bitten, Platz zu nehmen. Herrn Lürrsen kennen Sie ja schon. Er wird das Protokoll führen. Frau Mohr-Kirchner, die erste Frage: Haben Sie eine Vorstellung, wer Ihren Mann getötet haben könnte?«

»Nein, wie ich Ihnen schon sagte, hatte ich in den letzten Jahren so gut wie keinen Kontakt zu meinem Mann gehabt. Daher weiß ich auch nicht, ob er Feinde hatte, die ihm nach dem Leben trachteten. Und aus der Zeit vorher wüsste ich auch niemanden.«

»Sie kommen doch schon seit Jahren nach Föhr. Ich darf also annehmen, dass Sie sich auf der Insel gut zurechtfinden. Kennen Sie den Verlauf der großen Wasserlösung?«

»Nur so ungefähr. Irgendwo dort aus der Nähe von Oldsum zieht sie sich durch die Insel bis in die Nähe des Hafens. Warum?«

»Dazu möchte ich gegenwärtig nichts sagen. Haben Sie je eine Waffe besessen, oder war in Ihrer Familie jemals eine Waffe? Besaßen zum Beispiel Ihr Vater oder Ihr Mann eine?«

»Mein Vater war im Krieg Soldat. Da wird er wohl Waffen gehabt haben. Zu Hause habe ich nie eine bemerkt. Tobias war Kriegsdienstverweigerer, eine eigene Pistole zu haben, hätte dem wohl kaum entsprochen. Und für mich gilt selbstverständlich dasselbe.«

Überraschend wandte sich Mommsen an Cosima. »Und Sie Frau Bernstädt? Hatten Sie jemals die Verfügung über eine Waffe?«

Cosima schreckte auf. »Nein, ich meine – eigentlich nicht. Mein Vater war Jäger. Der hatte Jagdwaffen. Die waren aber immer in einem Waffenschrank eingeschlossen. Da sind wir Kinder nie rangekommen. Nach seinem Tod haben seine Freunde aus dem Jagdring die Waffen bekommen. Das hatte meine Mutter damals mit denen geregelt.«

»War auch eine Pistole dabei, oder ein Revolver?«

»Ich glaube, eine Pistole.«

»Welches Fabrikat?«

»Keine Ahnung, die hat auch einer seiner Freunde bekommen. Ich hatte nie Interesse für so etwas.«

»Frau Mohr-Kirchner«, wandte er sich nun wieder an Bernadette, »kennen Sie die Besitzer der *Vogelkoje*?«

»Da gibt es ja mehrere. Welche meinen Sie? Warum sollte ich über die Besitzverhältnisse der Vogelkojen Bescheid wissen?«

»Ich meine das Bistro in Wyk.«

»Ach so. Nein, ich war ein- oder zweimal mit Cosima und einigen ihrer Künstlerfreunden dort. Ich nehme an, der Wirt dort ist auch der Besitzer. Aber wem das gehört ...? Das weiß ich nicht.«

Bernadette und Cosima schauten Mommsen erstaunt an, enthielten sich jedoch weiterer Fragen.

»Entschuldigung, noch eine vielleicht unnütze Frage. Angeln Sie?«

»Nein, natürlich nicht. Aber jetzt bin ich doch irritiert. Was hat das alles mit dem Tod meines Mannes zu tun?«

»Frau Mohr-Kirchner, es gibt schon Gründe für meine Fragen. Nun eine Frage, deren Zusammenhang mit dem Tod Ihres Mannes sicher offenkundiger für Sie ist. Wo waren Sie am Dienstag von 22.00 bis 24.00 Uhr.«

Bevor Bernadette antworten konnte, war Cosima schon auf dem Plan. »Soll das wirklich heißen, Bernadette braucht ein Alibi? Glauben Sie, Bernadette hat etwas damit zu tun? Trauen Sie ihr einen Mord zu?«

»Frau Bernstädt, eine Morduntersuchung besteht nicht aus einer Reihe von Glaubensbekenntnissen. Unsere Aufgabe ist es, Fakten zu sammeln und Zusammenhänge zwischen den Fakten aufzuzeigen. Also, Frau Mohr-Kirchner, Ihre Antwort steht noch aus.« Mommsen blieb ruhig.

»Cosima, es ist schon in Ordnung. Ich nehme an, das ist die Zeit, in der Tobias zu Tode gekommen ist. Ich habe erst meine Tochter zu Bett gebracht. Das war so gegen acht. Ich habe ihr noch eine Gute-Nacht-Geschichte vorgelesen. Dann bin ich zu Frau Bernstädt hinüber gegangen, um mir ihre Nähmaschine auszuleihen. Ich wollte für meine Tochter noch einen Umhang für ihren Tanzauftritt nähen. Ich denke, ich war vor 22.00 Uhr aber wieder zurück. Ich habe noch einige Zeit genäht und bin dann schlafen gegangen.«

Mommsen schaute sie nachdenklich an. »Aber einen Zeugen haben Sie nicht?«

»Wenn Sie meinen, ob ich mir hier einen Bettgenossen zugelegt habe ... nein!« Bernadette war bei dem Gedanken an die mit Mommsens Frage verbundene Unterstellung rot geworden.

Mommsen beruhigte sie. »Ich hatte eigentlich eher daran gedacht, dass ihre Tochter vielleicht noch einmal wach geworden wäre. Oder Frau Bernstädt sie gesehen hätte.«

»Nein, Sonja ist nicht wach geworden. Und Frau Bernstädt habe ich auch nicht mehr gesehen.«

»Frau Bernstädt, wie ist es mit Ihnen?«

»Ob ich Bernadette noch nach 22.00 Uhr gesehen habe? Nein, ich bin an dem Tag schon früh schlafen gegangen.«

»Dann erübrigt sich ja wohl auch die Frage nach Ihrem Alibi.«

Cosima war aufgebracht. »Sie haben ja noch gar nicht nach Sonjas Alibi gefragt. Muss die auch eins beibringen?«

»Wie alt ist Sonja denn?«

»Das ist ja wohl die Höhe! Acht Jahre ist sie. Wollen Sie ihr unterstellen, dass sie ihren Vater kaltblütig erschießt?«

»Frau Bernstädt, bitte! Sonja bleibt natürlich von uns völlig unbehelligt. Wo ist sie denn jetzt? Sie hatten mir am Telefon heute Morgen Ihre Sorgen wegen der Journalisten geschildert. Haben Sie eine Lösung gefunden, wo sie Sonja verstecken können?«

Bernadette berichtete den beiden Beamten, was sie unternommen hatten, um Sonja von den Journalisten fernzuhalten.

Mommsen hörte aufmerksam zu. Dann fuhr er fort. »Frau Mohr-Kirchner, ich muss Sie für die folgende Frage um Verständnis bitten. Leider gibt es in einer Morduntersuchung für die Personen im Umkreis des Opfers keine Privatsphäre. Da wir beim jetzigen Stand der Ermittlungen ein Eifersuchtsmotiv nicht ausschließen können, muss ich auch darauf zu sprechen kommen. Also, ist nach der Trennung von Ihrem Mann ein anderer Mann in Ihr Leben getreten?«

Bernadette antwortete ihm gefasst: »Herr Kommissar, ich hoffe, es ist auch für Sie glaubhaft, dass ich nach der Enttäuschung in meiner Ehe davon Abstand genommen habe, mich wieder einem Mann anzuvertrauen. In aller Deutlichkeit: nein, es gab keinen neuen Mann in meinem Leben!«

Mommsen wechselte das Thema. »Herr Kirchner war recht sportlich. Soviel ich weiß, war er auch ein guter Surfer. Haben Sie Hinweise darauf, dass er Kontakte zur hiesigen Surfer-Szene hatte? Vielleicht noch aus der Zeit, als er mit Ihnen hier Urlaub gemacht hat?«

»Er war damals einige Male draußen, doch stets allein. Alle Arten von Wassersport haben mich nie interessiert. Ich muss mich schon überwinden, wenn ich mit Sonja zum Baden gehe. Über seine Kontakte zu anderen Surfern weiß ich nichts. Er hatte auch nie darüber gesprochen.«

»Noch ein anderes Thema. Ich hatte Sie schon bei unserem ersten Gespräch auf die geschäftlichen Aktivitäten Ihres Mannes angesprochen. Ist Ihnen dazu inzwischen etwas eingefallen?«

»Er hatte ja sein Dentallabor aufgemacht. Dabei ist er in die Insolvenz geraten und hat mich da mit rein gerissen. Von seinem Anwalt habe ich nur gehört, dass er nun mittellos sei und von mir Unterhalt haben wollte. Dagegen habe ich mich aber gewehrt. Mehr kann ich Ihnen zu seinen finanziellen Verhältnissen nicht sagen. Ich habe auch nicht nachgeforscht. Ob mein Anwalt mehr weiß, kann ich nicht sagen. Das glaube ich aber nicht. Er hätte mich das sicher wissen lassen.«

»Sicherheitshalber sollten wir bei ihm aber nachfragen. Geben Sie bitte Herrn Lürrsen Namen und Anschrift ihrer Anwalts.«

Cosima hatte während des letzten Teils des Gespräches ihre Freundin besorgt angeschaut und bei Mommsens Fragen einige Male verwundert den Kopf geschüttelt. Während Bernadette Lürrsen gegenüber die erwünschten Angaben machte, wandte sie sich an dessen Kollegen: »Herr Mommsen, das hat doch keinen Zweck. Sie vertun nur Ihre Zeit. Den Täter müssen Sie woanders suchen.«

»Frau Bernstädt, auch wenn wir manchen Menschen im Umfeld eines solchen Delikts gegenüber Sympathie empfinden, müssen wir alle gleich behandeln.« Und mit einem Lächeln fuhr er fort: »Auch wenn uns das manchmal schwerfällt.«

Cosima blieb zurückhaltend. »Die Sympathie haben Sie aber gekonnt verborgen.«

Mommsen lächelte immer noch und erwiderte nur: »Eben.«

Er schaute Lürrsen an, der seine letzten Notizen zu Ende brachte.

Dieser nickte ihm zu. »Gut dann. Das war erst einmal alles. Frau Mohr-Kirchner, bevor Sie fragen: die Staatsanwaltschaft hat die Leiche noch nicht freigegeben. Sie hatten angedeutet, dass Sie sich um die Bestattung kümmern wollten. Wenn es soweit ist, bekommen Sie unverzüglich Bescheid. Ich darf Ihnen jedenfalls danken, dass Sie zu uns gekommen sind. Es war uns wichtig, mit Ihnen noch einmal zu reden. Allerdings kann ich nicht ausschließen, dass wir Sie nochmals behelligen müssen.«

Mommsen brachte die beiden zur Tür und verabschiedete sich. Er stand noch dort, als Dirk Schön hereinkam. Sie waren in der gemeinsamen Frühbesprechung mit Lürrsen übereingekommen, dass Schön sich zunächst mit den Beamten der Wyker Polizei um den Anschlag auf Lutz Reisig kümmern sollte. Ein Zusammenhang mit dem Mord an Tobias Kirchner war immerhin möglich. Er war daher mit einem Wyker Kollegen schon am frühen Morgen zum Krankenhaus gefahren, um das Opfer zu befragen. Danach hatte er sich um die zwei Beamten der Kriminaltechnik gekümmert, die kurzfristig mit der Fähre angekommen waren. Er brachte sie zum Tatort und erklärte ihnen den Sachstand. Die beiden hatten sich gleich an die Arbeit gemacht. Schön war zurückgekommen, um Mommsen und Lürrsen von dem Gespräch mit Lutz Reisig zu berichten. Für den weiteren Verlauf des Tages hatte er geplant, weiter Informationen zu den Personen einzuholen, die mit beiden Ereignissen in Verbindung standen.

»Haben die Kollegen der Kriminaltechnik schon erste Ergebnisse?«

»Sie haben gerade erst angefangen. Sobald sie etwas haben, melden sie sich.«

»Lass uns reingehen, dann hört Lürrsen gleich mit, was der Reisig ausgesagt hat.«

Sie kehrten in den Raum zurück, in dem gerade das Gespräch mit Bernadette Mohr-Kirchner und Cosima Bernstädt stattgefunden hatte. Lürrsen hatte noch einige Anmerkungen zu seinen Protokollnotizen nachgetragen und schlug sein Notizbuch zu.

Sie setzten sich und Mommsen forderte Schön auf, von seinem Gespräch mit Lutz Reisig zu berichten.

»Also zunächst zur Verletzung: Reisig hat einen glatten Durchschuss im linken Oberarm. Der Knochen scheint leicht gestreift worden zu sein. Er wird aber kaum ernsthafte Folgeschäden zurückbehalten. Wenn der Schütze ihn töten wollte, hat er Glück gehabt.« Schön schlug sein Notizbuch auf. »Die Befragung war wenig ergiebig. Er kann sich nicht vorstellen, wer ihn nach dem Leben trachten könnte. Feinde hat er nicht. Ich habe dann nachgehakt. Erst einmal beruflich. Er hat eine Fahrschule in Dortmund. Laut eigener Auskunft läuft das Geschäft problemlos. Keine Widersacher oder dergleichen. Auf Föhr ist er zum zweiten Mal. Vor zwei Jahren war er schon einmal hier. Tobias Kirchner kannte er vorher noch nicht, hat ihn erst in diesem Jahr am Südstrand beim Surfen kennen gelernt. David und Ines ebenso. Sörensen und Kreitmeier kannte er allerdings schon von seinem vorherigen Aufenthalt. Er ist in diesem Jahr ohne Begleiterin hier, da er zur Zeit Single ist. Sein Verhältnis zu Ines Racke hat er zuerst heruntergespielt – als lockeren, eher scherzhaften Urlaubsflirt. Erst als ich ihn auf die Verabredung zum Essen ansprach, gab er zu, dass er schon Interesse an ihr gehabt habe, aber er sei bei ihr nicht richtig zum Zuge gekommen. Ines' Interesse an Tobias Kirchner habe ihn zwar geärgert, aber dem Kirchner sei er nicht böse gewesen, der habe bei der Ines ja nicht angebissen.«

Mommsen nickte: »Das deckt sich mit dem, was Sörensen ausgesagt hat.«

Lürrsen schaltete sich mit einer Zwischenfrage ein: »Haben Sie ihn nach seinem Alibi für Dienstagabend gefragt?«

»Habe ich. Da war er nach der Runde mit den Surfern gleich in sein Ferienquartier gefahren und hat sich vor den Fernseher gesetzt. Keine Zeugen. Allerdings glaube ich, für einen Mord aus Eifersucht hätte er nur ein sehr schwaches Motiv.«

»Nein, das ergibt auch keinen Sinn. Und wer sollte nach dem Tod von Kirchner auf ihn schießen?« Mommsen dachte einen Augenblick nach. »Rache für den Mord an Kirchner? Dann müsste jemand annehmen, dass Reisig ihn getötet habe. Das ist aber höchst unwahrscheinlich. Wie du gesagt hast; sein Motiv wäre zu dünn.«

Mommsen fuhr dann fort: »Reisig hat ja mit dem Kirchner viel geredet. Über was haben sie sich denn unterhalten?«

»Erst hat er nur zugegeben, sich mit Kirchner übers Surfen ausgetauscht zu haben und sie hätten über das Drum und Dran gefachsimpelt.«

»Und dann? Was hat er denn über ihn persönlich erfahren? Über seine beruflichen Aktivitäten, über seinen langen Aufenthalt hier auf der Insel, wo er hier gelebt hat, über seine Kontakte und solche Sachen?«

»Reisig hatte den Eindruck, Kirchner sei als Urlauber hier. Dass er schon seit fast sechs Wochen hier gelebt hatte, hat er offenbar nicht gewusst. Er glaubt auch, Kirchner habe irgendwo eine Ferienunterkunft gemietet. Von seinem Verhältnis mit Karla Simon scheint er nichts zu wissen. Andere Kontakte Kirchners als zu den Surfern sind ihm nicht bekannt. Einmal allerdings hat er gesehen, wie dieser mit einem ziemlich jungen Mädchen draußen war, die er dort sonst noch nicht gesehen hatte. Die beiden schienen sich gut zu kennen.«

Lürrsen schaute auf. »Da fällt mir doch glatt die Tochter von Karla Simon ein.«

»Dem werden wir nachgehen, wenn wir mit ihr reden. Wie lange bleibt Reisig noch im Krankenhaus?«

»Er rechnet noch mit zwei Tagen.«

»Gut, dann werden wir ihn vielleicht noch einmal befragen, wenn er entlassen wurde.«

14. Beobachtung

›Man soll nie dem ersten Eindruck trauen‹, dachte er, ›im *Erdbeer-paradies* wirkte sie eher wie ein Mauerblümchen, aber im Laufe des Abends wurde sie immer attraktiver. Und ich habe sie mir auf keinen Fall schön getrunken.‹ Sergei Perlov lächelte das Frühstücksei an, das mitten auf dem Tablett stand, auf dem ihm seine Wirtin das Frühstück serviert hatte. Ein Bier und zwei Manhattan konnten sein Urteilsvermögen über Frauen nicht verwirren. Silvia hatte ihm eine reizvoll distanzierte Intimität vermittelt, die er bei Frauen selten erfahren hatte. Sie hatte sich für ihn interessiert, ihn nach seiner Heimat, dem Studium und seinen Zukunftsvorstellungen gefragt. Ohne sich dessen bewusst zu sein, hatte er angefangen von sich, seiner Familie und seinen Träumen zu erzählen. Dem vorsichtigen Vorschlag, die Nacht gemeinsam zu verbringen, war sie mit dem Hinweis ausgewichen, dass sie die kleine Ferienwohnung mit ihren beiden Freundinnen teile. Er selbst hatte Hemmungen, unter den neugierigen Augen – oder richtiger den scharfen Ohren – seiner Zimmerwirtin weiblichen Besuch auf sein Zimmer mitzubringen. ›Ich muss aufpassen, dass sich meine Aufträge und meine Gefühle nicht verwickeln‹, sagte er sich. Und doch freute er sich auf ihre Verabredung am Nachmittag beim Musikpavillon am Sandwall.

Mit Appetit machte er sich über sein reichhaltiges Frühstück her. Zur letzten Tasse Kaffee holte er sich eine der Zeitungen heran, die im Frühstücksraum auslagen. *Die Welt* und die *Bild* waren vom Ehepaar am Nachbartisch schon mit Beschlag belegt. Der *Inselbote*, offensichtlich das Lokalblatt, blieb für ihn übrig. ›Und noch vom Vortag‹, stellte er mit einem Blick auf das Erscheinungsdatum fest. Da würden auch die Veranstaltungstermine überholt sein. Aber schon beim Blick auf die Überschriften der ersten Seite merkte er auf. Der Bericht über den Leichenfund im Reet der Midlumer Marsch erregte sein Interesse. Eine vage Idee besetzte eine kleine Zelle seines Bewusstseins. Der Beschreibung nach könnte der Tote Tobias Kirchner sein? … Aber nein, das war doch nicht möglich!

Hastig trank er seinen Kaffee aus. Beim Hinausgehen erkundigte er sich bei seiner Wirtin, wo er den heutigen *Inselboten* bekommen könnte. »Ich bekomme ihn immer gegen Mittag gebracht. Dann können sie ihn gleich haben.« Manda Petersen zeigte sich großzügig. »Sie können ihn aber auch beim Kaufmann die Straße da runter kriegen.« Mit einem kurzen Dank verließ Sergei Perlov das Haus.

Mit der aktuellen Ausgabe des *Inselboten* setzte er sich erst einmal in sein Auto. Gebannt überflog er den Bericht mit den neuen Informationen über den Todesfall. Tatsächlich, seine Befürchtung hatte sich bestätigt; der Tote war Tobias Kirchner. Sollten seine Auftraggeber tatsächlich einen Killer auf ihn angesetzt haben? Aus einer ökonomischen Logik heraus wäre das eigentlich sinnlos. Schließlich hatten sie noch erhebliche Forderungen an ihn, die sie nach seinem Tod ganz sicher abschreiben konnten. Andrerseits wäre es mehr als ein Zufall, dass gerade in dieser Konfliktsituation ein anderer Täter auf dem Schauplatz erschiene. Er legte die Zeitung beiseite. Mit dem Tod von Tobias Kirchner hatte er schließlich nichts zu tun. Wenn seine Auftraggeber ihn von der Überwachung Kirchners entbunden hatten, mochte das darauf zurückzuführen sein, dass sie schon eher von seinem Tod erfahren hatten. Aber jetzt galt es erst recht, nicht aufzufallen.

Sergei Perlov erinnerte sich seines neuen Objektes. Er fuhr los, um sich in Wyk um seinen Zahnarzt zu kümmern. Heute Morgen war er recht früh aufgestanden, um Helmut Zehrer noch beim Frühstück beobachten zu können, bevor dieser sich auf den Weg machte – sei es zur Fähre, sei es zu einem Bummel durch Wyk oder sonst wohin. Er hatte Glück. Durch die Fenster des Gastraums des Hotels sah er Helmut Zehrer vor seinem Frühstück sitzen. Dieser sah irgendwie unausgeschlafen und missmutig aus. Sergei Perlov zog sich zurück und bezog einen Beobachtungsposten auf der Bank, von der aus er den Hoteleingang im Auge behalten konnte. Hier widmete er sich anhand des *Inselboten* der ausgiebigen Lektüre über Neuigkeiten von den Inseln und aus Nordfriesland.

Helmut Zehrer verließ den Gastraum. Da er nicht aus dem Hotel herauskam, nahm Sergei Perlov an, er sei noch auf sein Zimmer gegangen. ›Irgendwann wird er herauskommen, bei dem schönen Wetter bleibt man nicht den ganzen Tag in einem Hotelzimmer‹, dachte er. Nach einiger Zeit tauchte Helmut Zehrer tatsächlich wieder auf, verließ seine Unterkunft und ging zu seinem Auto. Er öffnete den Kofferraum und inspizierte seine Golfausrüstung. Dann stieg er ein und fuhr los. Sergei Perlov hatte sein Auto ebenfalls auf dem Parkplatz abgestellt. So konnte er Helmut Zehrer folgen, ohne ihn aus den Augen zu verlieren. Am Flugplatz vorbei ging es zum Golfplatz. Helmut Zehrer parkte seinen Wagen, nahm seinen Golfwagen und seinen Golfsack mit den Schlägern heraus und betrat die Anmeldung. Wenige Minuten später begab er sich zum Abschlag. Sein Verfolger war nun überzeugt, dass er sich einige Stunden dort aufhalten und vorerst die Insel nicht verlassen werde. Daher stieg er wieder in seinen Wagen und fuhr nach Wyk zurück.

Dort erledigte Sergei Perlov einige Einkäufe – er hatte nicht mit einem längeren Aufenthalt auf der Insel gerechnet und benötigte Nachschub an Wäsche und Toilettenartikeln. Schließlich wollte er auf Silvia einen gepflegten Eindruck machen. Nachdem er die Sachen in seinem Auto verstaut hatte, wanderte er ein Stück auf der Strandpromenade entlang, bis er eine unbesetzte Bank entdeckte und sich darauf nieder ließ. Er holte sein Handy heraus und wählte die Nummer, über die er Kontakt zu seinen Auftraggebern herstellen konnte. Er gab sein Codewort an und wurde mit einem Mann verbunden, der Bulgarisch sprach – und das mit so einem starken Akzent, wie jemand, der in einer anderen Muttersprache groß geworden war. Sergei Perlov informierte ihn über die Umstände des Todes von Tobias Kirchner, wie er sie den Berichten des *Inselboten* entnommen hatte. Sein Gesprächspartner teilte ihm mit, man sei davon bereits unterrichtet, die Organisation habe damit nichts zu tun und er solle seinen Auftrag unauffällig weiter abwickeln. Er solle sich umhören, ob er Informationen über die weitere Entwicklung des Falles aufschnappen könne. Aber der Kontakt mit der Polizei sei auf jeden Fall zu vermeiden.

Trotz der Auskünfte seines Mittelsmanns war er beunruhigt. Er beschloss daher, durch Bewegung und tiefes Durchatmen während einer längeren Strandwanderung seine innere Anspannung zu lockern. Und tatsächlich, als er gegen Mittag nach Wyk zurückkehrte, fühlte er sich freier. Im Pavillon am Sandwall absolvierte die Kurkapelle noch ihre Vormittagssession. Sergei Perlov gesellte sich zu den zahlreichen Zuhörern. Die beschwingten Rhythmen, der Sonnenschein über dem Meer, die schwebenden Sommerwolken am strahlend blauen Himmel, die leichte Brise, die prickelnd die Haut streifte und der Gedanke an sein Date am Nachmittag mit Silvia versetzten auch ihn in eine beschwingte Stimmung.

Absichtslos ließ er seine Augen über die Zuhörer schweifen. Viele jüngere Familien mit ihren Kindern, zum Teil mit den dazugehörigen Hunden, ersatzweise mit überdimensionierten Plüschtieren, aber auch eine stattliche Anzahl an Senioren folgten mehr oder minder aufmerksam den routinemäßigen musikalischen Bemühungen der Band. Einige Personen kamen ihm bekannt vor, da sich ihre Wege schon mehrmals gekreuzt hatten. So etwa ein Rentnerehepaar, das am Nebentisch in der Pizzeria gesessen hatte, oder ein Ehepaar, deren Tochter an einem Bein eine Schiene trug. Auch glaubte er, einem Mann im Alter von etwa Mitte Dreißig schon einige Male begegnet zu sein. Dieser war auch immer alleine gewesen. Sergei Perlov merkte, dass dieser Mann auch mehrmals zu ihm herüberschaute, sich aber kein Zeichen des Wiedererkennens anmerken ließ.

Sergei Perlov zog weiter den Sandwall entlang in Richtung Hafen. Er überlegte kurz, ob er den Verlockungen des Sonnenscheins nachgeben und sich einen Kaffee unter freiem Himmel gönnen sollte. Er verschob dieses Ansinnen auf die spätere Verabredung mit Silvia und begnügte sich damit, im Stehen ein Crêpe zu essen. Ein Blick auf seine Uhr überzeugte ihn, dass es an der Zeit sei, sich um den Aufenthaltsort von Helmut Zehrer zu kümmern. Er startete Richtung Golfplatz. Hier sah er den Wagen seines Klienten noch auf dem Parkplatz stehen. Sergei Perlov richtete sich auf eine längere Wartezeit ein.

Es dauerte tatsächlich einige Zeit, bis Helmut Zehrer in Begleitung eines ihm unbekannten Mannes von der Anlage zurückkam. Die beiden verstauten ihre Golfausrüstungen in ihren Autos und verabschiedeten sich mit einer gewissen Förmlichkeit voneinander – wie Menschen, die sich eben erst kennen gelernt haben. Sergei Perlov war mit den Gepflogenheiten auf Golfplätzen nicht vertraut; vielleicht hatten sie ja ihre Golfrunde gemeinsam gemacht.

Zurück in Wyk folgte er Zehrer, der sich vor einem Café niederließ, um sich mit Kaffee und Kuchen zu stärken. Gerade hatte die hübsche Serviererin das Bestellte vor ihm abgestellt, als sich ein Mann seinem Tisch näherte, ihn ansprach und sich nach einer entsprechenden Handbewegung Helmut Zehrers zu ihm an den Tisch setzte. Sergei Perlov sah ihn nur von hinten, konnte also nicht beurteilen, ob ihm der Fremde bekannt war. Dieser begann jedenfalls gleich lebhaft auf Helmut Zehrer einzureden, worauf der zurückhaltend antwortete und sich eher auf seine Sachertorte zu konzentrieren schien. Der zweite Mann gab nun ebenfalls bei der Bedienung seine Bestellung auf. Hierbei drehte er sich etwas zur Seite. Sergei Perlov erkannte in ihm den Mann, der ihn schon heute Vormittag beim Konzert am Musikpavillon mehrmals angeschaut hatte und dem er schon mehrfach über den Weg gelaufen war.

Sergei Perlov hielt sich zurück, um nicht gesehen zu werden. Die Begegnung der beiden gab ihm zu denken. Sollte der Mann von seiner Organisation ebenfalls auf den Zahnarzt angesetzt sein? Und sollte er auch ihn selbst überwachen? Am Golfplatz hatte er ihn jedoch nicht gesehen. Der Parkplatz dort war übersichtlich. Wenn der Mann zur Überwachung von Helmut Zehrer dort gewesen wäre, hätte er ihn bemerken müssen. Sergei Perlov hielt es immerhin für möglich, dass er nicht nur an Helmut Zehrer interessiert war, sondern auch ihn beobachtete.

›Wenn der Mann ein unbekannter Kollege der Organisation ist, wird er mich bei Bedarf schon ansprechen. Wenn er nicht zur Organisation gehört, ist es wichtig, dass er von meinem Interesse an Helmut Zehrer oder auch an ihm nichts bemerkt.‹ Sergei Perlov hätte fast laut mit sich selber gesprochen, konnte sich aber im letzten Moment noch zusammen nehmen. Es war an der Zeit, sich zu seiner Verabredung mit Silvia am Musikpavillon aufzumachen. Von dort konnte er mit ihr auch an der Außenterrasse des Cafés vorbeibummeln, auf der die beiden Männer saßen. Als Paar würden sie nicht auffallen. Es sei denn, er würde direkt von den beiden beobachtet werden.

Er freute sich immer noch, Silvia zu treffen. Die Beschwingtheit, die er heute Vormittag am gleichen Ort gespürt hatte, war allerdings verflogen, seit er die Begegnung des fremden Mannes mit Helmut Zehrer beobachtet hatte. Er setzte sich in die letzte Bankreihe vor dem Musikpavillon. Nach einigen Minuten sah er Silvia heranschlendern. Sie trug Jeans und ein T-Shirt mit einem Föhrer Emblem. Sie sah schlanker und gelöster aus, als er sie von ihrer Begegnung im *Erdbeerparadies* in Erinnerung hatte. Als sie ihn sah, lachte sie ihn an und hakte sich bei ihm unter. Sofort stellte sich das Gefühl der Nähe wieder ein, das er am Abend zuvor verspürt hatte.

Unbefangen plaudernd erzählte Silvia ihm von den missglückten Annäherungsstrategien verschiedener junger Männer bei ihren beiden Freundinnen am vergangenen Abend im *Erdbeerparadies*, wobei sie sich selbst immer wieder mit einem fröhlichen Kichern unterbrach. Sergei Perlov ließ sich von ihrer Heiterkeit anstecken und ergänzte die Strategien um eine Typologie männlichen Balzverhaltens im Urlaub. Silvia ließ sich wiederum davon mitreißen und schmückte ihre eigenen Erfahrungen mit paarungswilligen Männern aus. In angeregter Stimmung gingen sie einige Male den Sandwall auf und ab.

Sergei Perlov warf dabei immer wieder einen Blick auf Helmut Zehrer und seinen Tischnachbarn. Zwischen diesen hatte sich das Gespräch weiterentwickelt, wobei der unbekannte Mann augenscheinlich Helmut Zehrer bedrängte, was sich Sergei Perlov aus der abwehrenden Körperhaltung des letzteren erschloss. Er sah noch, wie die beiden ihre Telefon- bzw. Handy-Nummern austauschten. Als sie das nächste Mal an dem Tisch der beiden vorbeikamen, waren sie verschwunden. Doch das war nicht allzu schlimm; wichtiger war, dass Perlov sich nun sicher war, dass ihn keiner der beiden beachtet hatte.

Silvia schlug vor, für den Rest des Tages Fahrräder zu leihen, um eine Tour durch die Inseldörfer zu machen oder einen Strandkorb zu mieten und die Sonne am Strand zu genießen. Sergei Perlov, der befürchtete, dass beide Unternehmungen ihm die Beobachtung Helmut Zehrers unmöglich machen würden, erfand einen eiligen Werkstatttermin für seinen Wagen, dessen Zündung angeblich nicht funktionierte.

Sie gönnten sich noch einen Eisbecher vor einer kleinen Diele. Dann verabschiedete er sich von Silvia, mit der er sich jedoch wieder für den Abend verabredete.

›Wer ist bloß dieser Kerl, der sich mit Zehrer getroffen hatte? Offensichtlich wollte der etwas von ihm. Aber was verbindet die beiden miteinander?‹ An eine zufällige Urlaubsbekanntschaft mochte Sergei Perlov nicht glauben. ›Ich muss mehr über ihn herausbekommen. Wenn ich ihn wieder sehe, werde ich versuchen, ihm unauffällig zu folgen. Vielleicht kann ich wenigstens sein Urlaubsquartier herausfinden.‹

Sergei Perlov vergewisserte sich, dass der Wagen von Helmut Zehrer noch auf dem Parkplatz stand. Als er am Hotel seines Klienten vorbei schlenderte, war von diesem nichts zu sehen. ›Vielleicht ist Golf ja doch anstrengender als es aussieht‹, dachte er, ›und er hält Siesta.‹ Abermals ließ er sich auf der Bank nieder, von der aus er den Hoteleingang im Auge behalten konnte.

* * *

Cosima Bernstädt und Bernadette Mohr-Kirchner hatten den Nachmittag auf dem Hof von Heike und Arfst Brodersen verbracht. Sie hatten sich Liegestühle in den Garten gestellt und sich schläfrig unterhalten. Von den Feldern drang das angestrengte und geschäftige Geräusch der Erntemaschinen herüber. Vor diesem Hintergrund akustischer Zeugnisse harter Arbeit wurde das eigene dolce-farniente zum bewussten Genuss. Es waren erholsame Stunden, deren ereignisloser Ablauf nur durch eine kurze Kaffeepause mit Heike Brodersen unterbrochen wurde.

Cosima schaute auf die Uhr. »Oh, es ist schon sechs. Lass uns in die Küche gehen und Heikes Auflauf in den Ofen schieben. Die Männer wollten ihre Arbeit um halb sieben unterbrechen und zum Essen kommen, um danach noch ein wenig weiter zu schaffen. Das schöne Wetter muss schließlich ausgenutzt werden. Heike ist noch beim Melken. Ich werde schon mal aufdecken. Kannst du dich um den Salat kümmern?«

Bernadette war nun doch froh, die Lethargie, die sich ihrer im Laufe des Nachmittags bemächtigt hatte, abschütteln zu können. Schwungvoll erhob sie sich aus ihrem Liegestuhl und zog auch Cosima an der Hand in den aufrechten Stand. Sie begaben sich in die Küche, wo sie sich nach einigem Suchen schnell zurechtfanden.

Das Abendessen wurde recht wortkarg eingenommen. Den Männern wie auch Heike Brodersen merkte man die Anstrengungen eines langen Tages an. Trotzdem sollte ihr Arbeitstag gleich weitergehen.

Beim Abräumen sprach Bernadette Cosima darauf an: »Weißt du, ich finde es bewundernswert, dass die beiden trotz der ganzen Arbeit in der Landwirtschaft sich noch so aufmerksam und aufwendig um ihre Feriengäste kümmern.«

»Das schaffen die auch nur, weil sie voll hinter dem Hof und ihrer Rolle als Gastgeber stehen. Auch wenn noch so viel auf dem Hof zu tun ist, sie nehmen sich immer noch Zeit, sich um die Anliegen ihrer Gäste zu kümmern.«

Kaum hatten sie den Abwasch bewältigt und die Küche aufgeräumt, als sie ein Auto ankommen hörten. Kirsten und Harald Heitkämper kamen mit Heike Brodersen herein. »Hallo, da sind wir wieder. Sonja und Christine lassen schön grüßen. Wir vier hatten einen tollen Tag. Auf der Hinfahrt sind wir ganz nahe an den Seehundbänken vorbeigefahren. Auf der letzten Sandbank vor Langeneß lag ein ganzes Rudel – oder wie heißt das bei Seehunden? – und sonnte sich. Die sind ja viel größer, als ich das gedacht hatte. Die Kinder waren ganz begeistert. Sonja hatte die großen Tiere noch nie so nahe beobachtet. Sie hat Harald ein bisschen ängstlich gefragt, ob die auch am Nieblumer Strand im Wasser sind, wo sie immer badet. Er hat sie dann aber beruhigt. Sie wird also auch zukünftig hier baden gehen.« Kirsten war die Freude über einen schönen Sommertag richtiggehend anzumerken.

»Ich bin Ihnen ja so dankbar, dass Sie sich die Mühe gemacht haben, die Kinder nach Langeneß zu bringen. Es bedrückt mich immer noch, dass ich nicht bei Sonja sein kann. Aber es ist gegenwärtig das einzig Vernünftige.« Bernadette hatte ihr schlechtes Gewissen immer noch nicht abgelegt.

Harald Heitkämper beruhigte sie: »Sonja und Christine gehen jetzt ganz in ihrer neuen Umgebung der Halligwelt auf. Ihre Tochter ist so abgelenkt, dass sie den Verlust erst einmal verdrängt. Auf der Warft ist zur Zeit auch eine Urlauberfamilie mit ihrer Tochter, die im selben Alter wie die Mädels ist. Da haben die beiden noch eine Spielgefährtin.« Und zu Heike Brodersen gewandt sagte er: »Und eure Tante Mile ist ja ein richtiger Schatz. Du bist kaum zur Tür herein und denkst gleich, du kennst sie schon seit Ewigkeiten. Und morgen will sie mit den beiden erst einmal mit dem Fahrrad die Hallig erkunden. Ich habe jedenfalls den Eindruck, die zwei kommen dort bestens klar.«

Cosima und Bernadette unterhielten sich noch kurze Zeit mit Kirsten und Harald Heitkämper und Heike Brodersen. Dann verabschiedeten sie sich.

»Du kommst erst einmal mit zu mir. Wir schauen dann, ob die Luft rein ist und du dich rüber trauen kannst.« Cosima steuerte den Wagen mit routinierter Ortskenntnis über die schmalen Wirtschaftswege nach Nieblum zurück. Die Luft schien rein zu sein, jedenfalls lungerten keine Journalisten um Bernadettes Haus herum.

Sie betraten Cosimas Haus. Im Wohnzimmer angekommen, holte Cosima die Whiskyflasche heraus. »So, noch ein kleiner Absacker nach einem langen Tag. Es soll zwar nicht zur Gewohnheit werden, aber außergewöhnliche Situationen erfordern außergewöhnliche Maßnahmen. Also, lass uns anstoßen. Sünjhaid!«

Cosima trank einen kräftigen Schluck, während Bernadette an ihrem Whisky nur nippte. »Es ist ein so schöner, warmer Abend. Wir sollten noch etwas draußen sitzen und zusehen, wie die Dämmerung die roten Farben des Himmels langsam zu einem ganz dunklen Blau werden lässt. Ich glaube, dass man das nirgends anderswo erleben. Das ist auch einer der Gründe, warum ich hier nie weg will.« Cosimas künstlerische Sensibilität regte sich.

Bernadette ließ sich davon anstecken. »Aber nur, wenn draußen niemand auf uns wartet.«

»Ich gehe einmal rund ums Haus, um nachzuschauen. Bleib so lange hier.« Cosima verließ das Zimmer. Nach einigen Minuten kam sie zurück.

»Draußen ist nichts weiter zu sehen, als ein paar abgestellte Autos. In einem allerdings scheint einer zu sitzen. So ein dunkler Passat mit einem Braunschweiger Kennzeichen. Der sitzt aber nur da, als wenn er auf jemanden wartet. Ich glaube, das Auto habe ich gestern schon hier gesehen. Also wahrscheinlich kein Reporter.«

Die Whiskyflasche wurde durch eine Rotweinflasche ersetzt und das leuchtende Abendrot des Sonnenuntergangs durch ein geheimnisvolles Nachtblau des Himmels – so wie Cosima vorausgesagt hatte. »In dieser Phase muss ich immer an Van Gogh denken, an sein Bild *Cafeterrasse bei Nacht*. Nur dass in seinem Nachtblau noch der Widerschein der Lichter der Stadt enthalten ist.«

»Das kenn' ich. Der Blick aus der Einsamkeit des Außenseiters auf die ferne Geselligkeit des Alltagslebens.«

Cosima erwiderte träumerisch: »Van Gogh … wenn man nur sein Genie hätte! Gegen ihn komme ich mir vor wie ein amateurhafter Handwerker. Und doch möchte ich nie solch ein Leben haben wie er.« Sie schüttelte sich leicht. »So, morgen wird sicher auch wieder ein langer Tag. Wir sollten bald schlafen gehen.«

* * *

›Den Vertreter aus Braunschweig nimmt mir offenbar jeder ab‹, dachte Maximilian Schlier. ›Vielleicht hätte ich Schauspieler werden sollen. Aber die Schauspielerei ist für die meisten eine brotlose Kunst. Da bin ich jetzt besser dran.‹

Heute hatte er den Tag früh begonnen. Eingedenk seines Auftrags hatte er beschlossen, sein Augenmerk verstärkt auf die Witwe des Opfers zu richten. Jetzt, wo Tobias Kirchner tot war, schied dieser natürlich als Informationsquelle für die Geldströme aus den Dentalgeschäften mit Bulgarien aus. Blieben also nur die Menschen übrig, denen er vertraut hatte. Und an eventuelle Unterlagen kam er nicht heran. Er war sich nicht einmal sicher, ob Tobias Kirchner seine illegalen Geschäfte irgendwo festgehalten hatte. Gewiss nicht in Form einer ordnungsgemäßen Buchführung. So wie er ihn einschätzte, war er ein Typ, der eher zu Frauen als zu Männern ein Vertrauensverhältnis aufgebaut hätte. Wenn überhaupt jemand darüber etwas wüsste, dann wohl nur seine Ehefrau und seine Föhrer Gelieb-te, die Wirtin der *Vogelkoje*. Zwar lebte Kirchner von seiner Ehefrau schon lange getrennt, aber vielleicht gab es mit ihr doch noch eine gemeinsame Basis, die ihn im Notfall hätte auffangen können.

Maximilian Schlier hatte schon gestern am Abend das Haus von Bernadette Mohr-Kirchner im Auge behalten, ohne dass er dabei neue Erkenntnisse gewonnen hatte. Heute war er schon am frühen Morgen nach Nieblum gefahren. Er hatte mitbekommen, dass die Frau und ihre Tochter mit der Nachbarin zu einem Hof in die Oeve-numer Marsch gefahren waren. Von dort war die Tochter dann mit einem anderen Mädchen in Begleitung eines Ehepaares in einem Auto mit Lüneburger Kennzeichen weggefahren. Bernadette Mohr-Kirchner und ihre Nachbarin waren dann zur Polizeiwache in Wyk gefahren. Wie es schien, wurde seine Zielperson von deren Nachba-rin geradezu abgeschirmt. Es würde also schwer sein, an sie heran-zukommen. Und als vermeintlicher Vertreter schon gar nicht. Er würde sich etwas anderes einfallen lassen müssen.

Maximilian Schlier beschloss, zunächst einmal von der Frau des Opfers abzulassen und ein Auge auf Sergei Perlov zu werfen, der auf den Zahnarzt aus Kiel angesetzt war. Wie erwartet, tauchte dieser auch gegen Mittag am Musikpavillon auf. Wie schnell Menschen auch in einer neuen Umgebung feste Gewohnheiten annehmen – eine Erfahrung, die er in seinem Beruf schon häufig gemacht hatte. Ma-ximilian Schlier dachte, es könne sinnvoll sein, Perlov seine Auf-merksamkeit spüren zu lassen, in dem er so häufig zu ihm hinüber blickte, bis er sicher war, dass dieser ihn bemerkt hatte. Auf diese Weise verunsichert, würde Perlov sich besonders vorsichtig verhal-ten und keine unerwünschte Aktivität entwickeln.

Nach einer kurzen Siesta in seinem Hotel – sein abendliches Überwachungsprogramm sollte nicht wegen Schlafmangels in einem Nickerchen enden – setzte sich Maximilian Schlier wieder auf die Fährte seiner Zielpersonen. Vor einem Café entdeckte er Dr. Zehrer. An diesem hatte er schon vor dem Tod von Tobias Kirchner mit ge-schultem Auge Symptome einer inneren Unruhe bemerkt, die sich nach dessen Ableben noch deutlich verstärkt hatten. Mit der Rolle des absichtslosen Feriengastes war Zehrer völlig überfordert.

Maximilian Schlier beschloss, sich zu ihm zu gesellen, den Kontakt zu ihm zu intensivieren – offensichtlich der einzige Kontakt, den dieser auf Föhr hatte – und im Fall einer Krise, wenn die Nerven nicht mehr durchhalten würden, diesen aufzufordern, ihm sein Herz auszuschütten und reinen Tisch zu machen. Er musste doch wissen, wohin sein Geld gegangen war!

Maximilian Schlier trat zu Dr. Zehrer an den Tisch, begrüßte ihn mit der trainierten Euphorie des Vertreters und fragte, ob er sich setzten dürfte. Mit deutlich zurückgenommener Begeisterung stimmte der Angesprochene zu. Sommerwetter, der traumhafte Blick auf die Halligen, das bunte Treiben auf dem Sandwall und die Qualität des Kuchenbuffets im Café waren die Themen, die Maximilian Schlier anschnitt, um ein Gespräch in Gang zu bringen. Er ließ sich auch durch die Einsilbigkeit der Antworten Dr. Zehrers nicht entmutigen, seine Versuche fortzusetzen, die Gesprächsbereitschaft seines Gegenübers hervorzurufen. Angebote für eine gemeinsame Golfrunde stießen aber ebenso wenig auf Gegenliebe – »Habe ich heute schon hinter mir.« –, wie der Vorschlag zu einem Fahrradausflug zur Lembecksburg – »Zu heiß!«. Den Vorschlag für ein Treffen am Abend in der *Vogelkoje* mochte Dr. Zehrer schließlich nicht ablehnen.

Während seines etwas einseitigen Gesprächs mit dem Zahnarzt war Maximilian Schlier aufgefallen, dass Sergei Perlov einige Male in Begleitung einer Frau an dem Café vorbei geschlendert war. Sie vermittelten den Eindruck eines jungen Paares in Urlaubslaune. Die betonte Unauffälligkeit dieses Arrangements ließ Maximilian Schlier vermuten, dass Perlov dabei Zehrer beobachtete. Dieser allerdings schien von der Überwachung nichts bemerkt zu haben, obwohl er Perlov aus früheren Kontakten kennen musste. Als auch nach weiteren Bemühungen seitens Schliers die Gesprächsbereitschaft Dr. Zehrers immer noch nicht zu sprudeln begann, gab er auf und verabschiedete sich unter Bekundung seiner Vorfreude auf ihr Treffen in der *Vogelkoje*.

Er schlenderte am Strand bis zum Hafengelände, das zu dieser Zeit ziemlich ruhig dalag. Hier holte er sein Handy heraus, erstattete Bericht und holte sich neue Order.

Die Zeit bis zum Abend überbrückte er mit einem Bummel durch die Geschäftsstraßen von Wyk, wo er sich in den Auslagen der Geschäfte Anregungen für Mitbringsel für seine Familie holen wollte.

Als er annehmen konnte, dass Zehrer genügend Zeit zum Abendessen gehabt hatte, machte sich Maximilian Schlier auf den Weg zur *Vogelkoje*. Zu dieser Zeit war der Betrieb noch überschaubar. Wie er gehofft hatte, stand auch die Wirtin, die hiesige Freundin von Tobias Kirchner, wieder hinter der Bar. So würde er Gelegenheit haben, zu beobachten, ob sie nähere Kontakte zu bestimmten Besuchern des Bistros unterhielt. Helmut Zehrer aber war noch nicht angekommen. So ließ er sich schon mal an der Bar nieder und nahm sich vor, den Platz neben sich für seine Verabredung freizuhalten.

Es dauerte noch eine ganze Weile, bis Helmut Zehrer kam. Mit einer knappen, winkenden Handbewegung grüßte er Maximilian Schlier und setzte sich neben ihn. Er bestellte gleich ein großes Pils und einen Akvavit. Trotz Schliers Bemühungen plätscherte das Gespräch zwischen den beiden Männern nur zäh dahin. Nach einiger Zeit begann Schlier seinen Gesprächspartner thematisch einzukreisen. Mit bewusst naiver Neugier arbeitete er sich über Gesundheitsreform, steigende Kosten, Probleme durch Ausfälle beim Praxispersonal zu Möglichkeiten des Bezuges von Prothetikleistungen aus Niedrig-Lohn-Ländern vor. Helmut Zehrer hatte seinem ersten Bier schnell eine weitere Lage folgen lassen. Schlier merkte ihm an, dass ihn das Thema verunsicherte. Er blieb deshalb mit immer neuen Fragen dabei und versicherte mehrmals, dass er für unkonventionelle Versuche, die Kosten im Griff zu halten, durchaus Verständnis habe.

Schließlich ließ Maximilian Schlier von dem Thema ab und wandte sich den Neuigkeiten über den Toten aus der Marsch zu, worüber er im *Inselboten* gelesen hatte. Hieran hatte sein Gesprächspartner offensichtlich ein größeres Interesse.

Schlier griff dieses auf: »Ich habe irgendwo gehört, dass der Tote auch hier im Bistro manchmal Gast war. Sie waren doch auch schon ein paar Male hier. Haben Sie ihn dabei vielleicht kennen gelernt?«

»Nein, ich kannte ihn nicht. Auch sein Name ist mir unbekannt. Wie soll ich wissen, ob er zufällig mal zur gleichen Zeit wie ich hier war?« Zehrer wies die Möglichkeit eines bewussten Kontaktes mit dem Opfer unwirsch zurück. »Haben Sie ihn denn hier getroffen? Wissen Sie denn, wie er aussah? Haben Sie ihn gekannt?« Nun sprudelten die Fragen nur so aus ihm heraus.

Schlier sah die Chance, Zehrer zu einer direkten Kontaktaufnahme mit der Wirtin zu veranlassen und beide dabei zu beobachten. »Nein, ich kannte ihn nicht. Wenn er hier war, müsste die Wirtin das eigentlich wissen. Fragen Sie die doch einmal.«

Zehrer schwieg einen Augenblick. Schlier bemerkte, wie es in ihm arbeitete. Schließlich fasste sich Zehrer ein Herz und sprach die Wirtin an. »Kann ich bitte noch ein Flensburger und einen Jubi haben?« Zu Schlier gewandt fragte er mit unvermuteter Spendierfreudigkeit: »Darf ich für Sie das Gleiche bestellen?«

»Bitte nur ein Bier. Schnaps bekommt meinem Magen leider nicht.«

Als die Wirtin die Gläser vor sie hinstellte, fragte er diese: »Ach, sagen Sie, ich habe gehört, dass der Tote aus der Midlumer Marsch öfter hier gewesen sein soll. Haben Sie ihn vielleicht gekannt?«

Das Gesicht der Wirtin wurde abweisend. »Weiß ich nicht. Es kommen in der Saison so viele Gäste hierher. Kann schon sein, dass auch er mal hier gewesen ist.« Sie wandte sich den Gästen zu, die gerade ins Lokal gekommen waren und beendete so das Thema.

Schlier hatte aufmerksam zugehört. ›Aha‹, dachte er, ›ihre Strategie ist also, das Thema abzublocken. Sie will offenbar nicht, dass ihre Beziehung zu dem Opfer bekannt wird. Und Zehrers innere Anspannung wird scheinbar immer größer.‹

Ihr Gespräch mäanderte zwischen anderen Themen herum. Zehrer hatte schnell ausgetrunken und Schlier gab in der Hoffnung, dass der aufsteigende Alkoholpegel Zehrers Zunge lösen könnte, noch eine Runde aus. Zehrers Alkoholkonsum zeigte Wirkung. Inzwischen war er bei einer verqueren philosophischen Betrachtung von Schuld und Sühne, von möglicher Verkehrung von Täter und Opfer, von Unterschieden zwischen Moral und Recht gelandet. Schlier hörte zu und beschränkte sich auf gelegentliche Stichworte. Ihm war klar, dass es bei dem gedanklichen Eiertanz um Zehrers Verhältnis zu Tobias Kirchner ging, auch wenn der Name nicht fiel.

Schlier konstatierte, dass Zehrers nun deutlich alkoholisierte Ausführungen ihm keine hilfreichen Informationen mehr bieten konnten. Er nahm aber an, dass dieser das Gefühl bekommen hatte, in ihm eine mitfühlende Seele gefunden zu haben. Er beschloss, noch einen Blick auf die Frau des Opfers zu werfen. Daher verabschiedete er sich von Zehrer und machte sich auf den Weg nach Nieblum.

15. Verwirrung

Schön hatte den Bericht über die Befragung von Lutz Reisig gerade beendet, als der Wachhabende Bruno Peters meldete. Mommsen ließ ihn hereinbitten.

»Herr Peters, schön, dass Sie kommen konnten. Meine Kollegen kennen Sie ja bereits. Also, wir wissen jetzt etwas mehr über das Opfer Tobias Kirchner. Und haben daher auch noch einige Fragen. Zunächst einmal routinemäßig; Wo waren Sie am Dienstagabend?«

Wenn Peters von diesem direkten Gesprächsanfang überrascht wurde, ließ er sich das nicht anmerken. »Wie immer in der Saison, in der *Vogelkoje*. Karla war auch da, und Meike, unsere Köchin. Wir haben abends ja Hochbetrieb und alle Hände voll zu tun. Da kann keiner von uns weg.«

»Ich habe gehört, Sie angeln.«

»Wie kommen Sie denn darauf? Von wem haben Sie das? Und was hat das mit Ihrer Untersuchung zu tun?« Peters machte nun einen überraschten Eindruck.

»Beantworten Sie doch bitte erst einmal meine Frage. Ich habe schon meine Gründe dafür.«

»Ja, ich gehe öfter angeln. Das ist nichts, was ich zu verheimlichen hätte. Wenn Sie die meiste Zeit des Tages inmitten eines Haufens Kontakt suchender Menschen verbringen müssten, wären Sie auch froh, ein Hobby zu haben, bei dem Sie allein sein können. Das brauche ich einfach als Ausgleich.«

»Dann kennen Sie auch die Große Wasserlösung?«

»Ah, jetzt weiß ich, warum Sie mich das fragen. Tobias ist doch da gefunden worden. Ja, als Angler kenne ich die natürlich.«

Mommsen nickte. »Gut. Dann zur nächsten Frage: Haben Sie eine Waffe?«

Peters wich aus. »Wie kommen Sie denn darauf? Was soll ich damit?«

Mommsens Ton wurde schärfer. »Es geht nicht darum, was Sie mit einer Waffe sollen, sondern ob sie über eine verfügen!«

»Nein, ich habe keine Waffe. Mein Fischmesser meinen Sie ja wohl nicht.«

»Aber Sie waren doch beim Bund für die Waffen Ihrer Einheit zuständig. Und wenn diese über ein Jahrzehnt zentrales Thema waren, vermisst man da nicht etwas, wenn man plötzlich ganz ohne irgendwelche Schießeisen dasteht? Ein Mann mit Ihrer Erfahrung weiß doch, wie man da rankommt.«

»Wollen Sie mir illegalen Waffenbesitz unterstellen?«

Mommsen pokerte nun. Er schlug mit der Hand leicht auf den vor ihm liegenden Aktendeckel. »Und wenn wir uns mit einem Durchsuchungsbefehl Ihre Wohnung und die *Vogelkoje* vornehmen? Sollten wir da eine Waffe finden, dann sieht es für Sie ganz düster aus. Also?«

Peters hatte seinen Blick zur Decke gerichtet. Nun beugte er sich seufzend vor: »Nein, ist meine Antwort. Sie können meine Wohnung oder die *Vogelkoje* durchsuchen oder was Sie sonst so wollen. Auch wenn Sie mich noch sooft fragen, es bleibt bei dieser Antwort.«

»Gut, Herr Lürrsen hat das protokolliert. Nächste Frage: Wo waren Sie gestern zwischen 22.00 und 24.00 Uhr?«

»Brauch ich jetzt zwei Alibis? Wofür das denn?« Peters schien ehrlich überrascht. »Was ist denn gestern nun wieder passiert?«

»Beantworten Sie Fragen immer mit Gegenfragen? Meine war doch wohl deutlich formuliert. Also bitte!«

»Gestern war ich auch den ganzen Abend in der *Vogelkoje* – auch zur fraglichen Zeit.«

Schön hatte eine Idee und mischte sich nun in die Vernehmung: »Herr Peters, auf wessen Namen läuft eigentlich die Lizenz für die *Vogelkoje*? Auf Ihren oder den von Frau Simon? Oder sind Sie beide eingetragen?«

»Auf Karlas Namen. Warum?«

Mommsen griff Schöns Anregung auf und wusste scheinbar sofort, worauf dieser hinaus wollte. »Herr Peters, gesetzt den Fall, das Verhältnis von Frau Simon und Herrn Kirchner hätte dazu geführt, dass Frau Simon ihr Geschäft hier aufgegeben hätte, hätten nicht auch Sie dann die *Vogelkoje* verlassen müssen?«

»Nein, dann hätte ich alleine weitergemacht. Wir hätten den Laden einfach auf meinen Namen überschrieben und eine Lizenz zu bekommen, wäre für mich überhaupt kein Problem.«

Schön schaltete sich wieder ein: »Aber Sie hatten doch schon mal Schwierigkeiten in der Gastronomie. Damals in Lauenburg lief doch eine Anzeige wegen Versicherungsbetruges gegen Sie.«

»Das war doch nichts. Ich wäre hier schon klar gekommen.« Peters Optimismus wirkte auf die Beamten etwas aufgesetzt.

»Was für einen Wagen fahren Sie eigentlich?«

»Einen Citroen-Kombi, den Firmenwagen der *Vogelkoje*.«

»Gut, das wäre von meiner Seite erst einmal alles. Noch weitere Fragen?« Mommsen blickte seine Kollegen an, die aber den Kopf schüttelten.

Mommsen verabschiedete Peters, der von Lürrsen hinausbegleitet wurde. Als dieser wieder zurückgekommen war, schauten sie sich nachdenklich an. Schließlich ergriff Lürrsen das Wort: »Seine Leugnung des Waffenbesitzes fand ich nicht überzeugend. Seine Reaktion auf Ihre Drohung mit der Durchsuchung kann auch heißen, dass er die Pistole oder was auch immer woanders versteckt hat. Und ein Motiv hat er auch, sogar ein doppeltes: er ist in Frau Simon nach wie vor verliebt und wäre bei einer Aufgabe der *Vogelkoje* wahrscheinlich wirtschaftlich ruiniert. Nur sein Alibi stört, das scheint ja ziemlich sicher.«

Schön ergänzte die Schlussfolgerungen hinsichtlich des Tatverdachtes: »Und einen Kombi um eine Leiche zu transportieren hat er auch zur Verfügung.«

Mommsen stimmte seinem Kollegen ebenfalls zu. »Ja, Herr Lürrsen, so sieht es aus. Aber das Alibi sollten wir noch einmal überprüfen, am besten durch Befragung der Köchin. Kann das einer Ihrer Kollegen übernehmen?« Lürrsen nickte und notierte sich den Auftrag. »Zu deiner Bemerkung, Dirk; Mit dem Kombi hat er die Leiche nicht bis ins Reet geschafft. Da hätte die Kriminaltechnik ganz sicher Spuren gefunden. Kannst du trotzdem noch einmal die wirtschaftlichen Verhältnisse von Peters unter die Lupe nehmen? Könnte er einen wirtschaftlichen Neuanfang finanzieren? Das muss auf jeden Fall abgeklärt werden.«

Mommsen schaute auf die Uhr. »Wir sollten noch schnell beim Kollegen Friedrichs anfragen, ob seine Suche nach den Urlaubsadressen Erfolg hatte.«

Sie gingen in den Nebenraum, wo Friedrichs bei ihrem Anblick gleich aufsprang. »Es sieht gut aus. Also einen Igor haben wir als Kurgast. Igor Wollhagen, er ist aber schon 72 Jahre und geht wegen einer schweren Arthrose am Stock. Der ist es sicher nicht. Sonst haben wir an russischen Vornamen noch einen Fjedor. Der ist Patient in der Rehaklinik in Utersum, Jahrgang 1961. Und schließlich einen Sergei Perlov. Der kommt vom Alter her in Frage, ist aber bulgarischer Staatsbürger, kein Russe. Ist im Gästehaus von Manda Petersen in Utersum gemeldet.«

Mommsen entschied: »Mit dem werden wir uns beschäftigen. Eventuell kommt auch eine Identifikation durch den Krämer ... Ulf Krämer, in Frage. Was ist mit den beiden Surfern, der Racke und diesem David Lutterbeck?«

»Die Anschriften habe ich auch hier.« Friedrichs schwenkte zufrieden einen Zettel.

»Sehr schön, dann haben wir für heute Nachmittag ja unsere Beschäftigung gesichert. Aber zuerst muss ich einen Happen essen, wenigstens ein Fischbrötchen.«

Schön und Lürrsen schlossen sich an. Nach einer kurzen Mittagspause kamen sie überein, dass Schön sich um die Ergebnisse der Kriminaltechniker am Tatort des Anschlags auf Lutz Reisig kümmern sollte und Mommsen und Lürrsen die noch ausstehenden Gespräche mit den Surfern führen würden.

Lürrsen rief in den Ferienquartieren an, bekam aber keinen Anschluss. Aufgrund der sonnigen Wetterlage mit leichtem Westwind Stärke 3 bis 4 – also idealem Surfwetter – beschlossen sie, ihr Glück am Südstrand bei der Surfschule von Sörensen zu versuchen. Dort trafen sie zunächst auf Schön und auf die beiden Kollegen von der Kriminaltechnik. Diese konnten von einem kleinen Erfolg berichten: Sie hatten eine Patronenhülse vom Kaliber 9 mm gefunden. Die stammte wahrscheinlich aus der Tatwaffe. Das relativ große Kaliber ließ den Schluss zu, dass aus dieser Waffe auch Tobias Kirchner erschossen worden war. Auch einige Fußspuren, die allerdings kaum auswertbar waren, wurden gefunden. Der Westwind hatte sie allerdings weitgehend zugeweht.

Von Sörensen hörten sie, dass Ines Racke und David Lutterbeck mit ihren Brettern auf dem Wasser seien. Da diese schon eine ganze Zeit unterwegs waren und wahrscheinlich bald zurückkommen würden, beschloss Mommsen, auf sie zu warten.

»Na, Herr Mommsen. Sie schauen so sehnsüchtig den Surfern nach. Juckt es Sie nicht auch mal, es zu probieren?«

»Um Himmels Willen, Lürrsen. Vor zwanzig Jahren habe ich mich mal während eines Italienurlaubs an Wasserski versucht. Soviel Salzwasser habe ich in meinem ganzen Leben nicht wieder schlucken müssen. Nein, ich kann mich neidlos aufs Zusehen beschränken. Wie ist es mit Ihnen?«

»Hin und wieder versuch ich mich dran. Sehr amateurhaft allerdings. Ich habe ja leider zu wenig Zeit zum Üben. Mittlerweile ist mein Ältester mit seinen 14 Jahren schon besser als ich.«

Mommsen blickte suchend in den Aufenthaltsraum der Surfschule. »Bekommt man hier auch etwas zu trinken? Ich könnte ein Alsterwasser vertragen. Soll ich Ihnen eins mitbringen?«

Lürrsen nahm das Angebot dankbar an. Kurze Zeit später gesellten sich auch Schön und die beiden Kriminaltechniker zu ihnen. Auch ihnen spendierte Mommsen ein Getränk. In einer kurzen Abschlussbesprechung ergaben sich keine weiteren Informationen der kriminaltechnischen Untersuchung. Die beiden Kollegen versprachen, bald ihren Bericht zu faxen und Schön brachte sie zur Fähre.

Nach einiger Zeit kam Sörensen zu den Beamten herüber. Er zeigte auf zwei Surfer, die gerade am Strand vor der Surfschule an Land kamen. »Da kommen Ines und David. Wenn Sie mit denen reden wollen, ist das jetzt eine gute Zeit. Die kommen meist erst am späten Nachmittag wieder, wenn sie nichts anderes vorhaben.«

Mommsen merkte auf: »Unternehmen die beiden denn viel gemeinsam?«

»Wüsste ich nicht. Ich habe sie mal mittags am Fischimbiss gesehen. Aber das will ja nichts heißen.«

Inzwischen waren Ines Racke und David Lutterbeck herangekommen. Gemeinsam mit Sörensen verstauten sie die Surfausrüstung auf der Abstellfläche neben dem Haus.

Mommsen ging auf sie zu und stellte sich und seinen Kollegen vor. »Sie können sich sicher denken, dass wir Sie wegen des Todes von Tobias Kirchner und wegen des Anschlags auf Herrn Reisig sprechen wollen. Können wir das gleich hier machen oder möchten Sie lieber später am Nachmittag zu uns auf die Polizeiwache kommen?« Auch wenn Mommsen ihnen es scheinbar überließ, wo und wann sie sich seinen Fragen stellen wollten, war ihnen doch klar, dass sie eigentlich keine Wahl hatten. Das Erscheinen auf der Wache war sicher noch unangenehmer.

Ines Racke antwortete als erste: »Wenn es nicht zu lange dauert, können wir gleich jetzt reden. Ich möchte nur nicht anfangen zu frieren.« Sie warf sich eine Jacke über und schaute David Lutterbeck an.

Dieser nickte. »Fragen Sie, dann haben wir es hinter uns. Was wollen Sie wissen?«

»Gut. Zunächst einmal zu Ihnen, Frau Racke. Was wissen Sie über Tobias Kirchner?«

»Er war ein ganz exzellenter Surfer und ist viel in der Welt herumgekommen. Er kannte viele interessante Reviere: Kalifornien, Hawaii, Barbados, Portugal und noch andere.«

»Was hat er denn beruflich gemacht? Die Reisen an die Plätze, die Sie genannt haben, müssen doch sehr kostspielig gewesen sein.«

David Lutterbeck übernahm nun das Antworten: »Er war Vertriebsleiter einer internationalen Firma für Dentalbedarf. Da wird er wohl gut verdient haben.«

Mommsen fasste nach: »Hat er denn hier auf Föhr auf großem Fuß gelebt?«

Diesmal war Ines Racke schneller mit einer Antwort: »Nein, das kann man nun wirklich nicht sagen. Er lebte eher bescheiden.«

»Wo hat er denn hier gewohnt?«

Wieder antwortete Ines Racke: »Das hat er eigentlich nie erwähnt. Jedenfalls nicht mir gegenüber. Ich nehme an, er hat irgendwo eine Ferienwohnung gemietet. Er war überhaupt ein schüchterner … ich meine, ein zurückgezogener Mensch, also er hat kein Aufhebens von sich gemacht.«

Mommsen bemerkte, dass David Lutterbecks Lippen ein ironisches Lächeln andeuteten. Aber er äußerte sich nicht zu der Einschätzung von Ines Racke.

»Frau Racke, ich habe gehört, dass Sie an Herrn Kirchner recht interessiert waren.«

»Wer behauptet denn so etwas? Sicher, er war ganz charmant und sah gut aus. Aber ich fliege doch nicht auf den erst besten Charmebolzen. Umgekehrt mag ja ein Schuh daraus werden.«

›Aha‹, dachte Mommsen, ›diese Wendung kommt ja nun plötzlich. Vielleicht hat sie nach dem Ausfall Tobias Kirchners und der momentanen Stilllegung von Lutz Reisig ihre Libido auf David Lutterbeck gerichtet und will ihre frühere Favorisierung des Opfers leugnen. Aber der hat doch mitbekommen, dass sie sich an Tobias Kirchner rangeschmissen hat.‹

Mommsen blickte Ines Racke konzentriert an. »Haben Sie denn außerhalb des Surfens hier mit Herrn Kirchner irgendeinen weiteren Kontakt gehabt?«

»Nein, eigentlich nicht. Wir sind uns zufällig in Wyk mal über den Weg gelaufen.«

»Mehr nicht?«

»Nein, mehr nicht!« Ines Rackes Antwort klang patzig.

Mommsen schloss daraus, dass ihr das Thema unangenehm war. In Anwesenheit eines potentiellen Opfers ihres Drangs nach männlicher Resonanz auf ihre Attraktivität würde er wohl kaum weitere Einzelheiten über ihr Verhältnis zu Tobias Kirchner erfahren. Erst recht nicht, wenn das Verhältnis über das Stadium einer flüchtigen Bekanntschaft hinausgegangen war.

»Frau Racke, wo leben Sie und was machen Sie beruflich?«

»Ich komme aus Dinslaken. Ich bin dort an einer Maklerfirma für Immobilien beteiligt.«

»Sind sie verheiratet?«

»Nein, geschieden.«

»Na schön. Haben sie denn eine Vorstellung, wer Herrn Kirchner nach dem Leben getrachtet haben könnte?«

»Nein. Ich sagte doch schon, dass ich ihn nicht so gut gekannt habe.«

Mommsen drehte sich zu David Lutterbeck herum. »Und Sie, Herr Lutterbeck?«

»Mir geht es so wie Frau Racke. Ich kannte und bewunderte ihn als Surfer. Da war er uns allen weit voraus. Sonst weiß ich nichts über ihn.«

»Na, na, Herr Lutterbeck. Das sehe ich aber anders. Sie wussten doch, wo er gewohnt hat. Sie haben ihn dort mindestens einmal mit Ihrem Wagen abgeholt. Also, ich will mehr von Ihnen wissen.« Mommsens Ton war energisch geworden.

»Ich habe ihn zufällig abends mal in der *Vogelkoje* getroffen. Er muss die Besitzerin gut gekannt haben. Ich hab mitgekriegt, wie sie sich im Büro hinter der Bar geküsst haben. Die Tür stand einen Spalt offen. Na, ich habe ihn dann darauf angesprochen, dass er sich ja eine tolle Frau angelacht habe – den Schwarm aller Männer hier auf der Insel. Dann hat er mir gestanden, dass er sie schon länger kennen und bei ihr wohnen würde. Gut, wir haben uns dann zum Surfen verabredet und ich habe ihn am nächste Morgen abgeholt.«

Ines Racke war seinen Ausführungen mit offensichtlichem Erstaunen gefolgt. Mit empörter Stimme unterbrach sie ihn. »Du hast gewusst, dass er hier ein Verhältnis hatte und mir nichts davon gesagt? Und hast zugesehen, wie ich mich zur Närrin mache!«

Mommsen ging durch den Kopf, dass ihre anklagenden Bemerkungen im Widerspruch zu ihrem vorhin betonten Desinteresse an Tobias Kirchner standen.

David Lutterbeck hatte ihr mit wissendem Lächeln zugehört. »Komm, Ines, du wusstest doch auch Bescheid. Ich hatte es dir erzählt. Und da hattest du höchstens zwei Pernod gehabt.«

Ines Racke wurde heftiger. »Jetzt lügst du. Nichts hast du mir erzählt. Gar nichts! Das war mal wieder die typische männliche Solidarität. Da werden Frauen gegeneinander ausgespielt und die Männer halten das unter der Decke.«

Mommsen beobachtete regungslos die weitere Eskalation des Streites in der Hoffnung, dass er hierbei weitere Neuigkeiten erfahren würde. ›Schau an‹, dachte er, ›verschmähte Liebe! Das klassische Motiv der Medea.‹

David Lutterbeck lachte kurz auf. »Gerade hast du uns erzählt, dass du kein Interesse an Tobias gehabt hast. Was gehen dich dann seine Affären an? Was?« Mit eindringlicher Gestik unterstützte er seine Frage. »Jetzt denk mal nach. An dem Abend, als ich dir von seinem Verhältnis auf Föhr erzählt hatte, bist du eher hier abgezogen. Und kaum warst du aus der Tür, hast du wie ein Schlosshund geheult. Glaube bloß nicht, ich hätte das nicht mitbekommen. Und am nächsten Abend bist du gleich in der *Vogelkoje* aufgekreuzt, um dir Tobias Favoritin anzugucken.«

Mommsen wollte nun Gewissheit haben und fragte ganz direkt: »Also, Frau Racke, haben Sie nun von dem Verhältnis von Herrn Kirchner mit der Wirtin der *Vogelkoje* gewusst oder nicht?«

Ines Racke schüttelte verstockt den Kopf und schwieg.

»Frau Racke, ich habe Sie etwas gefragt. Ich erwarte eine Antwort.« Mommsen betonte jede einzelne Silbe, um seiner Aufforderung Nachdruck zu verleihen.

»Ich sage jetzt gar nichts mehr.« Ines Racke schüttelte nochmals den Kopf, verschränkte die Arme vor der Brust und schaute weg.

»Gilt Ihr Schweigen auch für den Anschlag auf Herrn Reisig gestern Abend? Den haben Sie doch – im Wortsinne – hautnah miterlebt.« Mommsen konnte seinem Hang zum Sarkasmus nicht immer widerstehen.

Nach kurzer Bedenkzeit gab Ines Racke einen kurzen Bericht des Vorfalls. Ihre Schilderung deckte sich mit den Ausführungen von Holger Sörensen und brachte keine neuen Erkenntnisse.

»Herr Lutterbeck, können Sie zu der Beschreibung der Ereignisse von gestern Abend noch etwas ergänzen?«

»Nein, es ist alles so abgelaufen, wie Frau Racke berichtet hat. Ich bin mir allerdings nicht sicher, ob der Schütze Herrn Reisig tatsächlich umbringen wollte. Er hat sich ja geräuschlos herangeschlichen. Oder anders gesagt; Wir waren ja recht laut, so dass wir ihn nicht gehört haben. Also, ich meine, er hatte genügend Zeit gehabt, richtig zu zielen. Und auf so kurze Distanz hätte er doch genau treffen müssen.«

Mommsen ging einer plötzlichen, vagen Idee nach. »Kennen Sie sich denn mit Schusswaffen aus. Waren Sie beim Bund?«

»Nein, ich habe Zivildienst geleistet.«

»Also haben Sie keine Erfahrung mit irgendwelchen Schusswaffen?"

»Nee, nicht so richtig.«

»Was heißt das denn nun wieder?«

»Ich habe früher einige Jahre Fünfkampf betrieben. Da gehört Pistolenschießen dazu. Das habe ich natürlich trainiert.«

»Wann haben Sie damit aufgehört?«

»Vor etwa fünf Jahren.«

»Warum?«

»Wegen des Reitens. Irgendwie konnten die Pferde und ich kein Vertrauensverhältnis zueinander aufbauen. Daran bin ich regelmäßig gescheitert. Surfbretter sind weniger eigensinnig als Pferde.«

»Haben Sie noch eine Pistole?«

»Nein, die gehörten alle dem Verein. Seitdem ich aufgehört habe, habe ich keine Waffe mehr in der Hand gehabt.«

»Noch einmal zurück zu Herrn Reisig. Wie lange kennen Sie ihn schon?« Mommsen blickte von David Lutterbeck zu Ines Racke und machte damit deutlich, dass er von beiden eine Antwort auf seine Frage erwartete.

»Ich habe ihn erst hier kennen gelernt. Das ist noch keine zwei Wochen her.« Ines Racke hatte ihre Trotzphase offensichtlich überwunden.

»Ich bin etwa zu der gleichen Zeit wie Ines hier beim Surfen mit ihm bekannt geworden. Wie er erzählt hat, hat er eine Fahrschule im Ruhrgebiet.«

»Haben Sie eine Ahnung, wer es auf ihn abgesehen haben könnte? Nach dem ganzen Tatablauf war das ja kein Versehen, sondern der Anschlag galt ganz offensichtlich seiner Person.«

Diesmal antwortete Lutterbeck als erster: »Völlige Fehlanzeige. Ich hab keine Ahnung. Er ist einfach nur ein netter Kerl. Er redet manchmal ein bisschen viel, aber das ist ja wohl kein hinreichendes Motiv, dann müssten manche andere ja auch schon tot sein.« Er schaute dabei zu Ines Racke hinüber, die dies jedoch nicht bemerkte.

Diese schüttelte nur den Kopf.

Mommsen wollte seine Befragung abrunden und fragte nun auch nach den persönlichen Verhältnissen Lutterbecks: »Was machen Sie beruflich?«

»Ich bin Geschäftsführer einer Firma, die Büromöbel speziell für Computerarbeitsplätze herstellt. Der Chef ist immer noch mein Vater, der den Laden aufgebaut hat. Ich bin für das Marketing verantwortlich.«

»Okay, und Sie kannten Tobias Kirchner also nicht schon früher?«

»Nein, das sagte ich doch gerade. Ich habe ihn erst in diesem Jahr hier beim Surfen kennen gelernt.«

»Nun noch eine letzte Frage: Frau Racke, wo waren Sie am Dienstagabend ab 22.00 Uhr?«

Ines Racke überlegte einen Augenblick. »Ich bin vor dem Fernseher eingeschlafen. Beim Durchzappen bin ich irgendwie bei einem Bericht über Rentierzucht gelandet. Und dann hat mich die Energie verlassen, weiterzuschalten.«

»Waren Sie allein?«

»Klar. Mit wem hätte ich mich denn abgeben sollen?«

»Sind Sie da auf meine Vorschläge angewiesen?« Wieder machte sich Mommsens Sarkasmus bemerkbar.

»Und Sie, Herr Lutterbeck?«

»Ich glaube, ich war am Dienstagabend in einer Gaststätte in Wyk – war so eine Art Pub. Mit einem Ehepaar, das die Ferienwohnung neben mir bewohnt. Butterweck heißen sie – Conny und Heinz Butterweck.«

Mommsen beschloss, die Befragung zu beenden. Er hatte registriert, dass Ines Racke zu frieren begonnen hatte. Und ihm war bewusst, dass keine weiteren ergiebigen Informationen zu erwarten waren, solange die beiden gemeinsam befragt wurden. Man müsste sie zu einem späteren Zeitpunkt noch einmal getrennt voneinander vernehmen.

Mommsen bedankte sich bei den beiden Zeugen und forderte sie auf, in den nächsten Tagen verfügbar zu bleiben und die Insel nicht zu verlassen. Mommsen und Lürrsen schauten ihnen nach.

Sie bemerkten, wie Ines Racke sich bei David Lutterbeck einhakte, ihren Kopf kurz an seine Schulter schmiegte und dann lebhaft auf ihn einredete.

»Lürrsen, schauen Sie mal, war die Auseinandersetzung zwischen den beiden vorhin nur gespielt?«

Lürrsen zuckte unentschieden mit den Achseln.

Sie begaben sich zur Polizeiwache zurück. Dort trafen sie Schön an, der wie gewohnt vor dem Computer saß. Mommsen war auf dem Rückweg vom Südstrand sein Vorhaben eingefallen, für die gemeinsame Kaffeemaschine Nachschub zu besorgen, was er denn auch gleich in die Tat umgesetzt hatte. Nun drückte er Schön die Kaffeepackung in die Hand, machte ihm ein Kompliment wegen seiner technischen Begabung im Umgang mit solchen High-Tech-Erzeugnissen wie Kaffeemaschinen und bat um eine Demonstration dieser Fähigkeiten.

Schön schaute Lürrsen Mitleid heischend an, deutete mit einer Kopfbewegung zu Mommsen hinüber und sagte gottergeben: »So ist er eben.«

Mit dampfenden Kaffeebechern saßen sie sich dann gegenüber. Lürrsen öffnete die Tür eines Wandschranks und schaute kurz hinein. »Rum hätten wir hier. Wenn wir noch geschlagene Sahne hätten, könnten wir den Kaffee zu einem Pharisäer veredeln. Das würde doch alles viel gemütlicher machen.«

Mommsen lachte kurz auf. »Gute Idee, wir sollten das für Morgen ins Programm nehmen. Nur leider haben wir noch keinen Grund, die Füße hoch zu legen. Unsere bisherigen Erkenntnisse sind eher verwirrend. Lassen Sie uns die Kontaktpersonen des Opfers noch einmal nach einander durchgehen:

- Seine Ehefrau hat natürlich ein Motiv, ihr Alibi ist dünn, Waffenbesitz unwahrscheinlich, Transport der Leiche ins Reet ebenfalls unwahrscheinlich.

- Karla Simon hat offensichtlich kein Motiv. Im Gegenteil; sein Tod hat ihren Lebenstraum begraben. Keine Anzeichen für Waffenbesitz, Alibi für die Tatzeit müsste noch überprüft werden. Lürrsen, das kann Ihr Kollege bei der Befragung der Köchin gleich mitmachen. Transport der Leiche: wie sollte sie das angestellt haben?

- Bruno Peters ist für mich noch nicht richtig einzuschätzen. Ein

Motiv hätte er. Waffenbesitz können wir nicht ausschließen. Alibi für die Tatzeit müsste noch überprüft werden. Transport der Leiche ist sowieso noch unklar.

- Nun zu Lutz Reisig: Ein Motiv wäre möglich, aber dünn, das Attentat auf ihn spricht gegen eine Täterschaft. Aber auch da sind wir noch nicht durch.

- Die Racke hätte schon ein gewichtiges Motiv; eine unerwiderte Liebe kann Frauen schon zu Wahnsinnstaten hinreißen – aber Männer wahrscheinlich auch. Also kein hinreichendes Alibi. Kein Zugang zu Waffen.

-Bei David Lutterberg sehe ich ebenfalls kein überzeugendes Motiv. Zugang zu Waffen hat er gehabt, ebenso wie schon Bruno Peters, Alibi müsste noch überprüft werden. Können wir das Ihrem Kollegen auch noch zumuten?«

Lürrsen nickte.

Sie schwiegen. Schließlich räusperte sich Schön. »Du hast Recht. Irgendwie ist das alles noch recht verwirrend. Und dabei haben wir zwei Spuren noch gar nicht angesprochen: seine geschäftlichen Beziehungen beziehungsweise das dubiose Schweizer Konto und die Liste mit den Summen, sowie den Kontakt mit dem jungen Ausländer – wahrscheinlich diesem Sergei Perlov.«

»Lürrsen, Sie sehen; den Rum lassen wir einstweilen noch in der Flasche. Aber ich verspreche Ihnen, wenn wir den Fall gelöst haben, dann ist ein gepflegter Pharisäer fällig.«

Mommsen schaute auf die Uhr. »Der Tag ist noch nicht vorbei. Dirk, kannst du dich noch einmal um das Schweizer Konto kümmern? Dein Kumpel von der Wirtschaftskriminalität wollte doch versuchen, etwas darüber herauszufinden. Kannst du da noch einmal nachfassen? Und wir, Herr Lürrsen, sollten versuchen, diesen Sergei Perlov zu erwischen.«

Lürrsen schaute in sein Notizbuch und griff zum Telefon. Nach einem kurzen Gespräch auf Platt legte er auf. »Die Wirtin, Manda Petersen sagte, dass er noch nicht wieder da sei. Sie war ganz erschrocken, dass so ein netter junger Mann etwas mit der Polizei zu tun hat. Ich habe sie erst einmal beruhigt. Sie hat versprochen, uns anzurufen, wenn er zurück ist.«

Während Schön über Telefon und Computer recherchierte, hatte Mommsen sich zurückgelehnt und hing seinen Gedanken nach. Sie mussten noch mehr in Erfahrung bringen, ehe sie die ersten Spuren eliminieren konnten. Er zog einen Papierblock zu sich heran und begann den Fall in einer Art Landkarte zu skizzieren, in die er die Personen und die Verbindungen zwischen ihnen einzeichnete. Lürrsen hatte sich inzwischen entschuldigt, um sich Alltagsproblemen des Reviers zu widmen.

Nach einiger Zeit schob Schön seinen Stuhl zurück, stand auf und setzte sich auf die Tischkante. Mommsen blickte auf. »Na, hast du was herausgefunden?«

»Zuerst zum Schweizer Konto auf den Namen Friedrich Herles. Eine Identitätsprüfung durch die Bank hat nicht stattgefunden. Also hätte jeder unter diesem Namen ein Konto eröffnen können. Die Einzahlung ist vor sechs Wochen in bar erfolgt. Über 100.000,- Euro. Das lässt zumindest an unsaubere Geschäfte denken.«

»Und zusammen mit der Liste, hinter deren Abkürzungen wir Namen von Zahnärzten vermuten dürfen, lässt das sogar an Erpressung denken. Wenn hinter dem Namen des Kontoinhabers Tobias Kirchner steckt, wen hätte er dann erpressen können? Und weswegen?« Mommsen schwieg eine Weile nachdenklich. »Zu jeder Abkürzung gehören doch zwei Zahlen. Die eine stellt wahrscheinlich eine Geldsumme dar, die andere könnte eine Postleitzahl sein. Wende dich unter dieser Prämisse doch noch einmal an die Firma. Wir brauchen eine Kundenliste von den Zahnärzten, sortiert nach Postleitzahlen. Damit müssten wir doch einige identifizieren können. Und die können wir dann befragen. Gut, wenn es sich wirklich um Erpressungen handelt, müsste man dementsprechend behutsam vorgehen.«

»Ich versuche es gleich mal. Der Buchhalter dort war ja ganz hilfsbereit. Hoffentlich ist der noch im Büro.« Schön machte sich an die Arbeit.

Nach einiger Zeit kam Lürrsen herein. »Die Wirtin von Sergei Perlov hat angerufen. Er ist gerade zurückgekommen.«

»Na, dann los.«

Mommsen und Lürrsen stürmten zum Auto und beeilten sich, nach Utersum zu kommen. Dank der Ortskenntnis von Lürrsen fanden sie auch gleich die Adresse. Kaum näherten sie sich der Haustür, wurde diese auch schon von Manda Petersen geöffnet. Mit verschwörerischem Gesichtsausdruck begrüßte sie die beiden Beamten und bat sie in ihre Wohnstube. Lürrsen stellte sich und Mommsen mit vollem Dienstgrad vor. Manda Petersen war sichtlich beeindruckt.

»Hat der Herr Perlov sich was zuschulden kommen lassen? Das kann ich mir gar nicht vorstellen. Der will sich hier im Urlaub doch nur etwas amüsieren. Richtig gut erzogen ist der. Räumt morgens sein Kaffeegeschirr immer weg. Richtet auch sein Bett selbst her. Also, wenn ich nur solche Gäste hätte, hätte ich viel weniger Arbeit.«

Lürrsen antwortete auf Platt, denn er wusste, dass er damit noch vertrauenerweckender wirkte: »Nee, Frau Petersen, wi wüllen em blot wat fragen. In wat förn`n Stuuv wahnt de Herr Perlov denn?«

»De Trepp rop, denn de erste Stuuv op de like Siet, Nummer 4.«[5]

Mommsen, der Platt verstand, aber nicht selbst sprach, antwortete: »Gut, dann gehen wir mal zu ihm rauf.«

Lürrsen ging die Treppe hinauf voran und klopfte. »Herr Perlov, bitte machen Sie auf. Wir sind von der Polizei und haben einige Fragen an Sie.«

Stille!

Lürrsen klopfte energischer. »Bitte machen Sie auf. Wir müssen sofort mit Ihnen reden. Oder sollen wir die Tür gewaltsam öffnen?« Vorsichtshalber hatte er seine Pistolentasche geöffnet und die Waffe gelockert.

Nach einigen Augenblicken hörten sie Schritte. Die Tür öffnete sich. Sergei Perlov starrte sie mit einem Gesichtsausdruck an, der sich scheinbar zwischen Verlegenheit und Trotz nicht entscheiden konnte.

Mommsen und Lürrsen traten ein und wiesen sich aus. Mommsen übernahm sofort die Gesprächsleitung: »Herr Perlov, Sie haben To-

---

[5] *Plattdeutsch:*   *»Nee, Frau Petersen, wir haben nur ein paar Fragen an ihn. In welchem Zimmer wohnt der Herr Perlov denn?«*
           »Die Treppe rauf, dann das erste Zimmer links, Nummer 4.«

bias Kirchner gekannt. Sie haben sicher schon erfahren, dass er ermordet worden ist. Ich bin der ermittelnde Polizeibeamte. Wir müssen uns mit Ihnen unterhalten. Und das sollten wir auf der Polizeistation machen. Ich darf Sie also bitten, mitzukommen.«

Sergei Perlov schaute sie verwirrt an. »Ich kenne den nicht. Wie heißt der?«

»Tobias Kirchner. Sicher kennen Sie ihn. Soll ich Ihrem Gedächtnis nachhelfen?« Mommsen zeigte ihm das Foto des Opfers.

Sergei Perlov hatte sich gefasst. »Nein, den habe ich noch nie gesehen. Was ist mit ihm?«

»Nein, Herr Perlov, so nicht. Mit uns sollten Sie keine Spielchen treiben. Also, wir gehen jetzt.«

Sergei Perlov zögerte kurz, zog sich dann aber seine Schuhe an und kam ohne weitere Umstände mit.

Auf der Polizeistation angekommen, gingen sie gleich in ihren Arbeitsraum. Schön schaute auf, erfasste, dass der neue Gast Sergei Perlov sein musste, schaltete seinen Computer aus und wandte seine Aufmerksamkeit dem nun beginnenden Verhör zu.

Lürrsen stellte erst einmal die Personalien von Sergei Perlov fest.

Dann übernahm Mommsen die Gesprächsführung. »Also, Herr Perlov, noch einmal. Diesmal für das Protokoll. Wenn Sie uns anlügen, ist das Behinderung polizeilicher Ermittlungen. Denken Sie an Ihre Aufenthaltserlaubnis in der Bundesrepublik. Kennen Sie diesen Mann?«

Perlov war nun vorsichtig geworden. »Ich kann mich nicht erinnern. Vielleicht ist er mir mal über den Weg gelaufen.«

»Dann mal ganz von vorne. Warum sind Sie hier auf Föhr?«

»Ich mache hier Urlaub.«

»Was hat Sie denn in die Bundesrepublik verschlagen? Was machen Sie eigentlich beruflich?«

»Ich bin Student der Zahnmedizin in Hamburg.«

Mommsen wiegte skeptisch den Kopf. »Die Studenten, die ich kenne, gehen in den Semesterferien entweder jobben oder auf Tour in den Süden. Die Nordseeküste gilt gemeinhin ja nicht gerade als Magnet für Studenten. Wie sind Sie denn auf Föhr gekommen? Kennen Sie hier jemanden?«

»Für die Insel an sich gibt es keinen besonderen Grund. Ich wollte einfach nicht so weit reisen und auch den Norden von Deutschland kennen lernen. Und nein, ich kenne hier niemanden.«

»Schön, lassen wir das mal so stehen. Etwas Anderes: Wie finanzieren Sie Ihr Studium und Ihren Aufenthalt in Deutschland?«

»Meine Eltern unterstützen mich. Und hin und wieder arbeite ich in Hamburg für ein Übersetzungsbüro.«

»So, nun aber zur Sache.« Mommsen schob Sergei Perlov noch einmal das Foto des Opfers hin. »Wir haben Zeugen, die aussagten, dass Sie mit Tobias Kirchner geredet und gestritten haben. Das steht fest. Wie war Ihre Beziehung zu Herrn Kirchner?«

»Was ist denn mit dem Mann auf dem Foto?« Sergei Perlov stellte sich auch weiterhin unwissend.

»Der ist tot. Ermordet. Herr Perlov, es geht hier nicht um Falschparken oder um Ladendiebstahl, sondern um Mord.«

Sergei Perlov schwieg eine Zeitlang. Er überlegte, wie weit er seine Bekanntschaft mit Tobias Kirchner zugeben sollte. Mit sturem Leugnen würde er sich nur verdächtiger machen. Er griff nach dem Foto.

»Lassen Sie mich noch mal nachdenken! … Ja, ich glaube, ich kenne ihn. Aber er sieht auf dem Foto so anders aus. Ist er da schon tot?« Sergei Perlov bemühte sich, interessiert und kooperativ zu erscheinen. »Ich habe mal beim Surfen zugeschaut. Da habe ich ihn gesehen und ihn darauf angesprochen. Ich überlege nämlich, ob ich das auch einmal versuchen soll. Wir haben dann so geredet, wie man das am besten lernt und so und ich habe ihn dann gefragt, ob er mir das nicht beibringen kann. Na ja, so sind wir ins Gespräch gekommen.«

»Und warum sind Sie im Café in Midlum mit ihm zusammengekommen? Wollten Sie dort Surfen üben?«

Sergei Perlov erschrak, dass sein Zusammentreffen mit Tobias Kirchner in Midlum der Polizei schon bekannt war. Ihm fiel keine bessere Antwort ein als: »Das war Zufall. Ich war auf einer Tour über die Insel. Und als ich in dem Café eine Pause gemacht habe, saß er da. Da habe ich mich zu ihm gesetzt und wir haben uns unterhalten. Nur so allgemein.«

Mommsen Mienenspiel wechselte von Ernst ins Leidvolle über. »Herr Perlov, Ihre Lügen tun mir richtig weh. So ›allgemein‹ haben Sie wohl nicht geredet. Sie haben handfest gestritten. Worüber, will ich wissen!«

Sergei Perlov fühlte sich in die Enge getrieben. Verkrampft suchte er nach einer halbwegs plausiblen Erklärung für den Streit. »Wir haben über eine fachliche Frage diskutiert, gestritten ist sicher ein übertriebenes Wort. Es ging um Zahntransplantate. Er war dafür, ich dagegen.«

Mommsen musste lachen. »Herr Perlov, kommt Ihnen Ihre Erklärung nicht selbst lächerlich vor? Das nehme ich Ihnen als Grund für einen handfesten Streit nicht ab. Also, die Wahrheit, wenn ich bitten darf!«

Perlov ließ sich Zeit mit einer Antwort. Schön ergriff währenddessen das Wort: »Herr Perlov, kannten Sie Herrn Kirchner schon vorher? Also, bevor Sie ihn hier auf Föhr getroffen hatten. Das Thema Zahntechnik ist doch etwas Verbindendes. Haben sich da früher schon Kontakte ergeben?«

Sergei Perlov ließ sich immer noch Zeit mit einer Antwort. In seinem Kopf kreiste ein Kaleidoskop von Gedanken. Auf keinen Fall konnte er den Kontakt zu der Organisation zugeben, für die er arbeitete. Dies würden ihm seine Auftraggeber nicht verzeihen. Und außerdem geriete er damit automatisch unter Mordverdacht. Andrerseits war ein totales Leugnen auch nicht angebracht. Schließlich entschied er sich für eine Version, von der er hoffte, dass die Beamten sie ihm abnehmen würden.

»Gekannt habe ich ihn eigentlich nicht. Ich hatte aber mal kurz Kontakt zu ihm. Die Firma, für die er arbeitete, hatte in Hannover eine Ausstellung mit anschließender Demonstration ihrer Geräte durchgeführt. Für die war auch bei uns in der Zahnklinik in Hamburg geworben worden. Ich bin dann mit einigen Kommilitonen dorthin gefahren. Herr Kirchner war auch da und hat unsere Gruppe betreut. Er hatte mir damals leihweise zwei Probeexemplare von neuartigen Griffen für Turbinenbohrer mitgegeben, die wir in der Klinik ausprobieren wollten. Ich hatte aber vergessen, diese rechtzeitig zurückzuschicken. Das hatte er mir bei unserem Treffen in dem Café vorgeworfen. Und das war auch der Grund unseres Streites.«

Mommsen schaute skeptisch und schüttelte zweifelnd den Kopf. »Herr Perlov, das überzeugt mich immer noch nicht. Wenn es so einen banalen Grund gab, warum haben Sie uns dann erst angelogen? Aber nun gut; wir werden dem nachgehen. Die Firma wird die Ausleihe ihrer Geräte ja vermerkt haben. Nun weiter. Wo waren Sie am Dienstagabend von 20.00 bis 24.00 Uhr?«

Sergei Perlov rechnete im Kopf die Tage zurück. »An dem Tag habe ich mir mal ein gutes Essen mit mehreren Gängen gegönnt. Das hat ziemlich lange gedauert. Also bis nach 23.00 Uhr. Dann bin ich in die Pension zurückgekehrt.«

Lürrsen hob Aufmerksamkeit heischend seinen Kugelschreiber hoch und fragte nach dem Lokal. Sergei Perlov gab ihm den Namen des Restaurants.

»Kann das jemand bezeugen? Waren Sie in Begleitung?«

»Nein, ich war allein dort. Vielleicht kann die Kellnerin – so eine Rothaarige – sich an mich erinnern. Sie hat mir Empfehlungen für das Essen gegeben.«

Schön schaltete sich wieder in das Gespräch ein. »Sie sagten, Sie hätten Herrn Kirchner angesprochen, weil Sie Surfen lernen wollten. Wie ist das weitergegangen.«

»Herr Kirchner hat das abgelehnt. Er war wegen der Geschichte mit den Handgriffen für die Bohrer sauer auf mich. Ich habe mich noch bei der Surfschule erkundigt, aber das war mir dann zu teuer. Mehr war nicht.«

»Haben Sie dort noch andere Surfer kennen gelernt?«

»Nein, ich habe nur mit dem Betreiber der Surfschule gesprochen. Sonst mit niemanden.«

»Wo waren Sie gestern Abend?«

Sergei Perlov schaute erstaunt. »Ich war früh in meinem Quartier und habe gelesen.«

»Gibt es dafür Zeugen?«

»Leider nicht.«

»Haben Sie eine Waffe?«

»Nein, natürlich nicht.«

Mommsen schob seinen Stuhl leicht zurück. »Herr Perlov, das war es erst einmal. Wir werden uns bald wieder bei Ihnen melden. Aber eins sage ich Ihnen schon jetzt: Sollte etwas an Ihrer Geschichte nicht stimmen, sitzen Sie sofort in Untersuchungshaft. Den Haftbefehl unterschreibt jeder Richter.«

16. Licht und Schatten

Sergei Perlov war gegangen. Der Zweifel an seiner Aussage hing in der Luft. Mommsens Gedanken kamen nicht voran. Als er anfing zu sprechen, hatte man den Eindruck, dass sein Denken erst jetzt wieder einsetzte.

»Das war alles an den Haaren herbeigezogen. Dirk, den musst du dir vornehmen. Wir müssen versuchen, seinen Hintergrund auszuloten. Zapf mal alle Dateien an, an die du rankommst. Einwohnermeldeämter bis hin zum BKA. Ich würde ihn am liebsten unter Beobachtung stellen. Aber dafür haben wir leider keine Kapazität.«

Schön schaute auf. »Irgendwie würde es mich reizen, mal wieder jemanden zu beschatten. Früher war ich darin recht gut. Ich könnte es wenigstens heute Abend mal versuchen.«

»Ich denke, es wäre den Versuch wert. Aber nicht zu lange, morgen brauchen wir dich hier am Computer. Also gut, dann gleich hinterher, bevor Perlov verschwunden ist.«

Schön griff sich seine Jacke und stürmte los.

»Herr Lürrsen, wir sollten bald Schluss machen. Ich will nur noch meine Notizen ordnen. Können wir uns morgen hier wieder um acht Uhr treffen?«

Lürrsen bestätigte den Termin und verabschiedete sich. Mommsen holte seine Unterlagen und zog daraus die Mind Map in Form einer Landkarte hervor, in die er die einzelnen Personen und ihre Beziehungen zueinander verortet hatte. Er fügte einige Korrekturen ein und ergänzte sie um Sergei Perlov, der nun doch eine wichtige Figur zu sein schien, auch wenn seine Beziehungen zu den anderen Darstellern des Dramas noch lange nicht geklärt waren.

Nach einem kleinen Imbiss – natürlich wieder in einem Fischrestaurant – bummelte Mommsen noch durch die Altstadt von Wyk. Als er an der Gaststätte *Glaube, Liebe, Hoffnung* vorbeikam, ließ der Name Erinnerungen an die Lebensjahre anklingen, in denen diese Begriffe Leitwerte seines Lebens hätten sein können. Und wehmütig dachte er, dass diese Zeit schon sehr lange zurückläge. Fast drei Jahrzehnte Polizeidienst hatten auch in seinem Wertesystem ihre Spuren hinterlassen.

Ein spontaner Entschluss ließ ihn dort einkehren. Als er die Tür öffnete, schlug ihm das Geräusch lebhafter Gespräche und fröhlichen Gelächters entgegen. Der Gastraum mit den kuriosen Erinnerungsstücken vieler ungenannter Seeleute vermittelte eine Atmosphäre von Ferne und Geborgenheit, die ihm schon bei seinem ersten Besuch gefallen hatte.

Ein erster Rundblick zeigte ihm, dass alle Tische besetzt waren. Mommsen lehnte sich an die Theke und bestellte ein Bier. Er ließ seinen Blick langsam durch den Raum schweifen und stutzte kurz. In einer Ecke des hinteren Raumes sah er Cosima Bernstädt in Begleitung eines Paares, das ihm unbekannt war. Im gleichen Augenblick, als er sie erblickte, sah sie auf und schaute ihn an. Ein Lächeln überzog ihr Gesicht. Mommsen merkte, dass ihm dies Lächeln galt und nur zu gern erwiderte er es. Cosima Bernstädt machte einige Bemerkungen zu ihren Begleitern und winkte ihn heran. Mommsen zögerte kurz, nahm dann sein Glas und ging zu ihrem Tisch hinüber.

Cosima Bernstädt rückte auf ihrer Bank etwas zur Seite und bedeutete ihm, sich neben sie zu setzen. Als er sich niedergelassen hatte, machte sie ihn mit ihren Begleitern bekannt. Die Frau, Hille Kohrs, war eine ehemalige Studienkollegin von Cosima Bernstädt, die als Kunstlehrerin in Kassel arbeitete und mit ihrem Lebenspartner ihren Urlaub auf Föhr verbrachte. Dieser, Jochen Simmering, war ein Physiker, der über Abfallentsorgung forschte und Tangotanzen als Kunstform verteidigte. Mommsen war bald in ihr Gespräch über jegliche Arten von künstlerischem Ausdruck einbezogen. Als er gar erwähnte, dass er kürzlich die Documenta – eine der international bedeutendsten Kunstausstellungen - in Kassel besucht habe, bekam das Gespräch richtig Fahrt. Seine Gesprächspartnerinnen waren selbstverständlich dort gewesen und auch der Physiker hatte den Mut aufgebracht, seine Lebensgefährtin dorthin zu begleiten und sich den Irritationen moderner Kunst zu stellen. Bald wandte sich die Diskussion der Frage zu, was diese von anderen Lebensäußerungen unterscheide. Während die Lehrerin dafür eintrat, dass sie genialisch sein müsse und nur wenigen Auserwählten vorbehalten war, waren sich Cosima Bernstädt und Mommsen in der Ablehnung einer elitären Kunstauffassung einig.

Beide argumentierten, dass gerade die bildende Kunst dem Betrachter einen neuen Blick auf die Dinge vermittelt, sein Sehen schult und seine Phantasie anregt – nach dem Motto: Kunst entsteht im Auge des Betrachters. Der Physiker enthielt sich eines Urteils, vielleicht wollte er seine Partnerin nicht vergrämen.

Nach einiger Zeit schaute Jochen Simmering auf die Uhr. »Wir wollen morgen einen Ausflug nach Amrum machen und früh aufstehen. So anregend der Abend auch ist, ich fürchte, wir müssen jetzt aufbrechen.«

Die beiden machten Anstalten, zu zahlen und sich zu verabschieden. Auch Mommsen hatte sein Portemonnaie gezogen. Cosima Bernstädt legte ihm die Hand auf den Arm. »Wollen Sie auch schon gehen? Ich würde gerne noch etwas trinken. Was ist mit Ihnen? Müssen Sie morgen auch schon so früh raus?«

Mommsen war etwas überrascht, aber auch erfreut. »Nein, ich bleibe gerne noch. Ich würde mich sogar freuen, wenn Sie meine Gesellschaft noch etwas ertragen können.«

Als die beiden anderen gegangen waren, bestellten sie ihre Getränke. Nach einem kleinen Moment verlegenen Schweigens begann Mommsen: »Ich habe mich schon lange nicht mehr so angeregt unterhalten. Es tut richtig gut, sich mal nicht mit irgendwelchen Ermittlungen zu befassen. Hin und wieder muss ich aus meinem beruflichen Trott ausbrechen und mich in eine andere Welt flüchten. Und für mich ist das die Konfrontation mit Kunst. Im Kollegenkreis wird das besser nicht bekannt, man gilt dann schnell als Spinner.«

»Herr Mommsen, Sie überraschen mich. Ich war gar nicht auf die Idee gekommen, dass Sie sich für etwas anderes als für Ihre Ermittlungen interessieren.«

»Ich habe die Erfahrung gemacht, dass das Betrachten von Kunstwerken, die mir etwas bedeuten, mir immer auch eine ganze Menge über mich selbst vermittelt. Das eine Auge richte ich auf das Werk, das andere auf mich selber. Und dann frage ich mich; Was macht die Auseinandersetzung mit dem Werk mit mir, welche Reaktionen spüre ich, warum ist das so? Lachen Sie ruhig, aber mich bereichert das.«

»Sie haben da ja eine ganz besondere Kunsttheorie. Aber ich sehe das ähnlich. Auch mir ist es ganz wichtig, dass sich die Betrachter meiner Bilder bewusst machen, wie und warum sie auf meine Bilder reagieren.«

»Ich würde mir gerne mal Ihre Arbeiten ansehen. Da bin ich richtig neugierig geworden.«

»Ich werde bald in der Borgsumer Mühle ausstellen. Aber kommen Sie ruhig vorher bei mir vorbei, wenn Sie vor Ausstellungsbeginn wieder abreisen müssen.«

Das Gespräch ging eifrig weiter. Die Themen drifteten bald auf ihre jeweiligen beruflichen Biografien ab. Als sie aufbrachen, bot Mommsen Cosima Bernstädt an, sie noch nach Hause zu fahren. Da sie mit ihren Bekannten gekommen war und nicht mit dem eigenen Wagen, nahm sie gerne an. In Nieblum vor ihrem Haus angekommen, verzichteten beide darauf, das Thema eines letzten Kaffees in ihrer Wohnung anzuschneiden. Mommsen verabschiedete sich mit der Hoffnung, bald ihre Bilder anschauen zu können.

Auf dem Rückweg fiel Mommsen auf, dass er in den letzten Jahren noch nie in so kurzer Zeit so viel Persönliches preisgegeben hatte. Doch diese Erkenntnis fand er keineswegs beunruhigend.

Am nächsten Morgen merkte man Mommsen und Schön an, dass für beide die Nacht kurz gewesen war. Das morgendliche Frühstück in ihrer Ferienwohnung war entfallen. Sie hatten sich unterwegs beim Bäcker mit Brötchen eingedeckt und steuerten auf der Polizeiwache gleich auf die Kaffeemaschine zu.

Als sie ihre Becher mit dem dampfenden Getränk in den Händen hatten, grinste Schön Mommsen an. »Ludwig, du bist ja noch später nach Hause gekommen als ich. Ich habe aber eine dienstliche Begründung. Was ist denn mit dir?«

»Nichts weiter. Was soll denn sein? Ich bin nur in dieser Gaststätte in der Nähe des Hafens mit netten Leuten ins Gespräch gekommen und etwas versackt. Ah, da kommt ja Kollege Lürrsen«, lenkte Mommsen erleichtert ab und begrüßte den Ankommenden: »Einen schönen guten Morgen. Dann können wir ja gleich anfangen.«

Als sie um den Tisch herum saßen, nickte Mommsen Schön zu. »Dirk, fang du mal an. Hat Perlov gestern noch etwas Interessantes angestellt?«

»Ja und nein. Also, als er hier raus ist, ging er Richtung Innenstadt bis zur Höhe des Hotels *Strandburg*. Aber nicht auf der See-, sondern auf der Landseite. Dort hat er sich erst einmal in aller Ruhe auf eine Bank gesetzt, von der er den Eingang des Hotels sehen konnte, und in die Luft geguckt. Das hat fast eine Stunde gedauert. Dann wurde er plötzlich lebendig. Als ein Mann aus dem Hotel kam, ist er diesem gefolgt. Mein Eindruck war, dass er regelrecht auf den gewartet hatte. Diesem ist er bis zu einem Restaurant gefolgt. Er ist aber nicht mit herein gegangen. Er hat noch ein paar Mal durchs Fenster geschaut und ist dann gegangen. Diesmal Richtung Musikpavillon. Nach einiger Zeit hat er sich dort mit einer jungen Frau getroffen. Kein auffälliger Typ, aber sehr natürlich und eigentlich ganz anziehend. Sie hat sich gleich bei ihm eingehakt. Sie haben dann einen langen Spaziergang über die neue Strandpromenade gemacht. Beim Hinterherlatschen sind meine Füße richtig wund geworden. Da sie immer wieder frischverliebte Knutschpausen eingelegt haben, hat das eine ganze Weile gedauert. Hinterher haben sie sich noch ins Café – dieses österreichische – gesetzt. Eigentlich war ich sicher, dass sich nichts Bedeutendes – also irgendwas, das für uns von Belang wäre – mehr tun würde. Aber ich wollte doch noch herausbekommen, wer seine Begleiterin ist. Perlov hat sie dann noch bis zu ihrer Behausung gebracht, wahrscheinlich eine Ferienwohnung. Der Abschied in den Büschen neben der Haustür war dann fast abendfüllend, aber wohl noch jugendfrei. Aber das heißt ja heute nichts mehr.« Schön grinste in Erinnerung an seine eigene Sturm- und Drangzeit.

»Was ist mit dem Mann aus dem Hotel?«

»Bei dem muss ich heute noch einmal ansetzen. Ich weiß ja, wie er aussieht. Und mit der Personenbeschreibung werde ich im Hotel schon herausbekommen, wer er ist. Das gleiche gilt auch für die Partnerin von Perlov. Da werde ich heute mit Hilfe vom Kollegen Lürrsen über die Vermieter herausfinden, um wen es sich da handelt.« Lürrsen nickte zustimmend.

Mommsen richtete sich auf. »Gut, das ist schon mal ein Anfang für die Überprüfung von diesem Perlov. Da solltest du gleich wieder anknüpfen. Wenn Sie, Herr Lürrsen, ihn begleiten können, ginge das alles sicher schneller. Geht das?«

»Klar, wir machen uns gleich an die Arbeit. Ich habe das Gefühl, dass wir wieder Fahrt aufnehmen und aus dem Schatten heraustreten. Kommen Sie, Kollege Schön, wir nehmen unseren Dienstwagen.«

Die beiden verschwanden mit neuem Elan. Auch Mommsen fand die Spur Perlov durchaus interessant, war aber in der Beurteilung der Erfolgsaussichten zurückhaltender als seine Kollegen. Seine lange Erfahrung hatte ihn gelehrt, dass in der Ermittlungsarbeit selbst kurz vor dem Ziel immer wieder Enttäuschungen am Weg lauerten. Und die Lösung des Falls war noch nicht einmal in Sicht.

Mommsen schaute auf die Uhr. Er beschloss, den Staatsanwalt kurz telefonisch über den aktuellen Stand aufzuklären. Wenn dieser das Gefühl hatte, auf dem Laufenden gehalten zu werden, war er sicher mit dem Anfordern schriftlicher und daher zeitraubender Berichte geduldiger. Wahrscheinlich war er zu dieser frühen Stunde noch in seinem Büro anzutreffen, bevor er im Gerichtssaal verschwand. Und so war es denn auch. Die Ergebnisse, die Mommsen ihm vortrug, stellten ihn erst einmal zufrieden. Er bot seine weitere Hilfe an, wenn es nötig sei. Mommsen erinnerte ihn an ihre Versuche, etwas über das Schweizer ›Herles-Konto‹ in Erfahrung zu bringen. Herbert sagte zu, sich darum zu kümmern.

Kaum hatte Mommsen aufgelegt, als Friedrich, der wachhabende Kollege, in der Tür auftauchte. »Herr Mommsen, wir haben da gerade eine merkwürdige Anzeige hereinbekommen. Es geht um so etwas wie einen Einbruch. Ich denke, das könnte Sie interessieren; die Anzeige kommt nämlich von Frau Mohr-Kirchner. Sie hat uns gerade gemeldet, dass in ihrem Haus wahrscheinlich eingebrochen worden sei, auch wenn sie keine Einbruchspuren an Türen oder Fenster feststellen konnte. Sie weiß auch noch nicht, ob etwas gestohlen worden ist. Aber es müssen Fremde im Haus gewesen sein. Sie hatte auf ihrem Schreibtisch eine leere Teetasse auf der linken Seite stehen, jetzt steht sie auf der rechten Seite. Ebenso ein Hefter mit Kontoauszügen, den sie gestern noch durchgeblättert hatte. Auch sind die

Schreibtischschubladen offensichtlich durchwühlt worden. Zwei Kollegen wollten gerade losfahren. Was ist? Wollen Sie mit?«

Mommsen überlegte kurz. »Sie machte auf mich einen recht vernünftigen Eindruck. Also wird sie wohl keine Geistererscheinungen gehabt haben. Ja, ich fahre mit.«

Als sich Mommsen mit den beiden Kollegen dem Haus von Bernadette Mohr-Kirchner näherte, öffnete diese ihnen schon die Tür. Hinter ihr tauchte Cosima Bernstädt im Flur auf. Mommsen hatte schon auf der Fahrt insgeheim gehofft, ihr hier wieder zu begegnen.

Nach einer kurzen Begrüßung bat Mommsen Bernadette Mohr-Kirchner zu berichten, was ihr aufgefallen sei. Sie öffnete die Tür zu einem kleinen Raum, der den Charakter eines Arbeitszimmers hatte. Mit einer knappen Bewegung deutete sie auf den Schreibtisch.

»Wenn ich am Schreibtisch sitze, habe ich häufig eine Teetasse dabei. Aber immer auf der linken Seite. Da ich Rechtshänderin bin, schreibe ich auch mit rechts. Eine Tasse wäre mir dabei im Wege. Sehen Sie; sie steht auf der rechten Seite des Schreibtisches. Auch der Hefter mit meinen Kontoauszügen liegt jetzt da. Gestern lag er aber noch auf der linken Seite.« Bernadette Mohr-Kirchner öffnete eine Schreibtischschublade. »Schauen Sie hier dies kleine Fotoalbum mit Bildern meiner Tochter. Wenn ich hier bin, schiebe ich immer meine Visa Card hinter dies Bild mit Blacky, ihrem schwarzen Pony, hier auf der dritten Seite. Heute habe ich die Visa Card hinter einem Bild auf der zweiten Seite gefunden, da sitzt Sonja aber auf dem Pony ihrer Freundin, das ist braun. Ich bin mir sicher, es war jemand hier im Haus und hat dies hier durchsucht.«

Mommsen nickte bereits, während die beiden Kollegen noch skeptisch guckten. Cosima Bernstädt hatte ihre Blicke bemerkt. »Sie brauchen nicht so ungläubig zu schauen. Frau Mohr-Kirchner ist ein recht nüchterner Mensch. Sie fantasiert nicht. Hier war jemand im Haus.«

Mommsen wandte sich an die beiden Polizisten. »Schauen Sie sich bitte einmal alle Türen und Fenster an, ob dort irgendwelche Einbruchsspuren zu entdecken sind.« Er drehte sich wieder zu Bernadette Mohr-Kirchner um. »Zu welcher Zeit könnte denn jemand hier eingedrungen sein? Wann haben Sie den Schreibtisch zuletzt in der alten Ordnung gesehen und wann sind Ihnen die Veränderungen aufgefallen?«

Bernadette Mohr-Kirchner überlegte angestrengt. »Die Visa Card habe ich gestern Morgen dort abgelegt, da ich sie hier auf der Insel normalerweise nicht benötige. Gestern war ich fast den ganzen Tag nicht zu Hause. Ich war mit Cosima draußen in der Marsch bei den Brodersens. Und hinterher am Abend noch bei ihr drüben. Erst heute Morgen, als ich die Tasse wegräumen wollte, fiel mir auf, dass sie auf der falschen Seite stand. Ich habe dann auch gleich nach meiner Kreditkarte geschaut und festgestellt, dass diese auch am falschen Ort war. Ich bin mir ganz sicher, dass zwischen gestern Früh und heute Morgen ein Fremder hier im Haus war.«

Mommsen war geneigt, ihr zu glauben. Er blickte von Bernadette zu Cosima hinüber. »Hat eine von Ihnen eine Ahnung, wer als Eindringling in Frage kommen könnte?«

Beide schüttelten die Köpfe. Zögernd sah Cosima Bernstädt Mommsen an. »Was glauben Sie denn? Kann es sein, dass der Mörder von Tobias …?« Sie verstummte. Dann gab sie sich einen Ruck. »Also, glauben Sie, dass der Mörder von Tobias hier eingebrochen ist und etwas gesucht hat?«

Mommsen versuchte, sie zu beruhigen: »Mit solchen Vermutungen sollten wir uns noch zurückhalten. Wichtig ist vorerst, dass wir herausbekommen, ob etwas fehlt. Das könnte uns weiterhelfen. Auch was die Person des Eindringlings betrifft.«

Die Kollegen waren mit der Überprüfung der möglichen Hauseingänge fertig und kehrten zurück. Hansen, der ältere der beiden, schüttelte auf die unausgesprochene Frage Mommsens verneinend den Kopf. »An den Fenstern und den Schlössern sind keine Spuren von Gewalt zu finden. Wenn jemand eingedrungen ist, dann ein gewiefter Profi, der Schlösser knackt, ohne äußere Spuren zu hinterlassen. Frau Mohr-Kirchner, sind Sie sicher, dass Sie beim Weggehen die Tür abgeschlossen haben?«

»Ganz sicher. Ich bin ein viel zu ängstlicher Typ, um das zu vergessen.«

»Wer außer Ihnen hat denn noch einen Schlüssel zu dem Haus?«

»Nun, Cosima natürlich. Dann der Henning Svenssen, der in meiner Abwesenheit hier so etwas wie der Hausmeister ist: Briefkasten leert, Rasen mäht, im Winter die Heizung reguliert, Mülltonnen rausstellt und so etwas. Und in meiner Wohnung in Hannover habe ich auch noch einen Ersatzschlüssel.«

Mommsen schaute Cosima mit einem wissenden Lächeln an. »Frau Bernstädt wird ja wohl nicht bei Ihnen eingebrochen sein. Was ist mit dem Herrn Svenssen?«

»Das ist ein Tischler, der schon lange im Ruhestand ist. Ein durch und durch solider Mann. Der hat damit sicher nichts zu tun.«

Hansen mischte sich ein. »Ich kenn den alten Henning schon seit meiner Kindheit. Nee, der tut nichts Unrechtes.«

Mommsen wandte sich an seine beiden Kollegen. »Können Sie hier Fingerabdrücke nehmen? Die Kriminaltechnik kriegen wir für so einen scheinbar unbedeutenden Vorfall nicht vom Festland rüber.«

Hansen bejahte Mommsens Frage: »Wir haben einen Koffer mit der Ausrüstung für Fingerabdrücke im Wagen. Ich war erst im letzten Jahr auf einem Lehrgang.«

»Dann nehmen Sie sich bitte den Schreibtisch vor. Vielleicht haben wir ja Glück.«

Mommsen ging ein paar Mal sinnend hin und her. »Frau Mohr-Kirchner, Sie sollten nicht hier im Haus bleiben, solange wir den Einbruch nicht geklärt haben.«

Bevor Mommsen ausgeredet hatte, machte sich schon Cosima bemerkbar: »Auf keinen Fall bleibst du hier. Du kommst mit zu mir rüber. Stell dir vor, der kommt noch einmal zurück.«

Mommsen ging zu den beiden Kollegen ins Arbeitszimmer hinüber. »Sie werden ja noch einige Zeit brauchen, bis Sie hier fertig sind. Nehmen Sie sich bitte auch noch Türen und Fensterrahmen vor. Ich will sehen, dass ich wieder zur Station in Wyk zurückkomme. Hier fährt doch sicher ein Bus?«

Cosima hatte die letzte Frage gehört. »Lassen Sie mal. Ich fahr Sie eben nach Wyk rüber. In der Zwischenzeit kann Bernadette einige Sachen zusammenpacken.«

Mommsen nahm das Angebot dankend an.

Auf der Polizeistation wartete Friedrichs mit einer weiteren Neuigkeit auf ihn: »Herr Mommsen, schon wieder eine Einbruchsmeldung. Und die hat Ähnlichkeit mit dem Einbruch bei Frau Mohr-Kirchner. Auch diesmal keine äußeren Einbruchsspuren, nur Hinweise, dass ein Fremder in der Wohnung war. Scheinbar wurde auch hier nichts gestohlen.«

»Wo ist das gewesen?«

»Die Meldung kam von Karla Simon, der Wirtin der *Vogelkoje*. Der Einbruch war in ihrer Privatwohnung in Wrixum. Könnte es sein, dass beide Einbrüche etwas mit dem Mordfall Tobias Kirchner zu tun haben?«

Mommsen zuckte leicht mit den Schultern. »Da wollen wir mal nicht zu schnell sein. Wir müssen erst mehr wissen. Ist Frau Simon noch zu Hause? Ich muss so bald wie möglich mit ihr reden. Wer nimmt den Einbruch auf?«

»Ja, Frau Simon ist noch zu Hause und wartet auf uns. Die beiden Kollegen, mit denen Sie unterwegs waren, werden von Nieblum direkt dorthin fahren. Ich habe gerade mit Hansen gesprochen.«

»Gut, dann mache ich mich gleich auf den Weg. Ich kann zu Fuß gehen, es ist ja nicht weit.«

Auf dem Weg nach Wrixum gingen Mommsen die beiden Einbrüche durch den Kopf. Dass diese gerade bei den beiden wichtigsten Kontaktpersonen von Tobias Kirchner hier auf Föhr erfolgten, konnte kaum ein Zufall sein. Zunächst musste er allerdings herausbekommen, ob etwas gestohlen war. Mommsen beschleunigte seine Schritte.

Vor dem Haus, in dem Karla Simon wohnte, traf er mit den beiden Kollegen zusammen, die gerade von Bernadette Mohr-Kirchner kamen. Hansen unterrichtete ihn kurz, dass sie zwar eine Menge Fingerabdrücke, aber keine sonstigen Spuren, die auf einen Einbruch schließen lassen könnten, gefunden hätten. Die Fingerabdrücke müssten sie erst mit denen der Personen abgleichen, die normalerweise Zugang zum Haus hätten. Aber das würde sicher noch dauern. Eine nochmalige Befragung von Frau Mohr-Kirchner hätte keine Hinweise ergeben, dass etwas entwendet sei.

Karla Simon öffnete ihnen auf ihr Klingeln die Tür und bat sie herein. Mommsen merkte ihr an, dass sie ihre Trauer noch nicht abgelegt hatte. Ihre Bewegungen wirkten steif. Sie machte den Eindruck, als würde sie sich in einem Vakuum zurechtfinden müssen.

Um keine Verlegenheit aufkommen zu lassen, begann Mommsen gleich nach der Begrüßung ganz geschäftsmäßig mit der Befragung. »Frau Simon, woran haben Sie gemerkt, dass ein Fremder in der Wohnung war?«

Karla Simon winkte sie ins Schlafzimmer durch. »Schauen Sie, in diesem Rollschrank waren Unterlagen von Tobias. Sie erinnern sich; Sie hatten den auch durchgesehen. Der hintere linke Rollfuß war kürzer als die anderen drei. Ich hatte deshalb eine Unterlage zum Ausgleich drunter geschoben. Heute Morgen fiel mir auf, dass der Rollschrank wackelte und die Unterlegscheibe verrutscht war. Gestern Vormittag hatte ich begonnen, Tobias Sachen auszusortieren. Da stand der Rollschrank noch fest. Also muss jemand ihn bewegt haben. Ich war es nicht und Helen kommt erst heute Nachmittag aus Hamburg wieder. Auch habe ich auf dem Teppichboden Erdkrümel gefunden, als hätte jemand sich die Füße nicht richtig abgetreten. Gestern habe ich aber hier noch Staub gesaugt. Da war alles sauber. Ich bin mir sicher, hier war jemand und zwar in der Zeit, in der ich in der *Vogelkoje* war.«

»Wann sind Sie denn nach Hause gekommen?«

»So gegen ein Uhr dreißig.«

Mommsen bat seine Kollegen, nach Einbruchsspuren und möglichen Fingerabdrücken zu suchen. Nachdem diese sich an die Arbeit gemacht hatten, widmete er sich wieder dem Gespräch mit Karla Simon. »Haben Sie schon feststellen können, ob etwas fehlt? Wurde Ihnen etwas gestohlen?«

»Auf den ersten Blick habe ich nichts feststellen können. Meine Scheckkarte ist noch da. In der Küche haben wir immer etwas Haushaltsgeld liegen – für Einkäufe und so. Nicht viel, so etwa 100 Euro – die sind auch noch da. Ich werde aber alles noch einmal genau kontrollieren.«

»Frau Simon, haben Sie eine Ahnung, wer hier eingedrungen sein könnte? Ein normaler Einbrecher, der hinter Wertsachen her war,

war es offenbar nicht. Könnte es sein, dass Herr Kirchner etwas hier in Ihrer Wohnung versteckt hat?«

Karla Simon schüttelte nachdenklich den Kopf. »Nein, da ist mir nie etwas aufgefallen. Aber Sie hatten doch Kontounterlagen in seinem Koffer im Keller entdeckt. Davon war ich völlig überrascht. Auch mit dem Namen ›Herles‹ kann ich nach wie vor nichts anfangen. Das alles ist schon sehr merkwürdig, aber ich kann mir nicht vorstellen, dass er bei mir etwas versteckt haben könnte.«

»Der Einbrecher muss etwas Bestimmtes gesucht haben. Vielleicht waren es die Kontounterlagen. Aber die hatten wir ja konfisziert – die konnte er hier nicht finden.«

Mommsen schaute besorgt, dann sagte er: »Frau Simon, solange wir über den Grund für den Einbruch und über den Einbrecher nichts wissen, wäre es besser, wenn Sie nicht in der Wohnung blieben. Ich kann nicht ausschließen, dass er es noch einmal versuchen wird.«

Karla Simons Haltung straffte sich. »Nein, ich lasse mich nicht in die Flucht schlagen. Und ich glaube auch nicht, dass Tobias in Sachen verwickelt war, die irgendwelche Einbrecher auf den Plan riefen. Heute kommt außerdem auch Helen zurück. Wenn wir zu zweit hier sind, wird sich schon niemand hereintrauen.«

Karla Simons Haltung nötigte Mommsen – wie schon bei ihrem ersten Gespräch in ihrer Wohnung – Respekt ab. Da auch er die Gefahr einer Wiederholung des Einbruchs eher gering einschätzte, drang er nicht weiter darauf, dass sie sich anderswo einquartierte.

»Gut, lassen wir es einstweilen dabei. Wir werden uns noch hier im Haus und in der Nachbarschaft erkundigen, ob jemandem etwas aufgefallen ist. Ich darf Sie aber bitten, noch einmal alles genau durchzusehen, ob nicht doch etwas entwendet wurde. So, vielleicht haben die Kollegen schon etwas finden können.«

Mommsen ging zu den beiden Beamten hinüber, die gerade dabei waren, ihre Gerätschaften wieder im Koffer zu verstauen.

Wieder war es Hansen, der Bericht erstatte. Von seinem jüngeren Kollegen hatte Mommsen bisher nur eine gemurmelte und unverständliche Begrüßung vernommen. Mommsen fragte sich, ob dieser etwa autistische Neigungen habe, einfach nur maulfaul sei oder ob ihm der Respekt vor Mommsen Dienstrang am Reden hinderte.

»Auch hier Fingerabdrücke, die wir erst abklären müssen. Aber keine sichtbaren Spuren am Türschloss – nichts. Wenn wirklich jemand hier drin war, dann war der ein ganz erfahrener Einbrecher. Nicht nur so ein Junkie, der schnell mal Knete für seinen Stoff brauchte.«

Mommsen nickte zustimmend. »So scheint es wirklich. Ich bin überzeugt, hier war jemand. Ich glaube Frau Simon. Können Sie noch die Nachbarschaft befragen, ob jemandem etwas aufgefallen ist?«

Hansen war einverstanden. »Ich muss aber erst noch in der Wache Bescheid geben. Dann machen wir uns gleich an die Befragung.«

Mommsen bedankte sich bei den beiden Kollegen und ging wieder zu Karla Simon hinüber.

»Frau Simon, wenn Sie feststellen, dass Ihnen nichts abhanden gekommen ist, müssen wir davon ausgehen, dass der Einbruch bei Ihnen etwas mit dem Tod von Herrn Kirchner zu tun hat. Worum es dabei geht, ist mir zur Zeit auch noch nicht klar. Wir vermuten, dass hier professionelle Einbrecher am Werk waren. Haben Sie jemals bemerkt, dass Herr Kirchner mit ... äh ... sagen wir mal dubiosen Organisationen zu tun hatte?«

»Nein, das kann ich mir beim besten Willen nicht vorstellen. Soviel wie ich weiß, arbeitete Tobias nur für diese eine Firma.« Sie schüttelte energisch den Kopf. »Nein, Tobias hat sicher nichts Unrechtes getan. Ich halte es für absurd, ihn mit irgendwelchen dubiosen Machenschaften in Verbindung zu bringen.«

Mommsen vergegenwärtigte sich, dass Karla Simon – wenn sie schon ihren Traum von einem gemeinsamen Leben mit Tobias Kirchner nicht erfüllen konnte – entschlossen war, eine verklärte Erinnerung an ihn zu bewahren. Er empfand ein gewisses Mitleid mit dieser Frau, die nun nur noch um das Andenken an ihre große Liebe kämpfen konnte. Insgeheim wünschte er ihr, dass sie sich in diese Erinnerung nicht wie in einen Kokon einspinnen würde, sondern sich für neue, erfüllende Begegnungen offen halten könnte. Er fürchtete, dass er ihr im weiteren Verlauf der Ermittlungen einen anderen Blick auf Tobias Kirchner eröffnen müsste.

Mommsen erkundigte sich bei ihr noch, wann sie ihre Tochter zurückerwarte. Sie teilte ihm mit, dass diese mit der Fähre gegen 17.00 Uhr ankommen würde. Er verabschiedete sich von ihr und anschließend von seinen Kollegen und ging zu Fuß zur Wache zurück. Dort warteten Schön und Lürrsen auf ihn. Diese waren schon von Friedrichs über die beiden Einbrüche informiert worden und waren begierig, von Mommsen weitere Neuigkeiten zu erfahren.

Schön konnte seine Neugier nicht zügeln und fragte, noch bevor Mommsen endgültig den Raum betreten hatte: »Ludwig, was ist mit den beiden Einbrüchen? Das kann doch kein Zufall sein. Habt ihr irgendwelche Anhaltspunkte gefunden? Kollege Lürrsen hat mir gesagt, dass Einbrüche hier auf der Insel äußerst selten sind. Und dann noch gleich zwei Einbrüche bei Personen, die dem Opfer nahe standen. Ohne dass etwas geklaut worden ist. Das muss doch mit unserem Fall zu tun haben.«

Mommsen war es gewohnt, Schöns wort- und temporeiche Überlegungen wieder in ruhigere Bahnen zu lenken. »Wenn bei beiden Einbrüchen tatsächlich keine Wertsachen entwendet wurden, können wir davon ausgehen, dass in beiden Fällen der oder die Einbrecher etwas gesucht haben, von dem weder die Ehefrau noch die Freundin wussten. Daher ist auch vorerst unklar, ob sie das, was sie gesucht haben, gefunden haben. Ich bin aber sicher, dass es sich um Profis handelt, die keine Spuren hinterlassen haben. Das waren keine Gelegenheitsdiebe.«

Nach einer kleinen, gedankenschweren Pause fuhr Mommsen fort: »Wir müssen mehr über das Schweizer Konto herausbekommen. Und über die Liste, hinter der wir Zahnärzte und Zahlungen vermuten. Wenn das Kirchners Konto wäre … na ja, eine Arbeitshypothese wäre dann, dass es sich um Erpressung handelt. Aber weswegen hätte er seine Kunden erpressen können? Und was hat Perlov damit zu tun? Ich habe immer noch das Gefühl, im Dunkeln zu tappen.«

Schön wurde schon wieder unruhig. »Vielleicht hat Kirchner über seine Firma überhöhte Rechnungen gestellt, damit seine Kunden die Steuer bescheißen können. Und dann hat er die Kunden genau damit erpresst.«

»Dirk, langsam. Von der Firma haben wir erfahren, dass die Geschäfte erst anlaufen und die Umsätze noch minimal sind. Wo soll da für überhöhte Rechnungen Platz sein? Denen wäre doch aufgefallen, wenn da plötzlich so große Rechnungen auftauchen. Die kann man ja nicht eben so ausstellen – bei so was sind die Finanzämter doch besonders pingelig. Nein, da muss noch was Anderes dahinter stecken.«

Mommsen kam zu einem Entschluss: »Dirk, du setzt dich bitte noch mal an die obskure Liste. Versuche heraus zu bekommen, ob es sich um Zahnärzte, also Kunden von Kirchner handelt. Wenn wir da einige identifizieren können, müssen wir nachhaken, ob wir Ansätze für Erpressungen finden. Aber vorher erzählt ihr mir noch etwas über eure Ermittlungsergebnisse. Habt ihr was über die Personen im Umfeld von Perlov herausfinden können?«

Schön überließ Lürrsen das Wort. »Also, die junge Dame, die Begleiterin von Perlov, ist eine Silvia Hellberg, die mit zwei anderen jungen Frauen – eventuell Kolleginnen von ihr – hier in Wyk eine Ferienwohnung an der Badestraße gemietet hat. Sie kommt aus Dortmund. Ihre Vermieterin hat uns berichtet, dass sie da bei der Stadtverwaltung arbeitet. Auf den ersten Blick scheint sie unbelastet zu sein. Kollege Schön wollte seinen Computer noch mal nach ihr befragen. Der Mann aus dem Hotel ist für uns vielleicht interessanter. Das ist ein Zahnarzt aus Kiel, ein Dr. Helmut Zehrer. Der würde ja in unsere derzeitigen Überlegungen passen. Wir müssen herausbekommen, ob der etwas mit Tobias Kirchner zu tun hatte. Perlov war auf jeden Fall an ihm dran, aus welchen Gründen auch immer.«

Mommsen zeigte mit dem Finger auf Schön: »Dirk, kontaktiere doch bitte Kirchners Firma, ob ein Dr. Zehrer auf ihrer Kundenliste steht und ob Kirchner mit ihm Kontakt hatte. Wenn wir diese Informationen haben, sollten wir ihn direkt befragen. Danach ist Perlov noch einmal dran. Der muss uns sein Interesse an Zehrer erklären, und zwar ganz ausführlich. Hast du übrigens schon etwas über Perlov herausbekommen? Der muss doch hier in Deutschland registriert sein, er braucht doch zum Studieren eine Aufenthaltserlaubnis, da müssen doch eine ganze Menge an Daten vorhanden sein.«

»Ist aber nicht ranzukommen. Beim BKA ist er registriert, aber mit einem Sperrvermerk.«

Mommsen und Lürrsen merkten auf. Mommsen wurde nachdenklich. »Das heißt wahrscheinlich, dass im Zusammenhang mit Perlov Ermittlungen laufen. Also ist er kein unbeschriebenes Blatt. Wenn das BKA sich mit ihm beschäftigt, bedeutet das, dass da wahrscheinlich was Politisches am Laufen ist oder was mit organisierter Kriminalität. Das müssen wir herauskriegen.«

»Ludwig, da musst du dich drum kümmern. Wenn es ans BKA geht, müssen wir die Kleiderordnung einhalten: Hierarchie, Dienstrang, Dienstweg und der ganze Kram. Du weißt, wie gerne die mauern.«

Mommsen verzog bei dieser Aufzählung das Gesicht, als habe er in eine saure Zitrone gebissen. »Gut, am schnellsten dürfte es gehen, wenn wir den Dienstweg über Staatsanwalt Herbert abkürzen. Ich werde ihn gleich darauf ansetzen. Also, Dirk, ans Werk! Herr Lürrsen, können Sie herausbekommen, wo sich Perlov und Dr. Zehrer zur Zeit aufhalten? Sobald wir mehr Informationen haben, sollten wir schnell mit beiden reden.«

17. Heimkehr

Helen Simon schaute aus dem Zugfenster in die Weite der nordfriesischen Marsch. Hinter Husum hatte sich der Himmel zugezogen. Zwar hatte der Wetterbericht für Schleswig-Holstein aufgelockerte Bewölkung vorausgesagt, doch war die Wolkendecke immer dichter geworden, je näher sie dem Meer kam. Die ältere, etwas korpulente Dame auf dem Sitz neben ihr war – begleitet von sanften Schnarchtönen – eingenickt. Angesichts der leeren Weite unter dem grauen Himmel überkam sie wieder ein Gefühl der Verlassenheit, das sie in Hamburg in Eileens Gesellschaft noch hatte verdrängen können. Sie ärgerte sich, dass sie vergessen hatte, sich etwas zu trinken mitzunehmen, doch erinnerte sie sich, dass es früher auf dieser Strecke einen Service für Getränke und Snacks gegeben hatte. Bis jetzt war davon nichts zu sehen gewesen. Sie fürchtete, die zweieinhalb Stunden Fahrt von Hamburg bis Niebüll ohne Chance auf eine Erfrischung durchstehen zu müssen. Seitdem das Profitinteresse der Investoren Vorrang vor den Interessen der Fahrgäste bekommen hatte, wurden Nebenstrecken von der Bahn konsequent vernachlässigt.

›Komisch‹, dachte sie, ›eigentlich habe ich ganz andere Sorgen. Warum ärgere ich mich dann über solche Lappalien wie einen fehlenden Getränkeservice? Einerseits war ich froh, dass ich die ersten Tage nach der Entdeckung des Todes von Tobias bei Eileen in Hamburg verbringen konnte, andrerseits habe ich dadurch die Konfrontation mit den Ereignissen und deren Folgen nur hinausgeschoben. Aber je länger ich mich nun davor verstecke, desto drückender lastet der Gedanke daran auf mir. Und meine Unsicherheit wird immer größer. Ich versinke in einem Sumpf aus Trauer, Angst und Ratlosigkeit.‹ Sie lehnte die Stirn an die Scheibe und wünschte sich, dass die Kühle des Glases ihr Klarheit verschaffen könnte.

Nach einer Weile richtete Helen Simon sich wieder auf und begann konzentriert ihre Situation zu überdenken. Ihre Schuldgefühle gegenüber der Mutter waren ein Problem, das sie wohl in einem längeren Prozess aufarbeiten müsste. Zunächst stand das Gespräch mit der Polizei an. Sie hatte schon mit Eileen darüber gesprochen, inwieweit sie der Polizei gegenüber ihr Verhältnis zu Tobias offenbaren sollte. Sie waren sich einig, dass sie all das lieber für sich behalten und ihr Verhältnis zu Tobias als distanziert bis kameradschaftlich darstellen sollte. Der Hinweis auf ihre Beziehung zu Dennis würde diese Darstellung wohl glaubhaft machen.

Als Helen gemerkt hatte, dass sie begann, sich in Tobias Kirchner zu verlieben, hatte sie Dennis mit ihm verglichen. Der war ihr dabei als Leichtgewicht erschienen, an den sie ihre Zukunft nicht binden wollte. Auch nach Tobias' Tod stand ihr Entschluss fest, mit Dennis Schluss zu machen. Die Trennung wollte sie allerdings solange geheim halten, bis die Ermittlungen der Polizei abgeschlossen waren. Bei dem Gedanken, Dennis' Anhänglichkeit bis dahin ausgesetzt zu sein, war ihr unwohl. Und mit Schaudern dachte sie an das klärende Gespräch zur Beendigung ihrer Beziehung, das ihr danach noch bevorstand.

Der Zug lief in den DB-Bahnhof in Niebüll ein. Ihre Nachbarin war inzwischen aufgewacht und hatte sich schwerfällig erhoben. Helen half ihr, den Koffer aus dem Wagen auf den Bahnsteig zu bugsieren. Sie hatten festgestellt, dass sie beide nach Föhr weiterfahren wollten. Gemeinsam gingen sie zu dem Kleinbahnhof hinüber, auf dem der Triebwagen nach Dagebüll-Mole abfuhr. Der abgelegene Bahnsteig zwischen den Schuppen erinnerte sie irgendwie an Bilder von der Bronx, jenem Stadtteil von New York, der sich als Inbegriff der Unwirtlichkeit in ihre Vorstellung eingegraben hatte.

Als der Triebwagen in Dagebüll-Mole ankam, konnten sie gleich auf die Fähre – die *Nordfriesland* – gehen. Helens Zugnachbarin hatte sich ihr angeschlossen und begleitete sie auch in den Salon. Helen war zunächst gar nicht erbaut über ihre Anhänglichkeit, da sie weiter über ihre Situation nachdenken wollte. Aber dann merkte sie, dass das unaufhörliche Geplauder ihrer Begleiterin ganz unterhaltsam und geeignet war, sie von ihren trüben Gedanken abzulenken. Ihre Begleiterin hatte sich als Gesine Sappenhörster vorgestellt, die aus dem Münsterland kam und voller Stolz berichtete, dass sie nun schon zum zweiundzwanzigsten Mal Urlaub auf Föhr machte. Sie war eine ehemalige Hauswirtschaftslehrerin, die sich kenntnisreich in die Geheimnisse der nordfriesischen Küche vertieft hatte.

Als sich die *Nordfriesland* im Hafen von Wyk drehte, sah Helen ihre Mutter auf der Mole stehen, die sie offensichtlich abholen kam. Trotz der Ambivalenz ihrer Gefühle gab ihr dieser Anblick ein Gefühl von Heimkehr. Sie verabschiedete sich von Frau Sappenhörster und eilte über die Brücke an Land. Sie umarmte ihre Mutter mit einer Heftigkeit, die diese von Helen seit deren Pubertät nicht mehr gewohnt war. Beide freuten sich über ihr Wiedersehen und vermieden auf der Heimfahrt das Thema Tobias Kirchner. Zu Hause angekommen, fragte Karla Helen nach ihren Erlebnissen in Hamburg. Während diese erzählte, machte Karla sich fertig, um in die *Vogelkoje* zu gehen. Bevor sie aufbrach, erzählte sie Helen von dem Einbruch. Dann wies sie Helen darauf hin, dass die Polizei sich mit ihr unterhalten wollte, die Tochter aber war bereits unterrichtet und von den Beamten nach einem möglichen Gesprächstermin gefragt worden.

Kaum war Karla Simon aus dem Haus, als das Telefon klingelte. Schön meldete sich von der Polizeiwache und bat Helen, möglichst gleich dorthin zu kommen. Er bot ihr an, sie mit dem Wagen abzuholen. Helen lehnte mit der Begründung ab, dass sie mit dem Fahrrad genauso schnell sei. Wenige Minuten später war sie dann auch dort.

Schön begrüßte sie und führte sie in den Besprechungsraum. Hier stellten sich Mommsen und Lürrsen vor. Mommsen schaute sie einen Augenblick schweigend an. ›Ein hübsches Mädchen‹, dachte er. ›Und sie weiß, dass sie reizvoll ist und auf Männer wirkt.‹ Dann begann er das Gespräch: »Frau Simon, schön dass wir uns jetzt unterhalten können. Wir warten schon seit zwei Tagen auf eine Unterredung mit Ihnen, wollten aber Ihren Besuch in Hamburg nicht unterbrechen. Sie wissen, worum es geht. Die Ermordung von Herrn Kirchner zwingt uns zu einer intensiven Ermittlung, die alle einbezieht, die Kontakt zu ihm hatten. Und das war bei Ihnen ja wohl auch der Fall.«

Helen sah in der Wortwahl eine Anspielung auf intime Kontakte und erschrak. Ahnte der Kommissar etwas? Sie schüttelte den Gedanken ab. »Was wollen Sie von mir wissen?«

Mommsen fuhr mit einer Vernehmungsmethode der offenen Fragen fort, die den Gesprächspartner zu eigenen Ausführungen zwingt und nicht zulässt, dass er sich auf ein schlichtes Ja oder Nein beschränkt. »Erzählen Sie uns etwas über Tobias Kirchner. Was für ein Mensch war er?«

Helen hatte mit anderen Fragen gerechnet, wie zum Beispiel der Frage nach einem Alibi für die Tatzeit oder auch, ob sie etwas beobachtet hätte. Sachfragen also, nicht Meinungsäußerungen. Sie musste erst einige Zeit überlegen.

»Also, er war Zahntechniker. Er hat bei einer Firma gearbeitet, die etwas mit Einrichtungen für Zahnärzte zu tun hat. Und er konnte gut surfen.«

Mommsen wiegte seinen Kopf. »Frau Simon, das klingt, als würden sie Bewerbungsunterlagen für das Arbeitsamt zusammenstellen. Nein, ich meine: Was war er für ein Mensch? Sein Charakter? Was haben Sie an ihm gemocht? Was mochten Sie an ihm nicht?«

Helen machte wieder eine Pause. »Das kommt alles etwas plötzlich. Ich muss darüber erst nachdenken.«

Mommsen ließ ihr keine Zeit. »Frau Simon, so plötzlich kommt das ja wohl nicht. Seit mindestens zwei Tagen wissen Sie, dass Tobias Kirchner tot ist. Was ist denn daran plötzlich?«

»Wenn ein Mensch, der sehr lebendig war, plötzlich tot ist, das meine ich.«

»Nun gut. Das ist sicher schwer – für jeden natürlich. Aber Sie kannten ihn doch schon eine Weile, wie wir erfahren haben. Da müssen Sie doch sicher nicht erst darüber nachdenken, ob Sie ihn mochten oder nicht. Also noch einmal meine Frage: Was für ein Mensch war Tobias Kirchner?«

»Er hatte immer etwas Interessantes zu berichten. Er war in der Welt herumgekommen, hatte viel gesehen. Er war für meine Mutter ein anregender Partner. Wir hier auf der Insel sind ja immer irgendwie eingegrenzt. Er hat so ein Gefühl der großen Welt mitgebracht.«

»Mochten Sie ihn?«

Zögernd kam ihre Antwort: »Ja, es ging so. Ein paar Male haben wir uns auch gezofft.«

»So? Weswegen denn?«

»Es ging um das Auto meiner Mutter. Ich wollte damit los, er wollte damit los – na ja, da gab es Krach.«

»Herr Kirchner war ja ein recht attraktiver Mann, so sagte man uns. Fanden Sie auch, dass er attraktiv war?«

»Meine Mutter fand das auf jeden Fall. Sicher, er sah ganz gut aus. Aber er war ja auch schon recht alt.« Helen setzte ihr Kleinmädchenlächeln auf.

Mommsen seufzte kurz. »Er war fast fünfzehn Jahre jünger als ich zum Beispiel. Also sicher noch kein alter Mann. Sie sind achtzehn?«

»Ja, warum?«

»Nur so.« Mommsen lehnte sich vor und blickte ihr in die Augen. »Waren Sie auf Ihre Mutter eifersüchtig?«

Die Frage traf Helen wie eine kalte Dusche. Sie fühlte sich, als sei sie der Mittelpunkt einer geistigen Peep-Show, bei der ihre intimen Geheimnisse ans Licht kamen. Sie hoffte, dass der Moment der Sprachlosigkeit, der dieser Frage folgte, den Beamten nicht auffiel.

»Nein, warum sollte ich? Ich war froh, dass meine Mutter einen Partner gefunden hatte, der ihrem Leben wieder Farbe gab. Seit Tobias hier war, blühte sie richtig auf. Sein Tod hat sie sehr getroffen.«

»Und wie ist das mit Ihnen? Hat sein Tod Sie auch getroffen?«

»Ja sicher. Er hat ein paar Wochen bei uns gewohnt. Ich kannte ihn auch schon von unserem Urlaub in Marokko her. Da haben wir viel gemeinsam unternommen.«

»Haben Sie einen Freund?«

»Ja, das ist in meinem Alter ja wohl normal.«

»Dürfen wir erfahren, wer er ist?«

»Er heißt Dennis. Dennis Pflüger. Er arbeitet im Seehotel.«

»Wie alt ist Ihr Dennis?«

»Vierundzwanzig. Und wir sind zwar zusammen, aber deshalb ist er nicht gleich ›mein Dennis‹.«

»Was haben Sie gegen das Pronomen ›mein‹?«

»Das klingt so nach Besitz und Dauer. In meinem Alter muss man sich ja noch nicht fest binden.«

»Kannten sich Tobias Kirchner und Dennis Pflüger? Haben Sie und Ihre Mutter gemeinsam mit Ihren Partnern öfter etwas unternommen?«

»Eher nicht. Die beiden waren zu verschieden.«

Schön machte sich bemerkbar. »Worin bestanden denn die Unterschiede?«

»Das dürfte doch offensichtlich sein. Allein von Berufswegen hatten sie nicht allzu viel gemeinsam. Ihre Interessen waren auch jeweils ganz andere. Tobias war sehr sportlich und außerdem war er schon viel in der Welt herumgekommen – das hatte natürlich einen gewissen Einfluss auf ihn. Er war weltmännischer – so könnte man es sagen. Dennis ist das alles nicht. Er hat irgendwie einen engeren Horizont.«

Mommsen übernahm wieder die Verhörung: »Sind die beiden sich begegnet?«

»Ja, wenn Dennis mich abgeholt hat, sind sie sich schon über den Weg gelaufen. Einmal haben wir auch gemeinsam im Garten gegrillt. Das war aber kein gelungener Event. Eigentlich war das ein ganz netter Nachmittag oder Abend, aber Dennis stand meist nur so rum, obwohl er sonst immer gerne im Mittelpunkt steht. Tobias hatte uns damals angeboten, gemeinsam einmal Surfen zu gehen. Aber Dennis wollte das nicht. Er hat damit auch nur wenig Erfahrung.«

»Frau Simon, was können Sie uns über andere Kontakte von Tobias Kirchner hier auf Föhr sagen?«

»Tobias war schon hin und wieder in der *Vogelkoje*. Bruno kannte er natürlich, auch Meike, unsere Köchin da. Er ging auch manchmal zum Surfen. Da hatte er mit Sörensen, dem Besitzer der Surfschule am Südstrand, zu tun. Sonst wüsste ich nicht, mit wem er hier bekannt gewesen sein könnte.«

»Wie war Ihr Eindruck von seinen wirtschaftlichen Verhältnissen?«

»Er war Marketingleiter bei seiner Firma, hatte also wohl einen guten Job. Aber er hatte auch noch Schulden aus seinem früheren Betrieb, dem Dentallabor. Damit war er pleite gegangen.«

»Hatten Sie den Eindruck, dass er über viel Geld verfügen konnte?«

»Viel Geld? … Weiß ich nicht. Aber etwas Geld muss ja da gewesen sein. Er hat meine Mutter und mich schon mal zum Essen eingeladen, da war er nicht knauserig. Er hat ihr auch manchmal Geschenke gemacht.«

»Wissen Sie, dass er noch verheiratet war?«

»Ja, meine Mutter hat mir erzählt, dass er in Hannover mit einer Zahnärztin verheiratet war. Aber die Scheidung war eingereicht. Er hatte wohl auch eine Tochter.« Helen war in ihrer Rede freier geworden. Sie fühlte sich bei der gegenwärtigen Thematik ihres Gesprächs nicht mehr persönlich betroffen.

»Kennen Sie seine Frau?«

»Die Zahnärztin in Hannover? Nein, woher denn? In Hannover war ich noch nie. Und selbst wenn, hätte ich doch wohl kaum einen Grund gehabt, mich mit ihr zu treffen.«

»Frau Simon, eine letzte Frage: Wo waren Sie am letzten Dienstagabend von 22.00 bis 24.00 Uhr?«

»Das war der Abend, bevor ich nach Hamburg gefahren bin. Da war ich bei einer Freundin hier in Wyk, mit der ich auch zur Berufsschule gehe. Hilke Fehring.«

Lürrsen notierte sich Namen und Anschrift.

»Frau Simon, das war doch noch nicht die letzte Frage. Ihre Mutter wird Ihnen von dem Einbruch berichtet haben. Haben Sie eine Ahnung, wer das gewesen sein könnte?«

»Sie hat den Einbruch nur ganz kurz erwähnt, dann musste sie los zur Arbeit. Nein, ich kann mir nicht vorstellen, wer das gewesen sein kann. Auf Föhr sind Einbrüche ja sehr selten. Bei uns in der Wohnung sind auch keine großen Wertsachen zu holen.«

»Schauen Sie bitte noch genau nach, ob Ihnen etwas fehlt. Ihre Mutter konnte uns nur sagen, dass sie nichts vermisst.«

»Sicher, ich werde meine Sachen mal durchgehen. Auf den ersten Blick ist mir nichts aufgefallen.«

»Gut, dann war es das erst einmal für heute. Solange wir die Ermittlungen noch nicht abgeschlossen haben, können wir auch nicht ausschließen, dass wir uns noch einmal sprechen müssen.«

Mommsen verabschiedete Helen Simon und Lürrsen begleitete sie hinaus. Als er zurückkam, schauten sie sich an. Wie meist ließ auch diesmal Mommsen seinen Kollegen mit ihren Kommentaren den Vortritt. Und wie meist war Schön wieder der schnellste.

»Also ich bin der Meinung, da war mehr. Auf der einen Seite beschreibt sie den sportlichen, attraktiven, weltmännischen Tobias

Kirchner, auf der anderen Seite den beschränkten Dennis mit dem engen Horizont. Da ist doch wohl klar, wem ihre Bewunderung gilt. Ich wette, dem Kirchner galt nicht nur ihre Ehrerbietung. Der Hinweis auf sein Alter war doch eher ein Witz. Als könnte jemand mit 35 Jahren nicht auch auf eine Achtzehnjährige anziehend wirken.« Schön, der Mittdreißiger, reckte sich und schaute selbstgefällig um sich. »Und sie ist ja auch eine reizvolle junge Frau, das ist dem Kirchner sicher auch aufgefallen. Auf dem Gebiet war er ja kein Kostverächter.«

»Du musst das ja wissen«, grinste Mommsen und drehte sich zu Lürrsen um. »Wie sehen Sie das?«

»Auf mich wirkte sie ähnlich wie auf den Kollegen Schön. Es fiel auf, dass Kirchner ihr Favorit war. Ich glaube schon, dass sie sich in ihn verliebt hatte. Ich bin mir nur noch nicht im Klaren, ob sie aus Rücksicht auf ihre Mutter ihre Wünsche unterdrückt hat oder ob sie ihnen nachgegangen ist.«

Mommsen nickte. »Ja, das wüsste ich auch gerne. Aber zum Nachgeben gehören in der Liebe immer zwei – einer, der drängt und eine, die nachgibt.«

Schön lachte kurz auf: »Ludwig, jetzt fällst du aber in das übliche Macho-Raster der Sexualität: der Mann drängt, die Frau gibt nach. Es kann doch auch umgekehrt sein.«

»Wenn wir das nur wüssten. Eine dritte Möglichkeit gibt es ja auch noch: Was ist, wenn beide gedrängt haben? Aber Schluss mit diesen libidinösen Spekulationen. Lassen wir das erst einmal offen. Nun was anderes; Dirk, ich würde gerne etwas mehr über diesen Dennis wissen. Fragst du den mal im Computer ab? Dann können wir entscheiden, ob wir mit ihm auch noch sprechen.«

Mommsen schaute auf die Uhr. »Schluss für heute. Morgen früh geht es hier weiter. Herr Lürrsen, können wir auch am Wochenende mit Ihnen rechnen?«

»Selbstverständlich. Um acht bin ich zur Stelle.«

Mommsen hatte nach der Verabschiedung von Helen Simon seine Unterlagen noch kurz überflogen, sortiert und dann weggeräumt. ›Schon wieder so ein Wochenende, das vom Dienst aufgefressen wird‹, dachte er. Sein einsames Zuhause in Husum war aber auch keine erstrebenswerte Alternative. Dennoch spürte er – wie häufiger in der letzten Zeit – einen Zwiespalt zwischen Beruf und seinem Privatleben. ›Dreht sich denn alles nur noch um meinen Job? Ich möchte nicht, dass ich mir am Ende sagen muss, dass mein Leben nur die Summe dessen gewesen ist, was vermeidbar gewesen wäre. Wann war ich eigentlich das letzte Mal mit mir selber im Einklang?‹ Und ihm fiel ein, dass dies erst gestern gewesen war – bei dem Gespräch mit Cosima Bernstädt in der Gaststätte in der Nähe des Hafens.

Mommsen erhob sich mit neuem Elan. »Dirk, was liegt heute Abend an?« Obwohl Schön erst am Vorabend bei der Beschattung von Sergei Perlov die Strandpromenade abgewandert war, einigten sie sich, diese für einen Spaziergang aufzusuchen. Der frische Wind und die Bewegung machten ihnen Appetit. Nach einem Zwischenstopp in einer Pizzeria landeten sie auf Mommsens Vorschlag in der Gaststätte *Glaube, Liebe, Hoffnung*. Cosima Bernstädt war nicht da. Mommsen hatte ohnehin nicht damit gerechnet, dass sie Dauergast in Kneipen wäre. Aber die vertraute Gesellschaft von Dirk Schön versprach auch einen angenehmen Abend.

* * *

Helen kehrte beunruhigt nach Hause zurück. Hatte sie beim Wiedersehen mit ihrer Mutter noch das Gefühl gehabt heimzukehren, so kam ihr jetzt die Wohnung verlassen und fremd vor. Sie ging in ihr Zimmer und warf sich auf ihr Bett. Die in den letzten Tagen aufgestaute Anspannung löste sich in einem Tränenstrom. Sie wusste nicht, worüber sie eigentlich weinen musste: über den Verlust, den Tobias' Tod auch für sie bedeutete, über ihr schlechtes Gewissen gegenüber ihrer Mutter, über den Stress, der mit der Trennung von Dennis auf sie zukam, über die Angst vor weiteren Vernehmungen durch die Polizei oder über die Leere ihres weiteren Lebensweges.

Nach einiger Zeit hatte sie sich wieder beruhigt. Sie hatte schon das Telefon in der Hand, um sich bei Eileen in Hamburg Trost zu holen, als ihr einfiel, dass diese davon gesprochen hatte, bis in den Abend hinein einen Workshop in der Hochschule zu besuchen.

In ihre Ratlosigkeit hinein klingelte das Telefon. Sie nahm den Hörer ab. Als sie die Stimme ihrer Mutter hörte, war sie erleichtert. Karla Simon wollte sich erkundigen, wie sie die Vernehmung bei der Polizei überstanden habe. Die Sorge ihrer Mutter, die sie sonst bei anderen Anlässen als Einschränkung und Kontrolle empfunden hatte, war dazu angetan, sie ruhiger werden zu lassen.

Helen schilderte kurz den Ablauf des Gespräches. Auf Drängen ihrer Mutter sagte sie zu, in der *Vogelkoje* vorbeizukommen, wo Meike ihr etwas Leckeres zu Essen zubereiten würde. Sie äußerte den Wunsch nach einem Halligbrot: Krabben auf Rührei mit Schwarzbrot. Als sie aufgelegt hatte, ertappte sie sich bei dem Gedanken, wie schnell ihr Kummer durch das Gefühl, umsorgt zu sein, eingedämmt wurde. Sie musste über sich selbst lächeln.

Während sie im Badezimmer vor dem Spiegel stand, um sich frisch zu machen, klingelte es an der Tür. ›Ist das Dennis?‹, war ihr erster Gedanke. Einen Augenblick überlegte sie, auf das Klingeln nicht zu reagieren. Sollte er doch glauben, sie sei nicht zu Hause. Dann kam sie sich albern vor. Der Begegnung mit ihm konnte sie auf Dauer doch nicht ausweichen. Sie öffnete. Tatsächlich stand Dennis mit einem Blumenstrauß vor der Tür. Er strahlte sie an. ›Mein Gott, er sieht sich schon wieder als meinen Retter‹, schoss es ihr durch den Kopf.

»Hallo, schön dass du wieder da bist. Ich habe schon den ganzen Tag versucht, dich über dein Handy zu erreichen. Ich wollte dich doch von der Fähre abholen. Damit du dich nicht mit deiner schweren Tasche abschleppen musst.« Er trat vor, um sie zu umarmen und zu küssen. Mit einem bewussten Stolpern über den Fußabtreter entging Helen diesem Vorhaben.

»War nicht nötig. Karla war da und hat mich abgeholt. Hast du um diese Zeit nicht Dienst?«

»Petra vertritt mich für eine Stunde. Ich muss daher gleich wieder hin. Wann können wir uns denn sehen? Hat die Polizei dich schon vernommen?«

»Was heißt vernommen? Wie kommst du denn auf so was? Ich bin doch keine Verdächtige. Die haben nur mit mir geredet.«

»Und was wollten die von dir wissen?«

»Willst du mich jetzt verhören? Du bist ja noch schlimmer als die Polizei.«

»Nein, aber ich habe mir Sorgen um dich gemacht. Das alles muss für dich ja sehr schwer sein.«

»Ja, sicher. Deshalb brauch' ich in den nächsten Tagen erst einmal Ruhe. Und dann muss ich mich um Karla kümmern. Die braucht mich jetzt. Weißt du was? Wir können uns ja für Anfang der Woche verabreden, am besten Dienstag. Montag hat Karla ihren freien Tag. Ich muss dann schon wieder arbeiten, aber abends kann ich dann mit Karla was unternehmen, damit sie auf andere Gedanken kommt. Du siehst, vor Dienstag geht es nicht.«

Dennis war die Enttäuschung ins Gesicht geschrieben. Er wollte erst gegen die Verschiebung ihres Wiedersehens protestieren, besann sich aber eines Besseren, als er merkte, dass es Helen ernst war.

Diese ließ sich von Dennis in seinem Wagen nach Wyk mitnehmen. Seinen Kuss zum Abschied im Auto ließ sie über sich ergehen. ›Es gab einmal eine Zeit, in der ich es toll fand, wenn er mich küsste‹, dachte sie, ›aber jetzt finde ich es einfach eklig. Und ich glaube, er hat das schon länger gemerkt.‹

Mit schnellen Schritten, als müsste sie einem Verfolger entkommen, eilte sie zur Gaststätte ihrer Mutter.

* * *

›Bin ich vielleicht doch ein Fall für den Psychiater? Mein ganzes Leben lang habe ich mein Selbstwertgefühl darauf aufgebaut, dass Männer verrückt nach mir sind. Irgendwann muss das zu einer Manie geworden sein. Habe ich mir selbst nicht mehr zu bieten?‹ Ines Racke dachte mal wieder über den Sinn ihres Lebens nach. Ihr war aufgefallen, dass sie das in der letzten Zeit häufiger getan hatte. Sie goss sich Pernod in ihr Glas und füllte es mit Wasser auf. ›Und ausgerechnet der Kerl, der mir wirklich was bedeutet hat, der hat mit mir nur gespielt. Ich hatte mich in einer Art Torschlusspanik Tobias an den Hals geworfen. Mir hat er den Romantiker vorgespielt, wenn es mir zu unverbindlich war: Unsere Beziehung müsse wie eine edle Frucht reifen – die pflückt man auch nicht schon beim ersten Anzeichen des Gedeihens. Und ich bin darauf reingefallen. Mein Gott, wie kommen mir solche Sprüche heute schwülstig vor. Aber vor einer Woche noch habe ich an seinen Lippen gehangen. Und gleichzeitig ist er zu dieser Wirtin ins Bett gehüpft.‹

Ines Racke schaute sich in ihrer kleinen Ferienwohnung um. Die gemütlichen Bauernmöbel in Friesisch-Blau konnten ihr jedoch auch kein heimisches Gefühl vermitteln.

»So, und jetzt ist er tot. Und ich fühle keine Erleichterung, sondern nur noch schwarze Leere. Der Alkohol, der mich früher in Stimmung gebracht hatte, verschärft nur mein Selbstmitleid.« Ines Racke war dazu übergegangen, ihre Gedanken laut auszusprechen. »Sicher, mit zunehmendem Alter bin ich als Frau für die Kerle auch nicht mehr attraktiv. Da überholt mich die jüngere Konkurrenz. Aber ich habe auch nicht vor, mich für den Rest meines Lebens zum Buddhismus zu bekehren, im Schneidersitz Joga zu machen und ›Om Mani Dingsbums‹ zu singen.«

Unruhig stand sie auf, blickte aus dem Fenster und setzte ihr Selbstgespräch fort: »Aber was heißt schon Rest meines Lebens? Mit 42 Jahren ist meine Zukunft doch nicht nur noch einzig ein Rest! Reste wirft man weg. Aber ich werde mich nicht wegwerfen. Nein, zunächst gilt es, aus diesem Schlammassel herauszukommen. Ich muss nachdenken und einen klaren Kopf behalten.« Sie griff zu ihrem Glas und goss den Inhalt schwungvoll in den Ausguss der Küchenzeile. »Wie kann ich rauskriegen, was die Polizei bis jetzt über den Tod von Tobias und den Anschlag auf Lutz ermittelt hat? Der Schuss auf Lutz ist mir unerklärlich. Sein Aufenthalt hier auf Föhr gibt doch offensichtlich keinen Anlass dafür. Wer sollte es hier denn schon auf ihn abgesehen haben? Vielleicht hat er den Anlass schon mitgebracht und jemand ist ihm hierher gefolgt? Aber uns ist doch niemand aufgefallen. Und Lutz hat nicht gewirkt, als würde er sich Sorgen machen.«

In ihre Überlegungen hinein läutete das Telefon. Als sie den Anruf entgegen nahm, drang ihr eine bekannte Stimme ins Ohr: »Hallo Ines! Lutz hier. Na, wie geht es dir? Hat die Polizei auch schon mit dir gesprochen?«

»Lutz! Das ist aber eine schöne Überraschung. Du hörst dich ja wieder ganz munter an. Bist du denn schon aus dem Krankenhaus entlassen?«

»Nein, der Arzt hat mir in Aussicht gestellt, dass ich übermorgen raus kann. Aber ich hab durchaus die Erlaubnis, hier Besuch zu empfangen.«

»Ich hatte gerade an dich gedacht und mich gefragt, wie es dir geht. Und was da eigentlich passiert ist. Mir ist ganz und gar unklar, warum dir jemand so etwas antun könnte. Aber lass mal. Ich komme am besten gleich bei dir vorbei. Du musst aber auf den obligaten Blumenstrauß verzichten. Die Läden sind schon geschlossen.«

»Du bist mir Blume genug. Ich glaube auch, die Schwestern sind froh, wenn sie sich nicht auch noch um Blumensträuße kümmern müssen.«

»Also dann, bis gleich!«

Ines Racke legte auf. Nachdenklich blieb sie einen Augenblick lang im Raum stehen. ›Wenn Lutz sich bei der Polizei nach dem Stand der Ermittlungen erkundigt, ist das doch unverdächtig. Bei dem Gespräch mit den beiden Polizeibeamten hatte ich den Eindruck, dass sie davon ausgehen, dass zwischen dem Mord an Tobias und dem Schuss auf Lutz ein Zusammenhang besteht. Lutz könnte die Polizei also nach den Erkenntnissen über den Schützen an der Surfschule und gleichzeitig nach ihren Ergebnissen im Fall von Tobias fragen. Ich werde ihm das auf jeden Fall nahe legen‹, überlegte sie und griff sich dann die Autoschlüssel, vergewisserte sich, dass die Fenster alle verriegelt waren und schloss auch die Tür sorgfältig ab.

Im Krankenhaus fand sie gleich das Zimmer, in dem Lutz Reisig lag. Es war ein Zweibettzimmer, das nur von ihm allein belegt war. Mit einem Kuss auf die Wange begrüßte sie ihn. »Na, du Ärmster! Erzähl mal; Hast du Schmerzen? Was machen die hier mit dir?«

»Schön dich zu sehen. Wenn du ins Zimmer kommst, fühle ich mich gleich viel besser. Nein, Schmerzen kann man das eigentlich nicht nennen. Die haben mir ein paar Medikamente gegeben – die ganz gut wirken. Der Arm bis in die Schulter hinaus fühlt sich ganz steif an. Das wird aber vorüber gehen. Komm doch näher und setz dich hier auf die Bettkante.«

Ines Racke erhob sich langsam von ihrem Besuchersessel. Dabei ging ihr durch den Kopf: ›Warum wollen Männer immer, dass ich näher an sie heran komme? Zum Betatschen? Nein, alle Männer wohl nicht. Tobias war da leider eine Ausnahme. Aber er hat ja auch anderswo rumgetatscht.‹ Und kurz hatte sie das Bild vor Augen, wie Tobias den Körper einer anderen Frau liebkoste.

»Sag mal, Lutz, hat die Polizei eigentlich schon etwas verlauten lassen, wen sie des Anschlags auf dich verdächtigt? Oder hast du eine Ahnung?«

»Es war noch einmal ein Beamter hier. Der wollte von mir aber nur noch einmal alles geschildert haben. Die tappen noch im Dunkeln. Ich auch. Nee, ich kann mir überhaupt nicht erklären, wer es auf mich abgesehen haben sollte. Geschäftlich nicht und privat auch nicht. Da ist nichts. Ich habe keine Geschäftspartner beschissen, habe keine verbiesterte Ex-Frau, keinen Ärger mit mordlüsternen Nachbarn, auch keinen Erbschaftsstreit.«

»Was ist, wenn der Schütze es wieder versucht, nachdem du hier herausgekommen bist? Du solltest unbedingt bei der Polizei nachhaken, ob die nicht doch schon etwas herausbekommen haben. Auch was den Tod von Tobias Kirchner betrifft. Die Polizei sieht da einen Zusammenhang.«

»Welchen Zusammenhang könnte es da geben? Ich habe Tobias doch erst hier kennen gelernt. Außer dem Surfen hatten wir auch keine Berührungspunkte. Ich habe ihn ganz sicher nicht umgebracht und er kann auch nicht auf mich geschossen haben, zu dem Zeitpunkt war er ja schon längst tot.«

»Genau! Und deshalb solltest du dir auch von der Polizei erklären lassen, warum die einen Zusammenhang vermuten.«

»Das wäre wohl das Beste. Gleich wenn ich hier raus bin, werde ich die mal ansprechen.«

»Das solltest du aber auf jeden Fall schon vorher machen. Denn wenn du hier herauskommst, kann dir schon jemand auflauern. Nimm das nicht auf die leichte Schulter.« Ines Racke schaute Lutz Reisig in die Augen und fügte mit Timbre in der Stimme hinzu: »Den Gedanken, dass dir etwas passieren könnte, kann ich nicht ertragen.«

Diese fein dosierte Anwandlung von Zuneigung verfehlte nicht ihre Wirkung auf Lutz Reisig. Er versprach, es gleich am nächsten Morgen bei der Polizei zu versuchen – auch wenn dann schon Wochenende sei – und sich nach dem Stand der Ermittlungen zu erkundigen. Sie unterhielten sich noch einige Zeit über mögliche gemeinsame Unternehmungen nach seiner Entlassung aus dem Krankenhaus, dann verabschiedete sich Ines Racke mit dem Versprechen, am nächsten Tag wiederzukommen.

Anstatt in ihre Ferienwohnung zurückzukehren, entschloss sie sich, auf einen Sprung in der *Vogelkoje* vorbeizuschauen. Die verbitterte Erinnerung an Tobias hatte in ihr einen fast schon masochistischen Drang hervorgerufen, ihre Rivalin noch einmal in Augenschein zu nehmen. Wie meist am Abend war die Gaststätte auch heute gut besucht. Ines Racke steuerte auf den Tresen zu, doch alle Hocker dort waren besetzt. Sie blieb in der zweiten Reihe stehen und bestellte beim Wirt einen Pernod. Als er diese aus den Rahmen fallende Bestellung hörte, drehte sich der Mann vor ihr um. Er setzte ein charmantes Lächeln auf und fragte, ob sie sicher sei, ein solches Getränk hier zu bekommen. Geistesabwesend erwiderte sie, dass ihr Getränkegeschmack hier bekannt sei. Gleichzeitig ließ sie ihren Blick auf der Suche nach der Wirtin durch die Gaststätte schweifen. Sie konnte diese jedoch nirgendwo sehen.

Der Mann auf dem Hocker vor ihr ließ sich von ihrer desinteressierten Antwort nicht entmutigen und setzte seine Bemühungen um Konversation fort. Er bot ihr seinen Platz am Tresen an, den sie annahm. Als er ein weiteres Bier für sich bestellen wollte, fragte er sie, ob er auch sie zu einem weiteren Pernod einladen dürfte. Sie ließ sich mit dem Mann auf ein Kneipengespräch mit den üblichen Urlaubsthemen ein. Nach einiger Zeit stellte er sich als Maximilian Schlier aus Braunschweig vor. Auch Ines Racke nannte ihren Namen. Wie von selbst wandte sich ihr Gespräch auch dem Toten aus der Midlumer Marsch zu. Maximilian Schlier fragte sie, ob sie dem Opfer vielleicht schon einmal begegnet sei. Dieser sei auch hier in der *Vogelkoje* Gast gewesen. Ines Racke tat, als könne sie sich an Tobias Kirchner nicht erinnern.

Inzwischen war auch Karla Simon aus dem Büro aufgetaucht. Sie löste Bruno Peters an der Bar ab. Ines Racke schaute immer wieder zu ihr hinüber. Sie musste sich eingestehen, dass sie eine attraktive Frau mit einem souveränen Auftreten vor sich hatte. An dem Gespräch mit Maximilian Schlier beteiligte sie sich nur noch unkonzentriert.

Im Plauderton ließ dieser eine ganze Reihe hypothetischer Motive für den Mord ins Gespräch einfließen: Raub, Eskalation eines vielleicht erst harmlosen Streits, Rache, Eifersucht, Bandenrivalitäten und weitere Dinge dieser Art. Ines Racke spürte, dass ihr bei den Stichworten Eifersucht und Rache heiß und kalt wurde. Das Thema rief in ihr eine Nervosität hervor, die sie nicht unterdrücken konnte. Fast abrupt stand sie auf, um zu gehen. Maximilian Schlier kam ihr mit der Begleichung der Zeche zuvor und bedankte sich gewandt – trotz ihres plötzlichen Aufbruchs – für den schönen Abend.

* * *

Am nächsten Morgen trafen Mommsen und Schön pünktlich um acht Uhr mit Lürrsen zusammen, der auch schon eine Neuigkeit parat hatte. »Friedrichs hat gestern noch die Alibis von Karla Simon und Bruno Peters überprüft. Die Befragung der Köchin in der *Vogelkoje* hat ergeben, dass Karla Simon wohl den ganzen Abend dort war. Bei Bruno Peters ergibt sich aber eine Lücke. Der war gegen 22 Uhr noch einmal fort gewesen, um Nachschub an Getränken zu holen. Da in der *Vogelkoje* nur wenig Lagerraum zur Verfügung steht, lagert Peters einen Teil der Vorräte in der Garage bei seiner Privatwohnung in Alkersum. Es kommt immer mal vor, dass er bei Engpässen nach Hause fährt, um Nachschub heranzuschaffen. Die Köchin weiß nicht mehr, wann er wieder zurück war, es kam ihr aber recht lange vor.«

Mommsen und Schön hatten interessiert zugehört. Sie kamen überein, Bruno Peters möglichst bald darauf anzusprechen. Angesichts der langen Öffnungszeiten der *Vogelkoje* billigten sie ihm aber noch eine Ruhezeit bis zum späteren Vormittag zu. Schön entsann sich seines Auftrags, über Dennis Pflüger zu recherchieren und setzte sich an seinen Computer.

Kurze Zeit später meldete ihnen der wachhabende Beamte einen Besucher – einen gewissen Maximilian Schlier. Mommsen ließ ihn hereinbitten. Der Anblick des Mannes kam ihm irgendwie bekannt vor. Vielleicht war er ihm ja hier auf Föhr einmal über den Weg gelaufen.

»Was führt Sie am Wochenende auf die Polizeistation? Und warum wollen Sie gerade uns sprechen?«

»Mein Name ist Maximilian Schlier und ich komme vom BKA.« Er legte Mommsen einen Dienstausweis des Bundeskriminalamtes vor. Dieser nahm den Ausweis genau in Augenschein.

Auch Schön wurde aufmerksam und wendete sich von seinem Computer ab und dem Gespräch zu. Mommsen wiederholte seine Frage: »Warum wollen Sie mit uns sprechen? Ermitteln Sie auf Föhr oder sind Sie hier in den Ferien?«

»Ja, ich bin mit verdeckten Ermittlungen betraut. Ich darf Sie bitten, sich außerhalb dieses Raumes nicht anmerken zu lassen, dass Sie mich kennen. Hier bin ich unter dem Namen Maximilian Schlier ein Handelsvertreter aus Braunschweig, der Urlaub macht. Wir ermitteln in einem Fall der organisierten Kriminalität. Dazu kann ich Ihnen leider nichts Näheres sagen. Nun zu meinem Anliegen: Ich habe von meiner Dienststelle erfahren, dass Sie sich auch beim BKA nach einem Sergei Perlov erkundigt haben. Vermutlich im Zusammenhang mit dem Tod von Tobias Kirchner. Nun bin ich beauftragt worden, Sie um den Stand Ihrer Ermittlungen zu bitten, damit wir diese mit unseren Erkenntnissen abgleichen können.«

Wenn Mommsen über das unerwartete Auftauchen eines BKA-Beamten erstaunt war, ließ er sich das nicht anmerken. Zunächst stellte er sich und seine Kollegen vor. Dabei betonte er, dass ihre Namen echt seien, was er von dem Namen Maximilian Schlier nicht annehme.

»Dass wir so schnell mit dem BKA Kontakt haben würden, hätte ich nicht erwartet. Wir hatten uns ans BKA gewandt, weil wir – wie Sie ja bereits wissen – Informationen über Sergei Perlov benötigen. Wir hatten uns dabei schon auf den langen Dienstweg eingerichtet, aber so kann das ja schneller gehen. Ich unterstelle mal, dass wir hier zu einem Austausch von Informationen kommen. Wir haben nicht vor, nur das zu liefern, was Sie wissen wollen, ohne ebenfalls einen Nutzen daraus zu ziehen. Also, ein Geschäft auf Gegenseitigkeit?«

Maximilian Schlier zögerte. »Gut, einverstanden. Aber ich kann Ihnen nur Informationen über Personen geben, die direkt mit dem Fall Kirchner zu tun haben. Keine weitergehenden. Und das bleibt alles unter uns. Kein Protokoll. Und vor allem dürfen keine Hinweise auf unsere Informationen in Ihrem Computer landen.«

Mommsen schaute seine Kollegen an. Als diese nickten, bestätigte er die Vorgaben, die Schlier für die Zusammenarbeit genannt hatte. Er gab dem BKA-Mann einen kurzen Überblick über den Stand der Ermittlungen. Seine Ausführungen schloss er mit der Frage: »Was können Sie uns über Perlov sagen? Ist er nur ein harmloser Student der Zahnmedizin oder hat der Kerl mehr zu bieten?«

Schlier berichtete ihnen, dass Perlov neben dem Studium auch für ein internationales Syndikat arbeite, das illegal Prothetik aus ehemaligen Ostblockländern importiere. Dieses Geschäft münde in vielfältige Betrügereien der Krankenversicherungen. Perlov sei aber nach ihren Erkenntnissen nur ein eher harmloser Handlanger, der wegen seiner Fachkunde eingeschaltet sei.

»Nun zu Kirchner. Warum war Kirchner so lange hier auf Föhr? Doch nicht nur der Liebe wegen. Die Bekanntschaft mit Karla Simon dauert ja schon länger, scheint aber nur in kurzen Phasen intensiver gewesen zu sein. Und auf einmal taucht er für Wochen hier auf und lässt seinen Job schleifen. Das fällt doch auf. Hat er sich hier versteckt?«

»Es scheint so. Auch Kirchner arbeitete für die Organisation, die diese illegalen Prothetikgeschäfte betreibt. Die hat beträchtliche Forderungen an ihn und ist hinter ihm her. Wenn er gedacht haben sollte, sich dem durch eine Flucht nach Föhr zu entziehen, war er schon recht naiv.«

»Wir haben den Verdacht, dass Perlov etwas mit Kirchner zu tun hatte. Wie tief war Kirchner in die Geschäfte der Organisation verwickelt?«

»Er war voll drin. Seine Tätigkeit für die amerikanische Dentalfirma war vor allem dazu da, Kontakte mit Zahnärzten, also potentiellen Kunden der Organisation, zu knüpfen. Sozusagen Akquisition zu betreiben. Kirchner und Perlov kannten sich.«

»Das haben wir auch schon aus Perlov herausbekommen, allerdings stellt der ihre Beziehung zueinander anders dar. Aber wo ist hier ein Mordmotiv zu finden? Für die Organisation war Kirchner doch nützlich.«

»Trotzdem hatte er Ärger. Weswegen, wissen wir noch nicht so genau. Irgendwie geht es um Gelder, die nicht bei der Organisation angekommen sind. Wir haben nur mitbekommen, dass dieses Syndikat an Kirchner noch beträchtliche Forderungen hatte.«

»Wenn die ihn umbringen, kriegen die ihr Geld doch erst recht nicht. Ich sehe immer noch kein tragfähiges Mordmotiv! Aber halt, ich habe da eine Idee. Dirk, kannst du auf dem Laptop von Kirchner die Dateien mit den Zahlen oder Zahlungen aufrufen? Die Kombination mit den anderen Daten hat uns vor die Frage gestellt, ob da Erpressung im Spiel war.«

Gemeinsam schauten sie auf die Datei. Schlier räusperte sich: »Wir müssten das überprüfen. Das könnte ein Hinweis sein. Aber wenn Kirchner Kunden erpresst hat, musste er doch wissen, dass er sich mit der Organisation anlegt. Das hätten die nie und nimmer geduldet. Aber das könnte die Forderungen an Kirchner erklären.«

Mommsen setzte das Gespräch fort: »War Perlov wegen Kirchner hier auf Föhr?«

»Das müssen wir vermuten. Aber es könnte noch andere Gründe geben. Gegenwärtig ist ein Kunde von Kirchner und Perlov hier auf Föhr – ein Dr. Helmut Zehrer, ein Zahnarzt aus Kiel. Nach dem Tod von Kirchner gäbe es eigentlich keinen Grund für Perlov, weiter hier zu bleiben. Aber jetzt beobachtet er diesen Zahnarzt. Vielleicht ist er auch auf der Suche nach dem Geld, das die Organisation von Kirchner eingefordert hat.«

Mommsen erinnerte sich der beiden Einbrüche bei Bernadette Mohr-Kirchner und Karla Simon. »Wir haben gestern Anzeigen von zwei Einbrüchen bekommen, bei der Ehefrau des Opfers und bei seiner Freundin. Bei beiden waren wohl Profis am Werk. Die Betroffenen vermissen aber nichts. Könnte das Perlov gewesen sein – auf der Suche nach dem Geld?«

Lürrsen schilderte weitere Einzelheiten der Einbrüche. Schlier berichtete, dass er an dem Tag Perlov über lange Zeit im Auge gehabt habe. Einen Teil dieser Zeit sei dieser mit seiner Urlaubsflamme zusammen gewesen. Schön ergänzte diese Beobachtungen, indem er einen Bericht seiner Beschattung Perlovs kund gab. Sie kamen überein, dass Perlov kaum Gelegenheit gehabt hätte, beide Einbrüche zu begehen und schlossen ihn als Täter erst einmal aus.

Auf eine entsprechende Frage Mommsens erläuterte Schlier, dass dem BKA über Karla Simon nur wenig bekannt sei. Er bestätigte die Erkenntnisse, die Schön schon bei seinen Recherchen ermittelt hatte. Über Bernadette Mohr-Kirchner läge beim BKA ebenfalls nichts vor.

Mommsen fragte Schlier, ob bei seinen Ermittlungen Bruno Peters im Umkreis der Organisation aufgetaucht sei. Schlier verneinte dies. Die Verbindung zu Kirchner sei nur über Karla Simon gelaufen, da er ihr Kompagnon in der *Vogelkoje* sei.

Schön brachte nun das Gespräch auf die Schüsse auf Reisig in der Surfschule. Schlier sah hier allerdings keine Anhaltspunkte für einen Zusammenhang mit seinen Ermittlungen. Die Motive müssten wohl in Umkreis der Surfrunde zu suchen sein.

Sie besprachen noch verschiedene Aspekte ihrer Fälle. Sie beschlossen, dass Mommsen mit seinem Team Dr. Zehrer befragen sollte. Hierbei wollten sie auch das Thema Erpressung anschneiden. Auch Perlov sollte noch einmal in die Zange genommen werden.

Schlier verabschiedete sich, nachdem er nochmals die Zusicherung erhalten hatte, dass über seine verdeckten Ermittlungen nichts bekannt werde.

»Diesmal hat die Zusammenarbeit mit dem BKA aber geklappt. Da habe ich schon ganz andere Sachen erlebt.« Mommsen nickte zufrieden. »Schliers Auskünfte haben ja eine ganz neue Dimension in unseren Fall gebracht. Die Schiene Perlov-Zehrer können wir jetzt ganz gezielt angehen. Dirk, versuch herauszubekommen, ob Zehrer Kunde bei Kirchner war und ob in der Datei etwas zu finden ist, das auf diesen Zahnarzt hindeutet. Dann können wir ihn schon mit etwas Konkretem konfrontieren.«

»Gut, ich mache gleich weiter. An diesem Dennis bin auch noch dran. Aber bei Kirchners Firma werde ich wohl erst am Montag

Glück haben. Ich glaube nicht, dass da am Wochenende jemand zu erreichen ist.«

Tatsächlich waren Schöns Bemühungen, mit Kirchners Arbeitgeber Kontakt aufzunehmen, vergeblich. Nach einiger Zeit machte er sich mit einem kleinen Aufschrei bemerkbar. »Das ist ja interessant«, sagte er. »Ich habe hier einiges über Dennis Pflüger. Gegen ihn ist in Kiel zweimal ermittelt worden. Da ist er immer noch gemeldet. Auf Föhr arbeitet er dann wahrscheinlich als Saisonkraft. In beiden Fällen sind keine Anklagen erhoben worden, aber die Anschuldigungen sind wohl nicht aus der Luft gegriffen. Passt mal auf! Also, einmal wurde gegen ihn wegen Stalkings ermittelt. Er muss damals seiner Ex-Freundin ordentlich zugesetzt haben, als diese ihn sitzen gelassen hatte. Das ging bis zu anonymen Morddrohungen gegen die Ex und ihren neuen Lover. Er hat dann Auflagen bekommen, sich ihr nicht zu nähern. Nach einiger Zeit hat er sie in Ruhe gelassen und sie hat die Anzeige zurückgezogen. Die zweite Ermittlung lief wegen des Verdachts auf Dealen. Pflüger lebte in einer WG, die wegen einer Anzeige auf Rauschgifthandel durchsucht worden ist. Dabei wurden in der Küche zwei Pistolen gefunden. Keiner der vier Bewohner hatte einen Waffenschein und natürlich hatte keiner von ihnen diese Schusswaffen jemals vorher gesehen. Da niemandem der Besitz nachgewiesen werden konnten, ist die Angelegenheit im Sande verlaufen.«

Mommsen und Lürrsen folgten aufmerksam Schöns Ausführungen. »Na, das ist mal eine Überraschung. Also, der Freund von Helen Simon neigt in extremem Maße zur Eifersucht und ist im Zusammenhang mit illegalem Waffenbesitz bekannt geworden. Grund zur Eifersucht könnte er gehabt haben. Wo zwei Waffen gefunden worden sind, können auch noch mehr gewesen sein. Dann steht heute neben den Befragungen von Zehrer und Perlov auch noch eine Vernehmung von Dennis Pflüger an. Dirk, versuch du bitte, Durchsuchungsbefehle für die drei, also Zehrer, Peters und Pflüger, zu bekommen. Bei denen sollten wir uns noch vor den Vernehmungen umschauen.«

18. Licht am Tunnel-Ende

Kaum hatte das Faxgerät die beantragten Durchsuchungsbefehle ausgespuckt, eilten Mommsen, Schön und Lürrsen zu dem Hotel, in dem Dr. Zehrer abgestiegen war. Schön entdeckte diesen im Frühstücksraum. Er hatte gerade seinen leeren Teller von sich geschoben und nach der Zeitung gegriffen.

Schön wies seine beiden Begleiter auf Zehrer hin. Mommsen näherte sich allein dem Tisch, an dem der Gesuchte saß. Er stellte sich mit seinem Dienstrang vor und wies sich aus. »Dr. Zehrer nehme ich an?«, fragte er. Als dieser bestätigte fuhr Mommsen förmlich fort: »Wir haben hier einen Durchsuchungsbefehl. Wir würden uns gern in Ihrem Hotelzimmer und in Ihrem Auto umsehen. Ich bitte Sie, uns auf Ihr Zimmer zu begleiten.«

Helmut Zehrer hatte diese Eröffnung Mommsens die Luft genommen. Als er wieder durchatmen konnte und sich gefangen hatte, wollte er zunächst wissen, weswegen er von der Polizei verfolgt werde. Mommsen bat ihn, die Beantwortung dieser Frage solange zurückstellen zu können, bis sie auf Zehrers Hotelzimmer seien.

Dort angekommen erläuterte Mommsen ihm, dass die Durchsuchung im Rahmen der Ermittlungen zum Todesfall von Tobias Kirchner vorgenommen werde. Während Schön und Lürrsen das Zimmer durchsuchten, begann Mommsen die Befragung Dr. Zehrers.

Helmut Zehrer leugnete zuerst, Tobias Kirchner überhaupt zu kennen. Mommsen konfrontierte ihn mit der Tatsache, dass er Kunde der Firma sei, für die Kirchner gearbeitet habe und dass das Opfer ihn betreut habe.

»Ach, den Tobias Kirchner meinen Sie? Den habe ich gar nicht mit Föhr in Verbindung gebracht. Der soll hier gestorben sein? Warum untersucht die Polizei seinen Tod? Und was hat der überhaupt auf der Insel gemacht?« Helmut Zehrer versuchte sich mit einer Litanei von Fragen ahnungslos zu geben.

Mommsen blieb angesichts dieses naiven Versuchs, Unkenntnis vorzutäuschen, gelassen. »Herr Dr. Zehrer, erst einmal frage ich Sie, bevor ich Ihnen irgendwelche Antworten gebe. Was machen Sie denn hier auf Föhr?«

»Ich habe wie jedes Jahr mit zwei Freunden ein privates Golfturnier durchgeführt. Wir suchen uns dafür jedes Mal einen anderen Golfplatz aus. Diesmal war unsere Wahl auf Föhr gefallen.« Dann fuhr er gespielt gelassen fort: »Den Platz hier kann ich Ihnen empfehlen. Sagen Sie, was suchen Ihre beiden Kollegen denn eigentlich?«

»Haben Sie eine Waffe?«

»Nein, um Gottes Willen, das würde meine Frau schon gar nicht dulden. Glauben Sie etwa, ich hätte den Kirchner erschossen?«

»Woher wissen Sie denn, dass er erschossen worden ist?«

»Jetzt, wo Sie das erwähnen, erinnere ich mich, etwas von einem Mord auf Föhr in der Zeitung gelesen zu haben. Das Opfer soll erschossen worden sein. Und wenn ein Hauptkommissar der Kriminalpolizei ermittelt, liegt die Schlussfolgerung doch nahe.«

»Wohnen Ihre beiden Golffreunde auch hier im Hotel? Ich würde mit denen gerne einmal reden.«

»Nein, die sind schon vor drei Tagen wieder abgereist.«

»Die Namen und Adressen bitte!«

Helmut Zehrer nannte ihm die Namen und suchte aus seinem Notizbuch die Anschriften heraus.

»Und was machen Sie noch hier?«

»Ich gönne mir noch einige Urlaubstage.« Das Märchen mit der Autoreparatur, mit dem er seiner Frau die Verlängerung seines Aufenthaltes auf Föhr erklärt hatte, mochte er der Polizei gegenüber nicht wiederholen.

»War das von Ihnen schon von Anfang an geplant?«

»Eigentlich nicht. Ich war von Föhr so begeistert, dass ich mich spontan dazu entschlossen habe.«

Mommsen schaute ihn ungläubig an. Er ließ einige Zeit schweigend vergehen, um ihn dann zu überrumpeln. »Herr Dr. Zehrer, wir haben Grund zu der Annahme, dass Sie von Tobias Kirchner erpresst wurden. Sie waren ja nicht nur Kunde bei seiner Dentalfirma, sondern auch bei der Organisation, die den illegalen Prothetikhandel aus den früheren Ostblockländern betreibt. Hat Tobias Kirchner Sie deswegen erpresst? Wie viel hat er denn von Ihnen verlangt?«

Helmut Zehrer schwieg eine Zeitlang. Seine Geistesgegenwart hatte unter dem zermürbenden Druck der letzten Tage gelitten. Er hatte das Gefühl, dass seine Gedanken zu einem formlosen Brei zusammenliefen. ›Jetzt nur nichts Falsches sagen oder tun‹, schoss ihm durch den Kopf. Er raffte sich mühevoll zu einer Haltung auf, die wohl Würde ausdrücken sollte. »Ich habe mir nichts vorzuwerfen. Aber ohne vorherige Konsultation meines Anwalts werde ich keine Aussage mehr machen.«

»Das ist natürlich Ihr gutes Recht. Aber es geht nicht nur um den Tatbestand der Erpressung beziehungsweise um den Grund für eine Erpressung. Tobias Kirchner ist ermordet worden. Erpressung ist ein Motiv, das Sie auf einen Spitzenplatz der Tatverdächtigen befördert. Wollen Sie es sich nicht noch einmal überlegen?«

In Helmut Zehrers Vorstellung stieg das ganze Elend des Kontaktes mit Kirchner und der ganzen Organisation auf. Die Konfrontation mit der Polizei bedeutete das Ende einer Sackgasse, aus der er kein Entkommen sah. Was er auch antwortete, es würde falsch sein.

»Ich habe da nichts zu überlegen. Ich will nur meine Rechte wahrnehmen.«

»Trotzdem, ich muss Ihnen die Frage stellen: Wo waren Sie am Dienstagabend zwischen 22.00 und 24.00 Uhr?«

»Auch dazu mache ich keine Angaben.«

»Nächste Frage: Wo waren Sie am Donnerstag zwischen 23.00 und 24.00 Uhr?«

Helmut Zehrer wirkte irritiert. Hatte er auf die vorigen Fragen verbissen eine Antwort verweigert, so war er bei der letzten Frage neugierig geworden. »Was war denn da los? Warum brauche ich zwei Alibis?«

»Jetzt bin ich mal dran, die Angaben zu verweigern. Ich warte auf Ihre Antwort.« Mommsen ließ Zehrer nicht aus den Augen.

»Hier im Hotel im Bett. Ich war den ganzen Tag an der frischen Luft gewesen, da war ich müde.«

»Zeugen?«

»Natürlich nicht. Zum Schlafen besorge ich mir keine Zeugen.« Zu spät fiel Helmut Zehrer ein, dass seine Verweigerung der Antwort auf die Frage nach dem ersten Alibi und die bereitwillige Beantwortung der Frage nach dem zweiten Alibi ein Fehler war. Er hätte konsequent auch die letzte ignorieren sollen. So hatte er sich verdächtig und den Polizisten erst richtig auf sein Alibi für Dienstagabend heiß gemacht.

Schön machte Mommsen nach einiger Zeit ein Zeichen, dass sie mit der Durchsuchung des Hotelzimmers nun fertig wären.

»Herr Dr. Zehrer, wir müssen Sie nun bitten, uns zu Ihrem Auto zu begleiten.«

Die Beamten folgten Helmut Zehrer zu seinem Wagen auf dem Hotelparkplatz. Während dieser durchsucht wurde, stand er mit verschränkten Armen und zusammengepressten Lippen daneben. Nach Beendigung der Durchsuchung des Autos forderte Mommsen Helmut Zehrer auf, die Insel nicht zu verlassen. Ferner bat er ihn, zur Fortsetzung der Befragung am nächsten Montag um 10.00 Uhr auf der Polizeistation zu erscheinen. Bis dahin verbliebe ihm ja genügend Zeit für die Konsultation seines Anwalts. Nach dieser Aufforderung verabschiedete Mommsen sich.

Auf dem Rückweg informierte Schön Mommsen, dass sie weder im Hotelzimmer noch im Auto verwertbare Spuren gefunden hätten. Er fuhr fort: »Was machen wir nun mit ihm? Wir haben ja mitbekommen, was er dir alles erzählt hat. Das stimmt doch hinten und vorne nicht. Er hat ein dringendes Motiv und kein Alibi. Also für mich ist er der Verdächtige Nummer eins!«

»Verdächtig ist er auf jeden Fall. Aber das Motiv trägt nur, wenn wir nachweisen könnten, dass Kirchner ihn erpresst hat. Und wenn wir weitere Indizien hätten wie zum Beispiel die Tatwaffe. Also für einen Haftbefehl reicht das, was wir haben, bei weitem nicht. Wir nehmen ihn morgen noch einmal in die Zange. Vielleicht können wir auch das BKA über den Schlier – oder wie er auch heißen mag – anzapfen, ob die etwas über die Erpressung herausbekommen haben.«

Mommsen schaute auf die Uhr. »Ich glaube, es ist an der Zeit, dass wir uns diesen Dennis Pflüger vornehmen. Auch wenn er in der Gastronomie arbeitet, er könnte jetzt wohl schon wach sein. Wo finden wir ihn?«

Lürrsen hatte recherchiert und klärte seine Kollegen nun auf: »Er hat ein Zimmer in einer WG, die er sich mit Kollegen teilt. Es ist gleich hier um die Ecke.«

Lürrsen ging voran und war als erster an der Wohnungstür der Wohngemeinschaft. Er klingelte. Zunächst rührte sich nichts. Schön schaute auf die Uhr. »Auch wenn die Spätdienst im Hotel hatten, könnten die nun wach sein.« Lürrsen klingelte nochmals. Bald darauf öffnete sich langsam die Tür. Eine junge, schwarzhaarige Frau im zerknautschten T-Shirt und Slip schaute sie schläfrig an. Als sie die drei Männer – zumal Lürrsen in Polizeiuniform – sah, schien sie plötzlich wach zu werden.

»Was 'n jetzt los. Die Polizei?«

Mommsen nickte Lürrsen aufmunternd zu, dass er das Gespräch übernehmen sollte.

»Zuerst einmal, wer sind Sie?«

»Ich bin Petra.«

»Und weiter?«

»Petra Eligsen. Was wollen Sie denn hier?«

»Wir möchten Herrn Pflüger sprechen. In welchem Zimmer finden wir ihn?« Bei diesen Worten war Lürrsen mit einigen Schritten an der zurückweichenden Frau vorbei in den Flur gegangen. Seine Kollegen waren ihm gefolgt. Eingeschüchtert von der Übermacht der drei Beamten zeigte sie auf eine Tür. Lürrsen ging auch jetzt voran. Er klopfte und rief: »Herr Pflüger? Machen Sie bitte auf! Hier ist die Polizei, wir müssen mit Ihnen reden.«

Offensichtlich hatte Dennis Pflüger schon hinter der Tür gestanden, denn er öffnete sofort. »Was ist denn los? Sie können uns doch nicht schon am frühen Morgen überfallen. Dürfen Sie überhaupt so ohne weiteres hier eindringen?« Auch er war augenscheinlich gerade aus dem Bett gekommen. Er hatte nur seine Jeans übergestreift und hielt ein Polohemd in der Hand, das er sich dann überzog.

Mommsen hatte den Durchsuchungsbefehl bei sich, den er nun Lürrsen rüberreichte. Dieser hielt ihn Dennis Pflüger vor Augen. »Herr Pflüger, wir haben den Auftrag, Ihre Wohnung und Ihr Auto zu durchsuchen. Wir fangen gleich mit Ihrem Zimmer an. Bleiben Sie bitte solange hier bei uns. Hauptkommissar Mommsen möchte

Ihnen einige Fragen stellen.«

Mommsen schaute sich in dem Zimmer um, das recht karg im Ikea-Look eingerichtet war. Auffällig waren nur einige vergrößerte Fotografien, die an den Wänden hingen. Auf allen war Dennis Pflüger mit unterschiedlichen Personen zu sehen. Die größte zeigte ihn mit Helen Simon am Strand, beide lachend mit windzerzausten Haaren.

›Na, der Herr ist wohl eine leicht narzisstische Persönlichkeit‹, ging es Mommsen durch den Kopf.

Er griff sich einen Stuhl, auf den er sich rittlings setzte und so Dennis Pflüger gleich klarmachte, wer jetzt Herr im Ring sei. Mit einer knappen Handbewegung wies er auf das breite Bett. »Herr Pflüger, setzen Sie sich!«

»Was soll das? Weswegen machen Sie hier solchen Aufstand? Worum geht es überhaupt?«

Mommsen entschied sich für die sarkastische Tour. Er hatte die Erfahrung gemacht, dass Sarkasmus und Ironie viele Vertreter der jüngeren Generation verunsicherten. »Gemach, junger Freund. Machen Sie es sich erst einmal gemütlich. Es wird wohl etwas länger dauern. Darf ich davon ausgehen, dass Sie wach genug sind, mir einige einfache Fragen zu beantworten?«

Dennis Pflüger setzte eine unwirsche Miene auf und schwieg.

Mommsen lächelte aufmunternd. »Sagen Sie mal, was machen Sie hier auf Föhr?«

Dennis Pflüger sah keinen Anlass, die Antwort zu verweigern. »Ich arbeite hier im Seehotel, an der Rezeption, bei Bedarf aber auch im Service.«

»Und in Ihrer Freizeit? Was liegt da an?«

Auch darauf konnte er die Antwort schlecht verweigern. »In der Saison haben wir wenig Freizeit. Da ist man froh, wenn man ausschlafen kann.«

»Sie kommen aus Kiel? Haben Sie denn auf Föhr schon Kontakte außerhalb des Kollegenkreises anknüpfen können?«

Dennis Pflüger hatte die Hoffnung, dass seine Beziehung zu Helen Simon der Polizei noch nicht bekannt sei. Denn damit würde er im Umfeld des Mordes an Tobias Kirchner auftauchen.

»Eigentlich nicht. Wie gesagt, dazu fehlt einfach die Zeit.«

Mommsen nickte verständnisvoll. »Sie sind ja noch ein junger Mann. Und sie wirken nicht wie ein Anhänger des Zölibats. Haben Sie denn hier in der WG eine Freundin?«

Jetzt wirkte Dennis Pflüger regelrecht trotzig. »Was soll das eigentlich? Ich weiß immer noch nicht, weswegen Sie hier aufgekreuzt sind. Mein Liebesleben – ob vorhanden oder nicht – kann doch wohl kein Grund für eine solche Durchsuchung sein.«

»Das nicht, aber vielleicht haben sich daraus Folgen ergeben.«

»Nein, keine Folgen. Mir sind jedenfalls keine Vaterschaftsklagen bekannt.«

»Es könnten auch andere Folgen sein. Also Klartext: Sie sind mit Helen Simon befreundet. Sie wissen, dass der Freund ihrer Mutter ermordet worden ist. Wo waren Sie am vergangenen Dienstag zwischen 22.00 und 24.00 Uhr? Und denken Sie dran: Wir werden Ihre Antwort nachprüfen.«

»Ist das die Tatzeit?«

»Ich stelle hier die Fragen. Ihre Antwort, wenn ich bitten darf!«

Dennis Pflüger schien nachzudenken. Mommsen war sich nicht sicher, ob er in seinem Gedächtnis nachforschte oder sich Alternativen als Alibis überlegte.

»An dem Abend habe ich gearbeitet.«

»Wie lange?«

»Das schreiben wir nicht auf. Überstunden werden sowieso nicht bezahlt. Das wird durch die Trinkgelder wettgemacht.«

»Ich habe Sie nicht gefragt, was Sie aufgeschrieben, sondern wie lange Sie an dem Abend gearbeitet haben.«

»Ich habe nach dem Abendessen noch Service in der Bar gemacht. Das ging bis nach halb Zwölf.«

»Sie kannten Tobias Kirchner?«

»Nein, eigentlich nicht. Ich habe ihn wohl mal gesehen, als ich Helen abgeholt habe. Aber wir hatten nie weiter miteinander zu tun.«

»Waren Sie auf ihn eifersüchtig?«

Dennis Pflüger lachte – ein kleiner Anflug von Hysterie war nicht zu übersehen. »Auf den? Warum sollte ich auf den eifersüchtig gewesen sein?«

»Nun, wir haben verschiedentlich gehört, dass er ein recht attraktiver Mann gewesen war, der auf Frauen gewirkt hat. Ist Helen Simon für männliche Attraktivität unempfindlich?«

»Der war doch viel zu alt für sie. Nein, Helen ist in mich verschossen.«

Mommsen sinnierte: ›Wenn du dich da mal nicht täuschst, mein Junge.‹ Dann sagte er laut: »Sie sind aber ein Mensch mit einem recht eifersüchtigen Charakter. Zumindest haben Sie in Kiel einer ehemaligen Freundin einen Haufen Schwierigkeiten gemacht, als diese Sie abserviert hatte. Eine Abfuhr können Sie wohl schlecht vertragen?«

Bei dieser Wendung des Gesprächs fühlte sich Dennis Pflüger in die Enge getrieben. Der Gedanke, dass die Polizei sich schon so intensiv mit seiner Vergangenheit beschäftigt hatte, setzte ihm zu. Er versuchte, die vergangenen Ereignisse runterzuspielen.

»Ach, das war doch ganz anders. Wir haben gemerkt, dass wir nicht zueinander passten und uns getrennt. Ich hatte sie nur noch ein paar Mal angerufen. Man hat ja auch nach einer Trennung immer noch einiges zu regeln. Und das war auch schon alles.«

Mommsen blieb gemütlich: »Lassen wir das mal so stehen. Für das Protokoll brauchen wir das aber später noch genauer.«

Nach einer Pause, in der Mommsen Dennis Pflüger nachdenklich mit Blicken fixierte, fuhr er fort: »Wo haben Sie Ihre Pistole?«

Dennis Pflüger erstarrte. »Ich, … äh … ich meine, ich habe keine Pistole. Wie kommen Sie darauf?«

»Das ist doch wohl mehr als nahe liegend. Sie haben doch nicht vergessen, dass die Kollegen in Kiel in Ihrer damaligen WG Pistolen gefunden haben. Natürlich, ich erinnere mich; Sie waren ja damals völlig ahnungslos. So wie jetzt auch. Also, nochmals die Frage: Haben Sie eine Waffe?«

»Nein, selbstverständlich nicht. Erfolgt deshalb die Durchsuchung? Sie können ruhig alles durchsuchen; es gibt hier nichts.«

Schön teilte Mommsen mit, dass sie mit dem Zimmer fertig seien. Sie würden sich jetzt die Gemeinschaftsräume der WG vornehmen. Mommsen stimmte zu.

»Herr Pflüger, ein weiterer Termin: Wo waren Sie am Donnerstagabend zwischen 23.00 und 24.00 Uhr?«

»Da habe ich nach dem Service fürs Abendessen Feierabend gemacht. Ich war todmüde und bin früh schlafen gegangen.«

»Haben Sie dafür Zeugen?«

»Nein, Helen war noch in Hamburg und meine Mitbewohner haben bei einer Freundin von Petra Geburtstag gefeiert.«

Mommsen fand es interessant, dass Dennis Pflüger nicht nach dem Grund für das zweite Alibi gefragt hatte.

»Herr Pflüger, was für ein Auto haben Sie.«

»Einen Clio. Warum?«

»Nicht schon wieder dieses ›Warum?‹. Ersparen Sie mir das. Wo ist der jetzt?«

»Den habe ich einem Kumpel geliehen. Der musste eilig nach Hause.«

»Wohin genau?«

»Elmshorn. Der kommt aber morgen wieder.«

»Name, Adresse, Handy-Nummer?«

»Wozu brauchen Sie denn seine Handy-Nummer?«

»Zum letzten Mal: Ich stelle hier die Fragen!« Mommsen war laut geworden.

Widerwillig stand Dennis Pflüger auf und suchte die geforderten Angaben heraus.

Auch Mommsen hatte sich nun erhoben. »Herr Pflüger, ich erwarte Sie Montag um 10.30 Uhr auf der Polizeistation. Wir werden dann noch einmal alles durchgehen. Die Insel können Sie selbstverständlich nicht verlassen. Bis dann also!«

Dennis Pflüger ließ sich verunsichert wieder auf seinem Bett nieder.

In der Küche waren Schön und Lürrsen dabei, die Schränke zu durchstöbern. Petra Eligsen hatte sich inzwischen angezogen und stand angelehnt an einen weiteren jungen Mann, der sich auf die Nachfrage der Beamten hin als Heiner Sönksen vorstellte. Beide beobachteten stumm das Treiben der Polizisten. Mommsen fragte sie nach dem Grund ihres Aufenthaltes auf Föhr. Sie waren – wie Dennis Pflüger – als Saisonkräfte in der Gastronomie tätig.

Auch auf Mommsens intensives Nachhaken konnten sie sich nicht erinnern, jemals eine Waffe in der Wohnung bemerkt zu haben. Zu den Alibis von Dennis Pflüger hatten sie nichts beizutragen. Dennis Rückkehr am Dienstag hatten sie nicht bemerkt und am Donnerstagabend waren sie erst weit nach Mitternacht heimgekommen.

Als Schön und Lürrsen ihre Durchsuchung beendet hatten, winkten sie Mommsen in den Flur. Schön teilte ihm mit halblauter Stimme mit, sie hätten im Badezimmer eine geringe Menge Hasch gefunden – offenbar nicht zum Dealen, sondern wohl eher zum Eigenverbrauch. Nach einer kurzen Unterredung beschloss Mommsen, dies als Druckmittel zu nutzen, um die WG-Bewohner kooperativer zu stimmen. Er bat Lürrsen, Petra Eligsen und Heiner Sönksen mit dem Haschfund zu konfrontieren und damit eine Drohkulisse aufzubauen.

Lürrsen ging voran und betrat als erster wieder die Küche. Mit bedenklichem Gesicht zeigte er ihnen den Plastikbeutel mit dem Hasch. »Schauen Sie einmal, was wir gefunden haben. Sie wissen, dass Sie sich damit strafbar gemacht haben?«

Offenbar war den beiden nicht entgangen, dass den Beamten etwas in die Hände gefallen war. Daher waren ihre Reaktionen dementsprechend zurückhaltend. »Was ist das?« Petra Eligsen gab sich naiv.

»Raten Sie mal! Vielleicht kann Ihnen Ihr Freund beim Raten helfen?«

Heiner Sönksen beugte sich mit einem bewusst neugierigen Gesicht vor. Lürrsen hielt auch ihm den Beutel hin. »Na, Herr Sönksen, ein junger Mensch in Ihrem Alter und er weiß nicht, was Hasch ist? So naiv sind Sie nicht und ich auch nicht. Also, wem gehört das?«

»Also, mir nicht und Petra auch nicht. Petra und ich kommen auch so in Stimmung.«

Lürrsen blieb beharrlich: »Wem gehört das?«

Heiner Sönksen hatte sich entschlossen, die Rolle des Unwissenden auch weiterhin zu spielen. »Wirklich, keine Ahnung«, sagte er und schaute den Beamten fragend an: »Ist das wirklich Hasch? Ich wusste gar nicht, wie das aussieht.«

Nun wurde Lürrsen energisch. »Herr Sönksen, wir sind nicht hier, um uns von Ihnen verarschen zu lassen. Ihr Schauspieltalent können

Sie woanders erproben. Okay, dann müssen Sie und Ihre Freundin mitkommen, bis wir den Beutel untersucht haben. Erst auf Fingerabdrücke und dann auf DNA-Spuren.«

Mommsen hoffte, Heiner Sönksen verfiele nicht auf die Idee, dass bei einer solch geringfügigen Menge eine aufwendige DNA-Untersuchung schon aus Kostengründen nicht in Frage käme.

Aber offenbar zeigte das forsche Auftreten von Lürrsen Wirkung. »Ja, ist schon gut. Ich habe das mal in Hamburg angeboten bekommen und aus Jux gekauft. Das liegt aber nur so herum.«

Lürrsen bohrte nach: »Name und Anschrift des Dealers?«

»Meinen Sie, die geben Visitenkarten aus? Das war in Hamburg an der Sternschanze. Irgend so ein jüngerer Typ. Mehr weiß ich einfach nicht.«

Mommsen beschloss, die weitere Befragung von Petra Eligsen und Heiner Sönksen auf die Polizeistation zu verlegen. Die gemeinsame Wohnung war ein Ort der Verbundenheit mit Dennis Pflüger, die einer wahrheitsgemäßen Aussage der beiden im Wege stehen könnte. Ferner würde die Unsicherheit von Dennis Pflüger erhöht, wenn dieser bemerkte, dass seine Wohnungsgenossen zu einem weiteren Verhör auf die Polizeistation mitgenommen würden.

Mommsen gab Lürrsen ein Zeichen, dass er das Gespräch übernehmen würde, und teilte Petra Eligsen und Heiner Sönksen mit, sie müssten vorerst als Zeugen mitkommen. Vom Ausgang dieser Befragung hinge es ab, ob sie mit einer Anklage wegen des Rauschgifts rechnen müssten.

Heiner Sönksen war anzumerken, dass er unschlüssig war, ob er protestieren oder sich fügen sollte. Schließlich zuckte er mit den Achseln, sah Petra Eligsen an und sagte: »Komm, gehen wir mit. Es reicht, wenn die hier solchen Aufstand machen, das brauchen wir uns nicht auch noch anzutun.«

Mommsen klopfte kurz an die Zimmertür von Dennis Pflüger, öffnete diese einen Spaltbreit und rief ihm zu, dass die Vernehmung seiner Wohnungsgenossen auf der Polizeistation weitergeführt würde. Wie er erwartet hatte, versetzte diese Nachricht Dennis Pflüger in eine gewisse Aufregung. »Warum das denn? Was ist los? Sind die verhaftet?«

»Nein, wir nehmen sie Ihretwegen mit! Auf Wiedersehen!«

Sie verließen die Wohnung. Petra Eligsen wirkte eingeschüchtert und ergriff den Arm von Heiner Sönksen.

Mommsen hatte beschlossen, die beiden getrennt zu vernehmen. Daher ging er mit Petra Eligsen und Lürrsen in ihren Besprechungsraum auf der Polizeistation, während Schön sich mit Heiner Sönksen in einen Nebenraum begab.

Um den bedrohlichen Eindruck der Situation aufrecht zu erhalten, griff sich Lürrsen einen Notizblock, um zunächst im Protokollstil Namen und Adresse niederzuschreiben. Dann begann Mommsen mit der Vernehmung.

»Frau Eligsen, zunächst einmal zu Dennis Pflüger. Was ist das für ein Mensch? Was wissen Sie über ihn?«

»Na ja, er arbeitet auch in der Gastronomie hier, zumindest in der Saison. Wie Heiner und ich. Wir hatten schon im vorigen Jahr hier gearbeitet und uns gleich für die Saison in diesem Jahr wieder unsere Wohnung gemietet. Um die Kosten zu teilen, haben wir einen Mitbewohner gesucht und das war dann Dennis. Der arbeitet im gleichen Hotel wie wir. Wir wohnen in dieser Saison zusammen. Viel weiß ich aber nicht über ihn. Er kommt aus Kiel, hat Hotelfachmann gelernt und will noch etwas herumkommen. Man kann mit ihm ganz gut auskommen, er kann manchmal recht witzig sein. So würde ich ihn beschreiben.« Sie zuckte mit den Schultern.

»Wen kannte er denn hier auf Föhr?«

»Dennis hatte bald, nachdem er bei uns eingezogen ist, seine Freundin kennen gelernt. Helen. Das ist wohl eine heiße Sache geworden. Er ist richtig aufgelebt – total verliebt. Sonst tat er immer ganz abgebrüht, aber das mit ihr hat ihn richtig gepackt. Wir haben ihn dann auch nicht mehr viel gesehen. In der letzten Zeit allerdings war er nicht mehr in Hochstimmung. Irgendwie bedrückt. Wir haben ihn gefragt, ob etwas nicht stimmen würde, aber er hat immer wieder vom Thema abgelenkt.« Die Drohkulisse hatte offenbar gewirkt, denn Petra Eligsen gab sich sehr auskunftswillig.

»Seit wann haben Sie bemerkt, dass er bedrückt war?«

»Vielleicht seit zwei Wochen.«

»Haben Sie irgendeine Ahnung, was bei ihm los gewesen sein könnte?«

»Nee, nicht wirklich. Ich könnte mir nur denken, dass das mit Helen zu tun hatte. Früher ist sie öfter über Nacht geblieben. Ich glaube, in den letzten zwei Wochen aber nicht mehr.«

»Kannten Sie Tobias Kirchner?«

»Den Toten aus der Midlumer Marsch? Was hat der denn mit Dennis zu tun? Waren Sie deswegen bei uns in der Wohnung?«

»Wussten Sie nicht, dass der Tote der Freund von Helens Mutter war?«

»Keine Ahnung. Ich weiß nur, was ich im *Inselboten* gelesen habe. Da stand davon nichts.«

»Hat Dennis den denn mal erwähnt?«

»Daran kann ich mich nicht erinnern. Ich glaube aber nicht, da wäre ich schon neugierig geworden.«

Mommsen hatte das Gefühl, dass Petra Eligsen tatsächlich nicht mehr über Dennis Pflüger wüsste. Er kam aber noch einmal auf dessen Alibis am Dienstag und Donnerstag zurück, ohne dass sich neue Erkenntnisse ergaben. Ebenso blieb auch seine nochmalige Nachfrage nach einer Waffe ergebnislos. Er beendete daher das Gespräch.

Bevor sie ging, drehte sich Petra aber noch einmal um und fragte: »Und was ist nun mit dem Hasch?«

»Wollen Sie das etwa zurückhaben?«

»Um Gottes willen, nein. Ich meine wegen der Anzeige?«

»Ich will mal sehen, was ich da tun kann.« Mommsen wollte sie noch etwas hinhalten.

Lürrsen brachte sie in den Eingangsraum und bat sie, auf der Bank auf Heiner Sönksen zu warten. Dieser wurde kurze Zeit später von Schön verabschiedet und beide verließen die Polizeiwache.

Die drei Beamten tauschten die Ergebnisse ihrer Vernehmungen aus. Auch im Gespräch mit Heiner Sönksen war die Beziehung zwischen Dennis Pflüger und Helen Simon ein zentrales Thema gewesen. Ebenso wie seiner Freundin war auch Heiner Sönksen aufgefallen, dass Dennis Pflügers Stimmung seit einiger Zeit getrübt gewesen war.

Mommsen schaute auf die Uhr. »Ich glaube, es ist Zeit, dass wir uns nun Bruno Peters zuwenden.«

Bevor sie allerdings losfahren konnten, rief Hansen durch die Tür: »Herr Mommsen, hier ist ein Anruf von Herrn Reisig für Sie. Kann ich durchstellen?«

Mommsen winkte bejahend. »Herr Reisig, was kann ich für Sie tun? Sind Sie schon aus dem Krankenhaus entlassen?«

»Nein, noch nicht. Bis Montag soll ich noch hier bleiben. Zur Beobachtung. Der Grund meines Anrufs ist aber folgender: Haben Sie schon herausbekommen, wer auf mich geschossen hat? Ich denke, hier im Krankenhaus bin ich ja noch einigermaßen sicher. Aber was ist, wenn ich wieder draußen bin? Was erwartet mich da? Sie können gewiss verstehen, dass ich etwas beunruhigt bin.«

»Sicher doch. Aber leider haben wir noch keine neuen Erkenntnisse. Vor allem hinsichtlich eines möglichen Motivs des Täters sind wir auf Ihre Hilfe angewiesen. Das hatte der Kollege Schön ja bereits mit Ihnen besprochen. Ist Ihnen seitdem noch etwas eingefallen, was uns weiterhelfen könnte?«

»Nein, ich habe überhaupt keine Anhaltspunkte. Frau Racke meinte, Sie vermuten, dass der Anschlag auf mich etwas mit dem Mord an Tobias Kirchner zu tun hat. Haben Sie darüber weitere Informationen?«

»So, meint Frau Racke das? Da möchte ich gerne wissen, wie sie darauf kommt. Aber das kann ich sie ja selber fragen. Herr Reisig, wenn wir mit Ihrem Fall weitergekommen sind, lasse ich Sie das wissen. Vorerst sollten Sie sich keine Sorgen machen.« Mommsen legte nachdenklich auf.

Schön und Lürrsen schauten ihn fragend an. »Der Reisig ist noch im Krankenhaus. Montag soll er entlassen werden. Er hat wohl Angst, dass ihm der Schütze draußen wieder auflauert. Und die Racke hat ihm weisgemacht, wir würden einen Zusammenhang zwischen dem Anschlag und dem Mord an Tobias Kirchner vermuten. Von mir hat sie das nicht. Von euch etwa?«

Beide schüttelten entschieden den Kopf.

»Vielleicht weiß sie doch mehr, als sie uns gegenüber zugegeben hat. Wenn wir Peters durchhaben, sollten wir sie uns doch noch einmal vornehmen. Gut, dann los zu Peters Wohnung in Alkersum.«

Bruno Peters wohnte in einer Dachwohnung in einem Anbau eines ehemaligen Bauernhauses. Lürrsen klingelte, ohne dass eine Reaktion erfolgte. Auch beim nochmaligen Läuten rührte sich nichts hinter der Wohnungstür. Als sie die Treppe hinuntergingen, öffnete sich die Tür der unten liegenden Wohnung und eine Frau mit einem Säugling auf dem Arm schaute heraus. »Wollen Sie zu Bruno? Der ist im Hof bei den Garagen.«

Lürrsen dankte und sie gingen um das Haus herum auf den Hof. Aus einer Doppelgarage hörten sie Geräusche. Lürrsen ging darauf zu. »Hallo, Herr Peters. Wir müssen Sie nochmals sprechen. Am besten bei Ihnen in der Wohnung.«

Die Garagentür wurde ganz aufgestoßen und Bruno Peters erschien. Er beschäftigte sich offensichtlich gerade damit, Getränkekartons umzuschichten, die auf der linken Seite der Garage aufgestapelt waren. Auf der rechten Seite war der Wagen geparkt.

Bruno Peters wirkte erstaunt, aber außer einem nicht sehr begeisterten »Guten Morgen!« äußerte er sich nicht weiter. Er zog sein Schlüsselbund aus der Hosentasche und ging den Beamten voraus zu seiner Wohnungstür. Er ließ sie eintreten. »Also, worum geht es denn diesmal?«

Schön zog den Durchsuchungsbefehl hervor. »Wir müssen ihre Wohnung und die von Ihnen genutzten Räume hier und in der *Vogelkoje* durchsuchen. Für die Dauer der Durchsuchung müssen wir Sie bitten, bei uns zu bleiben.«

»Was suchen Sie denn? Wenn Sie mir das gleich sagen, kann ich Ihnen vielleicht helfen, Zeit zu sparen.« Peters klang dabei durchaus nicht hilfsbereit, er schien eher daran interessiert, die Beamten schnell wieder los zu werden.

»Das ist nicht nötig. Aber wenn wir es gefunden haben, werden wir es Ihnen sofort sagen.« Auch Mommsen konnte kurz angebunden sein.

Schön und Lürrsen machten sich routiniert an die Suche, während Mommsen mit Peters in der Küche zurückblieb. Bruno Peters hatte sich aus einer Thermoskanne einen Becher Kaffee eingegossen, ohne Mommsen etwas anzubieten.

Schweigend trank er einen Schluck. Von der früheren gastronomischen Kommunikationsfreude des Gastwirts war nichts zu spüren.

Mommsen leitete das Gespräch mit der Frage ein: »Herr Peters, waren Sie den ganzen Dienstagabend in der *Vogelkoje*? Überlegen Sie genau, was Sie uns antworten.«

Bruno Peters schüttelte verwundert den Kopf. »Was soll das denn jetzt? Ich habe Ihnen doch schon gesagt, dass ich dort war. Dafür gibt es doch Zeugen. Haben Sie die denn nicht gefragt?«

Mommsen wollte sich auf keine abschweifende Diskussion einlassen. »Ihre Antwort auf meine Frage bitte!«

»Also gut: Ja!«

»Das stimmt nicht. Wir wissen, dass Sie die *Vogelkoje* verlassen haben, angeblich, um hier aus Ihrer Garage Getränkenachschub zu holen. Da waren Sie über längere Zeit nicht dort.«

»Ach, das meinen Sie. Ja, das passiert aber doch häufig, dass ich von hier mal schnell ein paar Kästen holen muss. Unser Lagerraum in der *Vogelkoje* ist recht begrenzt.«

»Ich halte also fest, dass Sie für die Tatzeit des Mordes an Tobias Kirchner kein Alibi haben.«

»Ich war höchstens 40 Minuten fort. Wie soll ich in dieser Zeit von Wyk hierher fahren, Getränke aufladen, wieder zurückfahren, die Getränke wieder ausladen, einen Mord begehen und die Leiche noch in der Midlumer Marsch verstecken? Können Sie mir das einmal sagen?« Bruno Peters war nun aufgeregt und wurde laut.

»Dass Sie in vierzig Minuten zurück waren, haben Sie nur behauptet. Einen Beweis haben wir dafür aber nicht.«

Bruno Peters atmete hastig, zündete sich eine Zigarette an und schwieg. Mommsen begann dann, sich in der Küche umzuschauen. Nach einiger Zeit beendeten die Beamten die Durchsuchung der Wohnung.

»Herr Peters, wir haben Informationen, dass Sie auf diesem Gelände weitere Räumlichkeiten nutzen. Zeigen Sie uns diese bitte.«

»Gut, kommen Sie mit. Die Garage, aus der Sie mich vorhin herausgeholt haben, nutze ich auch. Dort steht der Wagen und dort lagert auch unsere Getränkereserve.« Bruno Peters ging voran und führte die Beamten an den genannten Ort.

Diese begannen sogleich mit der Durchsuchung. Obwohl sie sorgfältig vorgingen, konnten sie weder eine Waffe noch andere Hinweise finden, die Bruno Peters mit dem Mord an Tobias Kirchner in
Verbindung gebracht hätten. Als sie ihre Suche beendet hatten, standen sie vor der Garage um Bruno Peters herum. Mommsen ließ sich
seine Enttäuschung nicht anmerken und schaute noch einmal über
den Hof. Schön dachte: ›Jetzt wirkt er wieder wie ein Jagdhund, der
Witterung aufgenommen hat und sich im Kreis dreht, bis er die Spur
findet und sich in die entsprechende Richtung begeben kann.‹

Mommsen hatte seine Drehung beendet, als ihm eine Idee kam.
»Herr Peters, Sie sind doch Angler. Wo haben Sie denn Ihre Ausrüstung? Die würde ich mir gerne einmal ansehen.«

Bruno Peters schwieg einen Augenblick lang. Dann zeigte er – wie
unter einem inneren Zwang – auf die Garage zur rechten Hand. »Hier
habe ich eine kleine Hobbywerkstatt. Da lasse ich auch mein Angel-
zeug. Da gibt's aber ansonsten nichts Besonderes zu sehen.«

»Das lassen Sie mal uns entscheiden. Machen Sie bitte mal auf.«
In der Garage befand sich eine aufgeräumte Werkstatt zur Holz- und
Metallbearbeitung. Bis auf einen verschlossenen Metallschrank war
alles offen zugänglich. Mommsen zeigte auf das Vorhängeschloss
des Schrankes und sagte: »Schließen sie das bitte auf. Wir müssen
auch da einen Blick hineinwerfen.«

»Das kann ich leider nicht. Ich habe den Schlüssel vor einiger Zeit
verloren und bin noch nicht dazu gekommen, das Schloss zu ersetzen.« Bruno Peters zeigte dabei einen verbissenen Gesichtsausdruck.

Mommsen wies auf einen Seitenschneider, der an der Wand hing,
und nickte Schön zu.

»Dann wird mein Kollege das für Sie übernehmen und wenigstens
schon einmal das Schloss öffnen.«

Schön machte sich ans Werk und hatte bald den Schrank geöffnet.
Nach kurzer Suche förderte er eine Pistole in einer Wachstuchtasche
hervor. Er hob sie vor die Augen, musterte sie kurz und gab dann
bekannt: »Eine Beretta, wahrscheinlich 9 mm.«

»Herr Peters, das überrascht mich nun doch. Da müssen Sie uns
aber einiges erklären. Und zwar auf der Polizeistation. Wir müssen
Sie erst einmal dorthin mitnehmen, bis wir alles geklärt haben.«

Mommsen nahm seinen Arm. »Wir kommen doch hoffentlich ohne Handschellen aus?«

Peters nickte wie geistesabwesend. Die Beamten nahmen ihn in die Mitte und fuhren mit ihm zurück.

19. Klaar Kiming

Auf der Polizeistation angekommen, führten die Beamten Bruno Peters in ihren Besprechungsraum. Mommsen winkte Schön und Lürrsen kurz heraus. Er trug Schön auf, bei der Kriminaltechnik nachzufragen, ob man schon festgestellt hatte, aus welcher Waffe die Kugel stammte, die nach dem Anschlag auf Lutz Reisig neben Sörensens Surfschule gefunden worden war.

Als Mommsen und Lürrsen wieder den Besprechungsraum betraten, schaute Peters mit verschränkten Armen an die Decke.

»Also, Herr Peters, ich warte auf Ihren Kommentar zu der Waffe.« Mommsen begann die Vernehmung schon, während er noch seinen Stuhl zurechtrückte, um sich niederzulassen.

Bruno Peters wandte sich den Beamten zu. »Gut, ich will nicht drum herum reden. Ja, die Beretta gehört mir, schon seit meiner Bundeswehrzeit. Die war mir damals aus dem Kameradenkreis angeboten worden. Ich habe sie aber nicht aus Bundeswehrbeständen veruntreut, wir führten diesen Typ gar nicht.«

»Von wem haben Sie die Waffe denn bekommen?«

»Nein, dazu äußere ich mich nicht. Wenn ich schon das Pech habe, dass ich mit einer illegalen Pistole erwischt werde, dann muss ich nicht auch noch ehemalige Kameraden reinreißen.«

»Wie Sie wollen. Das macht Ihre Situation aber nicht leichter. Die Anzeige wegen illegalen Waffenbesitzes haben Sie auf jeden Fall am Hals. Aber das ist jetzt nicht unser Problem. Uns geht es um den Mord an Tobias Kirchner. Sie haben ein Motiv, Ihr Alibi ist geplatzt und eine Waffe haben Sie auch.«

Bruno Peters merkte man an, dass er kaum noch an sich halten konnte. »Von wegen Motiv! Ich habe Ihnen schon gesagt, dass mein Verhältnis zu Karla sich auf das Geschäftliche beschränkt. Das Persönliche habe ich abgehakt, wie ich Ihnen schon erläutert hatte. Zum Alibi: Ich war wirklich nur kurz weg, um aus meiner Garage Getränkenachschub zu holen. Wenn ich Tobias hätte umbringen wollen, wäre das Alibi das Erste gewesen, um das ich mich gekümmert hätte. Und aus der Beretta habe ich das letzte Mal vor über einem Jahr geschossen, rein zur Übung. Sie werden das durch Ihre Experten bestätigt bekommen. Nein, mit Tobias' Tod habe ich nichts, aber auch gar nichts zu tun.« Bruno Peters hatte seine Ausführungen – trotz seiner Erregung – präzise formuliert.

»Wir werden die Waffe schnellstens zur Untersuchung an die Kriminaltechnik schicken. Bis wir das Ergebnis haben, müssen wir Sie leider festhalten. Die Verdachtsmomente sind durch Ihre Behauptungen natürlich noch nicht aus der Welt.«

Bruno Peters wandte sich an Lürrsen, der Protokoll führte: »Nehmen Sie bitte auch auf, dass ich gegen meine Festnahme Protest einlege.«

Lürrsen nickte mit einem beschwichtigenden Lächeln. Dann begleitete er Bruno Peters hinaus.

Lürrsen kam mit Schön zurück. Schön berichtete: »Von der Kriminaltechnik gibt es noch nichts Neues. Aber sie werden unsere Untersuchungen vorziehen.«

»Dirk, versuch bitte etwas mehr über die Surfergruppe herauszukriegen. Herr Lürrsen und ich werden noch einmal mit Ines Racke sprechen.«

Lürrsen besorgte die Urlaubsanschrift von Ines Racke. In einem kurzen Telefongespräch vergewisserte er sich, dass sie noch zu Hause anzutreffen war. Er bat sie, auf ihre Ankunft zu warten.

Mommsen und Lürrsen hatten noch nicht geklingelt, als Ines Racke ihnen schon öffnete.

Nach kurzer Begrüßung kam Mommsen zum Grund ihres Besuches. »Frau Racke, entschuldigen Sie bitte, dass wir Sie am Wochenende stören müssen. Aber leider erlaubt uns eine Morduntersuchung nicht die Einhaltung einer tariflichen 35-Stunden-Woche. Es sind da einige Fragen aufgetaucht, bei deren Klärung Sie uns helfen können.«

Ines Racke reichte ihnen die Hand. »Kommen Sie herein. Ich nehme an, dass Sie im Dienst keinen Frühschoppen zu sich nehmen. Aber einen Kaffee könnte ich Ihnen anbieten.«

Mommsen lehnte dankend ab. »Frau Racke, lassen Sie mich mit der Tür ins Haus fallen. Wie gut kannten Sie Tobias Kirchner nun wirklich?«

»Wie ich schon sagte. Ich kannte ihn nur als guten Surfer. Sonst hatte ich mit ihm nicht viel zu tun.«

»Frau Racke, schon bei unserem letzten Gespräch hatte ich den Eindruck, dass Sie bei diesem Thema nicht offen waren. Also: waren Sie in Tobias Kirchner verliebt?«

»Verliebt – was heißt das schon? Dass man seinen Kopf verliert? Es ist doch wohl nicht zu übersehen, dass ich kein Teenager mehr bin. Sich in einen Mann zu verlieben, den man eigentlich gar nicht kennt, ist doch etwas naiv. Und wenn ich eins nicht bin, dann naiv. In meinem Alter hat man so seine Erfahrungen. Gut, ich will nicht verhehlen, dass Tobias auch auf mich eine gewisse Anziehungskraft ausgeübt hatte. Aber deswegen würde ich doch nicht kopflos werden.«

»Frau Racke, auch in unserem Alter können wir noch tiefer gehende Gefühle entwickeln. Aus Ihren Umschreibungen entnehme ich, dass er auf Sie wohl nicht nur eine flüchtige Anziehungskraft ausgeübt hat.« Mommsen konnte der Versuchung nicht widerstehen, sie mit dem Hinweis auf ihr gemeinsames Alter etwas zu provozieren. »Lassen Sie mich die Frage anders stellen: War Tobias Kirchner jemals bei Ihnen hier in der Wohnung? Bitte eine ehrliche Antwort, wir können das mit einer DNA-Analyse nachprüfen.« Während Mommsen auf ihre Antwort wartete, dachte er: ›Jetzt fange ich auch schon mit der Drohung der DNA-Analyse als dem kriminalistischen Zaubermittel an.‹

Ines Racke zögerte einen Moment. »Ja, einmal war er hier. Ich hatte überlegt, mir eine eigene Surfausrüstung anzuschaffen. Er sollte mich dabei beraten. Da ich die Prospekte hier in der Wohnung hatte, ist er nach dem Surfen mit mir hierher gefahren. Wir haben zusammen noch ein Glas getrunken, dann hatte er es aber eilig und ist gegangen. Ich gebe zu, ich wäre einem – sagen wir mal – gemütlichen Abend nicht abgeneigt gewesen, aber meine Anziehungskraft war wohl nicht stark genug.«

»Hat Sie das verletzt? Sie sind doch eine attraktive Frau. Ich glaube nicht, dass Sie es gewohnt sind, sich eine Abfuhr zu holen.« Mommsen war mit Absicht provozierend.

Sie lachte verbittert auf. »Nein, das bin ich gewiss nicht gewohnt. Aber es gibt immer ein erstes Mal. Ich muss wohl akzeptieren, dass meine Jugend vorüber ist.« Ines Racke starrte reglos eine Weile vor sich hin.

Mommsen schwieg ebenfalls eine Zeit lang. Er registrierte, dass die Ablehnung durch Tobias Kirchner sie emotional tief getroffen haben musste.

»Frau Racke, sehe ich das richtig, dass Ihr Kontakt zu Tobias Kirchner nicht so weit gegangen ist, dass man das ein Verhältnis nennen könnte?«

»Im sexuellen Sinne: Nein. Aber ich habe gespürt, dass zwischen uns eine Seelenverwandtschaft bestand. Irgendwie hatten wir eine ähnliche Auffassung über das Leben. Ich kann das nicht besser ausdrücken.«

Mommsen war nun wieder mitfühlend. »Ich glaube, ich verstehe, was Sie meinen. Aber Sie hatten Hoffnung, dass sie sich näher kommen würden?«

»Ja, die hatte ich. Tobias hatte mir gegenüber einmal erwähnt, dass die Scheidung von seiner Frau läuft. Auch geschäftlich stand er an einem Neuanfang. Er war dabei, sein Leben wieder in Ordnung zu bringen. Vielleicht hätten wir dann eine Chance gehabt.« Sie wischte sich mit einem Taschentuch über die Augen.

»Frau Racke, wie kommen Sie zu der Vorstellung, dass der Tod von Tobias Kirchner und der Anschlag auf Herrn Reisig etwas miteinander zu hätten?«

»Hat Herr Reisig Ihnen das erzählt? Nun, ich weiß nicht. Das zeitliche Zusammentreffen hat mich darauf gebracht. Vielleicht war das jemand, der einfach nur so herumballert. Und zufällig hat es erst Tobias und dann Lutz getroffen.«

»Glauben Sie an solche Zufälle?«

»Nein, eigentlich nicht. Aber ich kann mir überhaupt keine andere Erklärung vorstellen. Wissen Sie denn etwas Genaueres?«

»Sie wissen doch, dass ich Ihnen über unsere Ermittlungen nichts sagen darf.« Mommsen und Lürrsen standen auf. »Frau Racke, ich danke Ihnen, dass Sie so offen zu uns waren. Wenn es möglich ist, werden wir unser Gespräch vertraulich behandeln. Für heute dürfen wir uns erst einmal verabschieden.«

Mommsen und Lürrsen fuhren zur Polizeistation zurück.

Schöns erste Frage, als sie wieder das Revier betraten, war: »Und? Was ist mit der Racke?«

Mommsen blickte Lürrsen an. »Schildern Sie doch mal Ihren Eindruck!«

»Ich glaube, von ihrer Seite war das mehr als ein Flirt. Der Mann muss was gehabt haben, das die Frauen aufgewühlt hat. Die war richtig in den Kirchner verknallt. Und es hat sie getroffen, dass er sie auf Abstand gehalten hat. Wahrscheinlich konnte er sich in seiner Situation keine Komplikationen mit Frauen mehr leisten. Ich bin geneigt, ihr zu glauben.«

Schön schaute fragend. »Was zu glauben?«

»Na, dass er auf ihre Angebote nicht einging und sie kein sexuelles Verhältnis miteinander hatten.«

Mommsen nickte. »Das sehe ich auch so. Dennoch, ihr Motiv der verschmähten Liebe bleibt bestehen. Aber den Anschlag auf Reisig hat sie nicht begangen; als der Schuss fiel, saß sie direkt neben ihm.«

Schön schaute auf die Uhr. »Du, Ludwig, brauchst du mich für den Rest des Wochenendes noch hier? Jennifer hat angerufen; Nils ist mit einer Blinddarmentzündung ins Krankenhaus eingeliefert worden und sie ist ganz aufgelöst. Die braucht mich jetzt. Ich würde daher gerne mit der letzten Fähre rüber fahren. Vor Montag können wir hier wahrscheinlich nicht viel ausrichten. Ich wäre Montagmorgen wieder da.«

Jennifer war Schöns Lebensgefährtin, die ihren fünfjährigen Sohn Nils mit in die Beziehung gebracht hatte.

Mommsen überlegte kurz und nickte dann. »Okay, dampf ab! Grüß' schön, ich drücke Nils die Daumen.«

Als Schön gegangen war, wandte sich Mommsen an Lürrsen. »Der Kollege Schön hat Recht. Vor Montag können wir nicht mehr viel erledigen. Montag haben wir die Berichte von der Ballistik. Und wir werden uns noch einmal Helen Simon vornehmen, ob da nicht doch noch etwas mit dem Kirchner war. Aber machen Sie jetzt auch erst mal Feierabend. Ich werde meine Notizen vervollständigen und die dann in Ruhe durchgehen. Vielleicht fällt mir dabei noch was ein.«

Mommsen breitete seine Unterlagen auf dem Tisch aus. Er überprüfte verschiedene Szenarien mit den Fakten, korrigierte seine Mutmaßungen und zog neue Verbindungen zwischen den Personen und Ereignissen. Dabei stand er immer wieder auf und umrundete den Tisch, als könnte die Verschiebung des Blickwinkels auf seine Aufzeichnungen auch neue Perspektiven auf die Ereignisse eröffnen. Schließlich schälte sich ihm ein Szenario heraus, in dem er seine bisherigen Erkenntnisse am besten unterbringen konnte.

»Ja, das würde passen. Nur die Waffe und die Einbrüche stören mich noch. Also, warten wir den Montag ab.«

Er packte die Unterlagen zusammen und verstaute sie in einem Seitenschrank. ›Vielleicht könnte ich ja noch einmal mit Bernadette Mohr-Kirchner sprechen, ob sie nach dem Einbruch nicht doch etwas vermisst. Oder ob ihr im Zusammenhang mit den Geschäften ihres Mannes noch etwas eingefallen ist.‹

Er schaute auf die Uhr. Dann gab er sich einen Ruck. ›Ludwig, sei ehrlich zu dir selber; jetzt bastelst du dir schon Vorwände, um mit Cosima Bernstädt zusammenzutreffen. Also, ruf sie direkt an und frag, wann du ihr Angebot nutzen kannst, ihre Bilder anzuschauen. Das Weitere wird sich schon ergeben.‹

* * *

›Dann muss ich den Kaffee eben schwarz trinken.‹ Mommsen registrierte, dass sich keine Milch im Kühlschrank befand, da er vergessen hatte, am Samstag Vorräte fürs Frühstück einzukaufen. Dennoch gelang es ihm, seine gute Laune aus dem Wochenende in den Wochenbeginn hinüberzuretten. Als er am Samstag schließlich den Mut aufgebracht hatte, Cosima Bernstädt anzurufen und sie an ihr Angebot zu erinnern, ihm ihre Bilder zu zeigen, hatte sie ihn spontan zum *Five o'clock tea* am Sonntag eingeladen. Sie hatte lachend hinzugefügt, dass dies nicht wörtlich gemeint sei und er ruhig schon um vier kommen könne. Es war ein sehr schöner Nachmittag geworden. Dem Tee und dem Gespräch über Cosimas Bilder war ein langer Spaziergang zum Nieblumer Strand bis hinauf ans Gotinger Kliff gefolgt. Danach waren sie auf der Terrasse ihres Hauses bei einer Flasche

Bordeaux auf ihre Jugendträume zu sprechen gekommen. Ihren jugendlichen Visionen davon, die Welt zu verstehen, waren sie auf unterschiedliche Art treu geblieben: Cosima mit dem fantasievollen Blick der Künstlerin, er selbst mit seinem Hang zu empathischen Ermittlungsmethoden. Zum Abschied hatte Cosima ihn in den Arm genommen und seine Wange nicht nur flüchtig mit ihren Lippen berührt.

Pünktlich um acht war Mommsen am Montag auf der Polizeistation. Schön hatte seine Ankunft für neun Uhr avisiert. Lürrsen beendete die Morgenbesprechung mit seinen Kollegen. Er begrüßte Mommsen mit dem Hinweis, sie hätten am Sonntag, wie abgesprochen, den Clio von Dennis Pflüger in Gewahrsam genommen, als dessen Freund mit dem Wagen auf der Fähre vom Festland zurückgekommen sei. Mommsen bat ihn, auf Schön zu warten und dann den Wagen genau zu untersuchen. Er selbst griff zum Telefon, um sich bei der Kriminaltechnik nach dem Ergebnis der Untersuchung der Beretta von Bruno Peters zu erkundigen. Doch die Ergebnisse waren noch nicht da. Sein Gesprächspartner versprach ihm aber, gleich bei den Kollegen Druck zu machen.

Mommsen blätterte in seinen Unterlagen. Er ging sein Szenario vom Samstag noch einmal durch und beschloss, falls die Untersuchung der Waffe von Bruno Peters ohne Ergebnis bliebe, die Alibis der Beteiligten für die Tatzeiten der Ermordung von Kirchner und des Anschlags auf Reisig noch einmal zu überprüfen.

Mit einem fröhlichen »Moin, Moin!« betrat Dirk Schön den Raum. Lürrsen klärte ihn auf, dass dies die ostfriesische Allzweckbegrüßung sei, was seiner guten Laune aber keinen Abbruch tat. Auf Mommsens Frage berichtete er, dass es Nils schon wieder besser ginge und kein Anlass zur Sorge mehr bestünde.

»Dirk, als erstes ist die Untersuchung des Wagens von Dennis Pflüger dran.« Mommsen nickte in Richtung Lürrsen. »Wenn ihr beide das erledigt habt, können wir weiter entscheiden. Ich werde inzwischen Staatsanwalt Herbert berichten.«

Schön und Lürrsen gingen in den Hof und begannen ihre Untersuchung.

Nach einer halben Stunde rief Schön Mommsen heraus. »Ludwig, ich fass es nicht!« Er stand vor dem geöffneten Kofferraum des Autos, dessen Innenausstattung außen auf dem Boden lag, und hielt ein Päckchen in die Höhe. Lürrsen stand neben ihm und schüttelte grinsend den Kopf. »Hier, noch eine Beretta. Die hatte er unter dem Reservereifen versteckt. Das ist ja fast schon eine Epidemie: Erst Bruno Peters und jetzt Dennis Pflüger.«

Auch Mommsen war erstaunt und pfiff verwundert durch die Zähne. »Dirk, pack die mal vorsichtig aus. Aber Achtung, Fingerabdrücke! Kannst du riechen, ob daraus in letzter Zeit geschossen worden ist?«

Schön öffnete das Päckchen und roch daran. Zweifelnd wiegte er den Kopf. Er hielt erst Lürrsen, dann auch Mommsen die Pistole hin. »Es könnte sein, dass die tatsächlich kürzlich erst benutzt wurde. Aber das können wir so nicht mit Sicherheit sagen. Also; Auch auf dem schnellsten Weg ins Labor. Aber der Herr Pflüger wird uns schon jetzt einiges zu erzählen haben.« Mommsen schob Lürrsen die Pistole zu.

»Dirk, wir schnappen uns unseren jungen Freund. Hoffentlich hat er schon gefrühstückt, das kann für ihn nämlich ein langer Tag werden. Herr Lürrsen, können Sie unsere Vormittagstermine auf den Nachmittag verschieben und auch den Freund von dem Pflüger, der den Wagen hatte, dann herbestellen?«

Dennis Pflüger saß mit Petra Eligsen und Heiner Sönksen in der Küche. Er hatte sein Handy in der Hand und beendete gerade ein Gespräch. »Immer wenn ich anrufe, legt sie sofort auf. Verdammt, so kann sie mit mir nicht umspringen!« Petra Eligsen deutete mit einer Handbewegung zur Tür, die sich hinter seinem Rücken gerade öffnete.

»Ich nehme an, Ihre liebenswerte Bemerkung bezieht sich auf Helen Simon.« Mommsen hatte wieder seinen ironischen Ton angeschlagen. »Herr Pflüger, einige Ergebnisse unserer Ermittlungen veranlassen mich, Sie um eine nochmalige Unterredung zu bitten. Und zwar auf der Polizeistation.«

»Ich muss gleich zur Arbeit. Mein Dienst fängt um 11.30 Uhr an. Sie haben überhaupt kein Recht, mich hier einfach so weg zu schleppen.«

»Wir hatten eigentlich nicht daran gedacht, Sie zu schleppen. Wir gehen vielmehr davon aus, dass Sie uns auf Ihren eigenen Füßen begleiten. Wenn Sie allerdings darauf bestehen, können wir Ihnen auch nachhelfen.« Mommsen nickte Schön zu, der daraufhin mit einer dramatischen Geste ein Paar Handschellen hervorzog.

Petra Eligsen bekam vor Aufregung einen Schluckauf. Heiner Sönksen starrte mit offenem Mund auf die Szene und fragte irgendwie verlegen: »Dürfen Sie das denn?«

»Verlassen Sie sich drauf; Wir dürfen das.« Mommsen fasste Dennis Pflüger unter den Arm und deutete ihm an, aufzustehen. Dieser erhob sich widerstandslos und ging mit den Beamten mit.

Auf der Polizeistation winkte Mommsen Lürrsen mit in ihren Besprechungsraum. Er fordere Dennis Pflüger auf, Platz zu nehmen. Die drei Beamten setzten sich ebenfalls. Mommsen bat Lürrsen, das Protokoll aufzunehmen.

»Herr Pflüger, haben Sie uns irgendetwas mitzuteilen?«

»Ich? Nein, wieso?«

»Na gut. Also: Ihnen gehört der Clio, der dort draußen im Hof steht?«

Dennis Pflüger erhob sich halb, um aus dem Fenster zu blicken. »Ja, wieso?«

»Herr Pflüger, können wir uns darauf einigen, dass Sie diese dämlichen ›Wieso-Fragen‹ unterlassen? Erklären Sie uns bitte, wie die Pistole in Ihr Auto gekommen ist. Und fragen Sie jetzt bitte nicht: welche Pistole?« Mommsen beugte sich vor und näherte sein Gesicht bis auf wenige Handbreit dem seines Gegenübers.

Dieser wich zurück. »Ich weiß nichts von einer Pistole. Wie soll eine Pistole in mein Auto kommen?«

Mommsen stöhnte gequält auf. Seine beiden Kollegen schüttelten synchron dazu den Kopf. »Schon wieder ›Wieso?‹. Können Sie Ihren Wortschatz nicht etwas erweitern? Also: Wie kommt die Pistole in Ihren Wagen?«

Dennis Pflüger schwieg. Mommsen ließ es zu und tat es ihm gleich. Auch Schön und Lürrsen rührten sich nicht. Minute um Minute verging. Hatte Dennis Pflüger beim Betreten des Raumes noch recht bleich ausgesehen, so breitete sich langsam ein fleckiges Rot auf seinem Gesicht aus.

»Ich will hier raus!« Er schrie fast. Mommsen schwieg ihn weiterhin an und schüttelte nur seinen Kopf.

»Ich will einen Anwalt.« Mommsen deutete stumm auf das Telefon. Dennis Pflüger ließ sich zurückfallen, ohne nach dem Telefon zu greifen.

»Ich sag jetzt gar nichts mehr. Es hat gar keinen Zweck, dass Sie mich noch länger hier behalten. Ich weiß wirklich nicht, was Sie wollen. Und von einer Pistole weiß ich auch nichts.«

»Gut, dann behalten wir Sie erst einmal wegen des Verdachts des Mordes an Tobias Kirchner hier.« Mommsen ging davon aus, dass einige Stunden Polizeiarrest Dennis Pflügers Nerven zusetzen und seine Gesprächsbereitschaft beleben würden. Er rückte seinen Stuhl zurück und nickte Lürrsen zu. Dieser brachte Dennis Pflüger raus. Kurz darauf kam er zurück.

»Tja, wir müssen erst einmal die Untersuchung der beiden Waffen abwarten. Dass Bruno Peters so blöde ist, eine Tatwaffe zu behalten, kann ich mir eigentlich nicht vorstellen. Bei Dennis Pflüger scheint mir das schon eher möglich. Der hat wohl ein recht überzogenes Selbstbild. Solche Menschen denken oft; Mir kann keiner was. Peters hingegen hat mit seiner unterdrückten Liebe zu Karla Simon ein Motiv, bei Pflüger sch' ich das noch nicht so klar. Es sei denn, Helen Simon hatte doch was mit dem Kirchner.«

Alle drei schauten grübelnd vor sich hin. Nach einer Weile raffte sich Mommsen auf. »Die Alibis! Dirk, kümmere du dich noch einmal um die Kriminaltechnik. Das Ergebnis über die Beretta von Peters müssten die jetzt haben. Und mach Dampf für die Untersuchung der Pflügerschen Waffe. Herr Lürrsen, wir schauen uns die Alibis von Dennis Pflüger noch einmal an. Erst einmal für Dienstagabend. Also auf ins Hotel.«

Mommsen und Lürrsen fuhren zum Arbeitsplatz von Dennis Pflüger. An der Rezeption wies sich Mommsen aus und fragte nach dem Geschäftsführer. Kurz darauf kam ein etwas vollschlanker Mann mittleren Alters mit professionellem Lächeln auf sie zu, stellte sich als Halbmoser vor und bat sie in sein Büro.

»Meine Herren, was kann ich für Sie tun? Ist etwas mit einem unserer Gäste?«

»Nein, es geht um einen Ihrer Mitarbeiter, Herrn Pflüger. Sie können doch sicher feststellen, bis wann er am letzten Dienstagabend gearbeitet hat.«

»Warten Sie, ich suche die Dienstpläne für die Woche heraus. Was ist denn mit ihm?«

»Das können wir leider nicht sagen. Machen Sie sich erst einmal keine Sorgen.«

»So, am letzten Dienstag sagten Sie? Da war er abends im Service eingeteilt, danach noch an der Bar.«

»Bis wann hatte er denn tatsächlich gearbeitet?«

»Das richtet sich nach den Gästen. Der Barmann ist der letzte, der im Dienst ist hier im Hause. Einen Nachtportier haben wir nicht. Die Gäste haben alle einen Schlüssel. Mhm? ... Ich kann mir die Kassenbons anschauen, auf denen steht die Uhrzeit. Einen Augenblick bitte.«

Halbmoser schaltete seinen Computer ein und schaute einige Dateien durch. »Sehen Sie, der letzte Bon an der Bar am Dienstagabend wurde 22.10 Uhr für Zimmer 14 ausgedruckt. Das war die letzte Bestellung an dem Abend. Vermutlich ist Herr Pflüger dann auch bald gegangen.«

»Noch eine Bitte: Wann hat Herr Pflüger am Donnerstag Schluss gemacht?«

»Da hat er auch Abendservice gehabt. Meist dauert das so bis gegen 21.00 Uhr.«

Mommsen bedankte sich bei dem Geschäftsführer und sie verließen das Hotel.

Lürrsens Schritte wurden fast beschwingt. »Also, das Alibi von Pflüger ist ja nun geplatzt. Wenn sich seine Waffe auch noch als die Tatwaffe herausstellt, ist er dran.«

»Herr Lürrsen: immer schön abwarten! Auch Bruno Peters Alibi ist geplatzt, er hat ein Motiv und auf das Ergebnis der Untersuchung seiner Waffe warten wir noch.«

* * *

Die Gespräche am Nachmittag mit Dr. Zehrer und Sergei Perlov ergaben keine neuen Anhaltspunkte. Beide blieben bei ihren bisherigen Aussagen. Da sich aufgrund der Waffenfunde der Verdacht verstärkt auf Bruno Peters und Dennis Pflüger richtete, hatten die Beamten die Ermittlungen gegen die anderen Beteiligten vorerst ruhen lassen.

Erst das Gespräch mit Christoph Reupke, dem Freund Dennis Pflügers, der leihweise das Auto hatte, brachte wieder Schwung in die Untersuchung. Reupke kannte Dennis Pflüger noch aus der gemeinsamen Schulzeit in Kiel. Seit drei Jahren arbeitete er als Masseur auf Föhr. So lag es nahe, dass beide wieder Kontakt aufnahmen, als Dennis Pflüger zu Saisonanfang auf die Insel kam. Auch Reupke hatte mitbekommen, dass Dennis sich heftig in Helen Simon verliebt hatte. Ihm gegenüber hatte er offener als mit seinen Mitbewohnern über seine Enttäuschung gesprochen, als Helen begann, ihn distanzierter zu behandeln. Als allerdings Mommsen Pflügers Verhältnis zu Tobias Kirchner ansprach, stellte er sich unwissend.

»Herr Reupke, ich muss Ihnen in aller Deutlichkeit sagen, hier handelt es sich um eine Morduntersuchung. Sollte es sich herausstellen, dass Sie ermittlungserhebliche Informationen zurückhalten, machen Sie sich strafbar.« Mommsen nutzte das gestelzte Beamtendeutsch, um die Situation zu dramatisieren. Dies machte auf Reupke Eindruck.

»Also gut, dann muss ich das wohl sagen. Dennis mochte den Kirchner nicht. Er hatte regelrecht Angst, dass der ihm Helen abspenstig machen würde. Er vermutete sogar, dass die beiden an der Mutter vorbei ein Verhältnis angefangen hätten. Vor einiger Zeit wollte er an seinem freien Tag mit Helen endlich mal nach Amrum hinüberfahren. Helen hatte ihm dann allerdings in letzter Minute abgesagt und ist mit dem Kirchner surfen gewesen. Dennis ist ihnen hinterher und hat die beiden beobachtet. Die müssen wohl ziemlich wild geknutscht haben. Ob da noch mehr war, wusste er nicht. Aber das hat ihm schon gereicht. Er hat sich richtig aufgeregt und wollte mit dem Kirchner unbedingt abrechnen. Er hat dann gedroht, alles der Mutter zu stecken, wenn das noch einmal vorkommen würde. Gut, ich habe das nicht so ernst genommen. Dennis ist ja immer schnell mit großen Sprüchen dabei.«

Christoph Reupke verstummte. Der Zwiespalt zwischen der Freundschaft zu seinem Kumpel Dennis und dem Druck zur Aussage war ihm deutlich anzumerken.

Auch auf weiteres Befragen konnte er nicht angeben, ob Helen Simon nun ein Verhältnis mit Tobias Kirchner hatte oder nicht. Während des Gesprächs hatte Lürrsen Protokoll geführt. Mommsen verabschiedete Christoph Reupke. Als er gegangen war, strahlte Lürrsen Mommsen an.

»Jetzt haben wir auch für den Pflüger ein Motiv. Ein erregter junger Mann, hoher Testosteronspiegel, Eifersucht: Sieht für mich ganz klassisch aus!«

»Ja, das mögliche Motiv haben wir. Aber was ist mit der Waffe? Vielleicht hat Dirk ja endlich etwas von der Kriminaltechnik gehört.«

Mommsen öffnete die Tür zum Nebenraum, schaute kurz hinein und drehte sich zu Lürrsen um. »Er telefoniert noch. Wie es scheint, spricht er aber gerade über die beiden Waffen. Gleich wissen wir mehr.«

Kurze Zeit später kam Schön herein. Mit geheimnisvolle Miene begann er: »Ratet mal, was ich heraus bekommen habe?«

»Dirk, wir haben hier keine Quizsendung. Also?«

»Die Beretta von Peters hat mit dem Anschlag auf Reisig nichts zu tun. Aus der ist längere Zeit nicht geschossen worden. Dagegen kann die Waffe aus Pflügers Auto ganz klar dem Anschlag auf Lutz Reisig zugeordnet werden. Diese Waffe könnte auch als Tatwaffe für den Mord an Tobias Kirchner in Frage kommen. Da wir dafür aber kein Geschoß zum Vergleichen haben, ist das nur eine vage Möglichkeit.«

Anders als seine strahlenden Kollegen wiegte Mommsen bedenklich seinen Kopf. »Damit können wir den Sack aber noch nicht zumachen. Den Beweis, dass Pflügers Beretta die Tatwaffe für den

Mord ist, können wir nicht antreten. Und wo wir die Waffe als Beweis haben, bei dem Anschlag auf Reisig, haben wir kein Motiv. Warum sollte Pflüger den Reisig erschießen wollen? ... Wir müssen noch mehr über den Tatablauf in Erfahrung bringen. Ohne ein Geständnis können wir den Pflüger nicht überführen. Aber wir wissen jetzt, wo wir bohren müssen.«

Mommsens Worte wirkten ernüchternd. Die eben noch sprudelnden Ansätze der Euphorie gingen in eine Atmosphäre angestrengten Grübelns über. Mommsen machte sich als erster bemerkbar und begann laut vor sich hinzudenken. »Pflüger ist ein Mensch, der sehr von sich selbst überzeugt ist. Wenn es uns gelingt, ihn da zu packen, dann haben wir eine Chance, dass er einknickt. Sein Selbstbild ist wahrscheinlich schon dadurch erschüttert, dass Helen Simon nicht mehr auf ihn abfährt. ... Ich hab da eine Idee! Dirk, versuch doch einmal, Helen Simon hierher zu bekommen, die könnte doch schon Feierabend haben.«

»Was willst du denn mit der?«

»Warte mal ab.«

Schön kannte Mommsen gut genug, um zu wissen, dass dieser sich scheute, seine spontanen Ideen vor der Zeit kundzutun. Er griff zum Telefon und hatte Glück. Helen Simon war gerade nach Hause gekommen. Nach kurzem Zögern sagte sie zu, auf die Polizeistation zu kommen.

»Ich kann jetzt erst einmal einen Kaffee vertragen. Und da es heute wohl länger dauern wird, sollten wir gleich eine große Kanne voll machen.« Lürrsen kam Mommsens Anregung nach und machte sich an der Kaffeemaschine zu schaffen.

Eine Viertelstunde später wurde Helen Simon hereingeführt. Mommsen begrüßte sie und dankte ihr für ihr Kommen. »Frau Simon, wir verdächtigen Dennis Pflüger, Tobias Kirchner ermordet zu haben. Die Umstände der Tat weisen eindeutig auf ihn hin. Haben Sie eine Vorstellung, welches Motiv er für den Mord haben könnte?«

Lürrsen hielt bei diesem Überrumpelungsangriff Mommsens den Atem an, während Schön bei seinem Kollegen schon einige Male ein vergleichbares Vorgehen erlebt hatte.

Helen Simon sah Mommsen nur entsetzt an. ›Jetzt ist es soweit‹, war ihr erster Gedanke ›Oh Gott, was sag ich bloß?‹

Mommsen setzte sofort nach, denn die Verunsicherung war Helen anzusehen. »Frau Simon, ich habe Sie etwas gefragt. Jetzt ist keine Zeit zum Träumen. Also?«

»Nein, nein, ich träume nicht. Wie kommen Sie darauf, dass Dennis Tobias umgebracht haben soll? Das kann überhaupt nicht sein.«

»Fragen Sie ihn doch selbst. Herr Lürrsen, holen Sie bitte Herrn Pflüger herein? Ich glaube, die Handschellen sind aber nicht notwendig.« Mit dem Hinweis auf die Handschellen verfolgte Mommsen seine Strategie der Zuspitzung der Situation weiter.

Mommsen bemerkte, wie Helens Hände sich verkrampften. Während sie auf Dennis Pflüger warteten, schaute Mommsen stumm an Helen Simon vorbei auf die Wand über ihrem Kopf.

Als Dennis Helen inmitten der Beamten bemerkte, hielt er inne und wollte zurückweichen. Lürrsen zog ihn herein und schob ihn auf einen Stuhl, so dass er ihr genau gegenüber saß. Die Beamten schwiegen. Helen Simon und Dennis Pflüger vermieden es, sich anzusehen. Die Stille lastete schwer auf ihnen. Mommsen war gespannt, wer von beiden zuerst reden würde. Wie erwartet war es Dennis, der als erster die Augen erhob und zu sprechen begann.

»Wa... wa... was machst du denn hier?«, stotterte er.

»Hast du Tobias ermordet?« Auch Helen hatte aufgeblickt und schaute nun Dennis an.

»Wie kommst du denn auf den Unsinn?«

»Hast du oder hast du nicht?« Helen beugte sich vor.

»Weswegen sollte ich?«

»Ich muss das jetzt wissen!« Helen ließ nicht locker.

Beide schienen die Anwesenheit der Beamten vergessen zu haben. Die Situation spitzte sich zu und Mommsen merkte, wie sein Puls schneller schlug.

»Mit so einem gebe ich mich doch nicht ab. Wozu?«

»Weil ich ihn geliebt habe! Und du hast das gewusst!« Helen erschrak über ihren eigenen Ausruf.

»Ja, ja ... ich habe das gewusst. Aber du hast dir nur eingebildet, dass du ihn liebst. In Wirklichkeit liebst du nur mich! Mir nimmt keiner die Frau weg. Erst recht nicht solch ein halbseidener Angeber.«

»Du bist doch selber nur ein Angeber.«

Dennis Pflüger war wieder bleich geworden. Er atmete schwer und musste tief Luft holen. Mit aufgepumpter Würde fuhr er fort: »Nein, ich bin kein Angeber, ich habe gehandelt. Er hat gebüßt, dass er sich an der Frau vergriffen hat, die mir gehört. Ja, ich habe ihn erschossen. Und das wird kein Mann jemals mehr für dich tun.«

Helen Simon war schluchzend in sich zusammengesunken. Dennis Pflüger verzog die Mundwinkel und starrte aus dem Fenster. Es war nicht zu unterscheiden, ob er ein triumphierendes Lächeln andeutete oder ob er dem Weinen nahe war. Mommsen begriff, dass für Dennis hinter der Wahnwelt seiner Wünsche die Realität verblasst war.

Er deutete Lürrsen an, Dennis Pflüger abzuführen. Helen schluchzte weiter vor sich hin. Mommsen reichte ihr ein Tempotaschentuch und bat Schön leise, Helens Mutter anzurufen, damit diese ihre Tochter abhole. Nachdem Schön mit Karla Simon gesprochen hatte, füllte er einen Kaffeebecher, den er Helen Simon herüberbrachte. Mit unerwarteter Sensibilität verwickelte er sie dann in ein beruhigendes Gespräch.

Kurze Zeit später erschien Karla Simon. Mommsen teilte ihr mit, dass Dennis Pflüger wegen des Verdachtes, Tobias Kirchner getötet zu haben, verhaftet sei. Helen habe einen Schock erlitten. Er bat sie, ihr alle Unterstützung zu gewähren, die ihr möglich sei, und empfahl, in ruhiger Atmosphäre eine klärende Aussprache mit ihrer Tochter zu ermöglichen. Karla legte den Arm um Helen und verließ mit ihr die Polizeistation.

Die drei Beamten wirkten erschöpft. Die letzte Szene war auch ihnen an die Nerven gegangen. Mommsen räusperte sich. »Das sind die Augenblicke, in denen ich meinen Beruf hasse. Wenn man die Beteiligten von innen her aufrollen muss. Zwei junge Menschen, die zu spät gemerkt haben, dass sie nicht zueinander passen. Und ein Täter, der mit sich selbst überfordert war.« Er schwieg einen Augenblick. »Dennoch, morgen müssen wir die Sache zu Ende führen. Aber jetzt will ich erst einmal versuchen abzuschalten. Wer kommt noch mit auf ein Bier?«

* * *

Mommsen nahm ein Stück von dem Zitronenkuchen, den Cosima Bernstädt gebacken hatte. Mit Bernadette Mohr-Kirchner saßen sie in Cosimas Wohnzimmer. Er hatte den beiden Frauen gerade berichtet, dass der Mord an Tobias Kirchner aufgeklärt worden sei. Dennis Pflüger war beiden unbekannt. Mommsen hatte sich darauf beschränkt, auf Pflügers Geständnis hinzuweisen und Eifersucht als Tatmotiv zu nennen.

»War das auch das Motiv für den Anschlag in der Surfschule?« Cosima Bernstädt wollte mehr wissen.

»Da hat der Täter mit Absicht danebengeschossen, um die Ermittlungen zu erschweren, indem er eine falsche Spur legt. Das Opfer wurde zufällig zum Objekt dieses Anschlags.«

»Aber warum hat der Täter Tobias in die Midlumer Marsch gebracht? Und wie ist er überhaupt da hingekommen?« Cosimas Neugier war noch nicht befriedigt.

»Der Täter hatte ihn mit einer Drohung in das Friesental in Oevenum bestellt. Da ist es zwischen den beiden zum Streit gekommen. In einer angeblichen Notwehrsituation ist dann der Schuss losgegangen. In seiner Panik hat Pflüger den Toten in sein Auto gezerrt und ist ziellos umhergefahren. Er hat sich schließlich erinnert, an der Brücke über den Entwässerungskanal ein kleines Schlauchboot gesehen zu haben. Mit dem konnte er die Leiche transportieren. Und wir hatten wer weiß wie gegrübelt, wie die Leiche dort hingekommen war.«

Cosima gab immer noch nicht auf. »Hat denn der Einbruch bei Bernadette nichts mit dem Mord zu tun?«

Mommsen zuckte leicht mit den Schultern. »Wahrscheinlich nicht. Tobias Kirchner hat wohl einige nicht ganz saubere Geschäfte mit einer Organisation aus dem Ausland gemacht. Wir denken, dass die einen Profi angesetzt haben, um bestimmte Unterlagen zu suchen. Aber die vermuten mittlerweile, dass inzwischen alles bei der Polizei liegt. Also, keine Sorge; Die kommen nicht wieder.«

»Herr Mommsen, Sie hatten vor einiger Zeit eine andere Frau hier auf Föhr erwähnt, mit der Tobias ein Verhältnis gehabt hatte. War die der Anlass für das Eifersuchtsdrama?«

Bernadette Mohr-Kirchner hatte ihre Frage mit leiser Stimme vorgebracht.

»Nein, Frau Mohr-Kirchner, um die ging es nicht.«

»Können Sie mir den Namen dieser Frau nennen?«

»Ich glaube, es ist besser, Ihnen nicht zu sagen, wer sie ist. Diese Frau ist auch ein Opfer. Was hätten Sie gewonnen, wenn Sie den Namen wüssten?«

Bernadette Mohr-Kirchner schaute nachdenklich durch die Terrassentür in den weiten Himmel. »Vielleicht haben Sie Recht. Ich muss das Kapitel Tobias abschließen.« Sie wandte sich mit neuer Lebhaftigkeit an Cosima: »Und morgen holen wir Sonja von Langeneß ab. Ach, freu ich mich, sie wieder zu sehen!«

Mommsen schaute auf die Uhr. »Wann fährt der Bus nach Wyk? Ich muss zusehen, dass ich rechtzeitig auf der Polizeistation bin, damit wir unsere Fähre nicht versäumen.«

»Aber nicht doch. Ich glaube, es wird mir noch eine liebe Gewohnheit werden, Sie hier auf Föhr herum zu chauffieren. Ich fahre Sie selbstverständlich nach Wyk.« Cosima legte ihm die Hand auf den Arm und verweilte so einige Augenblicke. Mommsen hätte diesen Moment gern eingefroren.

Mehr Hochspannung vom Verlag DeBehr – dem Verlag für die ganze Familie

Hans Hans
Man(n) stirbt nur einmal

498 Seiten
ISBN: 978-3939241928
15,95€

Die Teverener Heide - ein romantischer kleiner See. Der Herbst neigt sich dem Ende zu. Die beiden alten Leutchen, die das Gewässer umrunden, genießen die abendlichen Sonnenstrahlen in trauter Zweisamkeit. Auf dem Wasser treibt ein Paket. Neugierig geworden tritt der alte Mann an den Uferrand. Der Geruch, der diesem Fremdkörper in dieser idyllischen Natur entströmt und in Richtung Ufer wabert, lässt die Finder nichts Gutes ahnen... Erik ist verschwunden. Elisabeth`s anfängliche Versuche, sich selbst zu beruhigen, scheitern, je länger die Liebe ihres Lebens unauffindbar bleibt. Als in der Heide Blutspuren entdeckt werden, scheinen sich ihre größten Befürchtungen zu bewahrheiten... Kommissar Snyders übernimmt einen neuen Fall. Und dieser erscheint wie ein Stochern in dunkelsten Tiefen.